白羽

聯鏢記

仇家劫鏢夜襲，舊友赴援助逃

突如其來的江上尋仇 × 趕盡殺絕的怨恨 × 明目張膽的白日探路

名揚四海的安遠鏢店鏢主林廷揚，武藝高超、待人和善，
卻在某一次押鏢時，突然被人尾隨在後。
暗中窺伺者步步進逼，江中大戰一觸即發。

目錄

目 錄

第一章　小白龍鬥劍劫鏢

　　清乾隆末年，盛極轉衰，吏治貪汙，民生漸窘。清仁宗嘉慶帝即位之三年，誅權相和珅，朝政一新，吏治一肅，但是國運已漸呈敗徵。西北白蓮教、東南海盜蔡牽、朱濆、中原八卦教，相繼作亂；官軍出動，兵差徭役，天下騷然。於是江南河北，群盜如毛，商旅幾為裹足，鏢局生涯轉見興旺。

　　有一日，蘇境運河上忽駛來十一號貨船，頭號船扯著一支鏢旗，上面繡著「安遠鏢店」四字。這一起貨船滿裝蘇綢杭紡，價值數萬金，打蘇州起碇，北上進京。押鏢的不是他人，即是安遠鏢店鏢主獅子林廷揚，親自出馬。

　　因有幾家商人聯合出名，許下重聘，這才率領五個師弟、六個鏢師和三十多個夥計，一同出發。也實因路上很不太平，水旱綠林道頗有幾個不講交情、硬吃硬摘的蠻漢，劫了鏢一跑，連窩也賣了，叫人無法根尋，所以鏢行不得不加倍小心。

　　這天船行到清江浦碼頭，便攏岸停泊。因這十一號貨船，內有三號貨要送往安徽鳳陽的，乃是鳳陽二家望族的訂貨。由清江浦到鳳陽的，須穿過洪澤湖。林鏢頭和眾人商量貨船分途的事，訪聞洪澤湖時有強人出沒，原打算親自護運，另八隻船的隨船商人孫四維卻不願意。他說：「北路八隻船的貨價，比西路往鳳陽的三隻船沉重得多，以此堅留林鏢頭。」當下便即改計，派兩個師弟、三個鏢師，率十幾個夥計，押送這淮河鳳陽一路，自己仍保北京這一路。次日清晨，往鳳陽去的三號鏢船先行起碇。押鏢的便是三師弟連珠箭何正平、四師弟虞伯奇和鏢師力劈華山黃秉、七星劍丁宏肇、大力神李申甫。其餘八號鏢船，卻因商人孫四維到淮安城內辦事，耽擱住了。

林鏢頭閒著沒事，也到碼頭上訪友，遊逛一番。午後返船，忽見岸上有一壯漢，擔著兩隻水桶，似在河邊打水，卻直著眼，上下打量鏢船。此人體格魁梧，二目有神，左額上有一巨瘤。徘徊得久了，被鏢船上七師父摩雲鵬魏豪在船窗一眼瞥見。恰巧此時林廷揚已從碼頭徐步歸來，正和這壯漢相遇。那壯漢眼光一掃，把林鏢師看了正著，扭轉身向街裡走去了。只走得幾步，忽然想起，還有兩桶水沒挑，便又翻身挑起水桶匆匆去了，情形很是尷尬。林廷揚腳踏跳板，愕然側目注視。七師弟已從船艙出來，林廷揚上了船，便向魏豪探問。

魏豪道：「剛才這個壯漢古怪得很，恐怕是沿路綴下來的。今天一早總在這河邊盤旋，那時他是手提著一籃子菜，在河內投洗。今夜我們要小心點。」因問林鏢頭，「大哥你看怎樣？」

林鏢頭道：「這人分明是有功夫的人，絕不是挑水漢。你沒有看他那兩隻手嗎？」

魏豪點頭，復又低聲對林鏢頭說：「今早大哥剛走，便來了一個人，說是姓李，是江寧鏢局新請的鏢師，特來問候你。我見此人來歷突兀，他又再三問你在船上沒有？我便說，『本人不在此處。』他就走了。」

林廷揚道：「哦，還有人打聽我嗎？」又細問了一遍，遂暗暗關照各船護鏢的夥計，今晚要特別警醒些。林廷揚先派五師弟許振青、好友流星顧立庸，護住第四號鏢船，別的事休管。因為這八號鏢船中，唯獨第四號載貨最重。顧立庸善打彈弓，五師弟精通水性，可以護船。然後把其餘諸人也都囑咐了，自己卻手按長劍，腰佩鏢囊，在末號船上一守；面前是一壺酒、幾碟夜餚。

哪知他們輪流值夜，防護了一通宵，卻一點動靜也沒有。

除了同泊在運河的三兩隻漁船，燈光閃爍，似乎夜間聚賭，此處只聞風吼波聲。七師弟魏豪道：「也許我們看錯了？」

林鏢頭搖頭道：「不然，你再往下看吧。」

挨到天明，商人孫四維回船，便命貨船起碇。林鏢頭忙攔道：「且慢，我在此處候一個朋友，多耽誤半天吧。」商人孫四維也是久走江湖的人，忙過來探問：「總鏢頭真是候朋友嗎？」

林鏢頭含糊答應。耗到過午，只見後面來了一隻小船。船上只載著兩個客人，還有幾隻大筐，不知裝的是什麼東西。到了碼頭，乘客搭筐下船進街，那船便泊在鏢船之旁。恰有一夥客商喊船，幾艘小船的水手都爭來兜攬生意，唯獨這隻小船不動。

那個船家蹲在船頭上吃東西哩，兩眼東看看、西看看，樣子很悠閒。候了個把時辰，孫四維已催問兩次，林鏢頭只說還候候。直候過兩個時辰，見那兩個客人從街裡空手回來，後面隨著三條大漢，匆匆地向鏢船瞥了一眼，隨即上了小船。那船家便劃起雙槳，如飛地向來路駛去。平常人坐船，總是面向前途；這幾個客人卻並肩倒坐著，眼看著後面。眨眼時，小船越走越遠，看不見了。林鏢頭沉吟良久，對魏豪說：「我只擔心鳳陽一路，這裡倒沒有什麼。你看這小船，又向回路去了。」

這時商人孫四維卻等得心焦，對林鏢頭說道：「現在正是順風，林兄還等不等呢？」林廷揚微籲道：「開船吧。」一迭聲吆喝，八號大船立刻起錨張帆，瞬息間走出三十多里。正走處，陡見背後有一葉扁舟，箭似的駛來。相隔尚遠，便聽見喊道：「前面鏢船站住！」

五師父許振青眼尖，早看見來人乃是四師兄虞伯奇，不禁驚地一驚道：「四師兄嗎，怎麼樣了？」

林鏢頭也不由一震，忙喝令大船停泊。一霎時，小舟靠近，來人嗖的一個箭步，躥上大船。林鏢頭一手拉住，急問道：「路上怎麼樣？」來人道：「艙內說話。」

　　幾個人一齊進艙。來人便道：「船行三十多里，未進洪澤湖，便被歹人盯上了。先是一隻小船，不遠不近，總跟在鏢船後面；那時三師兄何正平便已有些疑忌。誰知又行了八九里，迎面突然來了一隻小船，船上只載著三個空身漢；船划得飛快，直闖過來，險些撞著。幸虧我們的船伕用篙竿撐了一下，才得錯開。那船上的大漢，把我們的船盯了幾眼，竟折轉船頭，也不前不後地跟起我們來。那綴在後面的小船，卻又直駛到我們前面，一徑向洪澤湖划去了。黃秉大哥一看不對，就拿話點逗道：『朋友一路辛苦啊，跟著太吃力，何不請上來談談？』那小船上的一個藍衣大漢竟站起來，口出蠻言道：『官河官道大家走，敢是你安遠鏢局包下的嗎？看見你們的鏢旗了，叫你們姓林的出來，咱們見見。』我們還沒搭言，趙子手錢六，大哥你是知道他那脾氣的，他竟惡聲答道：『問姓林的做什麼？姓林的不錯，是在船上呢，人家乃是天下有名的英雄，豈肯見你這三不知的無名之輩！識趣的趁早閃開，休要繞在這裡，竄前竄後地裝綠豆蠅了，誰不懂得？洪澤湖的蓋天齊蓋老闆，我們也認識，有交情。』這話說得原欠含蓄，恰巧七星劍丁宏肇丁五哥，拖著他那把劍鑽出船艙來吆喝錢六道：『老六，不要亂說。我們鏢行全靠江湖上朋友維持。朋友你貴姓？』剛講到這裡，那小船中突又站起一個黑臉漢子，抖手便是一石子，口中喊道：『姓林的接著！』那先發話的大漢一把沒攔住，這石子直打過來。丁五哥一閃身，雖沒打著，卻直打入艙內，打傷一個夥計。因此招惱了我們，就交起手來。我們船高人多，他們船小人少，竟沒占分毫便宜。三師哥把他的連珠箭施展出來，我還怕萬一走了眼，惹禍不小。誰知人家早有準備，一個個伏身下艙，亮出擋牌、鉤槍來；一面擋，一面退，口中還不住嚷罵：『姓林的，領教過了，不過如此嘛！』氣得丁五哥頓足道：『哪裡來的這夥蠻子，不要放他走。』李申甫李四哥竟把船頭上四十多斤重的大錨拋過去，滿想不碰翻他的船，也就阻住他們了。不料卻被那藍衣大漢迎

面一托，順勢一甩，甩到河心去了。那小船隻一打晃，便被他們打千金墜給鎮住。他們行船的功夫實在俐落，竟撥轉船頭，往洪澤湖駛回。臨行時又打了丁五哥一鏢，並且說，『姓林的有膽，前途相會。』我們也曾追呼朋友留名，人家只顧走。那小船又劃得快，我們又是重載船，竟趕不上他。事後我們一商量，三師兄說：『這不像劫鏢踩盤子的冒失鬼，竟是特來尋仇的。卻又怪道，既是仇家，他們卻不認識大哥，好像誤認了丁五哥的那把劍，口口聲聲喊姓林的。但他們既敢明目張膽地來叫陣，恐怕是善者不來，來者不善，這洪澤湖有點不易闖過。』當時我們就把這三號鏢船，退回十來里地。由三哥做派，叫我火速追趕大哥，快來護鏢。又恐怕已隔了多半天，一遇順風，追趕不及；所以另打發趟子手快腿馬起雲，起早路到清江浦永利鏢局，敦請過天星金兆和金鏢頭，撥派能手，速來相助。我一路緊趕，唯恐追不上你們。怎麼你們才走到這裡，莫非也遇見了什麼？」

眾鏢師一聽，俱各愕然。原來這鏢局生涯是賣得起命，賠不起鏢的。但凡知道前途扎手，若沒有能手護鏢，是輕易不敢冒險硬闖的。獅子林聽完四師弟虞伯奇一番說話，不由勃然大怒，便吩咐：「趕快預備，我只可先護洪澤湖這一路了。倒要會會這一夥蠻漢，究竟是何等人物！這太不像話了，踩盤子的公然敢動手，綠林道居然要叫陣，真是奇聞！」又對大眾說，「至於北上這一路，究竟是漕道，多少穩當一些。」

林廷揚遂向好友顧立庸舉手道：「賢弟多偏勞吧！沿途一切應行應住，都有你和許五弟商量辦理。」又對商人孫四維解說開了，遂親率七師弟摩雲鵬魏豪，跟四弟虞伯奇，一行三人，跳上小船，如飛而去。八號北上的大船，只留下五師弟許振青、六師弟鄭廣澍、流星顧立庸和姚元朗、周志浩幾位鏢師，照舊解纜起程。

當下小船火速趲行。林廷揚手按長劍，右手捋著短鬚，眼望前途，只是一語不發。七師弟魏豪卻與虞伯奇，悄悄談論日裡所遇的事。魏豪問

道：「虞四哥，你看這夥強人是怎樣個路數，可是水路上的嗎？」

虞伯奇道：「大概是洪澤湖潛伏的水寇。」

魏豪又問道：「你們可派人往前途探路去了嗎？」虞伯奇道：「三師兄已派兩個夥計，往前面踩探去了。」談論時，船已折回清江浦，眨眼便駛上淮河的路了。

再說那小船上的三個大漢，果然是強人的踩探頭目；但並不是潛伏在洪澤湖的水寇，乃是外來的旱路大盜。這三人原奉命教他專踩訪安遠鏢局的行程和虛實，只教他暗中窺探，不露形跡。偏生他們性格魯莽，被黃秉等拿話一點，又錯認了人，不但沒探準鏢船的虛實，他自己的行藏反被鏢行看破，由此得以先行布置。

這一夥強寇，乃是鏢頭獅子林廷揚的仇家。為首的盜魁叫做飛蛇鄧潮，從十幾歲上便跟他哥哥飛虎鄧淵在川陝一帶，做搶劫私商勾當，殺人越貨，橫絕一時。被林廷揚少年好勇，奪劍殺死飛虎鄧淵；鄧淵的妻與子為夫父復仇，又死在林鏢頭手下，因此結下極深的冤仇。那飛蛇鄧潮雖是強盜，頗有手足之情；明知武力不敵，他仍舊斷髮設誓，必報此仇。經他十幾年來，輾轉訪請能人，專心尋找安遠鏢局的差錯。居然有志竟成，被他邀來一位少年豪傑，名叫小白龍方靖。又勾結了一夥劇賊，和他哥哥的舊部，還有林廷揚的兩個仇人，在洪澤湖附近，大舉埋伏。

當下林廷揚催船疾駛，將到黃昏時候，船過洪澤湖，只聽前面殺聲震耳。四師兄虞伯奇站起來，手遮一望，道：「不好了，快走！」

眾人紛紛站起。林廷揚將劍插在背後，躍上船頭，往前細望。只見三艘鏢船被十來隻小船圍住，一夥賊人執長兵刃攢攻鏢船；鏢船上幾個鏢客，正在拚命拒敵。小船之外，另有一隻巨船停在上流，船頭站著兩個大漢，在那裡指揮。林廷揚飄身而下，喝命加緊趕行；魏豪等也相幫划船，這船便如箭似的趕上前去。

忽然虞伯奇叫道：「不好！」只見前面鏢船上，七星劍丁宏肇好像中了暗器，撲地跌倒船頭；一個賊人從小船上躥過來，舉刀便砍。魏豪大驚道：「哎呀。」卻不道林廷揚猛將魏豪往旁一拉，手一揚，一點寒星凌空一閃，直奔賊人。那賊人卻也了得，一個飛躍，從丁宏肇身上栽過去，立刻翻身跳起。丁宏肇也跳起來，照賊人劈頭一劍，那賊急忙抵住。六七回合後，船頭地狹，施展不開，那賊連架數劍，一翻身跳入水中。林廷揚的小船已然趕到，各使暗器紛紛亂打。那邊賊人早有防備，俱停手不攻，取出擋牌來，護住船面。

林廷揚趁此時機，將小船靠近，躥上鏢船，手抱長劍，向對面一舉道：「朋友請了，我林廷揚來也。」此言方罷，各小船紛紛擾亂。忽聽呼哨連響，那隻大船浩浩蕩蕩駛來，船前船後，站著一群高高矮矮的壯漢。內有一個赤面長髯的大漢，同一個白面少年英雄並肩站著，氣度與眾不同，好像是領袖。那大漢倒提金背刀，脅挎豹皮囊。那少年背插一口寶劍，兩手空空，只拿著一把摺扇；面如白玉，兩道劍眉，在左眉心生有一顆紅痣，神情瀟灑，氣宇不凡。只見那赤面大漢向那少年指指點點，說了幾句話；那少年眼望著林廷揚上下打量一眼，朗然說道：「來者可是林鏢頭嗎？」

林廷揚將手一拱道：「不才就是林廷揚。兄臺何人？在下眼拙，未得識荊。在下保這幾號鏢船，路過此地，不知貴寨設在何處，未能投帖拜訪，我這裡賠禮了。請兄臺看在江湖義氣上，借道放行，我林廷揚保鏢回來，必定登門重謝。」那少年回頭望了望道：「在下久聞林鏢頭的大名，深知足下劍法高強。我此次出來，非是劫鏢，只為受了朋友重託，特來會會林鏢頭的劍法。林鏢頭，請你賞臉賜教！」

林廷揚聽了，仰面一笑道：「兄臺定要叫林某獻醜，我一定奉陪。在下浪跡江湖，結交的是有名英雄，請兄臺道個萬兒來。」那少年聽了，微微一笑道：「我與林鏢頭往日無冤，近日無仇，我也不是來與鏢頭尋釁。我不過

學了幾手粗拳笨腳，受了朋友囑託，前來領教。我既不想在綠林成名露臉，也就無須留名了。只要領教了林鏢頭的劍法。我撥頭就走，寸草不沾。」

原來這少年素聞獅子林劍術高強，誠恐不敵，所以預留退步。林廷揚冷笑道：「好漢既然不肯留名，也罷，我們先過招；只等兄臺把我打敗了，那時再留名不遲。請問你我是陸戰，是水戰？是單打，是群毆？」這時那赤面大漢又低聲向少年說了幾句，那少年便道：「在下先在船上，給林鏢頭接一接招吧。」

林廷揚只說了個「好」字，陡聽得在赤面大漢背後，一個不服氣的嗓音銳聲叫道：「慢著！瓢把子，你也太把姓林的看重了！我剁不了他，再請方師父動手。」

林廷揚側目急視，只見從賊叢中轉出一人，一下腰已到船頭。此人身軀矮小，一身青色短裝，青絹包頭；黃中帶青的面色，目光銳利，左肘下壓著一口七星刀。林廷揚料知來人手底下必是又黑又快，自己往後退了數步，恐怕人多礙手，忙令魏豪等後退。那盜船上的赤面大漢也令群賊後退，讓開了船頭地勢；船也緊欺過來，為的是兩船銜接，較易動手。這個賊人不待船頭相接，腳下一點，早輕飄飄落在鏢船上，用手一指林廷揚道：「姓林的，有什麼驚人本領，做哪些張致？叫你先嘗嘗海燕子桑七爺七星刀的滋味。」一面說，已把刀換到右手。林廷揚左手掐著劍訣，右手劍一指賊人，厲聲叱道：「無名小卒也敢無理，怨不得林鏢頭無情了！」

這時兩船已對到一處，可是鏢船載貨吃水重，比賊船低著一尺。那賊人怒喝了一聲：「少廢話，接傢伙吧。」猛身而進，七星刀向林廷揚心窩扎來。林廷揚久經大敵，靜以制動；容得刀臨切近，右足一提，身軀微往左一傾，劍鋒下削，「金雞抖翎」，向賊人右腿斬來。賊人刀走空招，霍地往下一撲身，往右斜著一個半長身，「探臂撩陰」，反向林廷揚的小腹下點來。

林廷揚見賊人手底下這麼快，也自不敢小看他，左手劍訣一領，左腿

撐勁,身軀半轉,右腳一划船板,劍隨身走,翻身一劍,向賊人左肋斬來。賊人的七星刀二次扎空,林廷揚犀利的劍鋒又到。賊人怪蟒翻身,翻回七星刀,往上一蹦,要想變招為盤手刺扎,向外一展。任憑林廷揚怎樣快,也不易逃開。

哪想林鏢師卻早拿定主意,不叫他再逃開劍下。見賊人一變招,不容刀往劍上崩,卻用腕底翻雲,倏的一劍,向賊人右肩胛刺去。賊人再想變招封架,卻已來不及,只有撑身外竄。林廷揚哪能容他走開!往回一撤劍,倏地偏左腳,照定賊人背後踢去。這一腳踢個正著,賊人騰出六七尺去,撲通落在了水中。

林廷揚長劍一擺,手向賊人一指道:「朋友,叫那有本領的過來,像這種鼠竊狗偷之輩趁早回家!」這句話沒落聲,立刻又從賊隊中竄出一人。此人面如赤炭,掃帚眉,大環眼,翻鼻孔,血盆口,滿嘴黃牙齜出外;手提一口鬼頭刀,竄過船來,厲聲喝道:「休得口出狂言,看苗二太爺取你的狗命!」話到,人到,刀到,鬼頭刀「摟頭蓋頂」劈來。林廷揚見賊人力大刀沉,急向右一上步,鬼頭刀劈空。林鏢頭一展劍鋒,「推窗望月」,直斬賊人的咽喉。賊人縮頸藏頭,往下一蹲身,鬼頭刀倏向林鏢頭攔腰斬來。林鏢頭一領掌中劍,猛往下斜塌身形,用臥地龍,側身一閃,早將鬼頭刀閃開。跟著「毒蛇尋穴」,一劍向賊人小腹點到。賊人努力抽身,林鏢頭劍術高強,變化不測,點下陰,掛兩腋,哧的一下,竟把賊人的右腿劃傷。賊人跟蹌倒退出三四步去,急要翻身逃走。林廷揚往前一上步,劍照賊人的腕子一點,喝道:「把兵刃留下!」劍尖點傷了賊人脈門,噹啷,鬼頭刀落在船板上了。林廷揚哈哈一笑道:「鼠輩,知道林鏢頭的厲害嗎?」

一語未完,突從賊船上躍起一人,騰身上起,輕快異常,用輕功提縱術「一鶴沖天」絕技,倏地往下斜探,輕如飛鳥落在鏢船,「金雞獨立」式

一站。林廷揚一看，正是那賊船上首先答話的少年豪客。那帶傷的賊人趁機卻已逃回賊船。這少年豪客發話道：「林鏢頭劍術高明，名不虛傳。不才拜服之下，越發要討教了。林鏢頭，就請賜招！」林廷揚閃兩眼，把來人端詳了一下，微笑答道：「在下實在沒有什麼功夫。既承尊駕如此抬愛，我林某只好獻醜了。請！」

這「請」字才出口，倏然亮了個「舉火燒天」的架勢。少年壯士也道得一個「請」字，卻往前進步欺身，踏中宮，走洪門，突前直進。但見他劍到人到，身臨切近，夠上部位，立刻捎劍訣，左手往外一展；右手劍「撥草尋蛇」，向林鏢頭下盤便斬。林廷揚身軀矯捷，倏地閃開，接招相還。右手握利劍，左手托右腕，劍走輕靈，「白蛇吐信」，照少年小腹便刺。少年急閃，林廷揚早早將劍鋒撤回，唰的一翻手腕，劍尖一擺，復奔少年左股砍來。這少年壯士雙足一頓，斜竄過去。林廷揚一個箭步，跟蹤襲來，利劍橫掃，「玉帶纏腰」，斬向少年的中盤。少年「腕底翻雲」，轉身一劍；叮噹一聲，劍刃碰劍刃，激起火花來。少年喝道：「來得好！」兩個人驀地收招，舉劍再鬥。

林廷揚在一接近少年時，已看出這少年左手的中指、無名指、小指，右手的無名指、小指，全帶著護指甲皮套。他心知這少年平日不用武時，必將長指甲用溫水伸開，頓幻成溫雅書生。戰鬥時，定將指甲泡軟一卷，戴上皮套，便不礙用劍。賊黨中竟會有這樣人物，真是異事。林廷揚不敢輕敵，忙把三十六路天罡劍術施展開，一招緊似一招，抵住少年。少年也是劍術高明，一式疾似一式。兩下旗鼓相當，忽而躍上賊船，忽而落到鏢船，劍身合一，旋進旋退，倏攻倏守。兩把劍渾如龍蛇交鬥，劍光霍霍，泛起兩團白氣，裹定兩個英雄。林廷揚越遇勁敵，越能氣定神閒。下盤堅實，進退沉穩，兩眼炯炯，注定敵人，不慌不忙，專尋破綻。

這少年壯士也將自己的得意功夫施展開，二十四路三才劍，吞吐撤

放，果自不凡。他從來未逢敵手，今日得遇林廷揚，果見得老練穩健，名下無虛。這少年殺興大起，點、崩、截、挑、刺、扎，一劍狠似一劍，一招快似一招。果然英雄出少年，手法是攻多守少，氣概是目無全牛。忽見林廷揚一劍攻到，按理本該閃身避招；這少年卻藝高人膽大，不避正鋒，反取攻勢，猿臂一伸，劍尖照林廷揚右腕點來。他滿以為林廷揚一定要收招還架，自己便占先著。哪知林鏢頭卻是把穩處穩如泰山，驚險處險如駭浪；右臂倏往懷內一攏，劍身突往一上翻，劍尖反取敵人咽喉。這一招迅疾無匹；少年暗道聲：「不好！」腳跟一蹬，身向後仰，唰的倒竄出數尺，急拿樁站穩。

這也是少年的身手矯捷不群處；換在他人，絕沒這閃避的功夫。少年驀地臉一紅，將劍一揮，立刻反撲過來。林廷揚一著得手，早已趕到，喝一聲：「著！」長劍一展，分心就刺，追擊太疾，相離太近。這少年後退無路，急咬牙切齒，橫劍一崩。

林廷揚卻倏地將劍收回，往後一甩，忽往後一進，「泰山壓頂」，向少年猛砍過來。少年慌忙挺劍一撥，卻不防林廷揚實中有虛，劍鋒一偏，疾如閃電，竟向少年劍身一搭，腕上用力一顫。叮噹一聲響，火花亂射，兩口劍已有一口被打落船頭。

少年大吃一驚，急伏身外竄；哪裡來得及，林廷揚「金針度線」，又是一劍，一股寒風吹到。少年勢雖落敗，仍不慌亂，突然地合身向林廷揚這邊猛撲過來，劈面一掌，倏然身軀微退；將身一側，飛起一腳，踢向林廷揚右腕。林廷揚略一閃身，才容得少年右腿飛起，驀地一伏身，連環踹子腳，反向少年掃來。少年閃避不迭，咕咚一聲，被踢倒在船上。驀然兩船上起了一陣驚呼，歡喊！林廷揚一長身，將劍一舉，才待往下戳，猛然想，「得饒人處且饒人！」又想道，「奪路不如借道」。

遂將劍一停，道：「承讓！……」一言未了，驀地覺背後一道寒風襲

來。林廷揚急轉身一抄，一隻金鏢從賊船後打過來。林廷揚霹靂一聲怒喝：「休施暗箭！」倏然第二隻鏢和數粒彈丸抄身而過。

正是「人無害虎心，虎有傷人意」！林廷揚閃開了暗器雨，才接得金鏢在手，方待還發出去。那少年戰敗倒地，羞憤交迸，驟然一個虎跳，從船頭躥起，「燕子驚空」襲來。伸右掌，迅如電光石火，照林廷揚的玉枕穴猛然撲到。林廷揚急閃不迭，腦海一震，如耳畔轟了一個焦雷，驀地一陣昏惘，狂吼一聲，將手中鏢猛向身後一掄，哧的一下，橫穿透少年左臂。這一鏢，乃是林廷揚被狙拚命時的一股死力。那少年一陣奇疼，又聽得咯噔的一箭，猝不及顧，負傷帶鏢，一頭竄入水中去了。那箭掠頂而過，也落入水中；那把劍依然丟在鏢船上。林廷揚緊跟著也一頭栽倒在船頭，兩隻手微微發抖。

眾鏢客一齊大驚；鏢師黃秉揮動雙斧，四師兄虞伯奇揮動單刀，一齊從船尾躥過來，大罵道：「無恥強賊休施暗算！」兩人當先搶上迎敵。七師父魏豪便來搶救林鏢頭。盜船上那赤面大漢和手下黨羽早已看得分明，林廷揚被狙擊倒地。群賊歡然大喜！林廷揚甩手鏢打得少年豪客落水，群賊頓然大驚。赤面大漢一聲怒吼，將手中金背刀一擺，立刻響箭連鳴，群賊紛紛出動。先有兩個賊黨，各穿著水靠，應聲竄入水中。另有兩個賊黨，當先搶上第一號鏢船。這便是一個面如黃蠟的頭陀僧，舞動鐵禪杖；一個面目醜怪的虯髯漢，手挺一對銅鞭，嗖的竄過船來，鞭、杖齊舉，照林廷揚身上便打。

說時遲，那時快，鏢客這邊，四師兄虞伯奇、力劈華山黃秉，已如飛趕到，雙方迎了個正著。七師父魏豪手疾眼快，一伏身，抓起林廷揚，轉身便走。賊黨更不容情，鐵禪杖如一條怪蟒，夾著一股寒風，攔腰砸來。這一邊，虞伯奇仗一股子急勁，掄鋼刀「泰山壓頂」，狠命地剁來。噌的一聲響，那頭陀一陣風似的，急收回禪杖招架；刀鋒砸禪杖，只激得火星

亂射。虞伯奇的刀刃竟缺落一塊，震得掌心發熱。那個頭陀也驚得一跳。七師父魏豪趁此時機，背起林廷揚，一抹地竄回鏢船。那使雙鞭的虬髯大漢刻不容緩，向虞伯奇虛晃一鞭；直搶到魏豪背後，右手舉單鞭，照林廷揚後心便下絕情。黃秉急頓足一躍，揮雙斧倒追過來，大喝一聲：「著！」賊人急掣鞭回掃；魏豪頭也不回，跳入船艙去了。

力劈華山黃秉大罵：「惡賊竟敢猖狂！」一雙利斧橫掃直劈。虞伯奇更是二目圓睜，氣沖牛斗；將一把單刀使得風旋電掣，與兩個賊人狠鬥在一處。船頭地窄，勝負易分，黃秉斧法純熟，只十幾個照面，尋得一個破綻，一斧子削去。那使雙鞭的賊人，急忙驚身一閃。黃秉卷地追來，雙斧一送，喝一聲：「下去！」那賊撲通一聲，倒翻身栽到船下去了。那黃面頭陀勃然大怒，趁勢將禪杖一推，倏然收回，急撲到黃秉這邊；鐵禪杖橫空一掃，突然旁擊，只聽得嗆啷一聲，黃秉左手斧子竟被砸飛。黃秉吃了一驚，唰的竄開。四師兄虞伯奇挺刀猛進，刀尖直向頭陀後心點來。這頭陀一杖撲空，左手撒把，右手一帶，抹轉來向後一掃；扭身軀跟著一轉，吶喊一聲，將禪杖掄圓。虞伯奇不敢力敵，急忙收招改式；與黃秉一前一後，忽左忽右，夾擊這個頭陀。這頭陀身大力雄，將禪杖緊得一緊，在船頭施展開，按花莊八打的招數，鐵禪杖上下翻飛，帶得呼呼風響。黃秉、虞伯奇二鏢師反被逼得團團亂轉。

這時候三隻鏢船拋錨下碇，並排兒停在波心，列成一個川字形。第一號鏢船正在當中，和賊人那隻大船，船頭對船頭地相距著。三師父何正平一見總鏢頭受傷，急吩咐水手起錨，自己早將弩弓裝好。但見那個黃面頭陀越殺越勇，百忙中又將身邊戒刀掣出；右手掄戒刀，左手揮禪杖，把黃秉、虞伯奇殺得滿臉汗下。何正平覷得清切，將弩弓一端，咯噔一響；那黃面頭陀怪叫一聲，拖禪杖便走。這分際，鏢船已經起錨。湖水蕩漾，三隻鏢船順著波流，悠悠後退。第一號鏢船距盜船已隔開一丈七八，那頭陀

後退無路，大吼一聲。四師兄虞伯奇已然一個箭步竄了過來，鋼刀一挺，扎向後心，卻撲了一個空。那頭陀驀地飛身一躍，竟躍回盜船。他把一支弓箭，從左肩頭拔下，折為兩段，戟指大罵：「什麼人暗算我？」一語未了，咯噔一聲，何正平第三支弩箭又已發出。這一箭，黃面頭陀已經留神；唰的一聲，將禪杖一揮，把弓箭直打飛六七丈外。原來這頭陀就是西川路上有名的伏虎羅漢金面智開僧。智開和尚一眼看見了發箭的所在，將手一探，倏然揚了揚，把三隻銅鈸拋了出來。何正平急忙閃躲，銅鈸散開來。智開和尚大叫道：「還有你哩。」又將手一揚。虞伯奇哎呀一聲，倒在船頭，急一挺身，又復竄起，一隻手臂鮮血迸流，急忙退回，用手巾紮住。

　　緊跟著第三號鏢船又竄來兩個賊人，一高一矮，面容兇猛，各持著擋牌、鉤刀，手起刀落，砍倒一個鏢行夥計。這第三號鏢船，此刻是由七星劍丁宏肇把守，他急忙一擺七星劍，趁賊人立腳未定，想將賊人逼下船去。這二賊武功矯健，腳一挨船幫，蜻蜓點水，已由第三號鏢船，搶向第一號鏢船。丁宏肇大怒，橫劍邀擊，左手劍訣一領，倏向矮賊先遞過一劍。矮賊一晃擋牌，噹的一聲響；右手鉤刀「葉底偷桃」，照丁宏肇扎來。丁宏肇早已似旋風一轉，墊一步，利劍轉取高賊。高賊也將擋牌一擺，掄刀殺在一處。七星劍獨鬥雙賊，情勢見絀，竟逢勁敵。

　　那一邊，三師父連珠箭何正平早將弩弓一端，唰唰唰，連發出七支弩箭。高矮二賊不慌不忙，揮動擋牌，前遮後擋，獅子滾繡球，東衝西殺；何正平的弩箭全打在擋牌上，竟不能收功。高矮二賊圓眼怪睜，大罵：「鏢行小子休放冷箭，快滾來見我！」何正平咬牙切齒，再將弩弓照樣裝好，低呼李申甫道：

　　「破擋牌非李四哥不可。」

　　李申甫將四十多斤重的鐵棍一掄，竄身躍到第一號鏢船，照賊人掄棍

便打。高矮二賊急閃。李申甫單手掄棍，霍地一掃。力劈華山黃秉恰從一號鏢船，飛身竄到這邊應援，嚇得黃秉急伏腰竄開，叫道：「李四弟留神，別打著自己人。」李申甫道：「打不錯。」霍地又一棍，將那矮賊擋牌打落，碎成兩片。

這矮賊卻也厲害，一鉤刀扎來，險些削著李申甫手指。李申甫急將棍一揮，當頭砸下，不亞如泰山壓頂。矮賊不敢橫刀接架，腳一頓，竄向一旁。那高身量的賊人，卻從李申甫背後掩來。丁宏肇豈容他夾攻一人？七星劍一挺，急從側面刺來。當下兩個鏢客，兩個賊人，在船上穿花似的大戰起來。力劈華山黃秉兵刃短，不能近前接應，又見賊人小船欺過來，忙掇起板斧，從鏢局夥計手中要過一桿花槍。盜船上的賊黨正伸過撓鉤來，搭人腿腳。黃秉急挺花槍招架，一面招架，一面喊道：「何三弟快點，何三弟快點，招呼開船啊！」

何正平怒睜二目，把全副精神，盯著賊人大船的動靜。只見赤面大漢已指揮小船，重新圍抄上來。這些小船前前後後，錯錯落落，一齊來搶攻這三號鏢船，如群蟻附羶一般，將鏢船退路阻住，連聲吶喊，逼令鏢船攏岸。眾鏢客更不答言，只拚命奪路拒戰。

七師父摩雲鵬魏豪，此時已將總鏢頭獅子林廷揚安置在船艙以內。他將一支鉤鐮槍抓到手中，瞪著兩隻血紅的眼珠，從船艙鑽出；厲聲對何正平說：「三師兄，今天咱們有死沒活，有進沒退，咱們跟他拚了！」何正平也顧不得搭話，情知勢危，難脫虎口。趁著賊船尚未完全迫近，急命眾夥計，各持擋牌、兵刃，先護住水手舵工要緊，吩咐水手划船後退。眾水手多半驚慌失措，有的竟把槳掉在水內。何正平怒髮如雷，喝命鏢行夥計相幫划船。群賊哪肯容他退後？立刻將小船內預藏的石塊和鏢箭等，如驟雨飛蝗般向鏢船打來。

這夥賊雖是旱路大盜，卻也布置的很得法。共計十號小船，每號小船

都有兩個水手、兩個賊黨，拿著擋牌、撓鉤，一面掩護水手，一面鉤搭鏢船。另有三個武藝高強的頭目，各持利刃，容得撓鉤搭上鏢船，便搶上來，先砍水手，或者把水手踢下水去；鏢船自然不能走了，然後可以為所欲為。這種辦法，全是那赤面大漢的布置。

鏢行這邊，總鏢頭突遭暗算，勁敵當前，人心未免慌亂。幸虧三師父何正平久經大敵，隨機應變，急急招呼眾鏢師，分護住三號鏢船，各人都把一根篙竿搶取在手，吩咐夥計休管迎敵，只盡力搖船奪路。各鏢師遠攻用暗器，近守卻仗篙竿。賊人船稍一迫近，何正平便揮動篙竿，將賊人小船一點，立刻沖出數丈以外，決計不令小船靠近。可是賊船卻也不肯甘休，石塊、暗器飛擊過來，水手們在船面上都站不住腳。所幸鏢行這邊也有預備，各用擋牌抵擋暗器，努力行船。第二號鏢船當先，第一號鏢船在後，竟得悠悠退出。獨有第三號鏢船，激戰正烈。那高矮二賊奮不顧身，由第一號鏢船竄上小船，復駕小船疾襲過來。那矮賊趕上第三號鏢船，剛剛飛身一躥，身懸半空。力劈華山黃秉趁勢將花槍一掄，一個盤打，啪的一下，把矮賊搠在水中。那高賊急忙搶救，不防又是一個盤打，高矮二賊竟一齊掉到江中。

此時第三號鏢船一個水手也沒有了，全鑽入船艙，不敢出來。黃秉急忙搶過來，親自把住船舵，連呼李申甫、丁宏肇，趕快划船張篷。丁宏肇也一迭聲招呼兩個夥計相幫，拚命將船開起。李申甫卻將鐵棍一拄，和趟子手錢六，對著賊船大罵叫陣，急得黃秉不住催促。

剎那間，賊人果有三隻小船搶上來。當先一個藍衣大漢，氣象兇猛，背插八卦刀，手中提著二丈長的鏈子椎，用手一指李申甫道：「朋友，看你棍法純熟，報個萬兒來。」李申甫將鼻頭一指道：「我嗎？陝西大力神就是我。你叫什麼玩意兒？」藍衣大漢怒叱道：「你是什麼人物，竟敢出口不遜，看椎！」抖手一椎，照李申甫打來。李申甫閃身揮棍一挑，將椎挑

開。藍衣大漢將鏈子一帶，倏地又發出一椎。椎長棍短，一連七八椎。

李申甫只有招架，不能還攻，氣得破口罵道：「你小子敢上來打嗎？」藍衣大漢冷笑一聲道：「上來又有何難？」猛將鐵椎一帶，嘩啦一響。李申甫急將鐵棍一順，心中暗道：「你只要一竄，我就一搗！」卻不道鐵椎迅如流星，人未竄到，椎竟向黃秉砸來。力劈華山黃秉緊把船舵，正提防這一著，急急一閃身，伸手將鐵椎鏈奪住。兩下里一較勁，鏢船、小船呼嚕一聲響，如水激箭射似的，往一處撞來。七星劍丁宏肇大喜，心想，小船碎了！哪知賊人隊中頗有能手，兩船剛剛要往前對撞，忽然一個灰衣少年賊人，一長身，也將篙竿照大船一點，登時兩船錯轉。

那藍衣大漢趁兩船銜接，猛將左手中鐵鏈一鬆，早回手掣出八卦刀，一躍上船，摟頭蓋頂，手起刀落，照黃秉砍下去。

黃秉急閃身抽斧，藍漢趁勢奪椎在手，將椎鏈一抖，掄起來，啪的一下，竟將鏢船船舵砸壞。黃秉一斧頭劈去，藍衣更不還招，倏地撤身一閃。李申甫一抹地掄棍打到。藍衣大漢早一聲長笑，翻身跳回小船。小船飄搖如葉，丁宏肇急將篙竿一點，想將小船搗翻。那灰衣少年賊手腳很俐落，急展篙竿，兩人便打在一起。氣得李申甫拒住船頭，戟指大罵。鏢船船舵已墜落在水上，順流漂走。這鏢船在湖心立刻打起橫來。

賊人三隻小船更不遲疑，紛紛伸撓鉤便搭，拋石塊便打。

李申甫暴跳如雷，揮動鐵棍，來砸打撓鉤。力劈華山黃秉急，將一隻船桿在船尾撥動，當了船舵。他大叫眾人：「快快划船奪路。」因為這時候，第二號、第一號鏢船，且戰且走，頭尾相銜，已然沖開賊船，向來路退去。只有黃秉這第三號鏢船拒敵落後。那一邊，三師父何正平連聲叫喊：「黃大哥快跟上來！」黃秉便與丁宏肇、趙子手錢六，拚命趕行。李申甫也將鐵棍放在腳邊，把一支篙竿舞動起來，昂然立在船頭。任石頭如雨點掠來，他只不住手撥打那飛擊過來的石子和那橫伸過來的撓鉤；一面點

沖賊船，不令接近。仗他驍勇，倒也拒住賊人。這一來招惱了藍衣大漢，一抖大鐵椎的鏈子，忽而砸船，忽而砸人。

賊人大船上，那赤面大漢乃是旱路綠林，這次卻也邀來四個水寇。當下群盜開動座船，竟放鬆餘船，專攻林廷揚隱身的第二號鏢船。鏢船上防守得很嚴密，船窗內不時發出暗器，群賊攻不上來。那四個水寇一聲呼哨，持錘鑿翻下水去。第二號鏢船艙內猛聽得咚咚咚，船底連響。艙中守護林廷揚的鏢客們心知壞事，慌不迭地報知何正平。

何正平也早已防到，喝令四師弟虞伯奇，火速下水救護。虞伯奇已然負傷，卻也顧不得，急披水靠，帶兩名會水的夥計，竄入水中，與先下水的賊人鬥起來。船艙中已然漏進水來。七師父魏豪慌忙督促夥計，撕開被褥，將棉絮堵塞破漏處。水手也備有堵漏之具和防水之物。大家一面忙著堵漏，一面趲行。那盜魁赤面大漢率領黨羽，催動大船，便前來趁亂奪鏢。

卻幸虞伯奇一經下水，鑿船之聲立刻打住。但見波浪翻騰，倏然泛出一片片紅濤來。工夫不大，忽見水底翻上四個人來，乍沉乍浮，順流直漂下去。鏢船人等仔細看時，內中一個屍身，正是虞伯奇。

又過了一刻，一個鏢行夥計水淋淋鑽出水面，抓住了鏢船後舵大叫：「快拉我上來！」魏豪忙投下飛抓。那夥計剛剛撈住了抓繩，不意賊人那邊催船迫近，倏地發出一件暗器來。那夥計慘叫了一聲，手一鬆，沉入水底；翻了幾滾，也漂浮起來。

不用說，人已經死了。下水的三個鏢行，一個也沒有上來；那四個水賊也沒見露面。鑿船之聲卻從此打住。

這時候第二號鏢船，只有何正平和魏豪。賊人卻糾合黨羽，拚全力來攻這第二號鏢船。何正平的弩箭，箭無虛發。魏豪揮動鉤鐮槍，緊護船面船艙。無奈賊人勢眾，已是危機萬分。猛又聽得一聲暴喊，群賊一哄而

上。何正平情知此船不保，急叫魏豪速背林廷揚退到第一號鏢船。自己咬牙切齒，將弩弓不住手地向賊人亂射。箭盡拋弩，何正平掣刀一躍而起，撲向當先撞過來的賊人，手起刀落，把賊人砍下船去。魏豪趁此機會，退到尾接在後的第一號鏢船上。何正平橫刀邀住群賊，拚命拒敵。容得鏢行夥計，架著押鏢商人陸續逃過去；何正平這才且戰且走，也退向船後。卻是晚了一步，被一個賊人揮動長矛，把船點開兩丈多遠。

那赤面大漢一陣狂風也似撲上鏢船，掄金背刀，大叫：「朋友留名！」何正平大罵賊人：「太爺乃是連珠箭何正平，林鏢頭的師弟！太爺今日有死沒活，也不能叫你們囫圇回去！」腳一頓，話到刀到，照賊人一刀剁去，用了個十二分力量，赤面大漢急忙一竄閃開。何正平刀光揮霍，如瘋如狂，橫衝直掃，已擺出拚命的架勢。那赤面大漢金背刀一舉，才要還招；早有一個賊人舞動雙槍，趕來迎敵。何正平有攻無守，一味死鬥，只走了兩個照面，一個「金雕捕兔」，刀落處，把一賊砍倒在船上。可是賊人的槍也同時撤出招來，何正平的大腿也被槍刺通，登時血流如注。雖則受傷，何正平仍然拚命死戰，登時間刀傷二寇。那赤面大漢一個敗式，在身軀一轉時，金背刀暗交左手，斜轉身，甩腕子一鏢，奔何正平打來。何正平明明看見，卻是力盡筋疲，閃避不靈；這隻鏢擦著頸項過來。鏢躲開了，竟不能兼顧餘賊，大腿又被一把撓鉤搭上，只一拉便倒。

何正平已倒，赤面盜揮刀便剁。恰巧第三號鏢船的黃秉、丁宏肇催船趕到。黃秉連發暗器，將盜魁擋住。丁宏肇飛身竄過來，劍隨身到，倏地一劍，向賊人刺來。劍尚沒到，哐噹一聲，三號鏢船撞著二號鏢船，震得船上人俱各拿樁把穩，身形亂晃。力劈華山黃秉卻趁著這時竄過來，將何正平拖起便走。

丁宏肇也忙退回。大力神李申甫容得自己人皆已退回，怪喊二聲，慌忙把篙竿用力一點，立刻兩船離開；與第一號鏢船一同奪路，一面戰，一

面走。不料第三號鏢船竟被賊人奪去；那賊人反倒駕駛這第二號鏢船，跟他們那隻坐船，緊緊追趕過來，一毫也不放鬆，其勢似非將這三號鏢船全劫去，方才甘心。

迤邐追來，眨眼間，已追出三四里路。黃秉等將眾人分配在兩隻船上，勢力反得集中。只是遠攻之器已盡，只將篙竿舞動，不令賊船迫近。又耗了一里多地，正苦於不能脫身，忽然從下游駛來兩隻小船，船上站定兩個壯士，坐著十來個短打人物，口打呼哨，如飛而來。魏豪眼尖，已看清那兩人內中一個就是在運河邊洗菜的人，不用說也是賊黨了。魏豪深知腹背受敵，想脫身更不容易了！他急呼眾人：「留神前面小船！」

哪知事出意外，這兩隻小船並不迎頭截殺，反倒發出響箭報警。赤面盜魁督催黨羽，力追鏢船，忽聽得放哨的小船連發響箭，急命停船。等得小船臨近，兩船一搭話，赤面大漢立命折轉船頭，收隊而回；全數賊船駛回洪澤湖而去。只是在賊船退卻時，向鏢船叫罵道：「姓林的首級暫且寄存，少時我們再來取。讓你們多活半天吧，鏢行小子們。」

黃秉、魏豪等俱各滿頭大汗，也顧不得搭話，只拚命划船，奪路後退。這時已到黃昏，河面上竟沒有一隻商船往來，也沒有漁舟停泊。此刻，黃秉等心知還沒有離開險地。又走出數里，天色愈暗，忽然間近岸處陸路上，有一片快馬奔馳之聲。蹄聲蓬騰歷亂，來人似非少數。魏豪等俱各心慌，忙令水手，把船上才點著的燈籠一齊吹滅。燈光才滅，那騎馬的竟一直奔河岸而來；騎馬的人挑著一口燈籠，上面似有字跡。七師父魏豪年輕眼亮，已然有些看出來，急忙告訴黃秉。黃秉攏住目光，極力遠望；只聽岸上騎馬的人突然振起喉嚨，大喊：「窩和威鳥！」竟是喊鏢之聲。黃秉、李申甫、魏豪一齊驚喜道：「好了！」急命趟子手錢六，也引吭一呼。呼聲才罷，那騎馬的一群人接聲下馬，鏢船也急忙攏岸。

第二章　過天星赴援拒寇

　　這來的並不是過路鏢客——當頭騎馬的，正是安遠鏢店的趟子手馬起雲。後面緊跟著九匹快馬，乃是永利鏢局總鏢頭過天星回族人金兆和，率領八個好手，從旱路奔來。為了同行的義氣，特來應邀赴援。卻是一步來遲，安遠鏢局已經慘敗了！

　　力劈華山黃秉、李申甫、魏豪，急忙下船相見。那過天星金兆和年甫四旬，氣象沉雄；手下率領四個鏢客、四個幹練的夥計，齊來相見。金兆和道：「你們把林大哥趕回來了沒有？」

　　魏豪咬牙切齒道：「趕是趕回來了，他已經遭賊暗算，死了！」

　　金兆和大驚道：「怎麼，林大哥竟會死在賊人手裡！賊人真如此厲害嗎？」登時眉頭緊皺，拍掌咳聲道：「林廷揚林大哥一世無敵，竟喪在賊人之手，我金兆和如何有制勝護鏢的把握！」黃秉忙重複一句道：「是中了賊人暗算，那賊子也被林大哥臨危時一鏢打入湖中了。」金兆和愣了一晌，嘆氣道：「想不到林大哥一世英名，落了個這樣的結果！鏢船卻幸護住了？」

　　李申甫道：「就剩下我們幾個飯桶，哪裡護得住？三隻鏢船，被劫了一隻。我們總鏢頭一時不忍，縱敵竟遭反噬。我們虞老四更慘，護船水戰，屍骨無存，也不知漂到哪裡去了！現在只有林大哥的遺體。何三哥身受重傷，在船內掙命呢。」

　　眾鏢客一齊切齒大罵賊人：「此仇非報不可！」黃秉道：「報仇還是後事，今晚賊人必不肯輕易放過，還怕追蹤再來個第二回。這不是尋常水賊，乃是林大哥的仇人。」金兆和道：「既然如此，事不宜遲，我們趕緊預備預備！」又道，「我先看看何三弟去。林大哥的遺體，我也得祭一祭。

想不到昨日一別，竟成永訣！唉，這就是我們幹鏢行的收源結果！」

金兆和說了這話，滿面淒涼，十分感嘆。黃秉等引著金兆和上了第一號鏢船。由大力神李申甫，把永利鏢局一班鏢師，讓到第二號船上，歇息，待茶。金兆和隨著黃秉，走進船艙。

此時何正平的傷勢，已經敷上了鏢局的刀傷藥，疼痛略止，已能說話。他一眼望見金兆和進來，咳了一聲，說道：「金二哥，多謝你趕來接應。我們弟兄栽了！」金兆和慘然道：「三弟，不必難過，勝敗乃是常事；我們想法子護鏢報仇就是了。」安慰了一番，又到林廷揚屍體之前，眼含痛淚，說道：「林兄，我弟兄一步來遲，竟成隔世了！」淚隨聲下，拜了下去。黃秉、魏豪等更忍不住痛憤，都失聲痛哭起來。趟子手忙進來勸道：「眾位師父，這可哭不得！賊黨難免有哨探子，叫他們聽見了，更是不利。」

眾人勉強止住悲聲。金兆和把燭臺端起，將燈光照在林廷揚的屍體上。眾人看時，黃淡淡的臉容，雙眉緊蹙，眼角大張，兩隻散了光的眼睛，空空洞洞地仰望著上空，似乎不能瞑目。金兆和是個慷慨昂藏的漢子，看了這種景象，禁不得淚珠滴滴，流在臉上。摩雲鵬魏豪情切同門，更不禁淚落如豆。金兆和慘然長嘆道：「任你蓋世英雄，到了這步，恩怨名利一筆勾銷了。」

金兆和遂又和魏豪、黃秉，把林廷揚的屍體前後驗視，只有腦海玉枕穴上一處致命傷，臉上破了一些，是當時栽倒時磕碰的浮傷。金兆和俯身細看，後腦腦骨已經內陷下去。暗想：「此賊似是略諳點穴；但手法很重，又似學過鐵砂掌而不甚精。」看完詫異道：「林大哥當代豪傑，久歷江湖，怎麼動上手，竟把身後賣給敵人呢？」

魏豪咳了一聲道：「命裡該當罷了！那個白面少年賊黨，也使得是劍，上場時又很有禮貌。看我大哥的意思，大概是想把他打倒，略勝他一著，

先去掉他手中的兵刃，故意停劍不殺；再扶起來，說幾句場面話，化敵為友廣借道讓鏢船過去，也就完了。不料賊人手狠心毒，我大哥剛說了句承讓，那賊黨中突然發來一鏢。我大哥轉身接鏢，賊船的暗器又到。這時候，那個少年賊子竟趁機竄起，恩將仇報，驀地下此毒手。我大哥臨危怒吼，帶傷給了賊子一鏢，把他打入湖心。賊子的生死不知，只是這後患依然未了。聽賊人的口氣，這夥惡賊意在復仇，不專為劫鏢。林大哥當時負傷栽倒船上，賊黨們尚不肯饒，其勢非把林大哥分了屍，方才罷手。我大哥一世英名，這一回失事，簡直是慈心生禍害！一念不忍，傷了性命，想起來令人可痛可惱。揣度當時的情形，賊黨似大概還不準知道林大哥是死是活。我們拚命奪路，雖然僥倖退了下來，只是賊人招招毒辣，只怕他們今晚上必定再來。現在我們心亂如麻，金二哥不論看在死的、活的上面，務必請你們諸位拔刀相助，代為布置布置，一解此厄；就是我大哥陰靈有知，也要感激不盡了。」說著落下淚來。

金兆和慨然說道：「老弟，你這是什麼話？咱們用不著客氣。我和七弟你交往還淺，林大哥和我乃是二十多年換命的交情。我現在一步來遲，已經萬分抱愧，太覺對不住死者了。這以後的事，老弟只管放心，我金兆和絕不能含糊。即便把這條命賣在這裡，也得算著。你就伺候受傷的去好了。船上的事，我和黃大哥包總。來來來，黃大哥，咱們快著盤算一下。事不宜遲，咱們是吃快！」

正說著，一個鏢行夥計提著一把劍，走了過來道：「七師父，金鏢頭！你瞧，這就是那個少年賊人使用的兵刃，叫我們總鏢頭給打下來了，賊子死不要臉，我們總鏢頭饒了他一條狗命，他反倒潛使暗算，簡直不夠人味！」

大家急就燈光看劍：此劍長有三尺八寸，精鋼打就，銳利異常，劍柄上打著紅色燈籠穗。金兆和、黃秉細細端詳，才看見劍柄上鑲銀鏤字，這

一面是「戒淫忌貪」四個字，那一面鏤著小小一條銀龍的花紋，還有一個篆文「方」字。眾鏢師七言八語地議論這使劍的人物。金兆和忙攔住眾人道：「我們先不要講究仇人是誰，咱們現在最要緊的是趕快布置一下。我想賊人若果再來尋仇，必在三更上下，現在已經不早了。」說罷，引領眾人，一同走出艙來。

金兆和往四面看了看，向魏豪、黃秉道：「這裡太荒曠，不是進攻退守之所。我們還是往回退一站吧。」魏豪吩咐開船。

船本重載，這十匹馬不能上船，仍在陸地上，傍著江岸退了回去。兩隻鏢船也緣岸而行。天色越暗，景象陰森。只聽得船行水聲，衝破昏夜而已。不一時退了十多里，到達一個野渡地方。此處江邊略有幾戶人家，也有些小船停泊。黃秉與金兆和商議，覺得此地林木掩映，港灣分歧，似可以停泊；急令攏岸，吩咐鏢行夥計，速到岸上，採辦遠攻的兵器。

這裡本是一個小港口，輕易不停大船，哪裡有賣鏢箭的？

也虧得夥計們饒有急智，將鐵斧木棍、碎磚石塊，凡可以做武器的東西，儘量蒐集了一些。向民家出重價買來抬筐，把水邊一座土穀祠的磚壁拆了，將這磚塊急速運到船上岸上。又買了些乾糧水果，大家草草吃了些，分頭忙起來。把磚砸成拳頭大小，可握可拋，暫代飛蝗石子。且喜永利鏢局的鏢師夥計們，隨身頗有一些袖箭鏢槍；大家也分配了，以備使用。

於是公推過天星金兆和、力劈華山黃秉兩人，合議主持一切。兩人把安遠鏢局和永利鏢局的鏢師、趟子手、夥計人等，全招齊來，分擔護船拒盜事宜。由摩雲鵬魏豪先用兩床棉被，把總鏢頭林廷揚的屍體包裹起來；又用棉被把受傷的三師兄何正平圍起，就使這土穀祠的兩副門板，將這一死一傷兩個人，抬出船艙來，潛藏在這土穀祠內，以免萬一拒敵戰敗，被敵人殘害。

這土穀祠本已年久失修，又被鏢行夥計們拆毀一道短牆，更顯得破爛不堪。七師父魏豪立命夥計略事打掃，在地上鋪上亂草；把何正平由門板上搭下來，連被縛放在草上。何正平失血過多，敷藥後心神略定；卻經這番折騰，又昏暈了兩次。魏豪忙斟了些熱水，給何正平喝了。

沉了一刻，何正平緩過來，睜眼一看，自己鋪草蓋被地躺在地上；七師弟魏豪蹲在旁邊，兩名鏢局夥計正忙著遮蔽燈光，防敵掩擊。那總鏢頭林廷揚的屍體，就在門板上托著，停放在山牆根。何正平一陣心酸，顫聲道：「七弟，我們安遠鏢店自從走鏢以來，也經過大險大浪，誰想今天竟落到這樣地步！林大哥英雄一世，憑掌中劍，囊中鏢，走遍天下，焉想到慘死在無名賊子之手！老四虞伯奇更死得可慘，水戰護船，直落得屍骨無存。他年輕輕的，又剛成了家，還沒有小孩。現在只剩下你和我，怎麼回去見我林大嫂、虞四嬸啊？這夥強盜趕盡殺絕，不肯放手，還不知今日落個怎樣結果？我們幹鏢行的人有什麼意思！」

這斷斷續續一番話，直說得魏豪毛髮皆張，眼含痛淚道：「三哥，是福不是禍，是禍脫不過。今天你我弟兄活就活在一處，死就死在一處。萬一賊人到此，小弟帶著刀哩；這把刀給你，這把刀給我。我就堵住門，與賊死戰；戰不過，咱弟兄就橫刃自刎；大家落個不願同日生，只願同日死！萬一咱們脫過去呢，賊人不肯甘休，咱們就肯甘休嗎？咱弟兄但凡有三寸氣在，必定給大哥、四哥報仇。四哥的屍體到白天再設法打撈。還有咱們三個夥計呢，都死在水裡，這也得打撈。好在有過天星金師父拔刀相助，我們也未必真個一敗塗地。我們現在是聽天由命！」

何正平點點頭道：「我們只可跟他們拚一拚。不過賊勢猖狂，不可輕視。七弟你趕快回船吧，多一個人，也可以多壯一點聲勢。反正我的傷已經很重；就是好了，怕也成了廢人。留著我給林大哥做伴，你快回去吧。」魏豪搖頭道：「三哥，不要這樣想。三哥和死去的大哥，雖說離開險地，

但距離鏢船並不很遠。萬一被賊人尋著，一個保護的也沒有，只怕隨便一個人都要把三哥置於死地。三哥自然不怕這個，但賊人志在尋仇，我們豈可失著，叫賊人稱願？剛才分配已定，護鏢另外有人。三哥好好歇歇吧，不要說話了，多說話恐怕傷氣。」

這時候鏢行夥計已將土穀祠布置停當。土穀祠中只點著一盞小燈，用一個留著豁口的破瓦盆，把燈火扣上；祠內只微留著一點燈光，外面卻看不出一點光亮。摩雲鵬魏豪挺刀藏在祠內，進門處也設下埋伏。兩名夥計隱在土穀祠前黑暗之處。來路上，歧路上，也各安放了一個人。其餘的夥計，魏豪全打發他們回轉鏢船。鏢船之上，過天星金兆和，率四個武功矯健的鏢客、四個精壯的夥計，拔刀相助，趕來應援。這時候正派兵點將，忙著布置一切。未防勝，先防敗，既知敵人是來尋仇，並非專為劫鏢，金兆和便和魏豪、黃秉商量好，先把林廷揚、何正平運走，以便萬一戰敗，餘眾還可以棄船而退，不致把傷亡的人落在賊人手內。然後將這僅餘的兩隻鏢船，船頭接船尾地停泊在岸邊。卻將兩家鏢局的鏢師、趟子手、夥計人等，分為兩撥；一撥守護鏢船上，潛藏在船頭船尾；那一撥人卻埋伏在岸上，各找可以隱身之地，蹲趴在黑影中，各持兵器。那些磚石等物，也全都分配開了。

這一番布置，竟是以永利鏢局為主，安遠鏢局為輔。因為安遠鏢局的眾鏢師、眾夥計，自經一番苦戰，個個都疲勞不堪；所以金兆和便叫自己的人先當頭陣。水陸布置就緒，金兆和、力劈華山黃秉，又親自查看了一遍。金兆和說：「相好的，多加勁呀！」永利鏢客們嗷然應道：「總鏢頭放心吧，含糊不了。」各人都聚精會神地握著兵刃，看定賊人的來路。金兆和把大指一挑，誇獎了幾句。黃秉又向眾人連連稱謝道勞。眾人道：「黃師父，瞧好吧。咱們都是為朋友，為義氣。賊子來了，準叫他找不了便宜去。」

這些鏢師在江湖道上闖蕩多年，都是久經大敵，用不著過囑。這兩隻鏢船是船尾向東南，船頭向西北；因這江灣方向不正，從洪澤湖退回來，正是由東南往西北走。當下分派已定，防守鏢船者，是以金兆和為首，身率永利鏢師雙刀謝錦堂、水鬼姜輝，和安遠鏢師七星劍丁宏肇、趙子手米占標、馬起雲等，可以說是主力。那邊防守江岸的，便是安遠鏢師大力神李申甫和永利鏢師神槍手陶志剛、飛行無影上官聰和趙子手錢六等。黃秉潛藏在船岸邊，專管策應水陸兩面的。此外仍派出了兩個夥計，往賊人來路撒開了哨探。

這幾位在船上的人互相約定了，只要有強徒二次尋仇，定然先動後船；只要一聞動靜，便用兵刃或鞋底，震動船底為號，立刻就戒備起來。如果陸路先行聞警，即以投石擊水為號。要是賊人大隊來攻，我們就鳴鑼示威，水陸一齊動手。

過天星金兆和與力劈華山黃秉，又逐個密囑眾人：「千萬不要動手早了。我們不動手則已，既動手，就要誘敵深入，制敵死命。若是賊人來者不多，那就不必全數出動迎敵。務要蓄養餘力，以備通夜鏖戰。要沉機觀變，要以逸待勞。」

囑咐已畢，然後金、黃二人叫鏢局夥計們，把燈籠火燭全隱蔽起來；立刻這荒江野渡一帶，通統黑暗下來。風吹浪打，船身微搖；兩岸邊草木蕭蕭，發出淒涼之聲。不時夾著一兩聲的馬嘶，忽然聲大，忽然聲小。這正是永利鏢店眾鏢師騎來的那十來匹坐騎。恐怕隱藏近處，易露形跡；金兆和便叫手下夥計，把這十來匹馬全牽出半里以外，拴在樹林裡面。若是不知底細，即使你聽得一兩聲馬嘶，也許不致起疑；就起疑，也距戰地已遠。這一回布置，真是小心萬分，前前後後，或勝或敗，都已有了成算。這不是金兆和心思閱歷高過林廷揚，實在是金兆和心驚大敵當前，加倍的當心。林廷揚卻是變起俄頃，出於意外，並且林鏢頭名震武林，終有驕敵

之心，以致一念不忍，才遭了毒手。

金兆和回到艙中，把燈光掩熄，他料到賊人尋蹤，須在二更三更以後，此時可以歇息一下。那船上埋伏的鏢師們，也都按刀屏息而待，不時從板縫、窗隙，向外面張望。永利鏢師們與安遠的鏢師們低聲談話，講究賊情和林廷揚遇害、二號鏢船被劫的情形。

正談處，忽然把談鋒頓住。永利鏢師水鬼姜輝，用雙手向七星劍丁宏肇和雙刀謝錦堂手臂一搭，兩個人立刻住口，急側耳傾聽。果然聽見江邊砰的一聲，是投石擊水的聲音；原來陸地上已然看見動靜了。謝錦堂問姜輝：「可看見什麼了？是賊人到了嗎？」姜輝低聲說道：「我還沒有看見形跡。不過我敢斷定，船上已然上來人了。」

丁宏肇傾耳尋了尋，卻沒聽見什麼；急還手一推姜輝。姜輝暗暗說道：「剛才咱們說話的時候，船上一震，向左側傾了傾，準是上來人了。二位快分開，向外瞭望，把前後艙先守住了。」

丁宏肇等不再多問，立刻分開了；各自緊握利刃，潛帶暗器，將要道入口，分別把守。水鬼姜輝凝神靜氣地向外察看，卻依然不見人影。正自猜疑，忽地又覺得船身向右一傾，跟著船頭上微微一響。水鬼姜輝此時正在前艙，當下急遽地一轉身，右手把分水刀提起，輕輕摸到後艙門口；輕輕把門推開，輕輕竄到艙外，用「老子坐洞」把門封上，往艙旁黑影裡一藏。

條然，後艙棚堆貨處，閃出一個人來。水鬼姜輝刀交左手，才待伸右手，探囊抽取暗器，忽見這賊刀光一閃，似正由後船要竄向前船。水鬼姜輝心想：「好大膽的賊！」將暗器取出來，正待發放。突聽後船上有一人喊道：「哎呀，風緊！」咕咚一聲，似已有一人竄到江中去了。這一個賊彷彿愕然一驚，剛一徘徊；水鬼姜輝一聲不響，驀地一長身，右手一揚，一道寒風吹去。只見那賊似已警覺，只將身一閃，手一揮，似已將姜輝的鏢

抄在手中。卻不知怎的，此賊也突然哼了一聲，把手一掄，這鏢奔船艙打來。姜輝一矬身躲開，啪嗒一響鏢已落空。

水鬼姜輝掄刀搶過去；不想那賊一伏腰，也一頭竄入水中去了。

水鬼姜輝心中詫異，他卻沒有看清此賊已受了過天星的暗算。姜輝唯恐船上還有餘賊，急竄到船面一尋。果然覺得船身又微微一蕩，有兩條黑影一冒，立刻從前船搶上跳板。後船上，從船艙內唰的打出兩件暗器來，緊跟著追出兩個鏢師。這兩個賊人，但見身形一晃，已一前一後，登上了跳板，似乎要往江岸上竄。埋伏在岸邊的刀劈華山黃秉，已如飛地從隱身處竄出；邀住子二賊，一聲不響，掄斧就剁。這二賊卻也不言不語，各亮兵刃，與黃秉打在一處。船上岸上埋伏著的眾鏢客，已有約言在先，不得命令，不許全上；須看賊黨來人多少，自己這就出動多少人。力劈華山黃秉力鬥二賊，只走了幾個照面。水鬼姜輝便忍耐不住，如箭脫弦似的，跨跳板追下船來；掄劈水刀，照賊人便砍。陸地上，也有一個鏢師挺槍攻到 —— 這便是永利鏢師神槍手陶志剛。

三個鏢師圍攻二寇。二寇連戰到十數合，喊一聲：「扯活！」沖開了敵人的包圍，奪路搶奔西南。神槍手陶志剛挺槍要追，忽然聽高處一人吆喝道：「不要追！」那過天星金兆和已從船桅飄身縱下，止住了眾人，走上岸來。他對黃秉道：「黃大哥，這才是頭一陣，剛擋完。但是，咱們還得等著他們，不要把力氣使盡了。」正說著，猛聽西南一聲大喊道：「好賊，來是讓你來，回可不讓你回去了。」金兆和道：「這是誰喊？」黃秉道：「傻李罷了，還有誰？」那埋伏在陸地上的大力神李申甫，掄動了四十斤重的鐵棍，已然將那登陸的二賊截住。埋伏在岸邊的鏢行夥計們，也都合攏來，齊將磚塊照賊亂打。這二賊的功夫很好，李申甫本想將二賊打倒，到底被二賊奪路闖出去了。

船中的鏢客，又有兩人鑽出來，打聽道：「捉住了沒有？」

金兆和一看，有自家永利鏢局的雙刀謝錦堂和安遠鏢局的七星劍丁宏肇。他們全藏在艙中，沒有看見全面來攻的賊黨人數，向黃秉問道：「黃大哥，賊人來了幾個？」黃秉道：「就是這四個人。」金兆和揮手道：「這時候才二更多天，早得很呢。眾位請回吧，各守防地，留神下半夜要緊。」大家依言，又分頭藏起來。

也就是剛剛藏好，忽然聽見前船後舵，後船船頭交接處，嘩啦的水聲一響。這時緊守後船的，是過天星金兆和和馬起雲、米占標。緊守前船的，是雙刀謝錦堂和水鬼姜輝、七星劍丁宏肇。一聞動靜，兩船的人一齊側耳留神。過天星金兆和急將背後的厚背翹尖刀撤下來，將左肋挎著的豹皮囊，按了一按；倏然起身，將身貼在前艙門後，微啟門縫，向外偷瞧。

只聽呼啦一聲，水花四濺；早有一個水賊，登前船後舵，唰的翻上船頭。金兆和暗中冷笑了一聲。不意此賊身法甚快，才眨眼間，早已飛身一竄，來到後船幫；水淋淋地穿著一身泅水衣靠，背後插著兵刃，像是分水峨眉刺。卻一縱身，登到高處，似將手一揚。立刻又聽前船那邊，也嘩啦一響，從水中又冒出一個人來。先上來的這賊，腳步輕靈，踏板無聲，滑腳尖已到艙門，只用手試著輕輕一推。這艙門板之內，正埋伏著過天星金兆和。他故意將身一側，這艙門便應手推開了。賊人如果探頭內窺，過天星立刻便給他一刀。

這賊卻也怪，信手把門推開了，卻驀地一退步，竄開了數尺，轉身把峨眉刺抽出來。過天星金兆和趁這機會，猛將門一帶，嗖的竄出來，暴喊一聲：「好賊，看刀！」厚背翹尖刀一揮，對準賊人的胸窩，就是一下。這水賊霍地閃開，身形疾若飄風，往左一偏身，峨眉刺一領，喝道：「太爺抄水燕，來討林廷揚的腦袋來了！」「腦袋」二字還未容叫出來，過天星金兆和刀法更比舌尖快，早一招落空，第二招一緊，突向賊人攔腰斬來。口中喝道：「太爺等候多時了！小子送腦袋來，趁早伸脖頸！」話到刀到，

似驟雨飄風，金兆和據住船頭，與賊人交起手來。

這賊卻是勁敵，任金兆和二十多年的功夫，刀刀迅疾，也只與賊人打個平手。過天星金兆和不由驚怒，這不過是頭一陣探道的賊，竟這麼棘手，今晚的事還不知怎樣了局！金兆和一想到這裡，心中焦急；咬咬牙，展開了十二路滾手刀法，與賊人狠命相鬥，連拆了七八招。忽然聽船後艄，有一個破鑼似的叫聲，在黑影中喊道：「風緊！」這使峨眉刺的賊人，應聲還叫了一句，突然將峨眉刺一展，向前一沖；倏地往旁邊一閃，飛身一躍，竟從跳板上，直超越過去。居高下竄，借勢竄到江岸上；這一竄，足有兩丈多遠。

這一邊，是金兆和力鬥此賊。那一邊船上，也上來一個水賊，使一把吳鉤劍，從水中翻上船來。還未容他站穩，這號船上藏伏著的鏢師雙刀謝錦堂、七星劍丁宏肇、水鬼姜輝，你也想出來，他也想出來；三個人齊往上一沖，三角形把賊人圍在當中，刀劍齊下，叮噹亂響。這強賊武功不弱，無奈雙拳不敵四手，何況人家是三個人？只支持了幾個回合，竟有些招架不及。更兼船面上地勢窄狹，亮不開架勢；一個周轉不及，被雙刀謝錦堂嘆的一刀，剁在左肩上。登時賊人掙命的一退，忙忍痛招呼了一聲；用夜戰八方式，猛旋身劃起一個劍花。眾鏢師急忙讓招。這強賊猛一個旱地拔蔥，竟越出重圍，縱上岸去。

賊已逃到陸地，守船的鏢客們忙打了一個招呼。陸地上埋伏的人，早不待關照，已預備好了。大力神李申甫、力劈華山黃秉，棍斧齊揮，將賊攔住。過天星金兆和叫道：「這兩個賊是水路來的，上流必有賊船把風。夥計們，努力呀！」

這一聲才罷，船上眾鏢客奉了金兆和的派遣，由水鬼姜輝當先，帶兩個會水的趟子手，竟往前面搜探過去。這一邊兩個賊人，一個已受重傷，被黃秉、李申甫苦苦地圍住；忽然一聲狂叫，受傷的賊人已被李申甫打

倒。那賊倒地狂叫道：「哥們，快扯活吧，我完了。快回去報信，不要戀戰了。」李申甫大怒道：「好賊，臨死還鬼嚎！」噗的一棍搗下去。黃秉急忙攔住，要留活口，卻已無及——賊人腦漿迸裂，死在地上。

那使峨眉刺的賊人破口大罵道：「林廷揚，林廷揚，太爺不燒了你，對不過你。等著吧，太爺叫你快活這半夜！」口中罵著，手中峨眉刺招招歹毒；猛然搶了一個破綻，照李申甫一點，得空抽身，霍地衝出來，搶奔西南。黃秉嚷道：「截住他！」一聲未了，陸地上竄出來好幾個鏢行夥計，展兵刃阻住賊人退路。這賊人情知搶不過去，卻竭力一沖，抹轉頭飛奔向扛邊；雙足一頓，撲通，一頭竄入水中。卻又冒出來，罵道：「鏢行小子們，等著太爺吧！」眾鏢行將磚塊往水中亂打。賊人一分水，唰的浮出十數丈以外；昂首在水面，連聲大罵，黑影中竟找不見他。

水鬼姜輝恰巧回來，大笑道：「朋友，罵街沒用，水戰我來奉陪。」金兆和叫道：「追他！」水鬼姜輝道：「跑不了狗日的！」姜輝也沒有換水衣靠，把劈水刀交在左手，向腕下一順；趕到江邊，一頭竄入水中。那賊人吃了一驚，急忙雙足一蹬，唰的浮出數丈；水鬼姜輝也雙手一劃，雙足一蹬，唰的追出數丈。那賊人回頭一看，倏然沒入水底；姜輝也一頭鑽入水底，逆著江流，直追下去了。但是夜色已深，雖有月光，不能水戰，賊人浮水竟逃去。水鬼姜輝追出一段路，前面預有賊人小船潛伏接應。賊人從水面跳上小船，駕船退回了洪澤湖。水鬼姜輝只好折回來。

當下眾鏢師不覺地走上第一號鏢船，在船艙內一隻燈籠下面，相聚研究賊情。力劈華山黃秉正對金兆和說話，忽然神色一變，向大家擺手道：「別響，後船又有響動！」眾鏢師連忙側耳傾聽，陡聽得第三號鏢船上高喊：「眾位師父亮傢伙，傷了咱們人了！」

力劈華山黃秉趕緊噗的一口，將燈籠吹滅了。眾鏢師攏了攏眼光。永利鏢師飛行無影上官聰持一對判官筆，頭一個竄出艙外；過天星金兆和也

跟著出來。大家想不到賊人第二撥來得這麼快。上官聰一換腰，竄上艙頂，往那後面船上一看。只見那後面船上，已有賊人和七星劍丁宏肇動上了手；趟子手馬起雲背著一個受傷的，飛奔過一號船來。上官聰忙問：「受傷的是誰？」馬起雲道：「我們米三哥。」原來是安遠鏢局的趟子手米占標。

上官聰這時無暇再問傷勢如何，急飛身竄過三號船來。這一次來的，共是四個賊黨。一個身量高大，穿一身藍短衣，青絹包頭，舞動一口八卦刀，上下翻飛；一個頭陀和尚，黃面怪眼，力大刀沉；一個黑面大漢，使一柄鬼頭刀；一個是青衣白面的賊黨，舞動著一條十三節亮銀鞭，嘩的連響。這四個強徒非常梟勇。上官聰大喝道：「好一夥不懂綠林規矩的小輩！安遠鏢店既然栽在你們手裡，也就夠瞧的了。你們還要趕盡殺絕。難道江湖道上，就沒有人來管教你們了？」覷定了那藍衣大盜，「飛鳥穿林」，身隨刃進，判官筆直點強徒的後心。那藍衣大盜十分了得，一個「浪裡旋身」，往左上一步，上官聰的判官筆就點空了。賊人的刀用了手「鳳凰展翅」，向上官聰斜肩帶背砍來。上官聰見賊人來勢甚猛，不敢用判官筆往外硬封，急向後撤半步，藍衣大盜刀劈空了。上官聰趁勢揮雙筆，一找敵人的刀背；借式外展，立刻用「金絲纏腕」，向藍衣大盜腕上斬來。

上官聰跟使八卦刃的藍衣敵人交手；七星劍丁宏肇與那個青衣敵人，打得難解難分。水鬼姜輝等也全沖過來應援。這二次來襲的賊人，個個武功矯健，個個是勁敵。永利鏢局的鏢師，全不曾與賊黨「朝相」，所以並不曉得賊人誰強誰弱。力劈華山黃秉已認出那藍衣大盜和頭陀和尚，正是白天劫船的賊黨；忙告訴永利各鏢師，不可輕視二賊。

於是水鬼姜輝忙搶過去，幫著上官聰，二人雙戰藍衣大漢。力劈華山黃秉便喊大力神李申甫，離岸上船，揮四十斤重鐵棍，與那黃面頭陀力戰。那黑面賊人趁勢從後面來襲擊李申甫。力劈華山黃秉忙命趟子手馬起雲和永利趟子手沙得勝、孟金波，三人合攻此賊。那雙刀謝錦堂揮刀，趕

到助戰。一見眾人捉對兒廝殺，只有那個使十三節亮銀鞭的青衣賊人雖然年輕，卻是手底下既滑且賊，這條亮銀鞭上下翻飛；丁宏肇一口七星劍，又趕上船窄天黑，竟非賊人之敵。雙刀謝錦堂急搶上來，替換於丁宏肇；舞動雙刀，直逼敵人，不教他的亮銀鞭貼近他人。

兩隻鏢船上早已挑出燈來。燈光影裡，五個鏢師、三個趟子手，攻打四個賊人。四賊人昂然不懼，在兩隻鏢船上來往飛躍，兵刃叮噹亂響；卻是一聲也不言語。只有那個頭陀僧說了一句話：「鏢行小子，快把林廷揚的首級獻出來，我出家人就把你們放過！」

這時候，只有過天星金兆和還未動手，他挺厚背翹尖刀，觀看眾鏢師，全是拚命拒敵。金兆和昂然站在船艙頂上，靜觀敵我動手的情勢，預備自己相機策應。那力劈華山黃秉手持雙斧與丁宏肇，一個站在跳板旁，一個在船艙前，協力護住了鏢船；專司留守之責，以防賊人援兵的襲入。

這四個強徒乍來時，本想分兩撥，向兩船動手。誰知才登上第三號船，已被船上潛伏著的趟子手米占標看見，立刻從黑影中暗襲過來，照定先上船的強賊，不言不語，就是一刀。哪知道也是米占標倒楣，偏偏這當先上船的，就是白天那個最兇狠的黃面頭陀；此刻卻換了一把戒刀，特來結伴，討取林廷揚的首級。米占標這種本領，如何是他的對手！被黃面頭陀智開僧一個如封似閉，將刀磕開。這黃面僧手黑心狠，條然伺一變招，施展「舉火燒天」式，戒刀向米占標斜肩帶背劈來。幸而米占標閃躲得快，竟被賊刀劃了五寸長一道傷痕。多虧馬起雲跟得緊，沒等黃面僧智開緩手進招，急將米占標背起來逃走，米占標這才逃出毒手。

雙方在船上大戰，真是旗鼓相當，各不相下。到底趟子手馬起雲、沙得勝、孟金波的功夫差得很多，三個人圍攻黑面賊人，竟圍不住。才走了幾個照面，黑面賊人一鬼頭刀，又把沙得勝砍倒船上。被水鬼姜輝一眼瞥見，急撇下藍衣大盜，搶來相助，馬起雲、孟金波忙又把沙得勝救回。只

留下姜輝與賊人一來一往，鬥了十來招。

　　姜輝見敵人武功並不弱於藍衣大盜，自己不敢大意，一面動手，一面往下撤身。快到兩船銜接處，姜輝斜身錯步，嗖地縱上第一號船，轉身喝道：「鼠輩，這裡來！」這使鬼頭刀的賊一步也不放鬆，腳下一點船板，騰身躍起，躥過船頭；刀隨身落，向鏢師水鬼姜輝，斜切藕劈來。姜輝「鷂子翻身」，唰的讓過刀頭；一反臂，刀隨身轉，「玉女穿梭」，刀尖隨向黑面賊扎去。黑面賊刀已走空，急提刀纂，往外一掛。被姜輝往回一撤刀，斜臥雲式，「扁踢臥牛」，噗的一腳，正踢中黑面賊大腿的迎面骨上，噔噔倒退了兩步，身軀一晃，跌倒在船面上。水鬼姜輝不肯容情，躥起來，雙手捧刀，惡狠狠地往下便剁，用了個十分力量！

　　那黑面賊人畢竟功夫老練，招雖敗而心不亂；就船板上懶驢打滾，唰唰兩個翻身，嗖地躥下船去。姜鏢師用力過猛，收不住勢，嚓的一聲響，刀刃剁在船板上，深入寸許；反把自己身軀栽了一下，險些撲倒。

　　姜輝罵了一句，咬牙將刀拔起；方要翻身接應別人，猛然聽呼哨聲四起。這呼哨聲響得個別，是兩聲一歇，尾聲拖長。

　　在這荒江野渡上，顯得淒厲驚人；這哨聲先發自兩岸，後波及港心，聲聲傳遞。那襲擊鏢船的三個賊人，立刻接聲，也口打呼哨，紛紛收招，奪路竄上港岸，竟往西南退去。

　　眾鏢師哪裡肯饒？各挺兵刃，便要追趕。過天星金兆和一看這情勢，顯見將有大隊賊人即刻前來。金兆和忙止住眾人，對護船的丁宏肇和岸上的力劈華山黃秉說道：「黃大哥，丁五哥，賊人大隊這就來攻！我們只有兩隻船，勢力太孤；賊黨要是來船多，我們怕要被他包圍。我看還是換個地方，只擋他一面，厚集兵力，較為得勢；這個地方太散漫了。」黃秉、丁宏肇齊說：「金二哥，你看該怎麼辦，就怎麼辦，儘管吩咐。事情這樣緊，你就不用客氣，咱們拚著幹。」

　　眾鏢師一場戰後，齊來聽命。過天星金兆和吩咐散布在陸地上的鏢行人等，一齊歸隊上船，然後吩咐水手開船。一位鏢師道：「金鏢頭，咱們往下退，咱們在土穀祠的人，可不能隨著退吧？」金兆和想了想道：「這倒不妨事，那裡很安穩。看賊人索戰尋毆的情形，必疑心林大哥還在船上；你們只顧保住鏢船要緊。不過這船往後退，實在不好，還是往前趕對。」

第三章　鄧飛蛇夜襲焚舟

　　於是乎金兆和招呼水手開動鏢船，反向前趕過。但是，四面呼哨聲由遠而近，緊跟著沖濤破浪之聲；遙見上流火光如點點繁星，一艘巨艦鼓浪而至。後面另有四隻快船，上面全是弓箭手。隱約似還有十幾隻極小的瓜皮小艇，隱在快船之後；沒有燈光，也看不清上面的人。相離切近，大船上掌著十幾隻火把，船頭站著那個赤面長髯大漢，以及許多黨羽。過天星金兆和手按厚背翹尖刀，站在船頭極目觀望；忙叫鏢船趕快攏岸，反倒顧不得選擇形勢地點了。這卻是金兆和的失計：豈有大敵將臨，反而移動陣地之理？

　　七星劍丁宏肇遙指賊船，對金兆和說：「金二哥，你看賊船上那個拿金背刀、赤紅臉、長鬍鬚的，大概是賊人的首領，想必就是林大哥的對頭。金二哥可看清楚了，認識此人嗎？」

　　金兆和搖頭道：「看倒看見了，卻不認得。」口說著，卻在心中暗暗計算賊船上的人數，這一次賊人竟是大隊來攻了。丁宏肇又對黃秉說道：「黃大哥，你仔細看看，那個狙擊林大哥的少年賊子，可在賊船上面嗎？」

　　力劈華山黃秉眉峰緊皺地看，看了半晌。見賊隊中高高矮矮許多人，似乎那個白面書生模樣、少年使劍的賊人，並沒有在船上。他遂對眾人說了，又叫過趙子手錢六和大力神李申甫跟別的夥計，叫他們仔細辨認。眾人看了又看，果然船上並沒有狙擊林廷揚的少年賊人了。黃秉、丁宏肇吁了一口氣道：「這還罷了，那賊子一定叫林大哥一鏢打傷，淹死在湖中了。」

　　眾人正揣擬著，賊船已將來到。兩號鏢船加勁疾駛，找出了一個形勢較好的地方，立刻攏岸準備抗戰。忽然聽迎面賊船上，有人大聲發話：

「呔！鏢船上眾人聽真，我們並不是圖財劫貨。我們乃是奉了兩湖獨行大俠小白龍方靖方當家的派遣，特找安遠鏢店總鏢頭獅子林廷揚來報仇，與你們無干。你們只把姓林的首級獻出來，我們立刻放鬆你們。小白龍方靖方當家的，乃是江湖上有名人物，言出法隨，說一不二。諒你們鏢行一夥子廢物，斷非他老人家的敵手。趁早把眼珠放亮了，方當家的自然留些情面，放你等逃生。要是執迷不悟，我們一把無情火，叫你們死無葬身之地，休要後悔。」賊人接著又喊道：「林廷揚鼠輩，你也是個男兒，不要鑽在船艙裡裝死，趁早把首級獻出來！」

過天星金兆和勃然大怒，敵人雖眾，賊勢雖強，他豈肯認栽？他站在船頭上，一陣狂笑，厲聲道：「呔！朋友，你要想拿幾句空話，嚇唬小孩子，可惜我過天星也痴長四十二歲了！咱們手底下見功夫，休要虛聲恫嚇！朋友，你們也太不懂江湖道的規矩了。安遠鏢店已經折在你們手中。朋友，光棍做事有起有落，這也就夠樣的了，你們就該見好便收，這足夠你們在水面上叫字號的了。殺人不過頭點地，你們有梁子，現在也該隔過這一場去。你們還這樣趕盡殺絕，叫江湖上的好朋友豈不笑掉大牙？告訴你，朋友，我不是安遠鏢局的人，我乃是清江浦碼頭永利鏢局總鏢頭過天星金兆和是也。今天特為了江湖的義氣，和我們鏢行的行規，特意趕來，和解此事。朋友閃面子，看在我金兆和身上，多多包涵，借道放行，日後自有承情的地方，若要不然……」唰的轉身掣刀，道：「我金兆和今天要憑這把刀來借道！」

過天星這一報字號，有兩個用意：第一說出殺人不過頭點地的話，暗示著林廷揚已然慘敗，報仇人可以趁風轉舵，讓過這場，無形中就是讓賊人一步；第二是報出自己的名字來，把事情攬在自己身上，那就是拿兩個鏢局的力量，拚命來借道。

賊船上也許有熟人，或者可以聞名推情讓道。哪知賊船上那個赤面盜

魁，一聽見這番話，反而一縱身來到船頭，那先發話的賊倒閃過一旁。那赤面盜魁登在船頭高處，借火光怒目向鏢船這邊一望。又側著臉，攏著眼，看了又看，然後大聲說道：「喂，前面可是永利鏢店金鏢頭嗎？」

賊船迫過來，兩船相隔已近。金兆和也閃眼打量這赤面盜魁。這人面橫殺氣，雄偉異常。金兆和看罷，答道：「在下正是金兆和。舵主何人？請報個萬兒來。你和林鏢頭有什麼過不去的梁子，說出來，我也許能夠破解破解。」

赤面盜魁微微冷笑道：「果然是金鏢頭，久仰久仰！我在下素聞金鏢頭是江湖上一個人物，今夜要是你的鏢船由打此處經過，我若動你一草一木，那算我……那算我不懂面子，不會交朋友。不過我這次卻是訪得千真萬確，這是安遠鏢店姓林的親自承攬的買賣。金鏢頭，你不必參與我們的事。我這次不為在道上打劫，我們有十幾年不解的梁子。金鏢頭只要甩開這一場事，水旱兩路，只要遇著永利的鏢旗，我是一定遠接高迎，準叫金鏢頭知道我是朋友。至於今天，不便多說。金鏢頭，我請你閃給我一個面兒。我們勞師動眾的，專為找姓林的來的；請你把林廷揚叫出來，當面搭話。」

這盜魁猶恐林廷揚未死。金兆和立刻搭話道：「朋友，你一定要找姓林的？姓林的和我是朋友，又是同行。他有對不過你的地方，我來替他賠話。相好的，請你道個萬兒來。到底是你老兄找姓林的，還是小白龍找姓林的？」

盜魁眉峰一展，看見金兆和這樣強出頭，心知林廷揚凶多吉少，不由放下一多半心。當下面色一整，厲聲叫道：「金朋友，我已經告訴你了；我不是剪買賣，我們是跟姓林的算舊帳。他知道我，我知道他；你也不必打聽是小白龍找姓林的，還是我找姓林的。反正是小白龍要跟姓林的交代幾句話。請你把姓林的叫出來，廢話少講！」

金兆和道：「舵主不肯留名也罷，我要求你一件事。我金兆和先告個罪，你們兩家的事暫且罷手。既有梁子，我三天內在清江浦撒紅帖，普請附近水旱兩路江湖上的朋友，邀你兩家到場，公斷是非，給你兩家了結這場事。我敢擔保，安遠鏢局的鏢船寸步不移，聽候了結。了結不成，還有你兩家的事在……」

那盜魁冷笑一聲道：「金鏢頭，你就不必廢話了。你的好意，我很領情，你卻不曉得我姓……我和小白龍方師父，專程等候林廷揚，就在這洪澤湖一帶，已經有半年之久了……」

這盜魁說著，提高了嗓子，叫道：「林廷揚鼠輩，太爺和你有十多年的交情，好容易今天才遇見你，你還認得我嗎？你休要躲在艙內裝死，請朋友替你頂缸扛叉。你但凡有口人氣，趁早滾出來，不要裝奴種！」

這盜魁又擠了一句。金兆和怒不可遏，正待答言，這時節力劈華山黃秉、大力神李申甫和永利四位鏢師，全在船面上提防著。大力神李申甫見盜魁這麼豪強，不禁氣沖兩肋，嗷的一聲，振喉嚨大罵道：「好一個趕盡殺絕的惡強盜！我們林大哥慈心生禍害，一時不忍下毒手，遭了你們的暗算……」一句話走漏了底細，力劈華山黃秉再想攔他，話已無及。那赤面盜魁頓然決心，再不跟金兆和廢話了。突然將手一揮道：「咍！鏢行小子，休要賣狂，太爺叫你們痛快！金鏢頭，對不住，沒有你的事，你趁早下船。不然的話，在下可要得罪了！」

過天星金兆和聽賊人挑戰的口吻已露，便立刻一側身，將厚背翹尖刀一亮。哪知這盜魁並不想親自交手，將手一擺，捏著一管銅笛，拿來在口邊一吹，吱的一聲，笛聲悠長；倏然間，四隻快船從兩側竄到盜魁座船的前面，強弓硬弩如雨點般向鏢船攻來。鏢船上眾鏢行急用擋牌遮箭，也照樣地以矢石還攻。

忽然，十幾隻瓜皮小艇，飄搖飛駛，越過了巨艦，撲向鏢船。小艇上

轟然凸起著，黑黝黝的，看不甚清堆的是何物。借巨艦上的火把餘光照耀所及，隱約只看見小艇上似各有一兩個水手。眾鏢師正在錯愕防戰，不想小艇上竟滿載著乾柴枯草引火之物。突然呼哨聲中，火光一閃，十來隻小艇一齊火發。小艇上的水手全穿著水衣水靠，手持長篙。待到火勢一旺，撲通撲通，全跳下水去；竟潛身水底，在水中推動小艇，往前進攻。烈焰飛騰的小艇悠悠蕩蕩，向鏢船撞來。濃煙卷冒，火焰隨風大起；東一處，西一處，噼噼啪啪地亂響。任憑鏢船上有弓箭磚石，只是全等於無用。

　　賊黨水手推著火艇往前移動，六七隻小艇漸漸圍近鏢船，濃煙撲過來，鏢船上的人被嗆得睜不開眼，烤得站不住人。任憑過天星金兆和有多大本領，也束手無計，弄得英雄無用武之地了。力劈華山黃秉連叫：「壞了，壞了！」他與雙刀謝錦堂趁賊人的火艇逼近時，連忙揮動了篙竿，將賊人小船撐翻了兩隻。無奈艇上全是灌了油的柴草，依然在水面上忽忽突突地燃燒著。

　　過天星金兆和兩目如燈，怒髮如雷，只是沒辦法；一迭聲地吆喝開船後退。永利鏢店所來的鏢師，只有水鬼姜輝精通水性。水鬼姜輝仗劈水刀，奮身下水，要來刺殺水中行船的賊人。只是這一批賊人又不比白晝那夥，乃是那赤面盜魁飛蛇鄧潮，從水路上的綠林道中，臨時邀請來的有名水寇，個個都精通泅術，善會水戰。水鬼姜輝仗著這一把劈水刀，既無幫手，人單勢孤，又在夜間，不利水戰；而且這一群水賊非常狡猾，水性好而武功弱，好像可以取勝，但是這些水賊卻散開了。姜輝追到這邊，他們便逃到那邊；追到那邊，卻又逃回這邊。他們只顧乘機推船，不肯來水鬥。

　　水鬼姜輝連傷了兩三名水賊，依然無濟於事，竟有三號四號燃火的小艇，撞到第三號鏢船上。那四隻快船依然不放鬆，趁夾縫裡攢攻過來，使鏢船上的鏢師夥計手忙腳亂，緩不過手來搶救。四面呼哨聲吱吱地亂響，特別令人驚心動魄！火勢烘烘，眼看第三號鏢船已被火烘著，一陣陣煙火

捲起。那幾隻火光熊熊的小艇，如火球似的全偎上來。在濃煙烈焰中，群賊的長箭短駑仍如雨點般橫掃直射。鏢船上的人叫苦連天，不等號令，拚命搖船，奪路後退。

那一邊，潛身水中、苦戰驅賊的水鬼姜輝，揮劈水刀，東逐西殺，仗他水性高強，不一時，在水中連傷了數名水賊。有兩名水賊被迫逃上了盜魁的座船，赤面盜魁方才曉得水底下鏖戰方烈，急急地向那臨時請來助陣的洪澤湖著名水寇，連連舉手，請他們下水接應。抄水燕、鬥海龍、橫江蟹、戲水蠍，這水中四霸，立刻披水衣水靠，兩個使分水魚叉，一個使三棱峨眉刺，一個使倒順鉤鐮槍，唰的竄下水中，把水鬼姜輝困住。

鏢師水鬼姜輝獨木難支，久戰力疲，被洪澤湖水中四霸，咻地攻過來，唰的浮過去，猛然一擊，驟然一刺，防前遮後，護上顧下，一個躲閃不及，竟被戲水蠍的鉤鐮槍點傷了左胯。咻的一下，水靠破裂，登時灌進許多水去，左褲腿頓然肥大沉重。

水鬼姜輝咬唇忍痛，急踏水逃走；這四名水寇緊緊追逐過來。

水鬼姜輝一踏水，冒出江面，急閃眼搜尋，見鏢船已退出數丈以外；忙努力泅水，趕奔鏢船。第一號鏢船船篷已然起火，第三號鏢船幸尚無恙。過天星金兆和亮厚背翹尖刀，正掩護一號鏢船上的人，往三號鏢船上撤退。姜輝露出水面，力盡筋疲，大叫：「總鏢頭，我栽了！」用力一蹬水，已然傍到船舷，立刻踏水伸臂，上攀船幫。

後面一個水賊已經緊緊追到姜輝身後，也努力一踏水，將身形露出水面；挺分水魚叉，一聲不響，照姜輝身後點來。姜輝沒防到賊已追至，又是戰疲，又是背著身，分水魚叉已點到後心，卻被過天星金兆和一眼瞥見，來不及招呼躲閃，霍地一伸手，從鏢囊抓出一隻凹面透風鏢，抖手一鏢，舌綻春雷道：「咑，著！」這一鏢如一點寒星，直奔賊人咽喉。這賊人急將身子一沉，鏢卻發得更快。這賊人啊的一聲，面門上釘了一鏢，身子

向下一倒，死在水內。

　　水鬼姜輝一回頭，嚇了一身冷汗。急忙一按船幫，躍身翻上船頭。但是，賊黨愈逼愈近，眼看第一號鏢船半為煙火所瀰漫，第三號鏢船的船尾也快被火艇烤著了。過天星金兆和怒吼如雷，揮厚背翹尖刀，還想搶救。力劈華山黃秉已看出情勢不好來，率領群鏢師從第一號船退到第三號鏢船，把艙內四隻珍貴的箱子，搶護下船，連聲招呼，趕緊棄舟登岸。

　　眾鏢師在濃煙中掄兵刃，極力衝突，搶奔跳板。李申甫、雙刀謝錦堂且戰且走，據岸斷後。過天星金兆和二目圓睜，督促永利鏢師姜輝、上官聰、陶志剛決計與賊死拚。七星劍丁宏肇撤退稍遲，被三賊人圍在第一號鏢船後艄上。群賊大叫：「快快獻出獅子林的首級來！」

　　過天星金兆和揮厚背刀，向賊人大罵：「萬惡的強賊，不顧江湖義氣，你家金鏢頭今天與你們拚了！姓金的要見識見識你們瓢把子，到底有什麼驚人本領，敢這麼趕盡殺絕！以多為勝的不是好漢。真是好漢子，到岸上跟你金爺爺過過招。燒了船一走，那是狗盜行為！金鏢頭要不追到你老巢，連你的窩給挑了，算我枉當了二十年鏢頭！」金兆和振喉嚨一陣狂罵，在濃煙亂舞、喊殺聲中，賊人並不回答。但聞那赤面盜魁連聲狂笑，笑聲磔磔。仍有兩隻快船，還嫌第一號船燒得慢，竟欺了過來，往鏢船上連拋引火之物。

　　過天星怒氣沖肋，橫刀奮身一縱，竄上了賊人的快船。厚背刀揮霍亂砍，渾如凶神下界；咔嚓咔嚓一陣亂砍，登時間刀鋒起處，血濺賊船。有四五個賊黨被砍倒船頭，兩個賊黨被逼落水。賊黨們一陣鼓噪，竟舉起燃著的柴把，照金兆和擲來。

　　金兆和一閃身，掄刀一磕；火把迸散，火星亂射。過天星金兆和的鬚眉被火焰燎著，燒了好些。金兆和就如飢餓的獅子一般，用手一抹臉，狂吼一聲，罵道：「好狗賊！」沖開火焰，直撲過去。嚇得這擲火賊人，慌不

迭地把身子一仰，撲噔一聲響，翻落在江心。

過天星金兆和趁此機會，由圍攻的賊船上一躍，躍到第三號鏢船；又由第三號鏢船，躍到第一號鏢船。這第一號鏢船火勢已成，篷帆盡燃，火光熊熊，噼噼啪啪亂響。七星劍丁宏肇眼看身陷火窟，被三個賊人揮長篙亂打，竟逃退不出來。過天星金兆和冒著火焰趕過來，掏凹面透風鏢，咬牙切齒，揚手一甩，立刻把一個賊人打傷。過天星大叫道：「丁五哥，快這邊來。」躍過了烈焰，丁宏肇掄劍奪路而退。過天星揮刀接應，連連發出兩隻凹面透風鏢。這鏢傷人厲害，傷處極易潰爛。一連三隻鏢，打傷兩個賊人，丁宏肇一抹地逃了過來。

不想眼看就離險地，賊人那邊卻也發出暗器來。那黃面頭陀智開僧，猛然將銅鈸取出，火光影中，揚手一拋。過天星金兆和急忙閃身一躍，大叫：「丁五哥，留神！」一語未了，丁宏肇狂喊一聲，竟一頭栽到火窟裡。過天星不顧死活，往前一躍，抓住丁宏肇一隻手臂，往外猛地就掄。丁宏肇借力躍起來，衣服依然燒著，倉促間無法撲滅，慌忙往岸上一跳。這船卻離岸足有三丈多遠，撲通一聲，落在水中，未得達岸。丁宏肇更不會水，倒在水中，被浪頭一打，連翻了幾滾，捲入波心了。

過天星金兆和哎呀一聲，無可奈何；復又翻身躍回第三號鏢船，雙足一頓，搶上一號賊船。這賊船正欺過來，仍往鏢船上亂擲引火之物。金兆和急衝過去，揮刀便砍。飛行無影上官聰、神槍手陶志剛，也躍上賊船拚命；先砍駕舟之賊，再鬥縱火之盜。

賊黨的大船疾駛過來接應。那赤面盜魁沒想到火攻之計已經得手，鏢行之人還這麼拚命。赤面盜魁不由震怒，金背刀一揮，暗傳號令。這兩號賊船竟不搖自走，載著上面狠鬥著的三個鏢師，竟蕩悠悠地往江心駛去。原來水底的賊人，又已奉命推船游動了。過天星金兆和深知船到江心，再被賊人圍住，於己大有不利，急急招呼一聲，一齊撤退。幾人縱身躍回已

起火的鏢船，緊貼著船幫，一抹地躥向跳板。可惜鏢船已然晃動，距岸已在三丈以外。力劈華山黃秉、大力神李申甫、雙刀謝錦堂，各持兵刃力保退路；卻冷不防被水中賊人把跳板打落水中。過天星金兆和率上官聰、陶志剛退到三號鏢船後艄，眼望岸邊，沒有法子登岸。火光影裡，被水鬼姜輝一眼望見，大叫：「總鏢頭只管跳，我來接應。」

於是過天星金兆和、飛行無影上官聰、神槍手陶志剛，不遑他計，急急地由三號鏢船上，雙足用力一蹬，嗖的往岸上躥來。三個人腳下一較勁，這鏢船立刻又往後坐了數尺。黑影中只聽一陣撲通撲通聲，三個鏢客全掉在水裡，距岸七八尺，水深及腰。過天星金兆和到底不弱，雖然不會水，卻借勁一拔身，躥上岸來。飛行無影上官聰身輕如葉，也呼隆一聲，分水竄了出來。陶志剛是末一個離船的，船已被金兆和二人蕩遠；他努力往岸上一跳，竟整個身子掉在水中；腳下一滑，險些淹沒。幸被水鬼姜輝浮水趕到，急救上岸。此刻，賊人又從水中趕過來。岸上眾鏢師使暗器，紛紛一陣亂打，將賊阻住。

當下鏢船上的水手、鏢行夥計、趟子手、兩鏢店的鏢師，先後撤退到岸上。一場水戰，夾著火攻，貨船全焚，鏢行大敗。那兩號鏢船火焰彌天，照得波水泛霞。眨眼間，只剩下兩片船槽了。

賊人大小戰船耀武揚威，在火光中出沒。受傷落水的賊人，他們都撈救上來。若按劫鏢說，是得不償失；若按報仇說，卻痛快淋漓，火攻計太歹毒了。鏢行這邊，枉費一番拚命苦鬥，又傷了幾個人，只救出四隻箱子來，這卻是一場慘敗。

過天星金兆和渾身水淋淋的，鬚眉盡失，滿頭冷汗。右手掄著厚背翹尖刀，左手緊握拳頭，如瘋似狂、兩眼瞪定了起火的鏢船。力劈華山黃秉手持利斧，也瞪視波上，屬聲對金兆和說：「金二哥，我們怎好與賊人善罷甘休！」

金兆和翻身一把抓著了黃秉，也厲聲說：「我金兆和沒這麼栽過！我們在岸上跟他們拚！」倏然一回頭，望望眾鏢師，查點人數；短了丁宏肇、沙得勝、錢六、米占標等人。黃秉、金兆和一齊發話：「諸位怎麼樣？我們可要拚命了！」眾鏢師誰肯落後？雖然有的力乏，有的負傷，可是江湖道上，爭的就是一口氣！眾人嗷應道：「拚！誰退後，誰是賊種！」立刻起了一片喊殺之聲，立刻的眾鏢師各展兵刃，在岸邊結集起來，對江心一齊大罵叫陣：「萬惡的狗強盜，使火攻計，不靠真本領，男盜女娼，下三爛，不是人生父母養的！好漢子下船來，跟爺們走幾招！」

這一夥武夫不要命地一陣亂罵狂喊。過天星金兆和和力劈華山黃秉，更指名叫那赤面盜魁：「小子有種，下來跟金二太爺、黃大太爺過兩招！」這一場叫陣，勾起了赤面盜魁的怒火，激起了群賊的殺機。登時見盜魁大船晃晃蕩蕩，開駛過來。大船攏岸，拋鐵錨，橫跳板，群盜相率下船，口中也是亂罵。

這一群盜黨全撲下船來，有十幾隻火把照著，大叫：「金兆和，不識抬舉的東西！趁早把林廷揚的狗頭獻出來，太爺放你們逃生。」、「太爺放過你們，你們一定還要找死？」登時仍由那個黃面頭陀、那個麻面大漢和一個矮身材、大腦袋的中年漢子，各展兵刃，當先搶來。鏢行這邊，飛行無影上官聰，擺判官筆，一躍上前。神槍手陶志剛、大力神李申甫，一個揮槍，一個舞棍，吶喊一聲，也直衝過去。那赤面長髯的盜魁，飛身下得船來，向兩邊一看，立刻留下二十多人守船；將手中金背刀一揮，吩咐餘眾，分兩路抄擊過來。

力劈華山黃秉還打算分一撥人，留守那從船中搶救下來的幾箱貴重貨物。但一見賊人竟遣大隊來攻，足有五六十人，自己這邊人單勢孤，實在分派不開。他忙向過天星說：「咱們全上，不用留人了！」話才出口，永利鏢店的雙刀謝錦堂早將刀一錯，應聲喊道：「砍一個夠本，砍兩個有賺頭！

留人做什麼，全上啊！」對水鬼姜輝、趙子手馬起雲，打個招呼，督率兩鏢局的夥計，迎頭截了過去。

兩邊一湊，登時與群賊混戰起來。那赤面長髯的盜魁，懷十五年的深仇，積八九年的苦練，將這一口金背刀練得精熟迅快。他早一眼盯住了過天星金兆和的厚背翹尖刀，躥過來厲聲叫道：「金朋友，不是我不留情面，煩惱皆因強出頭。」過天星金兆和惡聲還罵道：「我宰了你！不要臉的無名下輩，火攻計暗算人！」摟頭蓋頂一刀剁來。這盜魁霍地一閃，讓招還招，一刀向金兆和撕來。兩人對刀步戰，殺了個難分難解。

這盜魁大舉復仇，劫鏢焚舟，竟猶未足，他定要割取仇人獅子林的腦袋，以祭亡兄之靈，以償當年誓願。白日邀劫，他本來要緊追不捨。第一、第三號鏢船沖圍敗退，盜魁就命群盜駕著奪來的第二號鏢船，跟追下去。不意巡風的小船忽然迎面駛來飛報：下游河道見有緝私營的快艇游弋，恐怕他們聞警向洪澤湖開來。水寇儘管殺人越貨，總不願抗敵大批官軍。赤面盜魁無可奈何，怒罵一聲，吹動了呼哨，將所有盜船和劫來的貨船，一齊遁回洪澤湖去。但是這個盜首不甘心，這才二次夜擊鏢船。數番挑戰，林廷揚終未露面，群盜已料定林鏢頭必死無疑。只是這盜魁眼見林廷揚受傷時，曾將使劍的少年打落水中。他不知林廷揚腦海被震，人已受了致命傷。他卻猜疑林廷揚或許是受了自己的暗器，受了重傷。他下決心趕盡殺絕，摘取林廷揚的首級。

這盜魁卻不料到，二次襲擊鏢行，鏢行竟能在敗後，聲勢依然這麼倔強。清江浦的過天星金兆和，居然不知什麼時候，被他們勾來赴援助陣。推測起來，林廷揚大概沒在船上，好像他負傷以後，已逃回清江浦去了。赤面盜魁以為金兆和定是林廷揚親自邀來的替手，因此，把滿腔怨毒，都移在金兆和身上。

當下盜魁展開了九宮刀法，與金兆和力戰。走了二三十個照面，兩個

人棋逢對手。就在這時候，大力神李申甫揮四十斤重鐵棍，與群賊混戰，覷定那個麻面漢，攄頭蓋頂便砸。麻面大漢見棍的來勢太猛，不敢接招，斜身撤步，讓過棍梢，將手中刀一展，向李申甫手腕截來。李申甫力大棍沉，暴喊一聲，展開了少林棍，如排山倒海之勢。只聽噹的一聲，火光影裡，敵人的刀脫手飛去。復一棍砸去，麻面大漢慌不迭地往斜刺裡逃竄。李申甫罵道：「哪裡走！」探身又復一棍。這危急情形，被赤面盜魁看見，他拋開了過天星，急忙掄金背刀竄過來，將李申甫擋住。過天星金兆和翹尖刀一指，一個箭步追來。

李申甫從背後追擊麻面大漢，盜魁從側面截住李申甫，金兆和就從背後追擊盜魁；如走馬燈似的，此追彼趕。那黃面頭陀恰施展開手中禪杖戒刀，將水鬼姜輝戰退；急忙飛身一躍，來到這邊，也從側面，照金兆和遞過一刀。過天星金兆和因是夜戰，特別小心。忽見一條黑影撲到，忙收刀封式，將身一轉，恰與黃面頭陀打了照面。一根禪杖、一把戒刀，和一把翹尖刀，交鬥在一起。

過天星金兆和盛怒之下，將十二路滾手刀法施展開，刪、砍、劈、剁，崩、扎、窩、挑，刀刃過處，挾起一股寒風。與黃面頭陀智開僧酣戰四十餘合，不分勝負。這黃面頭陀武功超絕，只可惜白天受了傷，饒他將禪杖、戒刀上下揮霍，咬牙力戰，卻是到底攻少守多。那過天星金兆和急於求勝，趁頭陀一禪杖走空，急使夜戰八方，大厚背刀隨身一轉。黃面頭陀略往後一撤身，卻將禪杖遞過來，趁勢向前進撲。沒想到火光夜影中，金兆和猛身掄刀，一個敗式，刀已潛交左手，右手抽出一隻凹面透風鏢來；斜身反背，忙用陰手發鏢。倏然間，一點寒光直希望陀咽喉。黃面頭陀欺敵太近，急閃不及，忙一側臉，這一鏢打在右肩井穴上，黃面頭陀竟第二次受傷。

這凹面透風鏢非常歹毒，敵人只要被鏢打傷見血，輕則殘廢，重則殞

命。黃面頭陀怪喊一聲，鐵襌杖墜地，一頓足倒躥回去。過天星掄刀追扎後心。不想黃面頭陀人雖敗傷，仍不好惹。只見他猛地轉身，把手一掄，也發出一件暗器。過天星身法快極，陡然往左一撲身，也是一道寒光過去。黃面頭陀借此阻力，已躍回船上。當時急用金創藥救治，但是這一條右臂兩處受傷，從此竟成了殘廢。他自己用刀將臂截去，江湖道上以後卻闖出一個獨臂枯禪僧來，橫行武林，屢次跟過天星尋仇。

過天星金兆和戰敗智開，見那赤面長髯盜魁，挺金背刀，邀擊李申甫。李申甫空有氣力，卻非敵手，竟被盜魁的金背刀圈住。李申甫四十斤重的鐵棍施展不開，已被赤面盜魁砍了一刀，正浴血力戰。力劈華山黃秉被藍衣虬髯大漢和兩個短小精悍的賊人圍攻，也顯出不支來。這是西北邊近處的戰況。那東南邊，是謝錦堂、陶志剛、上官聰、馬起雲等人，卻被二十多個賊人包圍了。喊殺聲中，辨不清吉凶勝敗，但賊黨卻是人多勢眾。

過天星金兆和將手中刀緊了緊，撲到李申甫這邊，大叫：「李師父快接應黃大哥去！這個賊頭交給我，我給他有交代！」

口說著，刀早上去。那盜魁霍地一閃身，冷笑還刀罵道：「金兆和，你還沒死！」於是一個盜魁，一個鏢頭，這才各施展一身本領，對敵起來。李申甫拖棍躥開，撕衣縛住傷口；揮棍協助黃秉，跟三個賊人打在一處。鏢師們陸續受傷，漸漸地顯出不敵來。鏢師夥計們被群賊連傷了好幾個，漸漸被逼得向四外潰退。

過天星金兆和與赤面盜魁，輾轉苦鬥，又走了幾十個照面。這盜魁相貌雄偉，招數卻極滑賊，專好趁虛抵隙，不肯力敵。兩個人囊中全有暗器，這個想趁空竄出來發鏢，那個也想百忙中潛發一鏢。赤面盜魁驀地賣個破綻，將身往外一躥，將金背刀交在左手；這邊金兆和卻也不追趕，也趁勢往外一躥，將厚背翹尖刀也交在左手。兩個行家於無言中，默喻敵

情，兩個人一聲不哼，嗖地齊將手一揚，兩點寒星，一先一後，破空掠過。兩個人登時齊一伏身，讓過了暗器，要趁機襲擊敵人。

倏然間，各將刀交到右手中，一個箭步，遞刀猛進。兩個人不約而同，刀鋒乍碰，唰的又撤回來，各將手中潛藏的又一隻暗器，偷空發出來。相逼過近，兩個人都慌不迭地竄開了。

赤面盜魁怒罵道：「使暗器的不是好種！」金兆和罵道：「賊子慣使奸計，金二太爺偏不上當！」兩個人又鬥在一處。

但是這時候，飛行無影上官聰忽然慘叫了一聲，托地一躥，躥出賊圍；搶奔了幾步，竟栽倒在地。李申甫也負傷失血，那四十斤重的鐵棍竟有點舞弄不動。力劈華山黃秉，覺出大勢不好，再要戀戰，恐怕大家都要死在賊人手中。賊黨人多勢眾，分明要用車輪戰法，三四個人打一個；工夫長了，鏢師們定要全軍覆沒！力劈華山黃秉招呼鏢行夥計，且戰且退。眾鏢客一面打，一面往一處湊，打算潰圍奪路退走。群賊依然追殺不捨。黃秉沖出來，撲到過天星金兆和身邊，且走且叫：「金二哥，走！」

附近岸邊，偏南有一帶濃影，似是荒村叢林，那裡足可退去存身。眾鏢師一面打，一面退。那赤面盜魁綴住金兆和，厲聲臭罵：「逃走的不是好漢。太爺今天把你們全殺了！」金兆和、黃秉憤極，挺兵刃斷後。且戰且走，直退出二三箭地，眾賊就追出兩三箭地，依然是輾轉纏鬥。

正在危急時候，遠處已聞雞叫。一路退卻，距岸漸遠，驀然間，岸邊停泊的盜舟突然吹起呼哨來，是招呼群寇收隊。江流的下游，忽然遠望見點點火光。頓時間賊船的呼哨連連吹響，緊跟著賊船的燈火突然全滅，立刻有三個賊人狂奔過來。

那盜魁正揮金背刀，率領群寇，苦苦地追趕金兆和，要他交出林廷揚的首級。卻就在這時，這盜魁忽然止步不追。立刻聽那追擊的群寇，也應聲打起呼哨。這群賊一起返回去，搶奔江岸，紛紛上船。那盜魁也一翻

身，拋了金兆和、黃秉，連連飛躍，竄上大船。一霎時，群賊全退；就是賊人中負傷倒地的，以及傷重立時死的，也都由群賊搶救回去。黑影中，遙聞弄棹鼓浪之聲；原來大批賊船，竟又忽然撤退回去了。

眾鏢師相顧駭異，喘息著聚在一處，正觀望敵情，議論行止。陡聽得下游水面上，倉啷啷敲起一片鑼聲，夾著吶喊。那水面上點點火光游動著，越迫越近。過天星金兆和、力劈華山黃秉互相告語道：「好了，怪不得賊人無端退走，這大概是官船。」果然黑影中，火光裡，從港灣駛出幾隻快船，每隻船上都挑著一對方形的官銜燈。藍白兩色的布帳篷，雖然看不分明，但一望而知，不是商船，不是渡船，也不像盜船。

這些船如兩條線似的分兩隊駛來，正是緝私營的巡船和漕標的快艇。因近來有大批鹽梟，販運私鹽，膽敢拒捕傷人，驚動了官府；所以緝私營統帶奉檄查緝，會同漕標的巡河快艇，派一員管帶，率部前來剿捕鹽梟。在運河一帶游弋半個多月，鹽梟已聞風斂跡；師出無功，只捉住幾個小賊，正苦無法銷差。據探報洪澤湖窩著大股水賊，緝私營統帶和漕標帶隊的守備，正商量著要進湖搜捕；但又深知洪澤湖港汊分歧，屢有官兵在彼失利，所以躊躇未決。這時候，卻望見眾賊火攻鏢船。

那一股沖天而起火光，照出數里以外；遂爾驚動了官兵，難再漠視。緝私營和漕標巡船立刻傳令，火速開船進剿，往洪澤湖鼓浪駛來。

過天星金兆和慌忙告訴大家：「官船來了，快快收起兵器，把永利鏢局的字號燈籠挑起來，省得黑更半夜鬧出誤會來。」

又對力劈華山黃秉說，「你我趕快上前搭話，不要等他們盤詰。」趙子手孟金波道：「如果是水師營，咱們還可以稟請他們協助剿匪奪鏢。」金兆和道：「別要丟人了！」黃秉道：「這也不妨試一試。」

二人喘息著，帶趙子手孟金波，往江岸迎過去。只見這些巡船一共是八艘，燈火輝煌，馳向江心；好像已經望見岸上有人影閃動，有幾隻竟往

岸邊攏來。就在這時，從上游順風吹來盜船中幾聲呼哨，聲聲漸晰。江岸邊金、黃二人聽見了，巡船上官弁，自然也聽見了。

金兆和遠遠站住，剛要舉手招呼，那頭號船頭上早有兩個兵丁打扮的人，大聲喝令站住：「岸上什麼人，趕快搭話！」金兆和急忙高舉右手，大聲說道：「老爺們辛苦，我們是……」

這話未等說完，忽見第二號巡船上，火光之下，四桿抬槍竟調過來，對著岸上瞄準，八名火槍手四個拿著火繩。金兆和、黃秉齊吃了一驚，急叫：「留神！他們要開火！」把趙子手提著的燈籠一把奪來摔滅。金兆和急一推黃秉，黃秉一拉趙子手。三個人唰的將身軀摔倒在地，急急地一滾，滾出三四丈遠。也就是剛剛撲倒，第二號巡船上陡聽一聲喊：「放！」四枝抬槍已用火繩點著兩桿火門，從槍口冒出兩道火光。火光才一閃，轟地大震了一下，登時打出一大片鐵砂鉛子來。金兆和、黃秉嚇得三魂皆冒，將身軀緊貼地皮，黑影中急忙蛇行鹿伏，往低窪處爬。其餘各鏢師猝出意外，人人張皇失措，亂竄亂躲。

這第二號巡船開了槍，第三號以下各船，也都以為岸上一定看出了什麼不穩的情形，或者長官已發出命令；登時這三十二個火槍手，十六桿抬槍，挨個將火繩點著，槍口吐出火光，船頭髮出砰砰轟轟之聲。每船上的抬槍，兩桿放，兩桿裝，此發彼往，此歇彼發，輪流向岸邊和上游港汊，分三面轟射起來。船上巡丁射手各張弓箭，齊聲喊殺，把這一群遇劫戰敗的鏢客直打得落花流水，各不相顧，都匍匐在地上，往黑暗處，隱蔽地方，掙命逃躲。八艘巡船擺成人字陣，扇面形，一齊往前衝鋒。銅號嗚嗚連吹，殺聲震耳；火槍轟隆噼啪亂響，直衝殺出半里多地。

眾鏢師如狗似的伏在旱地上，有的借物障身，有的彎著腰奔逃。這期間最凶險的是過天星金兆和、力劈華山黃秉。這兩人與趙子手孟金波距岸最近，多虧擲滅了燈籠，趴在一個土坡後面。這抬桿火槍最屬害不過，鐵

沙子發出來是一大片，漫天迸飛。幸而金兆和識得厲害，船上火槍手也沒有瞄得很準，摸著黑影亂放，三個人才幸逃活命。那安遠鏢店的趟子手米占標，負傷逃躲不迭，竟與扶救他的錢六，一同駢死在火槍之下。

八艘巡船將抬槍連連掃射，百十名兵丁水手齊聲鼓噪，對岸邊攻擊了一陣，然後調槳往前衝殺，直追到鏢船被劫處。那兩隻被劫焚餘的鏢船，只燒得剩兩個船底，殘燼猶冒濃煙。那群盜縱火的小船卻被燒得沒影了，只有一條賊人快艇，還在突突地冒火焰。船上巡兵急忙稟報到船艙之內；那漕標守備與緝私營管帶，先後出艙察看。將燈光照看著，已推測出：必是水賊行劫，商船被焚。兩個兵官傳令下碇，兩人會商搜捕之計。

這兩人都以為剛才一戰，已將盜賊擊散；眼見賊黨一部分遁入湖中，一部分潰逃到岸上去了。夜間進兵，多有不便；遂命八號巡艇，擇一形勢有利之地，分兩隊停泊在岸邊。然後撥派兵丁，放哨巡更，防備賊人夜襲。至於入湖剿賊，最好是明天。

不一時天色大明，兩員武將這才選派三十幾名健卒，由兩名什長率領著，各持弓箭刀矛，分登兩岸，往前途放哨搜尋下去。

又命幾名兵丁，到附近民村，徵發小雞、豬肉、好酒，找地方上出頭露臉的人來，問一問近日地面的情形。

那派出放哨的人走出不遠，竟捉住兩個土匪和十匹好馬，忙用繩子拴上。又走了數箭地，竟在土穀祠前邊不遠，又瞥見兩個行蹤可疑的人。這兩個人俱都面無人色，手持兵刃，身穿短裝，伸頭探腦地藏在樹後；不像土民，很像土匪。十八個兵丁，由一個什長督率，吶喊一聲，將兩人包圍。厲聲喝問，立逼兩人將手中兵刃交出來，次後就要捆縛這兩個人。這兩個人變色分辯，自稱是保鏢的。而先捉住的那兩個人也搶上來，說是一塊的，都是保鏢的。

什長哪裡肯聽這一套？瞪著眼睛問道：「你們是保鏢的？你們的鏢呢？

你是鏢頭，你叫什麼名字？是哪個鏢局？」那個細高挑、穿黑短衫、登快靴、持鋼刀的年輕人說道：「我姓魏名豪，是安遠鏢局的鏢頭。我們的總鏢頭是林廷揚，諸位想必是官面，想必也有耳聞。我們的總鏢局開在保定府，南北二京、蘇杭二州，我們都有分號。」那兩個土匪也插話道：「我們也是保鏢，我是咱們清江浦碼頭永利鏢局的。這十匹馬是我們鏢頭過天星金兆和跟四位鏢師、五位夥計騎來的。我們跟水上的綠林道動起手來了……」這兩個人還要說下去，那個什長大刺刺地說道：「還是那一套，誰聽你的！有話跟我到船上去，見了我們官說去。」

七師父魏豪萬想不到這些兵竟拿他們當賊辦。不由怒氣衝上來，將手中兵刃一擺道：「眾位老爺們，請你們看明白了，我們說的沒有一字虛言，現在有證見。請看我這把刀，上面鑴著字哩，這不是『安遠』兩字嗎？這邊是個魏字，就是在下的姓。」魏豪拿著那把刀，比比畫畫，倒把那位什長嚇了一跳。

他倒退了一步，把手上腰刀往魏豪刀上一磕，怒斥道：「好大膽，你還敢動手不成！」

魏豪急忙往後倒退了一步道：「老爺不要誤會，我是請你看一看這刀上面的字；我天膽也不敢動手。副爺要不信，現在還有證見；諸位到那邊察看察看，那廟裡頭就是我們的總鏢頭和我的三師兄，都因拒盜護鏢，受了重傷。告訴諸位，我們保鏢的焉能沒有鏢？不幸我們遇見大批強人了，我們和賊人打了一通夜。賊黨勢眾人多，我們人少抵敵不住；我們的總鏢頭當場殞命，屍身就在廟裡停著呢。諸位可以進去看看！」說著用手指一指土穀祠。

那個鏢行夥計也忙插言道：「諸位疑心我們大清早拿刀動槍的，在這裡做什麼？不瞞列位說，我們是遇見綠林道的仇人了。我們的鏢頭好幾位受傷殞命，現在藏在土穀祠內，我們還怕賊人不甘心，再來尋仇；所以我

們又臨時邀請清江浦永利鏢局他們哥幾個相助護鏢，這兩位就是。我是跟我們這位七師父，在這裡瞭望，怕的是賊人抽冷子尋來；我們看見了，好有個防備。眾位老爺請到土穀祠一看，就明白了。對了，我想起來了，這廟裡還有我們一個字號的燈籠呢。」

那什長和兵丁很不耐煩，只催四個人一同跟著上船，見官回話。魏豪再三請他們到小廟看一看。這什長似信不信，看了看自己這邊人，又看了看土穀祠那座小廟，似乎藏不住很多的人，就進去看看，也不致上當。與部下的兵丁合計了一回，這才把魏豪等人的兵刃要了過來，叫二人空著手，前頭引路，往土穀祠走。

原來七師父魏豪留守在土穀祠，雖未目睹賊人二次夜襲之情，但已聽見群盜聚舟夜戰之聲，也望見鏢船被焚的火光；心知自己這邊，已陷於大不利。金兆和等雖然拔刀相助，料想必不是賊人敵手，否則必不致火起。魏豪持刀瞭望，只盼黃秉、金兆和的消息。誰知候了一通夜，只望見江面火光沖天，金、黃二人一個也沒有回來，別人也沒有跑來送信的。正在心驚肉跳地觀望，又需不時進廟將瞭望的情形，告訴負傷的何正平聽；又恐何正平聞敗灰心，橫刀自戕，魏豪還得設詞安慰他。

好容易挨到天色漸明，火光漸熄，忽又傳來火炮轟擊之聲。何正平又催魏豪出來探望，不意眾鏢師已被官兵一頓大抬桿，打得四散。魏豪引頸極望，沒盼著金兆和、黃秉的蹤影，卻被放哨的官兵搜尋過來，簡直把他們當土匪看待了。

這個什長命兩個兵丁傍著一個人，前導後擁地監視著，進了土穀祠；看見受傷的何正平和已死的林廷揚，以及持刀守護的一個鏢行夥計。問了問，各人的話都與魏豪所說的相符；滿想捉住幾個土匪回去可以報功，誰知全不是。但是這一番清剿的差事，總算有交代了。這才向何、魏等人細問遇劫的情形，和賊人的人數、船數，來蹤去影，盤問了一個夠，末了還

是叫魏豪隨他到船上次話。

魏豪焉肯離開一死一傷的二位師兄？他為難作色道：「眾位老爺們，我不是怕去，我也不是虧心不敢去。我只怕我一離開此地，萬一賊人尋仇找來，我這位三師哥受著傷，我們大師哥又死了，萬一叫賊人給什麼了，那可怎麼好？」這什長把頭搖得跟貨郎鼓似的，努著嘴說道：「這是什麼話！我們幹什麼來的？官差不自由，我倒想把你們放了，我可怎麼交代？魏朋友，你就辛苦一趟吧。你見了官，有什麼話，說什麼話。問明白了，說清楚了，也沒有你的事了，也沒我的事了。走，別囉唆。」

正在爭執著去留，忽然廟後有一個沙啞的聲音說道：「別是糟了吧！怎麼一個人也沒在外面？呀，這十匹馬怎麼也……」說時，突然闖進幾個人來。什長和眾兵丁一齊愕然回顧，只見從土穀祠破牆頭先後跳進六個人來，全是短打扮，持兵刃，多一半渾身帶血。什長哎呀了一聲，將腰刀一拔，與眾兵丁屬聲齊喝道：「什麼人？站住！」魏豪急抬頭一看，這跳進來的，正是過天星金兆和、力劈華山黃秉、大力神李申甫、雙刀謝錦堂和安遠趟子手馬起雲、永利趟子手孟金波。

第四章　不速客挾詐弔喪

　　過天星金兆和、力劈華山黃秉、趟子手孟金波，一路滾爬；容得緝私營巡艇槍火亂發，直衝過去以後，方才爬起來。

　　眾人嘆了口氣，相顧慘然道：「九死一生了！沒死在賊人手裡，想不到差點葬送在水師營手裡！咱們算是全趕上了；開鏢局的末路，教咱們走絕了！」三個人拭了汗，發了半晌怔。本來應該立即招呼同伴，集合在一起，但是還恐怕吆喝出麻煩來，再鬧一場誤會。三個人索性坐在土堆後，直候到天明，方才唉聲嘆氣地起來。溜到高處，向四面望瞭望，一個人影也沒有。鏢行同伴，固然一個也看不見；就是附近村民，也沒有出來種地的。原來這一夜的惡鬥，又夾著火攻槍轟，嚇得人們全不敢出來了。

　　天色大亮，金、黃二人這才怏怏地站起來。一路尋找，前前後後叫了一個到；方在一個窪坑內，找著了雙刀謝錦堂，人已負了傷。又在林子裡，找到大力神李申甫；只見他握著那四十斤重的大鐵棍，躺在一棵大樹底下，閉眼歇氣呢，身上也受著刀傷。眾人望見緝私營的船已然駛遠，幾個人這才大聲地呼喚，呼喊了好半晌，又把趟子手馬起雲叫喚出來。一共就聚攏來這麼六個人，其餘的人不曉得潰逃到什麼地方去了。卻在旁岸土坡上，尋見趟子手米占標和錢六兩個人的屍體！由鏢船搶救下來的那幾隻箱子，還有狙擊林廷揚的那個少年賊子所遺下的那把寶劍，卻都放在樹林子裡面。但是看守的人沒有影了。

　　六個人一齊動手，把箱子抬著，先奔土穀祠。眾人心想，糟到這種地步，還不知廟中藏著的人是吉是凶。過天星是走一步，咳一步。大力神李申甫把鐵棍當拄杖用，走一步，罵一句。力劈華山黃秉見過天星過於掃興，還得於無可為慰中，設詞慰勞過天星。過天星萬分的沮喪道：「黃大

哥，這叫做天意！你說怎麼這樣巧法，遇見了賊不算，還挨了官兵一頓槍打！不是我過天星說句賣狂的話，我自從幹這鏢行生意，二十年來也遇上不少風險，還沒有像這麼一敗塗地過。我金兆和這一次為朋友幫忙，不只沒把朋友面子找回來，竟連我永利鏢局十幾年的萬兒也扔了，我實在不甘心。這不是當著你們哥幾個，咱們把話攔在這裡，不論這劫鏢的鼠輩走到天邊，我也得找他，跟他比畫比畫。」黃秉嘆道：「金二哥，勞你拔刀相助，我們感激不盡。誰想到賊人竟施這等毒計，臨了還放一把火呢？逆事順辦，咱們還得打起精神來，料理眼前的事要緊。」大力神李申甫道：「仇是總得報，我傻李從來沒受過這個。回頭咱們就下手訪一訪這夥賊的來蹤去影，咱們絕不能認栽，咱們一定要跟他們算一算這筆帳。那個赤面賊，到底也不知叫什麼？劫不了鏢，放火燒船，江湖道上哪有這麼沒出息的！」黃秉道：「現在先不必論後事，咱們先看看七師父怎麼樣了！咱們的人叫官兵打散了，也許都奔到土穀祠聚齊呢。」

六個人不一時來到土穀祠廟後，竟沒見鏢行巡風之人。金、黃二人相顧吃驚道：「壞了！」六個人急急從破牆頭跳進去，不想七師父魏豪等僥倖未逢意外，可是正被緝私營兵逼詰得不了。金、黃六人進來了，帶著四隻沉甸甸的箱子，人人拿著兵刃。這什長又立逼著開箱驗看，又要眾人交出兵刃來。這什長怒目橫眉地厲聲盤詰。大力神李申甫把鐵棍當地往地上一摜，罵道：「奶奶個兒，俺們倒血霉，又遇見這個放著成群的賊不惹，抓著俺保鏢的出氣？走就走，俺們正要見見你們官哩，你們打煞我們人了！」

那什長橫了李申甫一眼，越發翻腔，喝道：「你好大膽！你還敢撒野訛人？」說時眼向四面巡視，見眾鏢客都含怒容，不由把氣焰挫下去。力劈華山黃秉將李申甫勸開。過天星金兆和這時候也有點忍不下去了，心裡說：「喪氣！怎麼倒運倒得出奇了！這官兵跟我們摽上了，往哪裡走，哪

裡等著！」過天星噎了一口氣，搶上一步，向什長拱手道：「副爺！我們全是保鏢的。我在下姓金，叫金兆和，在清江浦開著永利字號的鏢局，副爺儘管訪察。我們鏢船被劫，又不幸教巡船拿我們當匪人，一陣排槍，把我們鏢師、夥計，打得死的死、傷的傷。劫鏢放火的匪人可是早跑了，我們現在簡直是替他頂槓。副爺，你們就高抬貴手，放寬一步吧，我們夠受的了。」

這話頭很挖苦。什長立刻大怒，向金兆和斥道：「你少衝爺們說這個！你說你是鏢頭，腦門子上又沒貼報條？無憑無據，我知道嗎？我們辦的是公事。沒別的，你跟我們辛苦一趟，見見我們管帶。誤傷了你們這般好人，我們大人還許斷給你燒埋銀子哩。」將手對眾人一揮道，「走吧，別等我們費事。」

摩雲鵬魏豪、力劈華山黃秉，一齊憤不可遏，厲聲說：「副爺，什麼叫費事？這是什麼話？我們保鏢的奉公守法，是領著諭帖開的買賣；我們沒犯條款，何必一點情面也不留呢？我跟著，您說往哪裡去吧？」魏豪轉臉來，對過天星道：「金二哥，太對不住了，叫您受累，跟著麻煩！請你們八位在這裡陪著我何三哥，我跟他們去一趟。」把盤在頭頂的辮子放下來，沒有長衣服，就將身一拍道，「走吧，我跟你們去一趟。」七師父魏豪兩眼如燈似的，眼珠子都紅了。

那個什長把鼻子一聳道：「你一個人去，就行了嗎？你們全得跟著走，把刀放下，箱子也抬著。」

力劈華山黃秉從鼻孔哼出兩聲冷笑來，把喉嚨突然提高道：「全走，這是什麼事？廟裡的情形，你們幾位也都看見了，死的死，傷的傷。副爺你非叫全去不可，我們只好用門板給你抬了去。還有你們放排槍打死的幾個人呢！副爺你別忙，我們一塊給你搭來，一塊求官驗屍緝凶！我說哥們，別怔著，抬死屍來呀！副爺一定要全帶走嘛！人家是公事。」對過天

星道：「回頭見了管帶大人，咱們有一句，說一句。」

這什長覺著不太像話，惡狠狠瞪了黃秉一眼，道：「你少跟我胡纏！我們是緝私營，拿的是梟匪，管不著你們那本閒帳。少時見了我們長官，你們是好人，不是好人，礙不著我的蛋痛。」一轉身，向兵丁一招手，吩咐留下四個兵，看守土穀祠內何正平等人和外面的馬匹。自將金兆和、黃秉、魏豪、李申甫、謝錦堂、馬起雲一干人等，全都帶走，並叫眾人把兵刃全都撂下。那幾箱搶救來的貨箱，也命鏢行自己搭著，見官請驗。金兆和忍氣吞聲，率領大眾，跟隨這什長撲奔江邊。不一時來到，只見那八艘巡船，已然列成一字形，攏在岸邊了。那什長大聲吩咐兵丁，把眾人看住，他自己就徑上官船，先去回話。沉了好一會兒，只見什長從船艙裡走出來，向金兆和等一點手道：「管帶大人單叫你們永利鏢局和安遠鏢局，各來一個人，其餘人等全在下面等著。」魏豪道：「不是全得來吧？」什長惡狠狠翻了一眼，斥道：「少說話！」於是只由金兆和與魏豪上船回話，走上跳板。船艙口立著四名護兵，各挎腰刀，虎視眈眈地看定金、魏二人。把二人搜檢了一遍，才放進艙來。艙裡地方很大，迎門陳著一座短榻，侍立著兩個年輕的聽差。那什長搶行一步稟報導：「跟大人回話，人已帶到。」隨一側身，用手向金、魏二人一招。金、魏二人前行一步，施禮旁站。只見短榻上坐著的官，便是緝私營的吳管帶，穿著半官服，手裡托著水煙袋，吱嘍嘍地吸著。他把口中煙徐徐地吐出來，將金、魏二人上下打量一過；半晌，才慢條斯理地說：「你們是保鏢的嗎？你叫什麼名字？」

金、魏二人垂手立在下面，把個人的姓名、年貫，鏢局的字號、地址，一一回答了。這吳管帶吸了口煙，又噴出來，把頭點了點，便問起鏢船失事的情形。金兆和具說原鏢本歸安遠鏢局承保，由蘇州運往鳳陽。行經這洪澤湖，突遇大幫水匪。

安遠鏢頭林廷揚護鏢受傷，死於賊人之手。自己這永利鏢局，為了同

行的義氣，趕來應援。不幸賊黨二次夜襲，糾眾甚多，竟縱火焚船。三艘鏢船，兩條被燒燬，一條被劫奪去了。賊人一共足有七八十人，十幾條賊船。吳管帶聽了，眉峰略皺，哼了一聲，道：「這麼些賊？你們既從白天出事，怎麼不早報官呢？」魏豪忙道：「回稟大人，匪徒二次劫鏢，事出情理之外。按保鏢的行規，護鏢防盜全憑自己力量。若是遇上事，就請官家保護，便失掉商家保護的信任了，往後誰也不肯再找了。」

金兆和見吳管帶臉上不耐煩，暗把魏豪推了一把，忙接著說：「這些匪徒出沒無常，來去無時。就在事前，小人們也不知道他們要來打劫，更想不到他們還要打劫二次；到了事後要報官，又來不及了。大人明鑑，這冒報匪警，是擔著很大罪名的。」魏豪道：「賊人二次夜襲，小人們本要報官；不意遇上大人營裡開槍剿匪。現在鏢行裡叫火槍打傷的，就有好幾個。」

吳管帶把紙媒吹熄道：「我們是緝私營，職責專管巡拿鹽梟。我們的巡船，因見江上泛起火光，恐怕是梟匪滋事，所以趕過來。果然有大幫匪徒。深夜之間奮勇開槍，把匪眾擊潰了。倒沒想到是劫船的，這倒把你們救了；這是你們機會趕得巧。唔，聽說你們有一兩人誤傷了？那自然是剿匪混戰，你們任意亂竄，碰上槍子了。歷來我們官面剿匪，就有告諭：但凡安善良民，不得在匪人出沒之地區逗留，不然就格殺勿論。你們明明看見官船剿匪，就該早早避開；鬧不好，還要以通匪論呢。下次可要小心，別再這麼著了。剛才我已經親驗過，果然有燒燬的商船。念你們已經護鏢失事，只好特別矜恤著辦，你得明白。下去吧，趕快到地面上報案去吧。」

魏豪氣得臉都白了。金兆和忍氣吞聲道：「謝謝管帶大人的恩典！」管帶又道：「本營專管緝捕鹽梟，至於剿捕劫掠商旅的水賊，那是水師營的事，本營不便越俎。你們安遠鏢店的人，可以到清江浦報案。」這管帶說

完，把手揮了揮，吩咐護兵，把金兆和、魏豪領出來；所有被官兵看管的鏢行，也全都放了。鏢行救出的四箱貨物，也都抖摟出來，驗了一個夠，這才算公事已完。那個什長對金兆和說道：「我沒說嗎？一見了官就沒事了。你們正經買賣，怕什麼？」金兆和冷笑了一聲。

那什長又道：「你不信嗎？告訴你，你別不認便宜。這是遇上我們這位管帶罷了，說沒事，立刻就把你們放了。要是遇上二營那位王管帶，你想走，還得費點事；沒有連環保，你就別打算脫得了身！」金兆和明知道他這是送人情，細想卻也是實事；敷衍了幾句，走下船來。

黃秉等人忙聚攏過來，一面收拾箱子，一面問了問見管帶的情形。金兆和略說了幾句，眾人不由憤然。官面上開槍打死了人，還怨死的人不該找死，這真是向哪裡講理去！眾人順腳到江邊失事的地方一看：岸邊水面上還有燒殘的那兩隻鏢船，只剩下焦炭似的兩片船底了，鐵錨還在，船未漂走。賊人所放的火艇，一片片碎板，順流漂了下去；只近岸灣又處，還有焦板浮著。眾人相看，倍增悲憤。然後聚攏在一處，向土穀祠走去。只見土穀祠那邊，走出來幾個官兵，全向官船走去覆命。

大力神李申甫道：「金二哥你瞧，他們發夠了威，全撤回去了。」這幾個兵一上了巡艇，八艘巡艇立即敲起一片鑼聲，一齊開船，折向三岔港駛去了。

眾人來到土穀祠，戰乏的戰乏，負傷的負傷，又加上一通夜沒睡，又餓又渴，全有點支持不住了。土穀祠地方甚小，大家只好坐在地上，略為歇息。一查點人數，相差得太多了。三師父何正平傷勢稍定，欠身坐起，向過天星金兆和抱歉道勞。

金兆和咳了一聲說道：「何三弟，自己兄弟說不著那個，膩事是叫咱們攤上了，有罪大家受，我還對不住你們哥幾個呢！」

何正平心裡難過，聽金兆和這麼說，面上笑了笑，可是笑的顏色很

慘。大力神李申甫把粗眉一蹙，說道：「得啦，全不用說了，咱們算倒透了霉。我瞧咱們該喊一喊，湊湊人數，再打正經主意吧。」

趟子手馬起雲、孟金波，沒等何正平說話，兩人互相招呼著，同到江岸，扯開嗓子一喊。這一回喊鏢，卻不是真喊鏢，實在是集眾；為的是潰散在各處的鏢師，可以尋聲找來。

人的心情是隨著際遇變的。這一回由趟子手馬起雲、孟金波，振起喉嚨一喊，聲音是一樣的聲音，大家聽來，都覺著韻調蒼涼，人人聽著覺得不是味。馬、孟二人在江邊喊了一陣，然後順路走下去；一面走，一面還是尋喊。只走出不遠，沒有喊出活的來，卻又尋著了一個死的，是安遠鏢局的一個夥計，身上受了數刀，想是掙命逃走，隨後又死了的。金、魏諸人不由喟然嘆息，忙將屍體舁上轎車。又往前走，行不多遠，居然又尋見了兩個鏢行夥計：鑽得滿頭是土，渾身帶血，也是安遠鏢局的夥計。魏豪見二人受傷很重，總算對得起鏢局，好好地慰勞了幾句，扶兩人上車。

於是眾人又走出來六七里地，那永利鏢局的水鬼姜輝，居然也出現了。但是傷痕很重，兵刃也沒有了，拿著一根樹枝當作拐杖，一步一瘸的，從一個小村鑽出來，正往清江浦大路上走來。一聞喊鏢之聲，立刻止步，也引吭一呼，把眾人叫住了。過天星金兆和與力劈華山黃秉，忙跑過去，握著水鬼姜輝的手道：「姜師父，辛苦了！」臉上都帶出十分的感激。姜輝道：「慚愧，慚愧，都怨咱們無能！」魏豪也迎上來，叫道：「姜大哥，我背你上車吧。」

天色大明，晨曦斜射，曉風習習，顯得十分冷清。這些鏢師們騎著馬，坐著車，也有的跟車步行。每個人不是低頭沉吟，便是面目發呆，連一個說話的也沒有，全都默默地走著啞路。趕到清江浦，已近辰牌了。

過天星暗囑夥計，遇見了熟人，千萬不要提林鏢頭已死的話。車上裝著死屍，若被官面知道了，一準不叫進鎮，那一來可就大費周折了。夥計

點頭答應，自知小心。那雇來的車伕卻十分嘮叨：「講的是裝活人受傷的，沒講裝死屍，髒了我的車了。」過天星心亂如麻，一瞪眼要打車伕。

七師父魏豪忙許下多給酒錢，又嚇唬他：「你再嚷嚷，叫官面聽見了，從你這裡出了麻煩，你可估量著，你也脫不了心淨。」車伕本來就為多訛幾個錢，也就住了嘴，不敢再說什麼了。眾人來到清江浦碼頭，直奔永利鏢局，連車輛馬匹都趕進鏢局院內。那鏢師飛行無影上官聰和一個鏢行夥計，已然先一步回來。上官聰負傷之後，幸得掙扎逃出戰地；被緝私營巡艇開槍一陣亂打，把他弄得摸不清路數，只好往黑影中亂竄，一路敗逃下去。直到天亮遇見一個鏢行的夥計，也受了傷；兩個人沒尋著別人，商量著便垂頭喪氣地逃回鏢局來。到鏢局卻沒見總鏢頭回來，兩個人正對同事述說護鏢慘敗的經過，議論總鏢頭的吉凶。一見金兆和率眾才返回，上官聰不由有點赧然。

金兆和以為變出非常，倒也不在意，隨口慰問了幾句。上官聰的傷也並不輕，不過比水鬼姜輝好點。

金兆和顧不得歇息，先忙著安排死人的停靈之處，然後預備活人的養息之所。打水淨面、敷藥治傷已畢，金兆和把魏豪、黃秉、李申甫都邀在一處，就在何正平臥床歇息的面前，幾個人坐下了，開始盤算今後之計。該辦的事太多了。魏豪說：「這第一件大事，是得先報告地面。」金兆和說：「此地有驛丞，有管河通判。」黃秉卻說：「還得煩你二哥，僱人打撈屍體。我們的四師父虞伯奇和七星劍丁宏肇，還有兩個夥計，都死在水裡了。還有金二哥鏢局的陶志剛鏢師，恍惚看見他是死在水裡了，還有一位夥計。嗐，淹死的人真不少！」

金兆和和魏豪掐指算了算，死在陸地上的，是四個人，死在水中的，倒有五個。鏢師幾乎是人人受傷，只有魏豪一個人沒有受傷；就是金兆和也被火燎傷了鬚髮面皮。黃秉因搶救火患，兩手都燙破了。

隨後又談到亡人的入殮和報官，這是一樁事。幾個鏢師商量報官的稟詞；就提因為走鏢，在江灣失事，遇著了成幫劫江的巨盜，以致鏢船被劫，鏢頭林廷揚當場身受重傷。永利鏢局是念在同行義氣上，拔刀相助，不料同遭慘敗。林鏢頭受傷過重，救治無效，因而殞命。請官府備案，緝盜捕凶。至於安遠鏢局失去的鏢船貨物，自然由安遠鏢局按照鏢局成規，辦理賠償。金兆和說道：「就照這個意思寫稟，就很好。」遂煩人寫擬稟稿。那寫稟的狀師指指點點地說：「諸位鏢頭，這個稟帖有一點不大妥當。那『成幫巨盜』四個字，叫官府看了，有點犯忌諱，好像地面縱容了大盜似的。依我說還要改一改。」於是將稟帖改好繕就，眾人看了稱是。金兆和張羅著囑託人情，請免驗屍。何正平、魏豪等感謝非常，歉然說道：「這可給金二哥添麻煩了！這一切全仰仗二哥維持，我們弟兄是心照不宣。」

金兆和道：「自己哥們，說不到這些個；何三哥你就望安吧，誰叫咱們趕上了呢！」

大家趕緊給林鏢頭預備後事。那四師父虞伯奇、永利陶志剛等人的屍體，經金兆和僱人打撈，費了兩天的工夫，方才尋著，一齊買棺盛殮起來。魏豪對何正平說：「金二哥這麼賣命幫忙，咱們已經承情不盡。人力方面，全靠人家人傑地靈；這錢財方面，可就別再叫人墊辦了。」當時由七師父魏豪，商承三師兄何正平的意思，寫了一封專函。把出事的情形及仇人一再尋仇的經過，詳詳細細寫明；請二師兄解廷梁見信立刻派妥人，送一筆款來，好料理總鏢頭的身後事。如果二師兄能夠分身，親來更好。大師兄生前的仇家都有誰，也請二師兄就近跟張士銳打聽打聽。至於鏢局經此慘跌，必須變產賠鏢，並須撫卹傷亡的鏢行，恐怕鏢局這一下就要倒。除了已經保出去的鏢不算，新買賣暫請不要再應了。又說鳳陽一路，既已出此大故，不知北上的八條鏢船，是否已平安運到北京。也望帶個信來，以免懸念。

　　魏豪把這封信寫完，一直寫了五頁；另外又寫了一封信，是向分號先支一批款來應急。然後派本鏢局兩個能辦事的夥計，向金兆和借了一匹快馬；命二人分水旱兩路，一個奔往保定總鏢局送信，一個奔往蘇州分號支錢。那北上的夥計臨行時，魏豪又囑咐了些言語，教他雇快船連夜北上，最好能趕上那八條鏢船更好。因為何正平、魏豪和黃秉等，心中都惦記著這一路船，怕賊人尋仇，也許再找這八艘搗亂。兩個夥計聽了吩咐，立刻起身分途走下去了。

　　何正平命魏豪，把隨身所帶的公款四百兩銀子，都拿出來，交給金兆和道：「金二哥，我們現在湊手不及，手底沒有多少錢，這四百兩銀子先交給二哥，作為給大師兄、四師兄這幾位亡人預備衣衾棺木之用。錢不夠，就請金二哥暫且墊辦一下，等候我們鏢局子把款撥到，再如數奉還。至於這鳳陽府賠鏢的事，也得煩二哥維持。我們這鏢船，本是鳳陽府方四老爺、竇翰林兩家定織的嫁妝和婚禮床帳等物。現在我們事敗人亡，把人家的訂貨丟了，勢必誤了人家的喜事；就算是認賠，也還怕人家失主不依。因為這比商人辦貨不同，雖然是從蘇州商家起保，可是到鳳陽竇翰林、方四老爺那兒交鏢。人家竇翰林和方四老爺是兒女親家，兩頭辦的喜禮，一旦全失；萬一人家借仗官勢，給咱們一個眼色看，這更吃不了。小弟年輕，眼皮子窄，恐怕還有意外的麻煩。」過天星慨然答應設法。

　　力劈華山黃秉道：「咱們把這一切的後事安排完了，騰出身子來，一定要訪一訪這夥賊人的根底。我們這鏢局，二十年來創的牌匾，叫這個小白龍和赤面盜魁硬給摘了，咱們焉能輸了這口氣！我想解二哥交遊很廣，江湖道上認識的熟人，不在林大哥以下，必能究出這幾個賊人的來歷。咱們只要存這個心，慢慢地走著看。君子報仇，十年不晚！至於咱這鏢局，我看還是不收市，還是維持下去為好。一個總號，四個分號，當年創業實在不易。要是從此就嘩啦了，未免太可惜，而且也叫林大哥的仇人趁願。

這票鏢雖然丟了，我想我們還可以賠得起。」

何正平喟然長嘆道：「若講賠鏢，還有這份餘力。只不過開鏢局全仗著一個威望。我們今日一旦失鏢貨，喪鏢頭，牌匾砸得粉碎了；就想對付著開，無奈這威名受挫，信用頓失，將來一定行不開了。所以我和魏七弟商量著，不收市怕是不行的了，要收市還是越早越好。」說著，眼光望著黃秉，又轉到金兆和那邊。金兆和點了點頭，默喻無言。

原來這力劈華山黃秉一生好賭，手頭一點儲蓄沒有；鏢局一收市，他就立刻要受窘。何正平卻也明白，胸中已安排下安置黃秉的辦法。當下仍對金兆和商量目前之事。隨說道：「金二哥，我們安遠鏢局的幌子可不小，倒了卻摔得更脆。眼前主持人沒有了。登時就會情見勢絀，辦上事難免掣肘。金二哥你是人在事上，說話有斤兩，這一切事只好多偏勞吧，我也不說感謝的話了。」

於是一切善後事，都由過天星金兆和主持奔走。報官之後，地方官派了人來，只查問了幾句話，把屍體看了看，就算是檢驗已畢；立刻就把死者一個個棺殮起來，停在永利鏢局後院。到了下晚，大家商量著運靈賠鏢，打算等著蘇州鏢局分號撥款到來，就起船運柩北上。賠鏢的事卻須大費周折，誤了人家的喜事，不能一賠便了。想著還得由過天星託人寫信，再由蘇州分局，催分局鏢頭紀良臣趕來，拿著託情的信，備好應賠的款，專程到鳳陽辦理此事。

大家都覺得這賠鏢的事不好辦，但是黃秉說：「這不要緊，鳳陽府我倒有個熟人。再說這一回洪澤湖賊人大舉劫鏢焚船，林大哥當場護鏢殞命，必已轟動遠近。寶翰林、方四爺就是不願意，我們人把性命都賣在裡頭了，想來他們也得有個諒情。何三弟不用為難，等著款到了，我跟紀師父去一趟。」正說著，忽然門上一個夥計進來回話道：「總鏢頭，眾位鏢頭，剛才來了一個人，說是四川振興鏢局的鏢客，要找保定安遠鏢局林廷

揚總鏢頭。是專程來的，有要事相商。」四川鏢局的鏢客，是遠道專程來的，要見林鏢頭；他怎的就會曉得林鏢頭落在此處？此處卻是過天星的永利鏢局，並不是林廷揚的安遠鏢局！客堂內聚座議事的眾鏢師，都是久走江湖的人，一聽這話，相顧愕然。大家一齊向這回事的夥計發問：「這個人姓什麼？什麼長相？哪裡口音？」金兆和奮然搶先站起來，道：「我看看去。」邁步就向外走。那夥計道：「這個人已經走了。」

眾人紛紛說道：「走了？快追去看看。」

過天星金兆和、黃秉、魏豪，以及李申甫、姜輝、謝錦堂眾人一齊撲出來，直到鏢局門口，又趕到街外。那個四川振興鏢局的鏢客，早已走得沒影了。金兆和等人一齊轉回來，把回事的夥計叫到面前，仔細盤問。這夥計說：「這個人三十多歲，倒是四川口音，重眉大眼，很像個會功夫的；穿著打扮，也像咱們同行。」魏豪道：「他怎麼打聽我大哥來？他怎麼知道我大哥在這裡？」夥計道：「他說是他已經到過安遠鏢局，知道林鏢頭押鏢出來了；一路打聽，才由蘇州到這清江浦。有很要緊的事，要面見林廷揚總鏢頭，因為聽說林鏢頭在這裡歇腳，故此趕來。他問我：『到底林鏢頭是不是住在貴寶號呢？』我就回答他：『林鏢頭已經故去了，尚在陳屍未殮。』那個鏢客聽了這話，很是驚慌，連連地頓足道，『是真故去了嗎，得的什麼病？』很盤問了一會兒子；一面問，一面跺腳道：『糟了，一步來遲，把個事情耽誤了。』我就問他：『什麼事？林鏢頭雖然故去了，還有他的師弟和幾位同事，全在這裡呢，你可以見見面談。』當時那個人連連嘆氣道：『這可是意外！我還有同伴一塊來的呢，我先回去送信。我得備點奠儀，我們少時一塊再來。』

我們當時想讓他到裡邊坐坐，他竟等不得，揉著眼逕自走了。」

過天星金兆和聽了，冷笑一聲道：「他沒說他姓什麼嗎？」

夥計哦了一聲道：「說了，他說他姓趙。」

金兆和面對何正平、魏豪道：「林大哥可有姓趙的四川朋友嗎？」

魏豪搖了搖頭，突然站起來罵道：「趙錢孫李頭一個姓，他偏偏就姓趙，這準是個奸細！」力劈華山黃秉也道：「這可真有點蹊蹺，他怎麼不見我們就走了呢？」遂向夥計細細盤問此人的年貌和所說的話。黃秉問罷，瞑目想了半晌，轉臉向大力神李申甫說道：「李四弟，你在四川混過，你可知道有這麼一個振興鏢局嗎？」李申甫道：「有，有這麼一個振興字號，就開在成都南關。我記得總鏢頭姓鮑，叫鮑開山。」那回事的夥計插言道：「這可就不對了，他說他們的總鏢頭姓白。」

過天星金兆和沉吟一時，吩咐夥計道：「往後你們要留點神，再有人來打聽安遠鏢局的，你們一面搭訕著，把人絆住，別叫他走；一面趕緊叫別人進來通報我們。若是來人說了話就走，留他不住，你們就索性綴下他去，要摸清他的來路和落腳的地方。」說罷，命回事的夥計退去，叫他轉告別人，一定留意。這裡，眾鏢師還在猜疑來人的用意，過天星很不高興地說：「不用猜了，這多半還是那夥劫鏢的賊黨。他們仍舊不死心，大約沒有看準林大哥的生死，所以再派人來摸底。他們大概以為林大哥是受傷之後，折回清江浦了。林大哥近年做事，多留餘地，怎麼會跟這幫匪徒結下這樣的深仇呢？真叫人又疑又恨。我們把眼前的事料理過去，倒要破出工夫來，徹頭徹尾地訪察一下。到底這夥劫鏢賊是怎麼個來路，怎麼結的仇？那個赤面盜魁和那個叫小白龍的，到底誰是對頭仇家？咱們訪清楚了，總要擺個樣子給他看看。」

魏豪狠狠地說道：「金二哥這話很對，就算安遠鏢局收市不幹了，這仇也得報；叫他們綠林道知道知道，我們幹鏢行的，是不可以欺侮的！」何正平浩然長嘆道：「這口氣呢，是總要爭。要說到訪仇，小弟我跟大師兄也這些年了，這仇人究竟是從哪裡結下的，我實在想不出來。」

黃秉說道：「說到這小白龍，倒聽張士銳張二爺說過，乃是兩湖的獨

行大盜，他姓方名叫方靖。只不知是不是這個人，也不知他和林大哥因何事結過怨仇？」何正平道：「說到張士銳張二爺，他和我們大師兄，早年曾在陝甘一帶創過業，我大哥少年的事，他知道得最清楚。若要詳究仇人的根底，我們真得請教他。前年他還在我們鏢局管帳，後因年老，已然告退還鄉了。我想我們可以去信問一問他。」金兆和道：「訪凶報仇的事，咱們暫留後議。可是林鏢頭的靈柩，你們打算怎樣安置呢？」

　　三師父何正平慘然說道：「我林大哥數十年闖蕩江湖，別看開了這五處鏢局子，勢派好像不小，其實內瓤很空，不過是為了維持朋友。我林大哥家中只有嬌妻幼子，人口孤單；雖有本家，感情並不好。這些年鏢局買賣固然不錯，可是到手錢財，隨手開銷出去。我們算計著我們大哥就圖了個眼前風光，實際沒有什麼積蓄。只於前幾年在曹州府，靠著我們林大嫂的娘家那裡，置了不到兩頃地；至於浮財，卻也有限。這一番遭遇這麼大的風險，我們自然先從鏢局子裡面想法子；實在不得已，還怕免不了要變產賠鏢。金二哥你想，萬一落到變產這步田地上，我林大嫂寡母孤兒，將來可怎麼過活呢？我師兄待朋友一片熱腸，有求必應；待我們這幾個師弟，不是同門先進，簡直是師徒一樣。我們哥幾個，除了二師哥和虞四弟，是老師親自傳授的技藝，別位都是我林大哥以掌門師兄教訓出來的。

　　林大哥不幸慘死仇人之手，我等同門七人，後死者五個，當然把這副擔子好好地擱在肩膀上，這是責無旁貸的事。因為我那個師侄林劍華，還小得很呢，今年才六七歲罷了，將來還不知怎樣呢？我弟兄沒有別的主意，只等候二師兄趕到，就要著手設法尋凶復仇。至於賠鏢，恤孤，運靈，處處需款；不怕金二哥笑話，我們哥幾個一個賽一個，全是窮光蛋耍人的，誰也不算富裕。只有我們虞四弟手頭還好些，他從來不賭不嫖，善能儲蓄，手裡倒有個千兒八百的。可是虞四弟這一回護鏢水戰，已經把條命跟著林大哥一塊賣了，我們還得給新娶的虞四弟婦想法子，來養生葬死

呢。我們現在只可盡其所有，各掏腰包，跟鏢局的公款湊起來，一面賠鏢，一面運靈柩。況且還有這些死的傷的鏢行夥計，還有二哥你這永利鏢局的幾位死傷的朋友，我們焉能不報答人家？人家真為朋友賣命，我們能不盡一點人心嗎？這麼算計起來，用錢的地方太多了。我們只可盡力湊，湊不夠數，也就免不了累贅林大哥的遺產了。金二哥，你說我們難過不難過？我們拿什麼臉面見林大嫂去呀！」

這些草野壯士儘管豪氣干雲，卻是一講到錢財上面，可就沒辦法了。何正平、魏豪兩人不由得慷慨灑淚。力劈華山黃秉、大力神李申甫，久與林廷揚共事，也不禁紛紛雪涕感傷。

何正平嗚咽了一陣，接著說：「至於我們林大哥的靈柩，據我想，唯有趁這時候，趕快運回家去，入土為安才好。好在曹州府是漕道，水運不費事。我受著傷，不能動轉，這件事不便久擱，不必等候二師兄了。七師弟可以辛苦一趟，也可以把詳情告訴林大嫂。仇人那把劍你應該帶了去，將來好交給劍華侄兒，讓他替父報仇。劍華侄兒年紀太小，辦喪事眼下就沒人主持。七師弟你就留在那裡，代為操持一切。林大哥死在仇人手裡，林大哥家裡只有孤兒寡母，太叫人不放心。七師弟你可以請示林大嫂，幫著照應門戶。至於別的事，你就全不用管了。金二哥，你看是不是該這麼辦呢？」

金兆和點頭嘆息道：「林大哥家中，就只林大嫂母子二人嗎？」何正平淒然說道：「可不是。說起我林師兄的家況，卻也很可憐。他就只這麼一妻一子，人口非常單弱，連個倚靠也沒有。他原籍是浙江紹興府人，在曹州府本是客籍。聽說林大哥從十幾歲上，就負氣離鄉，漂流在外。當他困苦時，本家同族沒個照顧他的。當他發跡時，盡有同鄉來投奔他，他的本家卻沒臉來找他。緣因林大哥自幼命獨，七歲喪父。他名下應該擁有幾十畝地的田產，卻被他兩個伯父霸占了去，他的生母還險些被逼改嫁。林

大哥自幼豪爽好勇，不喜讀書，他伯父罵他是個敗家子，曾經打過官司。有一次他們買下見證，竟把林大哥送了忤逆，硬說林大哥毆打生母，侮辱其父，險些給毀了。林大哥的老娘哭喊著說，我的兒子很孝順，可是衙門竟進不去。後來多虧林大哥的一個母舅，一個窮秀才，出頭來保救外甥，又引起了城內紳士的義憤來，這才把林大哥營救出來。林大哥母子二人抱頭痛哭一場，知道在故鄉難以存身，又值荒年，這母子二人變賣了什物，隨同災民逃出原籍來，罵誓賭咒地說：『從此再也不姓林了。』兩位伯父兄覬覦這份家產，生生要把嫡親侄兒毀害了。這居心未免也太狠毒，林大哥提起來就切齒痛恨。我林大哥攙扶老母，一路躲避家難，北到中原。林伯母就給人傭工縫洗，林大哥便給一個小茶館當學徒，母子二人受盡人間的艱苦。後來林伯母窮愁病歿，草草葬埋。林大哥哀毀逾常，傷心過度，大病了一場，形銷骨立，不成人樣，被茶館的掌櫃趕逐出來。這時林大哥真是危殆已極，重病苦饑，躺在林邊。幸而巧遇我那恩師白雁耿秋原道長，遊方路過，看見林大哥十五六歲的一個少年，呻吟在樹蔭下，樹枝上卻掛著一根腰帶，似要自盡，又沒有力氣了。我師父慈悲為懷，詢問原曲，惻然援手，先給林大哥治好了病，後又收他為徒。我大哥感激師恩，勵志苦學；九年光景，練成一身絕技。恪遵師訓，不準為盜，也不為官；我大哥便挾技遊俠，經多年的苦掙，漸漸創出一番事業來。他又在曹州府，得遇老鏢師鐵掌黑鷹程岳。趕上程老師父為女擇婿，看中了林大哥少年英俊，體健技精；遂將林大哥招贅門下，把愛女程金英嫁給林大哥，這便是林大哥的前妻。後來，程金英嫂嫂得病死了，遺下了我那林劍華小侄兒。金英嫂嫂放心不下這個失恃的幼兒，臨歿時對父親和丈夫說，要求把她的叔伯妹妹程玉英續娶過來，好給她撫養幼兒。於是我這程玉英嫂嫂又嫁了過來，這便是我們現在的林氏嫂嫂。我林大哥便在曹州府落戶，鐵掌黑鷹程老英雄只有一女，並無男兒。他心憐愛婿，年老退休時，就將他一手創辦

的保定安遠鏢局交給了林師兄。林師兄曾歷艱辛，為人膽大心細，辦事很有幹才，交友能得死力。鏢局歸他主持，日有起色。程老英雄看著甚妥，遂又將南北兩京兩個分號，也交給了林師兄。林師兄費了二十多年的辛苦，鏢行生意日臻興旺；鏢旗走開去，綠林豪傑無不推情假道。林大哥又跟蘇杭二州勝字號兩家鏢局做了聯號。有這五個鏢局，我林師兄安插了不少武林朋友。但凡混窘了的武學朋友，投奔了來，林大哥必有一番款待。有事給他找事，沒事就讓他在鏢局住閒；要回家呢，就贈送盤纏。以此林大哥勢派很大，卻落錢有限，他都拿著錢交朋友了。林大哥人最念舊，他飲水思源，感激他那岳丈程老英雄，勝過本家同族的叔伯。他積財置產，也就不在故鄉紹興府，反在曹州府落了戶。就為這個緣故，林大哥生前儘管轟轟烈烈，可是一旦逝世，在曹州府除了他岳丈家，此外別無親人。」

何正平接著說道：「所以我才打算叫七師弟去一趟，就因為林大哥一死，林大嫂家下太也孤單了！我實在有些放心不下。說句過慮的話吧，林大哥是栽在仇人手裡了。看這意思，仇人意狠心毒，還怕他追根究底，我們必須特別小心。七師弟儘管專辦這件事，在曹州府不妨多耽擱幾天；早回來，晚回來，都不要緊。反正這裡的事，有我們這些人呢。金二哥，你說是不是？」

過天星金兆和聽了，很以為然。當下商量定了，即日便將林鏢頭的靈柩運走。那四師父虞伯奇的靈柩，是交給馬起雲運送。那丁宏肇是個光棍漢，沒有家口，家鄉又離此太遠，就在清江浦浮厝起來。那米占標和錢六卻是林鏢頭一手拉拔起來的人，連媳婦都是林鏢頭給他娶的；這次為走鏢殞命，鏢局當然要給一筆養贍，靈柩也給送回原籍。永利的陶志剛鏢師和其他傷亡的人，也都照此辦理。至於受傷的人，自然由鏢局代為醫治；另外多給一個月的勞金，只候款到，立刻就辦。金兆和特別幫忙，療傷殮死，托情墊款，都由他出力。只幾天的工夫，都已辦得有眉目了。

　　由清江浦到曹州府，要先走運河漕道；到山東濟寧州，再改旱路。七師父魏豪把運靈的事預備好了，帶安遠鏢店兩個夥計，一個叫黃麟，一個叫邱良，幫同護靈。這兩個人都曾到林鏢頭家去過幾次，將來到了地方，還可由他二人照料喪事。於是一切安排就緒，運靈的船也雇好了，這就該動身了。忽然，永利鏢局一個夥計慌慌張張走了進來，回話道：「跟鏢頭回，現在外面又來了一個打聽林鏢頭的！並且打聽林鏢頭的家眷住在什麼地方，問林鏢頭的少爺來接靈沒有？我們不敢回答，我們告訴他⋯⋯」還未等夥計說完，過天星金兆和霍地立起身，面色陡然一沉，道：「好！絆住他，別叫他走了。」

　　過天星金兆和面含秋霜，拔步往外走。七師父魏豪、力劈華山黃秉也都立起來，道：「人在哪裡呢？別放走了他。」這夥計忙攔住道：「鏢頭們別忙，這人走不了；他還叫我進來回一聲，他還要見見安遠鏢局的師父們呢。他說不論哪位全行，他立等著要跟師父們見一見，還有別的事要面談呢。」

　　這一來，倒出眾人意料之外。金兆和回顧魏豪，面顯驚訝道：「這許是咱們安遠鏢店的朋友吧？」魏豪、黃秉齊問夥計道：「這個人姓什麼？什麼長相？哪裡的口音？」夥計回答道：「我們聽他說姓胡，沒問他叫什麼。聽口音好像也是江北人，三十多歲，是個黃白淨子。」金兆和道：「你去把他請進來，讓到客廳裡坐。」又對魏、黃二人說道：「這個人還不知是仇是友，咱們要留神。由我答對他吧，你們二位先別言語。」

　　這裡眾鏢師猜不出來人是誰。工夫不大，那夥計已將來人讓到客廳。

　　魏豪、黃秉隔著門望看來人，不由一怔；兩個人全不認識此人。只見此人瘦挺的身材，眉目疏朗，神光四射，自具一種英強之氣，穿一件灰布長袍，下蹬青緞快靴，左手提一小包，步履矯健得很。過天星金兆和向魏、黃二人使一眼色，二人把頭微微一搖，是暗示不認識此人。過天星金

兆和立刻加意提防著，搶步上前。那夥計把客廳門簾挑開，將客人讓進去。然後金兆和在前，魏、黃二人隨後，也進了客廳。只見來人把小包袱往桌上一放，直著腰，轉身側目，向三人一照面，立刻抱拳當胸道：「哪一位是安遠鏢局的師父？」魏、黃二人俱不開言。過天星金兆和暫不答他的問話，卻一舉手道：「哦！你老貴姓？找安遠鏢店的哪一位呢？」

來人把金兆和上下一打量，拱手道：「在下姓胡。我是林鏢頭的好朋友，要找安遠鏢局的師父們，打聽打聽鏢頭的事情。足下貴姓？」金兆和道：「請坐，請坐，倒茶來。在下姓金……」還未等金兆和往下說，那來人又站起來，向金兆和重新見禮道：「原來是過天星金鏢頭，久仰久仰！這永利鏢局，在下聽說就是你老兄主持的，在江湖上久傳盛名，在下末學後進，不勝佩服。在下今日冒昧登門，很是失禮。」說到此，眼光又望到魏、黃二人道：「二位請坐。」

來人接著卻轉臉對金兆和道：「金鏢頭，不瞞你老說，在下無事不敢來騷擾。在下和安遠鏢局總鏢頭林廷揚大哥，乃是知己的患難弟兄，又是同鄉，又是同盟，有十幾年的交情。但是在下卻在杭州設場授徒，我林大哥卻在北方創業。我林大哥曾經屢次的來信，約我到他那邊去，我卻終年窮忙，不得前往。近因在下有別的事，來到貴寶地，偶因閒談，突聞我林大哥護鏢失事，折在線上了。先前只聽說，是受了重傷。小弟一聽這信，就很覺著奇怪，憑林大哥那麼樣的一身功夫，又有那麼廣的交遊，當真會失腳不成？等到我趕到這裡細一摸，竟有的人說林大哥已經吐點（死了）！這真是意外的飛災，越發叫人難信了！小弟與林大哥多年友好，交情並非泛泛，驟聞凶信，肝腸欲裂。所以我立刻拔步前來，一來要打聽打聽真相，到底是怎麼一回事；二來要哭奠一番，以表哀感之忱。至於林大哥身後一切事，正是用得著朋友的時候。我既然知道了，更不能袖手旁觀。小弟雖然是武林無名之輩，可是也絕不能含糊了。我身邊現在帶的錢

力有限，但是我可以到別處周轉周轉。究竟林大哥這身後事，辦得怎樣了？也請金鏢頭費心告訴我，我好量力而為。」

這來人侃侃而談，非常慷慨激昂。只是這人的來歷，魏豪等人始終沒聽說過。魏豪與黃秉兩人互相顧盼，臉上帶出錯愕的神色。這時，旁邊的過天星金兆和已然看出來了。金兆和遂向來人舉手道：「你這番慷慨好義之處，實在令人佩服。恕小弟眼拙，沒領教老兄臺甫貴處？」那人答道：「我嘛，姓胡，名建章，原是丹陽縣人……」說到此，忽然改口道，「可是我在曹州府落戶。」

金兆和聞言，向魏豪遞過去一個眼色。魏豪微微冷笑，力劈華山黃秉把頭搖了搖。過天星金兆和心裡有了底，當下命夥計獻茶，說道：「久仰，久仰！胡爺你這麼熱心仗義，關切亡友，實在難得，令人可感！胡爺既與林鏢頭是知己之交，想必跟安遠鏢店的朋友也很廝熟吧？」

那人神色自若地微微一笑道：「我剛才不是說嘛，我和林大哥是從小的哥兒們。只是我從來沒到過北方，所以跟林大哥鏢局的朋友，倒不怎麼熟識，也不過只有一兩位慕名罷了。不曉得安遠鏢局的師父們，有哪位現在這裡，可不可以請來談談？我聽說林大哥此次失事，手下鏢師還傷了許多位，可是真的嗎？究竟有幾位吐點？還有我林大哥生前死後的詳情，我極想知道知道。有一位力劈華山黃秉黃師父，我素常聽林大哥念叨過，不知現在鏢局沒有？請你費心把他邀來談談。」黃秉剛一欠身，金兆和忙擺手阻住，道：「提起林鏢頭這回事，真是令人可嘆！現在安遠鏢局遭這場意外飛災，可以說是塌天大禍，一敗塗地，買賣從此不能幹了。我在下和林鏢頭，也算是朋友。他們既在清江浦遇上事，我們同行焉能袖手？所以我在下也只有量力幫忙。林鏢頭的身後事，算是安排完了。至於安遠鏢局的師父們，張羅賠鏢呀，搬運靈柩呀，個個都很忙，全都回蘇州去了，也有返回保定總鏢局去的。現在只有一位姓霍的師父，還在這裡養傷。至於

你老兄所說的那位姓黃的師父，是昨天剛走的。他們這回遭上事，無處落腳，暫且把靈柩停在此處。但是我這裡本是鏢局子，不能借地方給朋友辦喪事，而且我在下又是隔著教。這次停靈，實在是事情擠在這裡。所以地面上的朋友，有來弔唁的，我都給擋駕了。這太覺對不住朋友，可也沒有法子。」

來人聽了，忙說道：「正是這話！鏢局子本來不能擺喪棚的。不過小弟和林大哥多年交情，若不到靈前弔祭一番，良心上太覺下不去。但是我們都是外場朋友，我可也不能不知進退。金鏢頭，我只求你領我到林大哥靈前看一看，我總算沒白來。」說著站起來，一躬到道地：「金鏢頭，我太覺對不住了，我只到靈前磕一個頭；我也用不著燒紙哭奠，只憑一片真心罷了。這務必煩你費心！」又喟嘆一聲道，「林大哥一世英雄，而今安在？這太慘了，這太慘了！」說到這裡，又複目光一掃黃秉、魏豪，問金兆和道：「金鏢頭，這二位我也忘了領教；我從一聽林大哥噩耗起，心緒就亂到極處。失敬之處，還望原諒。」

金兆和道：「胡爺不要客氣，彼此全是江湖道義的朋友，要脫俗才是。這是敝鏢局的鏢師，田師父跟韋師父。」這來人即向魏豪、黃秉抱拳拱手道：「田師父，韋師父，久仰，久仰！在下失敬得很，二位師父多多擔待！」魏豪答道：「胡爺太客氣了。」

金兆和恐怕來人還要從兩人口中套問話，遂忙截住魏豪的話鋒道：「韋師父，田師父，陪胡爺到跨院吧。」魏豪、黃秉先不往外走，站起來引手作勢，向這來人說了個「請」字。這來人卻向金兆和抱拳道：「金鏢頭請！」金兆和停步不前道：「胡爺先請！」來人遂不再客氣，昂然向門外走來。

魏豪趁這邁步的當兒，用手一指牆上掛的刀，又一指那人放在桌上的小包。過天星金兆和微把頭一點，復將手一揮；魏豪、黃秉會意，緊陪著

來人，走出屋外。金兆和稍稍落後，從桌前一掠而過，順手把小包裹一提，又用力一捏；裡面軟軟的，硬硬的，份量不重。微微一笑，拔步追出來道：「我給胡爺引路。」跟來人並肩而行，走入庭心，手向西邊一指道：「林鏢頭的靈柩就在那邊跨院。」來人點點頭並不搭話，目光四矚，有意無意向過天星說了句：「寶號地勢倒很寬敞。」

金兆和笑答道：「小局面，像胡爺這樣人，還能把這個看在眼裡，沒的教你見笑。」金兆和外表看似粗豪，但是久涉江湖，閱歷又多；對於來人一舉一動，早已特別注意。來人這時藉口誇讚永利鏢店的局勢，暗地正是踩看出入的道路。金鏢頭按住了火性，沉機觀變，一心要看來人的舉動。這時已走到了西跨院角門。金兆和往裡相讓；來人大步走進角門，抬頭一打量這跨院的地勢，也非常寬敞。靠西面是一段矮牆；在北面是三間小廈子；在南面是一座藤蘿架。藤蘿架前是一個石板桌子，兩個石墩，乃是熱天乘涼的地方；東邊角門旁種著一片花草。靠北廈檐下停著四口白茬的棺材，棺上題著林、虞、丁、陶四位鏢師的姓諱卒年。靈前各放著一張靈桌，點著一盞瓦燈、一對燭臺，並設有香爐跟焚化紙錢的火盆；連這隻瓦燈，還是魏豪等不管金鏢頭願意不願，硬主張著給添的。因為江北的風俗，死者靈前這盞長明燈絕不能少，說是沒有這盞燈，夜臺長暗，幽魂不能到長生極樂之地。但究因金兆和是個教友，所以這四口棺木的靈前，沒有燒香化紙。

來人一望見這四口棺材，眉峰一蹙，臉上頓時現出戚容；回頭向金兆和說道：「有這些位吐點了！哪一口材是我林大哥？」說時不待回答，搶步上前，找到林廷揚的靈柩，看了看旌題，突然失聲一嚎道：「林大哥，我怎麼沒想到你竟棄我而去了！」號叫著往前一撲，雙手向棺蓋上一搭，叫道，「林大哥！兄弟我胡建章來了。大哥，你陰靈有知，九泉之下，總看得見你這兄弟給你報仇。」說話時聲容越發悲愴激昂，兩手一扶，頭往棺

蓋上一低，竟似放聲欲哭，又強自吞聲似的，猛然一跺腳，那棺材蓋咔嚓響了一下。

七師父魏豪這時候勃然大怒，兩眼一瞪，就要上前。不想過天星金兆和雙眉一挑，早搶先一步，右臂照來人雙臂一穿，猛往上一抬，擺出勸解的樣子，突然說：「死了死了，一了百了！胡爺不要難過，請客廳裡坐！」

金兆和暗中一較勁，已試出此人的臂力非凡。金兆和雙臂一抬，只將來人的雙臂架起，他的身軀竟寸步沒移。

魏豪、黃秉一齊逼了過來。只見來人趁金兆和這一托，登時抬起頭來，把金兆和一看，口中唏噓不已道：「小弟一見林大哥的遺柩，不由得心肝欲裂，實在也忍不住了。金鏢頭，這太對不住了，我知道金鏢頭是忌諱這個的，請恕我忘情吧！」

金兆和微微冷笑道：「請到客廳坐吧，這也沒有什麼。人不是死了嗎！」

這來人非常沉著。儘管魏、黃二人一左一右緊盯著他，他依然不慌不忙，擰著眉毛，嘆息說道：「這真是天有不測風雲，人有旦夕禍福。我林大哥英雄一世，卻落了這麼個結果，實令人憤恨天道不公！林大哥的家眷住在哪兒？金鏢頭費心告訴我，我也還薄有家資，我打算略盡寸心，提出一份來，給我林大嫂跟我侄兒，作為將來的養贍。我跟林大哥相好一場，也算是留下點念想。叫林大哥九泉之下，不再掛念這孀妻孤兒，我在下也可於心稍慰。至於鏢局子的事，我是個門外漢，這全仗著金鏢頭諸位多幫忙，恕我不能管了。」

金兆和見他居然還要摸索林廷揚遺孀的實底，這種膽大妄為的舉動，就好似有恃無恐似的，又好像自作聰明，把鏢局中人都看成無物似的。過天星金兆和也不禁動怒，就要直截了當地揭破來人的來意，但是回眼一看到力劈華山黃秉，抓住了魏豪的手腕，兩人神氣正似有所爭執。金兆和誠

恐魏豪翻了臉，叫來人見笑，顯得自己太沉不住氣了，便強將怒氣按了按，暗想：「敵人既是暗來，我們正是跟他暗著較勁。」遂遞過一個眼色，對來人索性不點破，依然虛與委婉地說道：「林鏢頭的家眷住在哪裡，這個我們倒說不很清。胡爺這番熱腸，足夠朋友；回來我一定把胡爺這番盛意，如實地轉告林鏢頭的家族，也叫他們明白明白。容得林鏢頭之子長大了，也好報答閣下。」

說到此，語調特別沉重，又帶著冷峭。跟著說：「胡爺，我還沒有問胡爺的住腳呢。」

來人看了金兆和一眼，說道：「這不過各盡其心罷了。我的住腳，我林大哥盡知。既是金鏢頭要問，好，我就開一個地名。」要來紙筆，寫了個地名條，是什麼「杭州東門外大吉巷」。來人跟著說道：「方才金鏢頭說，還有安遠鏢局的一位師父，住在這裡養傷；請你費心請他出來談談，可使得嗎？」金兆和道：「對不住，這位師父傷勢很重，還不敢見風呢。」來人逼緊一句道：「那麼，我在下到他屋裡看望看望。我不過略問幾句話，絕不敢多擾病人的精神。金鏢頭可能先容嗎？」

金兆和微含笑道：「那倒沒什麼不可，他也許正想見你。」

一扭頭向魏豪道：「韋師父，你去看看霍師父。你就提有林鏢頭的好友來看望他，並向他探問林鏢頭的家屬。」

魏豪答應了一聲，立刻轉身出去。工夫不大，有一名夥計進來，向金鏢頭道：「霍師父將才敷上藥，又吃了湯藥，好容易才睡著了，不便驚動他，得候一會兒子。」金兆和道：「這麼不湊巧！可是我聽這位霍師父說過，大概林鏢頭的家眷許在他們保定鏢局附近，只是我們全沒到這位林鏢頭家裡去過。胡爺若想找林鏢頭的家眷，還是到那保定安遠鏢店探問，就知道了。若是有什麼祭奠賻贈之物，就交給在下，由這邊轉過去，也是一樣。」說罷，看著來人一笑。

這來人隨即站起，信手抓起小包裹來，掂了掂，向金兆和告辭道：「那更好了。既是這位霍師父病傷很重，林鏢頭家眷的住處，諸位知道不清楚，我也就無須再瑣瀆了。霍師父面前請金鏢頭替我問候吧！我打攪了半天，很對不住。好在我們跟林鏢頭全是一樣的交情，我也不謝了。今後安遠鏢店丟鏢賠鏢，種種善後，全仰仗金鏢頭費心；咱們改日見吧！至於在下的一份人心，等我備辦好了，我就親送過來，煩金鏢頭費心轉送好了。」說完，向黃秉也拱拱手道：「田師父再見。」力劈華山黃秉滿臉的憤怒，按住氣，一字一頓地說道：「好，再見！胡爺不怕慢待，沒事只管常常來，我們都想見你！」來人忙答道：「田師父別客氣，我在下已經深領盛情，金鏢頭尤令我佩服。我在下把事情辦完了，一定還要來向金鏢頭、田師父面前討教，我在下也好多長些見識。我告辭了，改日再會。」

金兆和一面起身相送，一面答道：「胡爺肯屈尊到這裡來，那是瞧得起金某，給小字號永利鏢局增光。胡爺不拘哪時，都可以來，金某竭誠恭候著。」說著話，來人已經走出庭院，金兆和往外相送。這來人轉身阻攔道：「金鏢頭留步，在下不敢當。」

金兆和道：「初次來，哪能不送？」彼此謙讓著，到了鏢局門口，這才拱手作別。

第四章　不速客挾詐弔喪

第五章　林鏢頭遺櫬北歸

　　金兆和眼望來人的背影，一回頭，看見力劈華山黃秉，滿臉露出悻悻之色。金兆和且顧不得說別的，急對夥計說：「綴下他去！」把黃秉一拍道：「黃大哥繃著點勁，咱們到屋裡說話。」又對夥計說，「你們去兩個人，千萬別叫他走脫了。倒要看看他落在哪裡？」於是有兩個精明幹練的夥計，應聲更衣，趕緊綴下來人去了。黃秉跟金兆和回到裡面，魏豪已經在客廳等候。魏豪一見金兆和進來，便憤然說道：「金二哥，人家竟欺侮到咱們門上來了，我們難道就這麼忍下去嗎？這姓胡的當著我們大眾的面，膽敢伸手動我林大哥的棺木。依著我不管怎樣，也該揭破他的奸謀，當場給他一個過不去。只是在金二哥這裡，我們弟兄承情已多，所以當時不便冒昧，卻便宜了這東西！」

　　金兆和曉得魏豪意有不悅，忙解說道：「七師父，咱們弟兄全是至近的朋友，不同泛常交情。說句不客氣的話，我金兆和若是怕事，絕不敢接這後場。明知道只有禍，沒有福；只有麻煩，沒有順利。可是有我們的交情在，落到我身上，不論有多大風險，我全得算著。何況出事時，連我一塊折給人家的？我就為我永利鏢局的名聲，我也不能善罷甘休！不過我適才一看這來人，絕不是平常的盜匪，棘手得屬害。他竟敢進到我鏢局子裡，指點要找安遠鏢店的鏢師！行為、膽量異乎尋常。而且這回事，也與一般江湖尋仇不同。林大哥既已慘遭無常了，多大冤仇也就算解了。可是他們仍不肯罷手，一再跟尋踩探；一半是不放心林鏢頭的生死實況，一半好像還要盜得亡者的遺體，拿回去圓誓。或是盜去證物，以堅主使人的信心。所以我一再隱忍，是要看看他的來意究竟何在？」

　　魏豪矍然問道：「常聽人說，內功絕頂的人能夠隔著棺木，傷害亡人

的遺體；莫非這東西靈前一祭，已經潛下毒手了嗎？」

　　金兆和搖頭道：「那只是江湖上一種讕言，未免過甚其詞了；內功不論多好，也不會隔物傷人。我見他扶棺一痛，不過是要試一試棺木中是否真有林鏢頭的屍體罷了。當時我知道我要再不戳破賊人的詭計，你弟兄就要動手了。我這才潛運氣功，把九成力運到臂上，用『鐵門閂』的式子，一穿他的雙臂。幸而我是拿他當作勁敵，若不然，我還險些當面栽給他。就這麼用氣功掀他，反只把他的雙臂托起；他的下盤居然寸步未移，可見是個勁敵了。正是來者不善，善者不來。我心裡盤算，與其當面鬧翻了，還不如綴他下去。你來窺探我，我卻跟綴你，倒是針鋒相對的辦法；還可以根究出賊人的主使人，究竟安窠何處？將來也好替死者報仇。這是我的一點暗打算，倒不是怕事。七弟你放心，我金兆和若是怕事，也就不攬這場麻煩了。」

　　魏豪連忙說道：「金二哥，小弟年輕，見事不透，捺不住火性。金二哥這打算很對，是我不明白。只是來人一再探問我林大哥的家屬，居心叵測，實在可慮。金二哥，我們林大嫂和那小侄兒，我們該怎麼保護他們，才不致遭人毒手呢？」

　　金兆和道：「這卻應該加倍小心。嗣後再有打聽林鏢頭的家屬的，我們大家千萬要留意，不要泄了底才好。等著運靈柩的時候，還要好好地安排一下。」

　　說罷，一同來到何正平床前，把來人心懷叵測的情形告訴了何正平。何正平氣得面目變色道：「林師兄經營鏢局二十餘年，熱心交友，沒做過趕盡殺絕的事，不知何時結下這夥仇人。人已經死在他們手裡，尚不肯罷休，這也太叫人難忍了！」

　　說到這裡，打發出去的夥計已經回來。金兆和見他們回來得太快，心中十分詫異。這兩名夥計說道：「我們奉鏢頭之命，綴下那人去，直跟他

在這幾趟街上轉了一遭；哪知道他依然轉回來，竟落在鴻發客店裡。容他住了，向店裡夥計一摸他的底，據說：這姓胡的客人昨天才到，自稱是到清江浦訪友來的，態度很大方，不好說話。住在店裡，連句閒話也沒說過。

店夥計曾碰了他幾回軟釘子，索性他不招呼，也不往他跟前去了；別的情形一點看不出來。隨身只帶一個包裹，一把寶劍；此外沒有什麼行李。也不欠帳，也不在櫃上存錢，晚飯後就把明天的店飯錢都付清了，看情形是沒打算長住。」金兆和聽了，點了點頭，向二人說道：「你們兩人趕緊酌量著派一人，到鴻發棧安樁；如果此人一走，立刻綴下去。」

夥計答應著退下去，立即如命辦理。這裡金兆和向魏豪、黃秉道：「黃大哥，魏七弟，你們看怎麼樣？我估量他未必肯甘心就走，如今果應了我的話。我看他定然要再來鏢店攪擾，我們要好好地提防；疏於防守，就要再栽在他手內了。咱們這裡何三弟、李師父身已負傷，不能行動；只有盡我們現有的人，多受些辛苦。」遂吩咐眾鏢師：「夜間要分班巡守，保護著林鏢頭的靈柩。但盼匪徒今晚不來，明天還是趕緊起靈為要。一到山東，把林大哥遺骸送到曹州府，亡人入土為安。棺木下葬，別的事咱們也好展開手腳了。」

這安遠鏢局的鏢師們，幾乎是個個帶傷。只有七師父魏豪是個好人；力劈華山黃秉、馬起雲傷勢較輕；別的人都是呻吟病榻，正在調治。夜間巡守的事，只好全拜託給永利鏢局，由鏢師徐慶增、蘇德文、紀祥林、謝錦堂四個人，幫忙值夜。魏豪和黃秉是分上下夜，照顧病人和林鏢頭的靈柩。

說話間天色已晚，眾人用了飯，由魏豪和過天星金兆和，到受傷的鏢師屋內，審視了一遍。卻幸受傷的人，都住在一明兩暗三間西房內，晚間倒好照應。受傷最重的是何正平和水鬼姜輝；至於李申甫和上官聰，敷藥

之後，此時頗見輕減。魏豪把受傷的人一一安慰了。掌燈以後，眾人聚在一起。原打算叫七師父魏豪扶櫬北上，現在事情有變。賊人一再地窺伺，靈柩單行，恐怕半路再生意外；魏豪一個人孤掌難鳴，未免應付不到。何正平對魏豪商量了一陣，很不放心；決計只留黃秉在永利鏢局，等候二師兄解廷梁來到，協同辦理賠鏢善後。安遠鏢局其餘的人莫如提前北返，隨著靈柩坐船走；到了濟寧，靈柩再轉旱路。魏豪聽了，也以為然。半道上萬一賊人出來要截棺梓，竟把靈柩送不到家，那就更對不住故去的師兄了。

金兆和到各處巡視一遍，走回屋來。魏豪起身讓座。何正平欠身道：「金二哥，給你們添麻煩了。」過天星坐下來，道：「三弟好些了。我說七弟，可是打定主意，明一早準動身嗎？」

魏豪說道：「正是，強賊窺伺，這絕不便再耽誤了。車船也雇好了，明早天一亮，我和三哥一塊走。」過天星深以為然，遂說道：「剛才我和黃大哥，還有我們謝師父，也商量了一會兒，早走很對。不過七師父一個人護靈車，總覺勢孤些；我們打算叫我們徐慶增徐師父、紀祥林紀師父，陪你們走一趟。看路上的情形，或送到濟寧，或者直送到曹州府，這麼辦比較穩當些。二位看怎麼樣？」

何正平一想：「這一場事，已經把人家永利鏢局攪了個不善，臨到現在，倚靠人家的地方還很多。人家鏢局只有這幾位鏢師，為我們的事，連買賣都不得應了。再叫人家鏢師跟著護靈，我們於心何忍？」何正平想到這裡，忙答道：「金二哥處事謹慎，我很感佩。可是據我想，這路上起靈的事，不便再累贅二哥了。這一路都是漕道，大概沒有什麼凶險的地方；沿途再小心點，跟隨著大幫的商船走，也許不致再出意外。您這裡也正是處處需人，已經為了我弟兄的事耽誤您的生意了；再這麼一來，小弟如何過意得去？好在這一回，我和老七跟李申甫李師父一塊兒動身；我們分成

兩撥，遠遠綴著大師兄的靈柩，就有個風吹草動，也還可以彼此照應。到了濟寧州，靈柩改成旱路，我們再分手，也就放心了。我看這麼辦足行，金二哥以為如何？」

金兆和點點頭道：「只要何三弟估量著能行，不致再出差錯，我這裡人夠用不夠用，倒不在話下。反正目下大票的買賣，我打算暫先不應，我們得緩一緩銳氣再說，人倒是有富餘。」

七師父魏豪很明白三師兄的意思，不願過於累贅同業；但想到今日白天所遇的情形，他心中總覺懸虛。又見金兆和真心實意地幫忙，遂插言道：「三師兄，金二哥的話是有斤兩的。他要派兩位師父送行，這是金二哥血心待朋友的地方。三哥要不然，咱們只請金二哥派一位師父送行吧。你想，這回就是咱們一路走，三哥傷很重，不但不能動轉，還需要人照料。李申甫李四哥現在好些了，我們全算上，才這麼幾個人，我們實在人單勢孤。」

何正平正要開言，金兆和忙說道：「何三弟，你就不要客氣了，我回頭就叫徐慶增、紀祥林兩位師父收拾收拾，明天陪你哥們走一趟。還是持重一點好，就是耽誤了工夫也有限，至多有半個月，他哥倆就返回來了。」何正平還要說話，金兆和攔阻道：「就是這樣辦，三弟就別猶豫了。他們二位手底下都有兩下子，足可倚仗。」當下吩咐夥計，把徐、紀二人請來。

即將剛才的打算，對二人說了，二人慨然應允。何正平、魏豪向二人道謝。晚上值夜的事，便把二人撤出來，只叫二人管上半夜；叫黃秉、謝錦堂、蘇德文等，照顧下半夜。

分派已定，金兆和又對何正平、黃秉、魏豪說道：「起靈的事，咱就算定規了。這眼前的事，也得安排安排。剛才我已派鏢局夥計，到那姓胡的住的鴻發棧裡臥底去了。我們還要留神他今晚上來騷擾；何三哥歇著

吧，我再去巡視巡視。」於是何正平等養傷的人，即由過天星金兆和，點派徐慶增、紀祥林二人陪著，都在西屋歇息。金兆和告訴二人：「外面萬一有動靜，你二人千萬不要全都離開此屋，恐被賊人乘虛襲入，戕害受傷的人。到了不得已的時候，你們哥倆只可出來一個人。」

然後過天星金兆和跟魏豪、黃秉，一同起身來到西跨院停放靈柩之處，將哪裡是賊人入襲的必由之路，按著院落的格局，全忖度好了。金兆和皺眉說道：「這一群惡賊實在太狠！今天晚上我們如果所料不虛，賊黨必來。來的若只姓胡的一個人，我們可以不跟他挑明了動手；只暗中給他一下子，教他認識咱們幹鏢局的還有活人，也就行了。只要把他趕走，我們就派一個人，暗中綴下他去。他要是一回鴻發棧，那裡有咱們臥底的人，叫他盯住這姓胡的，看看他是不是還要綴著靈柩走。如果他居然暗綴靈柩，苦纏不捨；那就是趕盡殺絕，情理難容！我們只好多多派人，一同起身；離開清江浦，咱就來個先發制人。走到合適的地段，不等他動手，咱就先下絕情，把這東西廢了，以除後患。要是他不過來踩探的呢，有咱們臥底的夥計跟著他，也要盯住了，別叫他滑脫了；抓機會把小子廢了完事。這不可以含糊，賊人太歹毒，一點也不可以留情。」

過天星為了朋友，打起全副精神來對付賊人。又對黃秉、謝錦堂說：「現在保護受傷的人，有徐、紀二位；保護死者的遺櫬，今晚上也須有專人，還是請黃大哥偏勞吧。我和七師父魏豪、蘇德文、謝錦堂，專管埋伏。」遂又與魏豪商量，「我們四個人就分四路埋伏；賊人一到，咱們就用暗器傷他。他往哪面逃，哪面就飛暗器攔擋他。不到不得已的時候，就不必跟他照面。這樣虛實不測，最是拒敵的良計。」

魏豪道：「我們埋伏在哪裡呢？」過天星金兆和道：「咱們分散開了，各占一方。我守東北角，七師父守西面，蘇師父守花棚，謝師父在廈子上面看著。有暗器的使暗器；沒有暗器，前面有的是飛蝗石子，可以人人多

帶些。諸位全要取黑暗的地方，不要露了行藏。」金兆和吩咐已罷，眾鏢客各依照總鏢頭的話辦理。

這西跨院因為停著靈柩，原來點著兩架戳燈，金兆和吩咐夥計把燈撤下去。在林鏢頭等人靈前的那幾盞長明燈，本來十晝十夜地點著，晚間微吐青光，倒能約略辨出院中的景象。過天星以為不妥，親自動手，把長明燈的燈焰撥得渺小如豆，只剩一星微光，外面仍用物件擋上。金兆和還不放心，忽眉頭一聳，叫來幾名夥計，單把林廷揚的棺柩舁起來，竟抬到別院屋內。卻在停棺原處，放下兩張八仙桌，桌上搭著蘆席。此外裝殮虞、丁、陶的那三具棺木，也都蒙上席，乍一看，倒正像是四口靈柩。這座跨院如此一布置，昏昏暗暗，陰沉悲涼；一陣陣微風吹過，吹得花棚沙沙啦啦地發響；再襯上這蘆席下的白荏棺木，倍顯得鬼森森的。

過天星金兆和把院中安排已畢，又飛身躍到房上，察看一遍，這才下來，隨同大眾來到前面，把長衣服脫了，各自收拾俐落。又喝了一會兒茶，聽得外面已交二更二點。金兆和道：「是時候了，我們到跨院等著去吧。」魏豪道：「好。」站起來，與蘇德文、謝錦堂，跟同金兆和，出離客廳，徑奔跨院，各按預定的潛身地位，把身形藏好。

這時候夜氣沉沉，跨院內外悄然，除了風聲，別無一點聲息。眾鏢師屏息靜候匪蹤。直到交過三更，依然沒有一點異動；眾人漸漸有些不耐煩，估量著賊人未必真來。彼此正自伸頭探腦，互相窺視，忽然見西牆頭黑乎乎的人影一閃。過天星等立刻各攏眼光，注視西牆。果然略沉一沉，從牆外躍上一個人來。隱約辨認，似穿著夜行衣，靠在牆頭，露著一半身軀，正探著身，往裡窺察。金兆和等明明看見來人，卻各個忍住，絕不驚動他，只聚精會神地看盯來人的行徑。

來人在牆頭一晃，跟著從牆上投下一塊問路石子。啪嗒一聲，石子落在地上。來人立刻的一按牆頭，飄然躍落院內地上，身法輕快，並無什麼

音響。院中的燈光螢火似有如無，看不出來人的面貌，只辨得身形舉止。只見此人一落平地，腳步輕輕，只扭頭向四面一望，立刻馳奔停靈之所。來人的來路，恰與七師父魏豪把守的地段相近。魏豪早將飛蝗石子握在手內，只要來賊一有異動，他這裡便抖手一石子，專打賊人的頭面。過天星預有約定，寧使暗器，不得與賊人對盤。

當下此賊如一條線似的撲到靈前，一伸手將長明燈挑亮。

唰的一撤身，退出丈遠，閃眼向四面看了又看。然後一個箭步，重竄回來，撲在林鏢頭停靈的舊處，唰的把席掀下來一看，咦了一聲道：「怎麼是兩張桌子？」又一擰身，竄到第二口棺木處，把蘆席掀下來；順手把長明燈挑亮，細一端詳，低言道：「這是一口棺材。卻是誰呢？」只見他又一扭頭，燈光照處，魏豪和謝錦堂已看清來人面貌。來人像旋風似的一轉，倏地又撲到第三口、第四口棺木前，把蘆席全掀起來，又把長明燈全都挑亮了，便將一盞燈端到手內，往棺前一照，又一照，三口棺木全照看了。

這工夫，金兆和、蘇德文等，也都看清了來人：來人正是白晝登門、藉詞弔喪來的那個胡建章。只見他青絹包頭，黑色短裝，軟底快靴，斜背一口寶劍，肋懸豹皮囊；兩隻眸子閃爍發光，比起白天來，特別顯得迅猛、精強。只見他把頭向四外一瞧，從末一口棺材瞧起，把三口棺材重又仔細辨認了一回。

聽他低聲地罵了幾句，道：「這些東西詭計多端，我也不能白來，且捎回一顆去。」此人說罷，立刻撲到第二口棺材前——棺內正是四師父虞伯奇的屍體。此人立刻把靈前的供桌輕輕端起，移到一旁。從身上解下一個包袱，抖開了，鋪在地上，包袱上隱約看見還鋪著一塊黃色的油紙。待到將包袱鋪好，此人立即用左肩頭一扛棺材的大蓋。肩頭一用力，只聽咔嚓一聲響。眾鏢師至此明白來人的用意了。眾鏢師不由人人憤怒，惱恨賊

人趕盡殺絕，至死不饒。

　　摩雲鵬魏豪、過天星金兆和，不約而同，各將手一揚，一個飛蝗石子，一隻凹面透風鏢，變成兩道寒光，從西面和東北面，一上一下，直向來人後腦海打來。正當此時，來人剛把棺材蓋扛動。材蓋一響，驟間破空之聲，他就往下一煞腰。嗿的一聲響，凹面透風鏢先到，釘在棺材板上，緊跟著啪的一聲，飛蝗石子也到了。兩件暗器從賊人頭上掠過，全打在棺材頭上，正是間不容髮。賊人吃了一驚，急順暗器的來路，瞥了一眼。黑暗暗的院落，情知鏢局有人埋伏，可是暗器已經打空，人還不肯出來，鏢客的居心也很難測。

　　這賊人心知遇見了勁敵，趕緊一擰身，眼光投到那兩間矮廈子前面。隨即霍地一伏身，一頓足，直奔廈子躥去。身軀才往廈子前一落，腳還沒站穩；突然聽咔啪一響，唰的一道破空之聲迎面打來。他暗道：「不好！」猛一低頭，一支袖箭擦耳根打過去。

　　四面埋伏，三面已經發動。賊人覺得腹背受敵，急「鷂子翻身」、「倦鳥投林」，嗖地斜撲到南面，想翻上花棚。他料想鏢局中人已有防備，在此戀戰，必然吃虧；此賊非常機警，立刻打定了逃走的主意。不料他剛往南一落，花棚之中，黑影之間，唰的兩聲，迎頭又打來兩樣暗器。賊人手腳俐落，忙往左一斜身，把迎面暗器躲過；背後的暗器掠風之聲又到。賊人順勢往左滑步，稍微慢了點，唰的一支袖箭，被釘在左肩後。來人咬牙忍痛，仗身形矯捷，一扭身，用「燕子鑽雲」，身法疾如鷹隼，唰的飛縱躥上北牆。右腳剛找牆頭，猛然聽牆外有人喝了一聲：「下去！」一點寒星直奔面門。牆頭甚窄，不過僅有落腳之處，哪容得挪步閃躲？賊人急往後一仰頭，腳下一滑，輕飄飄竟從牆頭翻掉在院內。也就是剛一落下，只見他腰上疊動，眼看落在地上，卻一提氣，挺身頓足躍起。肩後袖箭覺得痛不可忍，急回手拔下，趁勢一摸劍把，把劍亮了出來，厲聲叱道：「暗箭

傷人，匹夫之輩。是朋友，出來跟二太爺較量較量。」

話還沒有收聲，又是一點寒星從西面打來。賊人憤恨之下，容得鏢到，急用劍一撥，噹啷打落地土。方要開口詆罵，早有飛蝗石子、袖箭、金箭，如驟雨疾雹，從四面上下紛紛打來。夜暗燈昏，但聞得破空之聲，正不知鏢行有多少人潛伏暗中。這賊人立刻打定主意，用聲東擊西之法，一按劍，驟然搶奔東牆；撲到東牆，往牆角下一聳身。埋伏在兩側的人仍依過天星之誡，暫不現身，一左一右，發出兩件暗器。只見這賊人往下一撲身，讓過了暗器，暴喊一聲道：「打！」也把手一揚，照著發暗器的所在，各還打出一鏢。卻趁此機會，塌身軀，用「臥龍戲水」，伏腰唰的一個盤旋，捷如飛鳥，翻若驚鴻，一頓足，嗖地反躥上了西房。兩邊埋伏的人急用暗器來打。這賊身法極快，一躍兩丈，由西房一磨地連躥帶蹦，早又跳到南牆；一溜煙地又由南牆頭，翻落鏢局中院。

眾鏢頭呼哨一聲，齊從潛伏之地竄出來；兩個在地上，兩個在房上，繞道追趕下去。過天星先躥上房，望著賊人後影，連發了兩鏢，均被賊人閃開。賊人竟由中院撲到東南牆上，一頓足上了牆頭；從牆頭一飄身，落在牆外巷內。眾鏢師已然趕到。過天星忙打招呼，叫回眾人；只由七師父魏豪和鏢師蘇德文二人，按照預定之計，從跨院繞出去，潛蹤跟追賊人。

賊人已逃，金兆和招呼謝錦堂，趕快通知黃秉和紀祥林等人；然後又趕緊撲奔跨院，到四面查看一回。這一查看，卻出人意外！這時候，突又從西牆上，跳進來一個賊人；鶴行鹿伏，溜牆根撲到停棺之處，那意思也似要乘隙盜棺毀屍。

過天星金兆和勃然大怒，立時甩出一隻鏢來。力劈華山怒火中燒，再忍耐不住，大罵道：「萬惡的賊人，再三再四，今晚上你就別想囫圇回去了！」雙斧一掄，竄過去，劈頭就是一斧。這賊人忽地一長身，把手一揚，一道寒風襲來。力劈華山急側身一閃；噹啷一聲，一件暗器碰在磚牆

上，落到地上。

賊人一聲不響，借這暗器一擋，急伏身一躥，立刻躥上牆，就要翻牆逃走。過天星抖手一鏢，喝一聲：「打！」賊人將身形一晃，過天星第二隻鏢又到。賊人哼了一聲，一頭栽出牆外。過天星蜻蜓點水，連躥三躥，已到牆根；卻繞到西北角，躥上房，往外一望。賊人正避在牆根下，往上仰望。一見過天星，此賊唰的一抬手，咯噔的一聲，發出一支袖箭；被過天星掄刀彈開。力劈華山黃秉此時也躥上房頭，身才站穩；這賊人回頭又是一箭。力劈華山急一閃身，袖箭躲開了，身子卻沒立穩；一晃兩晃，急急地順勢往牆下跳，落到地上。賊人又一袖箭，黃秉伏腰躲開。過天星也飛身躥下來。賊人一見有兩人追出，竟也不再戀戰，一頓足，躍登對面牆上，叫道：「相好的，看住了瓢。三天以內，小白龍一定來摘！」躥房越脊，奪路逃去。

黃秉恨氣未出，便要追趕。過天星連忙攔住道：「黃大哥快回鏢局子，看守受傷的人和靈柩要緊，不要上了賊人的當。」

黃秉恍然省悟，立刻翻過牆頭。兩個人一個照顧跨院，一個照顧西客廳；仍叫別位鏢師和夥計，作速到各處巡看。

金、黃二人唯恐賊人又是大批前來，三次尋仇；不得不提心吊膽，前前後後搜尋一遍。卻幸賊人來者只此二人。金、黃二人捏了一把汗，來到西廂房，見了那些養傷的鏢師，有徐慶增等人守護著，賊人並沒來打擾。大力神李申甫心粗膽豪，睡得很熟。三師父何正平和水鬼姜輝卻不放心；欠起身來，齊詢金、黃二人：「賊人當真來了沒有？」金兆和特意安慰二人道：「只來了一個探道的，趕走了！也許不再來了。三師父歇著吧。」

金、黃二人忙退出來，又到跨院停靈之所，拿燈照看了看，已經別無動靜了。這才將賊人遺下的包袱，拾起來一看，只見外面是一個黃布包袱，裡面卻還有一層油紙。力劈華山黃秉不由怒衝心肺，罵道：「萬惡的狼

賊！金二哥你看他們，還算計著殘毀林大哥的屍體呢。若不是金二哥先機預防，林大哥臨死還要落個沒頭鬼；這些賊子們，窮凶極惡到極處。林大哥闖蕩江湖多年，我們就沒聽說他對待綠林道趕盡殺絕過。卻怎麼遇見小白龍這群東西，人死不結仇，他們卻至死還不饒。」過天星道：「這就叫『賊情難以常情測』了，這裡面必有緣故！真是，我只擔心林大哥的後嗣啊！」

金、黃二人將賊人遺留下的包袱收起來，吩咐夥計掌起燈火，把打落在院中的暗器，全拾了起來；將靈桌也放好了。在西牆下地面上，還發現了點點血跡。金兆和道：「賊人已經帶傷，足可警戒他一次了。」金、黃二人遂各持兵刃，登房上高，沿牆頭梭巡警備。約莫過了一頓飯的工夫，忽見兩條人影疾如箭駛，從西奔東，如一雙燕子似的，托地飛掠；雙影一晃，又登上西牆頭。金、黃二人急伸手抄取暗器，那二人卻已手撮嘴唇，連打了兩個呼哨，做了一個暗號。金、黃二人趕忙住手，呼道：「來者可是七師父、蘇師父嗎？」來人應聲道：「小弟是魏豪……小弟是蘇德文。」

兩人飄身而下，問金兆和等道：「賊黨再沒有別人來嗎？」

金兆和回答沒有。因問，二人追緝逃賊如何？二人道：「姓胡的那個賊子實在俐落，竟被他滑走了。」金兆和道，「店中還有咱們臥底的夥計，怎麼竟叫他走了？」魏豪臉一紅，很有些掛不住；急將手中提著的東西一揚道：「姓胡的賊子雖然滑走了，且喜還碰著這個殺胚！被我跟蘇師父臨回來，順路碰見。這個殺胚慌慌地滑牆根黑影走。我們還沒動手呢，不想他倒找死；先給了我一鏢，翻身就跑。被我們兩人一追，兩頭一截。想是此賊該死，再不然地理不熟，立刻給堵住了。我們倆把這東西圍上了，拚命一打，把他打倒，卸下一隻胳臂來。我們還想問問他的底，誰知此賊狠辣，他自己把舌頭挖了。我們一惱，給他摘了瓢。」

金兆和、黃秉忙問道：「賊人的屍體呢？」蘇德文道：「二位放心，這個我們絕不會漏招。我和七師父把他的首級割下來，立刻把死屍拴上石

頭，給推到水裡去了。沒個三月兩月的時間，再不會漂上來的。」金、黃二人遂要過人頭來。這人頭有腰巾包著，血已透過來。就燈影照著，血跡模糊，正是那天冒充四川鏢頭、首來探問林鏢頭的那個奸細。過天星眉峰一皺，心想：既成仇敵，殺死他也不為過；只是割取首級究竟不妥。賊人是窮凶險惡，我們開鏢局的到底是奉公守法的人。但是已成事實，只得想法子把人頭給消滅了。遂將人頭給何正平看過，這才將適才之事，告訴了何正平。然後當夜把人頭埋棄。

過天星向魏、蘇二人問道：「那一個姓胡的賊卻是個勁敵，他是怎麼走脫的呢？」魏豪和蘇德文報告經過：賊人逃出鏢店之後，繞著鎮甸，奔走如飛，不時回頭窺看。魏、蘇二人隱身暗綴，眼見賊繞了一圈，徑回鴻發棧；好像已不疑心有人跟蹤。略回頭瞥了一眼，竟翻牆入店。魏豪、蘇德文也一先一後跳入店房，再找賊人，已然不見。急撲到西廂房，找那兩個臥底的夥計，竟雙雙地昏睡不醒；連連彈窗，兩個夥計鼾聲如雷。魏豪等心知有異，急忙破窗進去，才曉得臥底的夥計也不知何時，已被賊人窺破行藏，遭了賊人的暗算；兩個人大概受了蒙藥。

魏、蘇二人慌忙用冷水把兩人噴醒，草草一問。兩個人說：「吃了晚飯以後，忽然瞌睡起來。」必是吃的東西被賊人用什麼方法，潛下了蒙藥。那店家和永利鏢店本是熟識的，當然不是店家所為。魏、蘇二人候兩人甦醒過來，急命他們快回鏢局報告。魏豪、蘇德文慌忙開窗，直入賊人住的房內；見房間內殘燈猶亮，賊人的一個馬褥子猶在，人卻已不見。

魏豪大怒，與蘇德文急急出店，再搜尋賊蹤。姓胡的賊人已然逃得無影無蹤。二人無法，繞著鏢局子，重新踏尋了一遍，卻遇見那個首先來窺探的賊人，被金兆和、黃秉逐出，正在東尋西看，口打呼哨，找尋姓胡的賊人。冤家路窄，被魏、蘇雙戰打倒，割去了首級。兩個臥底的夥計報報地回轉鏢局。

　　過天星向他們詰問情由，兩個人竟說不出何時遭了賊人的暗算。賊人的黨羽和蹤跡，更說不上來了。

　　過天星看了兩個夥計一眼，道：「二位老弟，這幸虧是蒙藥，要是毒藥，你二位可就賣了命，還不知是怎麼死的呢。這豈是鬧著玩的？」黃秉忙道：「好在也沒誤事，魏、蘇兩位已經把賊驚走。賊人把馬褥丟下就跑了，足見他人單勢孤，已有懼敵之意，這就不妨事了。二位老弟辛苦了，請下去歇歇吧。」

　　魏豪也道：「金二哥，咱們先談正事。鬧了這半夜，金二哥，你看我們運靈的事，這就走好呢，還是改期的好呢？」過天星道：「賊人來了兩個，傷了一個，到底是他們栽在咱們手裡了。我想姓胡的賊人此時必是奔回去送信，必不敢在此地留戀了。他這一走，七師父趁這機會，趕緊起靈更好，我看用不著改期。」

　　魏豪道：「那麼，我們還是天亮動身。」金兆和道：「不過這一來，道上更得小心。我再派幾位吧。」何正平道：「有徐、紀二位足夠了。」金兆和搖頭道：「咱們是寧可過慮，不可失著，總要事事拿穩，務保萬全。」轉臉對徐慶增、紀祥林說，「二位多辛苦一趟吧。」徐、紀二人道：「金鏢頭哪裡話！咱們都是自己人，你跟林鏢頭是好朋友，我弟兄跟林鏢頭也不遠。況且何三哥、魏七弟，我們也是老交情。您就是不派我們幫忙，我們還要自告奮勇呢！我們這就拾掇去。七師父，我靜聽你的支派。咱們不要客氣，說走就走。」

　　何正平、魏豪見永利鏢局自金兆和以下，都這麼熱心仗義。兩人心中非常感激，也就不再推卻了。何正平坐在病榻上，連連舉手道：「金二哥，徐師父，紀師父，我也不說什麼了，咱們是心照！」金兆和把大指一挑道：「好，該這麼乾脆！哥們，天可不早了，咱們可該著忙活忙活了。」

　　此時四更早過，眾人俱不再睡。過天星金兆和將送行的夥計，也點配

好了。除徐、紀二位鏢師外，加派趟子手張德祿、串地龍焦五和四個年輕得力的夥計，都是手下最矯健、出門極在行的。其中以趟子手張德祿和夥計盧鳳山，最為精幹。這張德祿眼底下最有本事，不管什麼人，只要跟他一照面，他就十成八成可以斷出這個人的來路，再不虛驚虛乍，錯看了人的。

而且記性特別強，跟人見上一面，十年八年再見，他還能記得清清楚楚。如果通姓名，他還能在久別之後，一見面就叫出這個人的名字來。盧鳳山另有一種特長，耍鬼聰明，心眼來得極快；隨機應變，滴水不漏，就是武技差得多。此外別的夥計，也都是挑了又挑的，各有一技之長，在路上深可倚仗。

金兆和遂把六人全叫了進來，對他們懇切地說明，護靈到山東濟寧州；如果路上情形不對，就一直送到曹州。囑告眾人：「這趟護靈，比護鏢還要緊。這是咱們同行義氣上的事，我也不多囑咐了，幾位多辛苦吧。一路上多加小心，一切事要聽七師父的話。人家七師父是客情，對不對的不肯說。咱們若是落了包涵，可就對不起好朋友了。你們幾位也看得出來，這一回我拚命似的，都為的什麼？還不是跟林鏢頭生前，有著過命的交情嗎？你們哥幾個多多盡心，別叫我落個有始無終；別的話我也不多說了。」向眾人一拱手道，「我拜託了。」趟子手焦五忙搶著說道：「鏢頭，您就放心，我們絕不能給您抹了臉。路上的事，我們淨聽七師父的。還有咱們徐師父、紀師父呢。我們一定要多加小心，您老看著吧。」魏豪忙道：「焦五哥，你們哥幾個多受累吧。連你們鏢頭這裡，我全沒說客氣話，咱們弟兄是彼此心照不宣。」

當時一切事預備停妥，所有隨行的人，都將隨身的行裝打點齊備。受傷的人何正平、李申甫等，也全掙扎著起床。遂由夥計們趁著天色沒亮，把雙套車叫來，大家忙著先將林鏢頭的靈柩裝上車。等到一切裝畢，最後

才由夥計扶著受傷的人上車。

何正平幾乎走不動，大腿上失血過多了，創傷忒重。李申甫的傷較輕，已能自行上車。然後七師父魏豪出來，向永利眾鏢師抱拳殷殷道勞告別。力劈華山黃秉卻留在永利鏢局，等著二師父解廷梁辦理善後。此外四師父虞伯奇、七星劍丁宏肇、永利鏢師陶志剛，以及兩鏢行護鏢而死的趙子手錢六、米占標等人的靈柩，該運的運，該葬的葬，也同時派人辦理了；永利鏢局是不便久停棺材的。於是林鏢頭的靈車先出發，為防意外，走的時候特別提早，並沿路派下人去，潛行蹚道。過天星金兆和熱腸待友，隨著靈車，一直送到碼頭上。

在清江浦碼頭上，共雇了兩條船，管船的都是跟永利鏢局走過鏢的，船價低廉，照顧周到，怎麼吩咐怎麼辦，非常順手。金兆和預先囑咐過，這兩艘船雖是一條路，卻是走起來要故作不認識。運靈的這隻船，由魏豪和徐慶增等人隨船保護；那另一隻是由何正平、李申甫、紀祥林乘坐著。何正平坐的這隻船在後，遠遠地綴著，沒事誰也不要招呼誰；有事只要一聽招呼，立刻上前接應。金兆和又密囑水手：「沿路若有打聽這船來蹤去影的，切記不要說出實情；只說是往北京的販運南貨客商，姓楊。打聽別的事，就回他一個不知道。」船家一口應了。

靈車趁黎明時候，開到碼頭上。蹚路夥計從潛身處迎出來稟報，說是沒有看見眼生的人。靈車由鏢局出發時，沿路上也經金兆和、魏豪等暗暗留神。因為走得早，路上並沒碰見什麼行人，大家都略放寬心。於是魏豪、金兆和、徐慶增、紀祥林四位鏢師站在碼頭上察看著；由夥計們幫忙，和車伕、船家一同動手，把靈柩舁上船。起運靈柩，按說都是停在船面上的。

金兆和過來吩咐：把林鏢頭的靈柩，一徑搭到船艙裡，以免被人打眼，又將病傷的人，扶到二號船艙。

裝船已罷，過天星金兆和親到船艙，向何正平敘別。何正平、魏豪弟兄二人對金兆和這番盛意，感激不盡。金兆和先走到林鏢頭靈前，默祭了一回，這才灑淚告別下船。船家一聲招呼，頭號船先開，二號船過了一會兒也就隨著起碇北上。

　　一路上眾鏢師小心在意，唯恐賊人跟蹤尋仇，再行找來，所以在開船的時候，魏豪和安遠鏢局的人全不敢露面；船面上盡由永利鏢師紀、徐二人和永利的夥計照應一切。頭一天，船走出八十里路，看天色略晚，便不走了，揀那商船麇集的碼頭停泊下。當夜魏豪等全提心吊膽地防備著，卻幸這夜平安過去。到第二天，仍沒發現異樣的船和異樣的人，魏豪對何正平說：「大概沒事了。」由第三天起，兩隻船仍是隨著商船走。直走了八天，船到濟寧州。真是波平浪靜，沒有一點事故發生。

　　眾鏢師這才把心放下。

　　這就該換走旱路了。兩隻船聚在一處，何正平、魏豪把徐慶增、紀祥林請到船艙，商量著一徑僱車，奔曹州府，不再落店了。依著魏豪的意思，打算叫三師兄何正平和李申甫，坐船徑回保定，由魏豪自己運靈起旱，到曹州府東南鄉臥牛莊。至於永利送行的人，便在此處道勞辭謝，開發船錢，請他們坐原船，返回清江浦。何正平淒然下淚道：「我雖然受傷，但既已到此，我也想見見林大嫂和劍華侄兒。我怎能過門不入呢？多走百十里路吧！」徐慶增也說：「我們哥幾個反正沒事。我們金鏢頭再三囑咐過了，叫我們務必送到地方。」魏豪道：「不過，這一路很平穩，小弟實在不忍再勞動諸位了。」徐慶增慨然說道：「林鏢頭一生好交，和我徐某也曾共過事。既是這樣，紀大哥可以率領送行的諸位回去，就由我自己到林府上去一趟。金鏢頭說過，禮不可缺；叫咱們務必去一個人，一來祭奠，二來幫著忙活忙活。」

　　眾鏢師全要到林鏢頭家裡去一趟，以表鏢行的義氣；可又怕去多了

人，給人家添煩。商量了一會兒，就依徐慶增之議，由徐慶增率趟子手張德祿、串地龍焦五，陪著何正平、魏豪、李申甫，改走旱路，奔曹州府。紀祥林等仍坐原船，返回清江浦覆命去了。

此時李申甫的傷已經全好。只有三師父何正平面無血色，一條腿傷口未合，化膿流血，腿筋似已受傷。走起路來，一瘸一拐，非常痛楚。在船上過了一夜，次早分途，雇好車輛，幾個人趕奔曹州府。一路上毫無耽擱，第三天過午，已望見曹州府城。

眾人在城裡打尖。林鏢頭的家，魏豪跟何正平都來過幾趟，路徑不用費事尋找。魏豪一盤算，要是這麼冒冒失失地到林大哥家裡，林大哥好好一個活人離家，如今卻躺在棺材裡回來，事先一點訊息也沒聽見，叫林大嫂猝然看見這樣慘象，急痛交加，說不定就許出了意外。那一來豈不落了包涵？遂向何正平說：「還是押著靈柩在後，先去一個人送個信好些。」何正平嘆道：「這話極是！七弟，你先去吧，我們隨後就到。」魏豪騎上馬，立即由城動身；馬上加鞭，一直奔臥牛莊而去。這邊，何正平諸人在店中略歇了歇，然後上了車，慢慢地往臥牛莊走。

林廷揚鏢頭卜居的這臥牛莊，雖是個村莊，卻是曹州府附郭最大的村落，居民足有三百多戶，一條街有二里多長。林廷揚的家宅就在臥牛村內橫街子，路南第四個大門，有名叫做：「保鏢林家」。雖是客籍，卻是築宅置用，已經落戶了。林鏢頭的岳父鐵掌黑鷹程岳，就住在鄰村榆樹坡。只是鐵掌黑鷹程老英雄，在前年已應摯友之邀，遠赴晉南，現時沒在家中。

程老英雄無兒有女，現時榆樹坡老宅中，只有程岳的一個族侄，替他料理田產。這個族侄粗通文字，並不是武林中人。

當初程岳把自己的愛女嫁給林廷揚時，本有意把鏢局交給女婿女兒，把全部田產也交給女婿女兒。無奈本族中很不樂意，鏢局子是外行覬覦不得的；程老英雄那頃半良田，一片房舍，卻為本族所想算。程老英雄固不

怕同族覬產搗亂，但老族長說的話，總不能不留面子。林廷揚彼時正在英年，與程岳的愛女程金英一雙兩好，伉儷情篤，對老岳父頗盡孝心，可是一聽說老岳父要把全副家產贈給自己，並已因此招起程家本族晚輩的不悅來，林鏢頭可就很不高興。他對妻室說：「我們夫妻到處可以吃飯，誰想望那頃半田畝？不過岳父的盛意，不忍不聽就是了。既然你那本家不高興，依我說，咱們就讓了他們也罷。你不要介意了。」

程金英憤憤不樂地說道：「我爹爹這些年，掙了這份家當，他們早就算計上了。這個叔叔要把他小兒子過繼過來，那位哥哥又要把他的小弟弟過繼過來。哪裡是怕我爹爹沒有後？只怕這份家當便宜你我罷了。我聽見這個就生氣，曾勸父親趁早繼娶，父親卻堅絕不肯。我這回不是為別的，我就嫌他們太貪心了，偏不叫他們稱願。沒有一個人疼他老人家，可是人人都要算計他老人家。你說多麼氣人！」

林廷揚笑道：「算了吧！我可不要。」程金英只是不依。林廷揚無奈，私自找到岳父面前，吐露己意，勸程老英雄道：「何不在本族中，擇一個稱心的侄男，過繼過來？只要承繼有人，本家也就不再覬覦了。您老人家就是心疼女兒，可是您女兒挨不著餓呀？」然後，程岳才挑了一個侄兒，支派稍遠，人性很好，家裡又貧窮，把他過繼過來，這就是舅爺程繼良。

以後程金英給林廷揚遺下一個男孩，她得病身死。臨歿時不放心這個遺孤，才慫恿父親，把族妹程玉英給林廷揚做了繼室，好像有點託孤的意味。這程玉英比起程金英，武功差多了。程金英雖是女子，卻頗得她父鐵掌黑鷹的武技祕傳。這程玉英姑娘，從小也跟鐵掌黑鷹習過武，程金英也曾教過她。姊妹倆情感素篤，天天常在一處盤桓。但是程玉英天性不近武林，始終沒有練好。

程玉英嫁到林家做繼室時，年將花信，她一進門就當家主饋。程玉英娘子武功雖不佳，卻另有她的長處，相夫撫子，治家務農，頗能吃苦耐

勞。林廷揚在外面經營鏢局，把整個的家都交給了程玉英。那時林廷揚之子劍華，年才周歲，雖有乳母養護，林廷揚仍不放心。臨行時，曾找到岳丈面前，磕了一個頭，求岳父照料。不意程玉英這位新娘子，居然很拿得起來，撫視劍華，大有母教；管理佃僕，也很精明。林廷揚因此對這繼室之妻，非常愜意。何期變生意外，娶過來只六年光景，程玉英竟年紀輕輕地驟失所天呢。

魏豪來到臥牛莊橫街子，上前叫門。從宅內走出一個老家人，名叫金老壽，從前也是鏢局中的夥計，出過力的人。因為年紀老了，不好再做走鏢的營生。林廷揚憐他老邁，知他恂謹，便叫他給自己看家。金老壽開門一看，見是魏豪，忙緊行幾步，上前施禮道：「七師父，您老好！您這是打鏢局來，還是路過？您往裡請吧。」

魏豪一面走，一面問道：「大奶奶呢？」金老壽道：「大奶奶在上房呢。」他搶行幾步，把魏豪讓到上房，隔門簾回稟道，「奶奶，七師父來了。」轉臉又對魏豪道，「七師父您坐著，我給您沏茶去。」魏豪把這堂屋看子一眼，不禁百感交集，因向金老壽說道：「我不渴，你不用張羅。鈴哥兒呢？」金老壽答道：「上學去了。」他又隔著門簾叫了一聲：「大奶奶，鏢局子來人了。」屋內沒人回答，那個奶媽卻已出來，說道：「大奶奶在後場院收糧食呢。金大叔，哪位來了？」金老壽道：「鏢局的七師父。王大媽，勞您駕，你給張羅一壺茶來，我請大奶奶去。」

金老壽忙到後場院，去請林廷揚的繼室程玉英娘子。乳母拿了堂屋的茶壺，到廚房燒水沏茶。不一會兒，只見一個三十上下的青年健婦走了進來。

第六章　未亡人靈前設誓

這青年健婦，想是久在田畝，只生得紫棠色面龐，唇紅齒白，中等身材；穿著稱身的衣裳，沒有繫裙，頭蒙著個包巾，身上微有浮塵；手裡拿著一桿大秤，一進屋隨手放在屋隅。

魏豪一見此婦，早站起身來，恭恭敬敬地施禮道：「嫂嫂，小弟魏豪拜見！」那健婦哦了一聲道：「魏七弟你呀，你可辛苦了！請坐吧，你打哪裡來？你們大師哥他可好？」又說道：「七弟，別見笑，我剛看著他們過囤來著，弄了一身土。老壽你來，快給七師父打水泡茶。七兄弟，你先歇一歇；怪骯髒的，等我換過衣裳。」

這位健婦正是程玉英，林廷揚鏢頭的繼配之妻。只見她拿著秤，扭身進了套間，叫乳母打了盆涼水，略事梳洗，拂去身上的塵土，撤去頭上的包巾，換了一件乾淨衫子。她滿面含春地走了出來，道：「簡慢，簡慢。七兄弟，你多咱到的？你沒有吃午飯吧？我知道你們吃飯晚。老壽來呀，叫做活的快給七師父做飯去，打斤酒來，炒幾個雞蛋。」

遜座獻茶之後，程玉英拿出做主婦的身分來，請魏豪上座，她自己坐在茶几旁，殷殷懇懇地招待自己丈夫的師弟。不住問長問短，打聽林廷揚的起居，竟把個七師父魏豪噤住了。

原來林廷揚自與程玉英成婚至今，雖將六年，可是夫妻之好，閨房之樂，相處日子實在不多。程玉英一見魏豪來了，頭一句便打聽林廷揚身上好否？何時回家？她說道：「七兄弟，是你大哥打發你來的，又給鈴兒帶東西來了吧？我們鈴兒天天想念爸爸，他爸爸總不回家，把我們鈴兒想壞了。小孩子家成天打問我，說是人家同學的，放學回來，都有爹爹給買東西，怎麼我的爸爸總不回來呢？」魏豪強作笑容道：「鈴兒很聰明。」

玉英娘子道：「小東西鬼極啦，就是貪玩，天天哄著他，他才肯上學呢。」

玉英娘子說著，起身看了看日影，道：「放學還得等一會兒呢。七兄弟，回頭他來了，只一見面，他一定先找你打聽他爹爹。」又叫金老壽道：「老壽，你忙完了，快把少東接回來吧。你給他向學房老師請半天假，就說他爹爹打發人來啦。七兄弟，我知道你大哥惦記著他。本來四五十歲的人了，就只他這一個嘛！可憐的孩子，他娘又死得早！回頭把他叫來，七兄弟你看一看，回去告訴他爹爹，好叫他放心。」

魏豪聽了這些話，不覺心酸，慢慢地俯下頭去，半晌才說道：「鈴兒念什麼書？他也喜歡練武嗎？」

玉英娘子嘆道：「怪機靈的孩子，就是不喜歡唸書。七歲的小子，屬馬的，盡長淘氣的心眼啦；身子骨很單薄，叫人懸著個心。吃飯也不好好吃，很尖饞，不給他單弄點可口的，他就吃不下去。若說練武，更講不到了。他父親在家時，倒對我說過：『別心疼孩子，一到六歲，千萬叫他上學；一到七歲，千萬叫他練拳。』我也叫金老壽陪著他玩似的，練一兩套拳腳。只是這孩子幹什麼，都有夠呢；沒兩天新鮮，就不好好幹了。叫我哄一頓，嚇唬一頓，本想加緊管束他，可是我想你大哥半輩子的人了，就他這麼一個。我那苦命的姐姐去世又早，臨嚥氣的時候，把孩子推在我懷裡，叫我給她拉持著。七兄弟，你看我怎麼管得下去呀？」說著，不由眼圈一紅，從眼角上亮晶晶地滾著一對淚珠。

七師父魏豪暗暗叫苦，這肚裡的話，可怎麼說出口來呢？

只見玉英娘子拿衣襟抹了抹眼角，說道：「淨顧說閒話了，七兄弟你喝茶呀。我們過鄉下日子，渴了就喝涼水。這茶葉還是你大哥上次帶來的呢。你這回大遠地來了，你大哥可有什麼事情交派給你嗎？上次我們那個族侄長海，他想著要到鏢局子混混。是我推辭不開，就寫了一封信，打發

他去了。還叫他給你大哥帶了幾件衣服去，還有幾雙襪子。不知道長海這孩子在鏢局行嗎？」魏豪道：「長海在鏢局很好，大哥叫他照應門面。嫂嫂，我這趟來，是跟著大哥……」說到這裡，聲音微顫，肚子裡斟酌話辭，正要往下說。只見程玉英嫂嫂，忽然滿面堆下笑容來，眼光外射，把手一點，站起身來道：「七兄弟，鈴兒來了。鈴兒，鈴兒，你看誰來了？」

　　七師父魏豪把話嚥住，閃眼往外看時，只見角門一轉，家人金老壽左手提著個書包，右手領著一個六七歲的孩子，走到庭院。那小孩子穿著青緞圓領的半截藍衫，藍褲子，鑲緞邊，白布襪，挖雲紫緞鞋；梳著個小辮，留著瀏海髮，漆黑的一雙小眼睛，閃閃放光，唇紅齒白；像小歡老虎似的，雖然老僕扯著他，他還是跳跳鑽鑽地掙著往前跑。一到庭院，往堂屋裡一看，就大聲地叫道：「娘娘，娘娘，是我爹爹回來了嗎？」從金老壽掌握中奪出手來，一直跑到堂屋，往程氏跟前一撲，回頭看了魏豪一眼。這小孩子立刻跑到暗間門口，把門簾一撩，往這邊一探頭，又往那邊一探頭，口中說道：「爹爹在哪裡呢？爹爹沒來，金老壽又說瞎話！」隨即往玉英娘子的懷裡一靠，磨煩起來。小眼睛盯著魏豪，拉著娘的手，嘮叨道：「娘娘，娘娘，爹爹準是沒回來。」

　　程氏娘子皺眉笑道：「鈴兒又揉搓人了。起來，起來，別膩煩人。你看看，這是誰，怎麼也不作個揖？」

　　那個孩子上眼下眼地看魏豪，回過頭問道：「娘娘，這是誰？他可是我爹爹鏢局的夥計，給我帶了玩意來的？」魏豪細端詳此子，眉目之間，果然露出又聰明又頑皮的神氣來。因為是在鄉下，小臉蛋晒得通紅，雖然唇紅齒白，可是唇邊抹著一塊黑，顯見是寫字吮墨，把唸書的幌子帶出來了。兩隻小手像黑老鴰爪子似的；衣裳漿洗得很乾淨，卻是上面蹭著好些土，想必是上學時也很淘氣。那面貌和林廷揚十分相像，只是果如程氏娘子所說，似乎瘦點，個兒倒是不矮。魏豪心中更覺得越發難過。

　　那程玉英娘子滿臉流露出慈愛來，看了看魏豪，又看了看小鈴子，臉上很是高興。程氏娘子一隻手拍著鈴兒的肩，一隻手摸著他的頭，說道：「小鈴子，不要胡說！這是你七叔叔，快過去給你七叔叔請安。」小鈴子一聽這話，不但不動，反倒屁股往後靠了靠，將頭一仰，幾乎躺在程氏懷裡，口中發出撒嬌的聲音，道：「娘娘，老壽給我請假，他告訴我，說是爹爹想我啦，回來啦；他竟冤人，金老壽，臭狗肉！」程氏把臉一沉，照小鈴子頭頂上拍了掌，怒道：「你又人來瘋，我可打你啦！老實點，快給七叔行禮。你不聽話，娘娘生氣了！你七叔給你帶了好些個好吃的呢。」

　　程玉英做出生氣的樣子。小鈴子這才從娘懷裡起來，走到魏豪面前，雙手一舉，作了一個揖，又請了個安，道：「七師叔，你老好。我爹爹怎麼不來？我爹爹是嫌我淘氣，生氣不來嗎？」

　　魏豪苦笑道：「可不是。小鈴子，你，你想你爹爹嗎？」小鈴子道：「想！爹爹一回來，給我帶來好多好多的東西。我爹爹多咱來？好七叔，你告訴我，我不淘氣了。」魏豪道：「你不淘氣，你爹爹就回來了。」小鈴子道：「不淘氣，我沒淘氣，哪個壞種才說我淘氣呢。」程氏娘子喝道：「你又罵街！」小鈴子笑道：「我忘了，我不罵街了。七叔，我不罵街，罵街是野孩子，當學生的不許罵街。」

　　魏豪道：「你念什麼書了？」鈴兒道：「我呀，念千字文。」

　　魏豪道：「你的學名叫什麼？」小鈴子道：「我姓林，我的學名叫林劍華。樹林的林字，寶劍的劍字，草頭的華字，才不好寫呢。七叔，你的學名叫什麼呢？」

　　這個小孩子一面說著話，一面眼睛往桌上看，往茶几下面尋。魏豪道：「鈴兒，你找什麼？」

　　小鈴子笑了笑，跑到娘懷內，搖著娘娘的手，說道：「七師叔怎麼沒給帶一點吃的來？」程氏娘子笑道：「沒羞沒臊。」

小鈴子一聽這話，打起膩來，口中說道：「唵嗯，唵嗯！」

這母子二人一派天倫慈愛，映在魏豪眼中，把個魏豪急得頭上冒汗，坐立不寧。心想，我這話一出口，就把人家母子一片歡愉之情，立刻打破了！臉上流露出極難看的神氣。程玉英有點看出來了，說道：「七兄弟，你有什麼為難的事情？莫非你大哥鬧脾氣了，還是你沒錢花了？」魏豪搖搖頭，手捫胸口，一字一頓地說：「嫂嫂，這些年來，我大哥創立鏢局，經營很好，不知家中也落下些錢財沒有，可以夠過活的嗎？」

程氏娘子嘆道：「也不過那兩頃來地，幾畝園子，還有十幾間房。你大哥一生好交，你們哥幾個還不曉得嗎？浮財現錢，到手就花淨了，沒有多大的存項。七兄弟，你問這個，難道保鏢出了差錯了？那也沒法子，該著賠人家，咱們一定得賠；就是典房子賣地，也說不上不算。我可不是那種女人，只許男人往家賺錢，不許往外拿錢。他能掙，就能花，怕什麼？有人就有錢。七兄弟，可是你大哥打發你要錢來了嗎？究竟是怎的？你大哥現在在哪裡？自己個又出去保鏢了嗎？」

魏豪道：「嫂嫂！嫂嫂是女中豪傑，不拘攤了什麼逆事，沒有看不開的。你老不要幹什麼，不要太難過。……你老先叫金老壽，把鈴哥兒領出去玩一會兒。我有一件事，要跟你老說說。」說著眼角不禁掉下淚來。

程氏娘子吃了一驚，登時臉上變了顏色，站起來道：「七弟，你說這話，敢是你大哥遇見什麼了嗎？」

魏豪不復言語，只用手一指鈴哥兒，又一擺手。程氏玉英忙叫道：「金老壽，你領少東出去玩一會兒。」金老壽應聲過來，便要往外領鈴哥兒。這時，忽聽門外啪啪一陣敲門，金老壽又慌忙出去看門。

程氏道：「這是誰呀？」魏豪愕然站起來說道：「嫂嫂請坐，等我出去看看。」

　　魏豪搶步出來，剛剛走到庭院，只聽門扇呼隆一響，三師兄何正平扶著一個鏢行夥計，一瘸一拐，走了進來。金老壽跑著說：「大奶奶，三師父也來了。」魏豪趕過去攙何正平道：「三哥。」何正平皺眉道：「嫂嫂呢？車都到了，你說了沒有？」

　　魏豪低聲道：「還沒有說呢。我，實在說不出口！」

　　程玉英娘子一見何正平，面無人色，顯帶病容，似已無形中透出不祥消息來。程氏娘子不由心頭小鹿突突亂跳，叫了一聲道：「三兄弟，你來了。你病了嗎？你大哥，他怎麼了？」

　　何正平苦笑了一聲道：「嫂嫂，你老好！請到屋裡說話。」

　　一同來到堂屋。程氏讓何、魏二人坐下，夥計也坐在一旁。程氏娘子給斟了茶，一手按著茶壺，兩眼看定兩人，聲音抖抖地說：「三兄弟，七兄弟，你們倆都來了。你們告訴我，你大哥怎麼樣了？他現在哪裡？他遇見什麼事了？你快說。」

　　何正平看了魏豪一眼，魏豪看了何正平一眼，低聲說道：「三哥你說！」何正平先請程氏娘子坐下，把聲音極力地鎮定著，說道：「大嫂，你老請把心定一定。凡事你老都要衝著鈴哥兒這孩子，看開些！我大哥，他不幸，已經過去了！」

　　程玉英娘子驀地驚叫了一聲：「唉喲！」身子往下一堆，竟坐在椅子上，兩眼發愣，瞪視著何正平，半晌道：「你大哥，過去了？……多咱過去的？」

　　何正平道：「四月二十三，申牌時候。」

　　程玉英娘子從眼裡忽然流出豆大的兩顆淚珠……啞聲道：「四月二十三？他得的什麼病？」面容一蹙，忍不住要痛哭。何正平、魏豪慌忙站起來，道：「嫂嫂，嫂嫂，你老千萬忍一忍，小心嚇著鈴兒。」鈴哥並沒

有走，倚在娘身邊，怔怔地聽話。

聽見他父親「過去了」三個字，就問道：「我爹爹多咱過去了？他怎麼不回家來呢？」

程玉英極力按住悲愕，看了鈴哥一眼，忍不住伸手把孩子攬在懷內，一陣心酸抖顫。魏豪忙叫金老壽把少東領出去，到外面玩耍。鈴哥兒很是機靈，雖不懂什麼叫「過去了」，也瞧出屋中氣象的不對來，偎著母親，不肯出去。魏豪忙掏出一個小銀錁子來，說道：「鈴哥兒，聽話，快出去給七叔買點杏兒來，咱倆吃。」

容得金老壽把鈴兒哄走，那個奶媽忙走出來，立在主母身邊，服侍著。程玉英面容慘淡，神魂若喪，用衣袖掩住了嘴，眼中熱淚驀如雨下。何、魏二人相視無言，半晌，低聲道：「嫂嫂！」

程玉英忽然仰起頭來，說道：「他，到底得什麼病死的？這些天了，你們怎麼才送信來？」何正平看著魏豪說道：「你老千萬節哀。嫂嫂，你看我這不是受傷了？我和大哥一同保鏢。不幸，遇見了敵手。我大哥和我們護鏢苦戰。大哥一時厚道，遭了暗算，死在賊人手裡。我們哥幾個，死的死，傷的傷……哎呀，嫂嫂，嫂嫂！……」兩個人一齊立起來，手足無措地，催奶媽扶起程氏娘子，程氏娘子竟暈過去了。

程氏娘子和林廷揚做夫妻僅僅六年，又是會少離多，何期今日竟賦黃鵠，頓成永訣！而且林廷揚又是慘死的。未等何正平把話說完，程氏娘子已經痛倒；女眷上前救喚，哭聲頓作。

直哭得程氏娘子肝摧腸斷，血淚欲枯，喉嚨瘂啞。何、魏二人相視慘然，從旁再三苦勸道：「嫂嫂，嫂嫂，你老人家千萬看在孩子身上，務必保重。……大哥不幸中年暴歿，這以後許多大事還要靠大嫂主持。況且，況且，唉，大嫂，大哥的靈柩這就運到，我們還得趕快辦大事，叫大哥入土為安哪！」

　　程氏哀哀欲絕，淚眼模糊，手扶著傭婦，看定何正平、魏豪，問道：「他在哪裡遇上的事？」何、魏二人忙答道：「是在洪澤湖。」程氏道：「是怎麼死的？」何正平看著魏豪，語涉吞吐。程氏催促道：「你們瞞著我嗎？到底你大哥是怎麼死的，是叫誰害死的？鏢行裡的人就是他一人死了，還是也有別人？你們師兄弟好幾位，鏢局裡還有好些位鏢師，難道說你們⋯⋯」說著放聲號啕起來，「你們還不告訴我嗎？」

　　何正平、魏豪驀地滿面通紅，一齊站起來道：「嫂嫂，我們絕不敢瞞著嫂嫂。我們師兄弟六人，一同保鏢；由蘇州北上，到清江浦，我們又分途。由清江浦往鳳陽，是大哥和我，跟老四、老七，還有幾位鏢師。不意行到洪澤湖，遇見一群水寇。他們不儘是劫鏢，乃是為尋仇。嗯，他們竟是來尋仇！我們師兄弟情同骨肉，大哥上陣，我們還能袖手嗎？無奈，賊人是志在報仇。一個少年賊人出其不意，用暗算把大哥狙擊。」

　　何正平用手一指後腦海道：「一掌打在玉枕穴上，登時殞命。」

　　程氏娘子捫胸口聽著，聽到這裡，不禁打了個冷戰道：「他沒有別的傷？你們別是不肯說吧？」魏豪說：「實在是打中要害，登時絕氣，沒有受什麼苦楚。」

　　何正平接著說：「我們弟兄一齊上前，與賊拚命。嫂嫂，我們死了好幾個人哩！嫂嫂請想，總鏢頭當場身死，我們還不拚命嗎？虞老四水戰拒賊，死在江內。小弟力敵群賊，身受重傷。只有七師弟沒傷。這不是他臨危退縮，是我叫他搶救大哥的屍體。大嫂，這一夥不是尋常強盜，乃是我大哥的仇人，他們還要割取⋯⋯還要殘害我大哥的屍體。唉，這一回事，不僅咱們自己鏢局的人傷了許多，就是臨時現邀來的永利鏢局，看在同行義氣上，與賊拚命，也死傷了好幾位。兩家鏢局一共死了九個人。而且仇人過於歹毒，就在劫鏢之後，再一再二仍要尋仇，所以我們忙把大哥屍身運來。我們還怕賊人趕盡殺絕，再來找尋我那侄兒，所以我們要見嫂嫂。」

程氏娘子聽到這裡，毛髮皆豎，渾身亂抖，雙眼大張，不由霍地立起來，手扶桌案，瞪視著何、魏二人，聲如裂帛地叫道：「怎麼，他們還要找尋我們鈴兒？」頹然地坐下來呻吟，忽又站起來，向何、魏二人道：「這仇人叫什麼名字？」何正平道：「那狙擊我大哥的賊人叫小白龍，是個使劍的少年。還有一個赤面長髯大漢，不知叫什麼名字，也不曉得誰是主使人，誰是邀來的。」

程玉英口中念道：「小白龍，小白龍！」切齒罵道：「小白龍，好你個惡賊，我們林家跟你有多大冤仇，你除治了老的，還要除治小的！我一定要報仇，我一定找我伯父去！唉，偏偏他老人家又往山西去了。」把眼淚拭了拭，向何、魏二人道：「三弟，七弟，你大哥活活叫賊人害了，咱們鏢局子這麼些能人，就沒有一個捉住一兩個賊，問出他們受誰主使？你們難道就算完了不成？」

魏豪慚愧道：「賊人當時勢眾人多，我們本來力不能敵。賊人二次尋仇，到鏢局窺探，我們本可以捉住一個活的；不意一時失手，給弄死了。好在這小白龍是不難找的。這東西雖把大哥傷了，可大哥臨危，餘威猶在，也曾把此賊一鏢打在水內。賊人的劍已被我們得著，憑此劍就可以查找此賊。這不用嫂嫂說，我們把大哥的後事料理完了，定要尋訪此賊，給大哥報仇。」

程玉英道：「賊人那把劍呢？」何正平道：「已經帶來了。」

說著打了個咳聲道，「大嫂，你老暫請止哀。我大哥的靈柩已經來了，還在村口外車上呢。」

程玉英娘子淚如雨下，一聽說林廷揚的靈柩已到村口，便要奔出迎接。何、魏二人連忙勸住。何正平對程氏說：「這是鈴兒的事，大嫂快張羅著縫孝衣吧！還有迎櫬、停靈、卜窆，有許多事該辦，又須唁告親友。大嫂不要著急，這統可以交給七弟辦。鈴兒年紀小，嫂嫂要小心照顧著

他。」魏豪便道：「待我把鈴兒找來。」何正平道：「你別嚇著他，我看還是瞞著他點。」

程氏哭道：「苦命的孩子，棺材一到，他一定要找他爹爹，我可怎麼瞞著他啊？」魏豪也皺眉道：「鈴兒是孝子，有好些事都得用他，那怎好瞞著他呢？」何正平搖頭道：「不是全瞞著。大哥不幸慘死，我想絕不可叫外人曉得。要說是叫仇人害得，傳出去恐怕有許多不便。鈴哥兒孩子家，更要囑咐他。小孩子不會撒謊，叫人一套問，就說出實話來了。報仇的事，等他長大成人，再對他說不遲。現在只說大哥是病死的。大嫂也要加倍留神，恐怕聲嚷出去，萬一被賊人尋仇跟尋了來，可就防不勝防了。就是辦喪事，也是越啞祕越妥當。」程氏娘子含淚點頭，心中痛恨異常。何正平又將宅中女眷囑咐了：若有人打聽，只說是得急病，患絞腸痧死的。

何、魏二人把林廷揚失事的經過，詳細對程玉英娘子說明，然後商計後事。頂要緊的是，一要快快安葬，二要小心防備仇人。當下，由魏豪出去把金老壽和鈴哥找回來。鈴哥好像覺出什麼預兆似的，他雖是個七歲的小孩子，在外面玩了一會兒，回到院來，兩個小眼睛不住地打量何三叔，又打量魏七叔，露出驚訝不安的神情來。何、魏二人非常的嘆息。一入堂屋，看見程氏娘子眼圈通紅，面有淚容。這小孩就撲過來，挨在母親身邊，叫道：「娘娘，你怎麼了？」程氏把鈴哥一抱，摟得緊緊的，不禁又失聲哭起來，口中說道：「我的兒啊，你小小年紀，怎的這麼命苦啊！老早的沒有了親娘，你現在又成了沒爹的孩子！兒啊，你可曉得你爹爹捨了咱娘兒們撒手走了？」

鈴哥雖然聰明，可是到底不懂「過去了」和「撒手走了」的語意。他就緊攬著程氏的脖頸，叫道：「娘娘不哭，爹爹是走了嗎？他走了，我找他去。七叔你給我找爹爹去，我娘想他了，叫他快回來吧，別走了。」程氏越發悲痛道：「傻孩子，你不知道，你爹爹死了，再也回不來了！」

鈴哥一聽這話，不由一呆。他的嫡母死時，他才一周歲，他是記不得了。但是，什麼叫死，他卻懂得。他小小年紀，在他經驗裡，已經有幾次和「無常」抵面。家中的小貓不飲不食，不動不叫，大人們告訴說小貓死了，回頭就給扔出去了。鄰家一個大姑娘，不知為了什麼事，服毒死了；當掙命施救時，鈴哥曾經溜過去偷看。那個姑娘神色很怕人，人家就說她要死。不久就抬出一個白木長櫃，名兒叫做棺材；而人是一裝入棺材，便永遠看不見了。此外，他還看見過一個老太婆得痢疾病死了。什麼叫做死，鈴哥是很懂得。在他幼稚的心中，也迷迷糊糊領略到死是很可怕的。現在在這堂屋中，由他的娘娘起，以至他的奶媽和何三叔、魏七叔等，各個人的面上，帶出了異樣的神情，顯得這堂屋裡，有一種可怖的空氣，逼得人不好受。這小孩子一見他的娘娘摟著自己，泣不可抑，他可就忍不住，哇的一聲，也哭了起來。一面哭，一面把頭拱在娘娘懷裡，哭叫道：「爹爹死了，爹爹看不見了。」這一來，越發勾起程氏的悲痛。

　　母子二人相摟相抱痛哭良久，何、魏二人也止不住淚落紛紛。鈴哥哭著說：「我爹爹死了，我看不見我爹爹了。娘娘，那不行，我要找爹爹，我要找呀！」程氏娘子強咽悲痛道：「兒啊，你爹爹的靈柩就在村外，你從今以後就是孤兒了！你要長志氣，給你爹爹……」何正平忙攔道：「嫂嫂，嫂嫂，不要說了，快叫鈴哥去迎靈吧。」魏豪站起來，叫金老壽把中門開了，堂屋門也卸下來，安排停靈的地方。倉促間，也來不及請陰陽，看方向，只查了查皇曆，避開了太歲；商量著靈柩進宅，就停在正房堂屋。

　　當下，何正平親領著孤子林劍華，站在大門前，恭候迎櫬。金老壽流著淚，跑去打燒紙，借槓借繩，就便邀人襄理喪事，並打發鄰人到程家報喪。魏豪便跑出去，到村口迎接靈車。這時候靈車停在村上，工夫已經很大。徐慶增、李申甫眾鏢行人等候得心焦，便把車慢慢地趕著，往村裡走，恰與魏豪迎著。魏豪搶上一步道：「徐師父，太慢待了，叫你久等。」

李申甫道：「怎麼耽擱這大工夫？」魏豪淒然說道：「林大嫂歡天喜地的，見了我問長問短，把我噤住了！」徐慶增嘆道：「本來嘛，孤兒寡母，冒冒失失地聽見當家人死了，真叫人看著傷心。」魏豪道：「可不是！」遂吩咐車伕，快把車趕進來。一輛靈車，幾輛騾車，和眾鏢師、趕子手雇的牲口，一齊趕奔南橫街。這村莊人口並不少，有的人看見喪車，拿詫異的眼光來看。有的人迎著問道：「喂，二哥，這是誰的靈柩啊？」魏豪默然不答，李申甫道：「走你的路吧。」

靈車拉到保鏢林的家門口，金老壽上前焚化紙錢；孝子林劍華由何正平等攙扶，在門口跪著，哭泣迎靈。這程玉英娘子，在堂屋哪裡忍得住？早也撲出來，放聲痛哭；意欲到門前，撫棺一痛。被傭婦再三勸住，竟在大門內，傍著兒子伏地大哭，哀咽欲絕。眾鏢師縱是鐵石心腸，到此也忍不住英雄淚橫頤沾襟，替這青年的孀婦、七歲的孤兒，灑一掬同情之淚。

保鏢林家門前哭聲一起，登時驚動得四鄰出來看熱鬧，打聽新聞。魏豪等人概不搭理，只顧張羅著往院內舁棺。眾鏢行夥計和車伕們，拿繩拿槓，七手八腳地把棺木舁下車來，然後往門內抬。傭婦奶媽攙扶著程玉英娘子，何正平和一個鏢行夥計，攙著孝子林劍華，依禮迎櫬，哀號著到了內院。那徐慶增鏢師和永利鏢局隨行護櫬的趕子手們，一時無人照料，就由李申甫扶傷引領，來到院中，叫著魏豪的名字道：「七師父，這幾位朋友往哪屋讓啊？」抬靈柩的人吆喝用力，林宅內外亂成一團。

在這初夏天氣，麗日和風，草木繁榮的時節，林宅內外竟籠罩了一層愁雲慘霧。七師父魏豪忙著移櫬，此時叫著金老壽，把停靈的地位，指告諸人；自己騰出身子來，忙招待永利鏢局的諸位師父們。徐慶增和趕子手張德祿連忙說道：「七師父，你怎麼倒張羅起我們來了？我們是來幫忙的呀。你只告訴我們在哪屋裡放東西就行了，我們自己動手。」七師父魏豪忙叫金老壽：「哪間房子可以住客？」金老壽慌忙一指西廂房道：「這兒是

客屋，眾位師父請屋裡坐；眾位的行李，回頭我搬吧。」趙子手焦五道：「大師父，你別管了，我們自己來。」於是眾鏢師自己動手，把鋪蓋搬下來，放在西廂房。趙子手張德祿搶在頭裡，給張羅一切。焦五就叫宅裡人領到廚房，幫著燒水沖茶。

　　七師父魏豪忙著先開發了車腳錢。此時靈柩已經直异到正房；在堂屋預先放下兩條矮腳材凳，這棺木便安放在堂屋中材凳上面。這口棺木本是倉促入殮，沒有上漆；白茬壽木，護著鐵葉子，原是行柩。在材頭上懸著一塊紅布，前擋只題著亡人的姓諱、生卒月日；另有一隻白公雞，放在材前，作為引路仙鶴，此時已取下來。

　　金老壽搬來一張桌子，繫上一條白桌圍，擺起一對燭臺，插上三炷香，火盆內放著紙錢。草草地趕辦，也還沒有什麼遺漏。何正平負著傷，臨時做了禮生，攙扶孝子來到靈前。靈桌前沒有白墊，便臨時撤下椅墊，蒙了一塊白布。何正平遂叫鈴哥道：「鈴兒，你來磕四個頭吧。你父親故去了，這應該你哭了。」鈴哥磕了四個頭，站起來，對著棺材發愣，仰著臉問道：「三叔，我爹爹死了，我要看看他在哪裡呢？」

　　這時候，程玉英一見這白茬棺木，從傭婦手中掙出來，叫道：「鈴兒他爹，你捨下我們走了！」往棺前一撲，雙手拍打著棺蓋，放聲哀號起來。眾人連忙上前勸阻：「大嫂不要敲棺，恐亡人不安。」程玉英哪裡還顧得這些禁忌？把頭抵在棺上，哭喊著，叫著。宛如孤鴻哀淚，聲聲斷腸。鈴哥見他母親這樣，這小孩子竟不肯在靈前跪哭，反而跑過來，抱著他娘的腿，又哭又跳的，要掀開棺材，看一看裡邊是不是他父親。程玉英娘子摟著鈴哥，撫棺叫道：「鈴兒爹，你一世英雄，不想你落了這麼一個下場！鈴兒爹，你有靈有聖，保佑鈴兒長大成人，給你報仇啊！鈴兒爹，你聽見了沒有？」何正平叫道：「嫂嫂，不要說了，別忘了剛才的話呀。」程玉英這才想起，丈夫被仇人所害，還得瞞著鈴兒，不叫他知道。這麼想著，越

發悲痛，摟著鈴兒，越發哭不成聲了。

那鈴兒卻還鬧著要開棺看看他父。程玉英娘子想，丈夫慘死，到底是受的什麼傷？臨死時受了苦沒有？她總疑心何、魏二人瞞著她，未必肯說實情。自己必要親睹遺屍，方能釋然。這母子兩個竟向何、魏二人哭著，要叫大家把材蓋打開：「叫我娘倆看一看，也好放心！」

何、魏二人相顧慘然，忙勸解道：「四月天氣已然很熱，大哥的屍體隔日已久，這是看不得的了！恐怕一打材蓋，那氣味要傷著鈴哥。」再三地把程氏勸住。鈴哥卻不懂得那些個，他要自己找斧子去。七師父魏豪忙蹲下來，攬著鈴哥兒，說道：「鈴哥好寶貝，你別鬧了。你一鬧，你娘娘又難過，要哭了。好孩子，你不是怕娘哭嗎？」好說歹說，才把鈴哥哄住了。

何正平見程玉英娘子哭成淚人一樣，臉色非常難看，怕她天氣熱暈厥過去，忙囑女眷們把程氏娘子攙扶起來，到內間先歇息一會兒，再談別的。

於是家人哭奠已過；何正平、魏豪師兄弟二人穿上長衣，忍住悲痛，上前祭奠。鈴哥是孝子，就由金老壽照顧著，跪在一旁陪靈。然後永利鏢局徐慶增、張德祿、焦五，和本鏢局李申甫等人，都來到正房。何、魏二人此時又趕忙做了知客，陪著眾人，到靈前行禮；孝子叩頭答謝。徐慶增鏢師又代表永利鏢局，見了林大娘子程玉英，敬致弔唁之意。程氏娘子哭著拜謝。

程氏娘子一番痛哭之後，忙即攝住心神，來操持大事。對眾人道：「總鏢頭不幸去世，奴心膽已碎。我一個婦道人家，沒有主心骨，一切款待多不周到。這以後的事，和我們鈴哥，全靠叔叔、伯伯看在死鬼面上，多多費心照料。我不說感謝的話了，諸位全看在我們鈴兒他太小，多心疼他吧！」

這一番話說得又婉轉，又悲痛；眾人聽了，既佩服，又覺慘然。那李申甫頭一個就掉下淚來，說道：「大嫂，你老不認得我；我叫李申甫，我和林大哥是一二十年的老交情。你老放心吧，我們不是來挑理的，我們是來幫忙的；他們誰也不能挑理。大嫂你就好好地拉扯孩子吧。這些喪祭大事，你老放心。我們早就說好了，就叫我們七師父來拿總，我們大夥一齊忙。七師父，你可多賣力氣，你不看死的，還看活的呢！不看活的，還看死的呢！」眾人也忙回答道：「大嫂，你老望安，你老千萬保重！照應鈴哥要緊，別的事你老不用操心。這是到哪裡啦，我們還做客不成？」徐慶增鏢師接著道：「林大奶奶，你老請歇著吧，我們到前邊去。」遂向眾人舉手告退，大家一齊回到西廂房。

　　這些人果然毫不做客，都趕著幫忙。程氏娘子卻還是催著金老壽過來，給眾人獻茶；又命做活的給大家備飯打酒，又請魏豪引著鈴哥，向眾人挨個兒道謝。直亂過一陣，程氏娘子方才拉著鈴兒，來到堂屋裡間，枯坐在炕邊上，手摸著鈴兒的頭，止不住紛紛落淚。她對鈴兒說道：「孩子，你和我怎麼都這樣命苦！你從小沒了親娘；我呢，如今……嗐，我二十三歲進了你林家的門，現在二十九歲就守了寡！我呀，我這是什麼命呢？……你父親一世的英雄，臨了落個外喪鬼。天長日久，咱娘倆往後可怎麼過呀？」

　　鈴哥到底年紀小，拉著他娘的手，睜著黑眼睛，想了半晌，往懷內一偎，說道：「娘娘，爹爹是真死了嗎？爹爹也是得痢疾死的嗎？我想看看，七叔怎麼不讓打棺材看呢？」說時看見程氏娘子兩眼落淚，鈴哥雙手把娘一抱道，「娘娘又哭了！得啦，你別哭了；他們說啦，天氣熱，勸娘別哭，看哭昏過去。」

　　小孩子的話似痴不痴，更刺人心。程玉英娘子聽著特別的怨慍，說道：「娘不哭了。好孩子，你從此可就成了孤兒了！孩子，你可要爭氣

呀。」鈴兒道：「爭氣？娘娘，我怎麼爭氣呢？……是啦，我知道啦，我一定好好地唸書，我也不逃學了，我也不淘氣了；我要整天的爭氣，對不對？」忽又眼光一轉，心思想到別處。他想起了別家死了人的景象來，叫著娘問道：「娘娘，咱們是不是也要穿白袍子呢？」

七師父魏豪做事細心，運靈下船時，他已在濟寧州買下了幾匹白布；遂拿出來交給程氏娘子，由宅內女眷一齊動手，把孝衣趕忙制好了。程氏玉英和鈴兒母子二人，都穿上了重孝。程玉英娘家的人，此時已得林姑爺在外病歿、靈柩到家的凶信。黑程岳遠在晉南，只有他過繼的侄兒程繼良夫婦在家。這夫婦二人慌忙趕過來，與程氏娘子相見，不禁又痛哭了一場。

何正平和林廷揚誼屬同門，恩若手足。林大哥一死，人丁單弱，門戶蕭條，他依情依理，應該幫著照料喪事。不意何正平經這一番勞碌，又受刺激，竟動彈不得了，那條受傷的腿又瘸了起來。他心中很是著急，只得叫魏豪與程舅爺商量著；趕快辦開吊安葬的事，越快越好。

但是林廷揚雖在曹州府落戶置產，可是還沒有購置墳地。

他前妻程金英死時，就在自己的菜園內撥出一塊地，浮厝起來，還打算將來歸葬祖塋。現在停柩在堂，還得趕緊勘置墳地。舅爺對姐姐程玉英說：「可以先把姐夫的靈柩也浮厝起來，慢慢地找好風水地。」七師父魏豪不以為然，力勸嫂嫂：「好歹在自己田裡選擇一塊地，叫死者早早入土為安。」

程氏娘子略一遲疑，立刻依了魏豪的主意，向舅爺程繼良說：「你姐夫幹這刀尖子營生，我姐姐活著的時候，總勸他急流勇退，趁早歇馬，他只是不聽。現在竟落得仰著腳回來，還顧得什麼好風水？我打算就在家裡園子上，挑塊高燥的地方，把他跟我姐姐合葬了。剩下我和鈴哥這一對苦瓜星，反正是命獨的人，還顧忌個什麼勁兒呢？」又談到擇卜葬期的話，

程氏娘子掐指算了一回，嘆道：「就停兩七；天氣熱，不能久停！」

說著又滾下眼淚來。

程舅爺是個年輕的鄉下人，讀過幾年書，很有些迂氣；以為婚喪大事，哪能這麼潦草？把魏豪看了一眼，意思很是不悅。當時雖然沒說什麼；到了晚上，便向程玉英娘子磨煩了許多話。程氏娘子別有苦衷，看屋中無人，這才將林廷揚慘死之事悄悄對舅爺、妗子說了。程舅爺大吃一驚，也主張趕快下窆，也以為對外不宜聲張；並勸姐姐小心照看外甥為要，這乃是林家的一根獨苗：「萬一有個好歹，姐姐將來可指望誰呢？」這書呆子雖然是過繼來的，卻很有親戚之情。

那永利鏢局的徐慶增和張德祿、焦五等人，因見林宅只有一個年輕未亡人，又見程舅爺已到；當下便向何正平、魏豪二人說明，已將林鏢頭的靈柩護送到家，一路幸未出岔，料想賊人未必追蹤再來。便說：「在這裡也就用不著我們哥幾個了。此時天色尚不算晚，愚下就此告辭，恕我等不送殯了。」何正平、魏豪等曉得徐慶增等是避嫌的意思，忙齊聲懇留道：「徐大哥，一路勞你們諸位費心，你哥們怎麼著也不可見外。我林大嫂莫看年紀輕，也是女中豪傑，最開通不過。你我弟兄肝膽相照，無論如何要多住幾天；一來歇息歇息，二來還要仰仗諸位幫忙。」徐慶增聽得末一句，知道不好再推辭了，又打算到外面住店。至於等到下葬再走，他們人數較多，在此實難久滯。遜讓良久，方才答應了何正平等，開吊以後再走。林府上趕辦喪事，誦經開吊，一切如儀。開吊以後，徐慶增等告辭，返回清江浦。何正平見這裡沒什麼事，遂見了程玉英娘子，要即日動身返回保定，辦理鏢局善後，和賠償鏢銀的事情。即照原議，把七師弟魏豪和兩個精幹的鏢局夥計，留在臥牛莊，幫著照應門戶。恐免不了有江湖上朋友，聞訊前來弔喪；林大嫂未必全認識，正需有幾個人在這裡當知客，叫魏豪等過一個月二十天，林宅一點事沒有了，寡母孤兒可以消消停停安居度日

子，那時再走不遲。並約定同門諸人在保定聚齊，預備設法子根究仇人。至於小白龍遺留下的那把劍，自當給林大嫂留下；將來好交給林劍華，長大成人，替父報仇。

不想事不湊巧，何正平這幾人剛剛離開臥牛莊，那二師兄解廷梁卻由保定登程，乘馬如飛，奔臥牛莊而來。只差著兩天，師兄弟二人未得聚在一塊。

解廷梁一聞噩耗，立刻動身，趕到臥牛莊，天色已晚。他心中懸結著掌門師兄林廷揚慘死的事，不去住店，竟來叩門。

這時候林府上剛剛撤了經壇，人們正在打掃前後院。忽聞外面叩門甚急，魏豪叫眾人不要上前，他自己當先來到門洞，喝道：「外面是誰？」聽搭話的聲音，才知是二師兄到了，忙開門迎接。只見來的人，一共四位。除瞭解廷梁，還有一位鏢師，名蔡文源。兩個夥計，一個挑著安遠鏢局的字號燈籠站在門旁，另一個夥計牽著四匹馬。那解廷梁一身塵土，滿頭熱汗，與魏豪一見面，立刻說道：「老七，你在這裡了，你多咱來的？還有誰在這裡，大哥的靈柩運來了？」

魏豪向前施禮道：「大哥靈柩早已運回，再過七天就下葬。現在只有我在這裡，何三哥、李四哥前天剛走。」解廷梁拭汗說道：「蔡師父裡面請。老七，大嫂和劍華侄兒呢？她娘倆可還好？」魏豪道：「大嫂大概還沒有睡，劍華許睡了。」解廷梁一頓足，咳了一聲道：「真是的，誰想得到！……」只說了半句，眼淚已奪眶而出。遂一轉身，讓蔡文源先行，且走且說：「我們一路緊趕，連尖都沒打，趕到這裡錯過宿頭了。大哥的靈柩停在哪裡？」

眾人全出來迎接；解廷梁要徑奔上房，到靈前一哭。金老壽過來行禮道：「二師父！」解廷梁看了一眼道：「老金，你還好！大奶奶呢？」金老壽道：「大奶奶還沒睡呢！她老知道您老來了，這就出來見您。您請到客

屋坐吧，大遠的來了，您先歇歇。」魏豪遂引著鏢師蔡文源、二師兄解廷梁先到廂房，洗臉獻茶。

二師兄解廷梁把身上的土撣了撣，含口茶漱了漱嘴，在屋裡坐不住，對魏豪說道：「靈柩就停在正房吧？我去吊一吊，回來再說話。」不想剛剛舉步，林大嫂程玉英已然在外面咳了一聲，叫道：「是二師弟來了嗎？」解廷梁忙答道：「大嫂，小弟來了！」忙將門簾挑開，將身一側，程玉英娘子姍姍地走來。

解廷梁看時，見嫂嫂穿一身重孝，燈光之下，臉色慘黃，和前年見面時的神氣大不相同了。解廷梁忙躬身行禮，忍不住掉下淚來，澀聲叫道：「嫂嫂，想不到我大哥竟遇上這等事……」

叔嫂二人不禁失聲哭起來，鏢師蔡文源也相陪落淚。

解廷梁強咽悲聲，請嫂嫂坐下，又把林廷揚慘死的事說起來。且說且哭，好一會兒，這才齊到靈堂。解廷梁偕著鏢師蔡文源，來到堂屋一看，棺木停在堂屋中，已經塗上七道漆，用席擋著。材頭偏向東北，靈桌上一對綠燭，隨風搖曳，香爐上三炷香。香爐旁擺著一副杯箸，幾色祭品，內有一碗蝦子燴冬菇、一碗紅燒鯉魚頭，這全是林廷揚生前嗜食之物。而現在，空陳在靈前，人卻一瞑不起了；正是所謂「靈前空奠千杯酒，一滴何嘗到九泉」！

解廷梁一陣心酸，取了三炷香，點著了，高聲叫道：「大哥，小弟解廷梁來了！大哥！……」淚隨聲下，跪倒靈前。鏢師蔡文源和帶來的夥計，也都磕了四個頭，俱都灑淚。孝子林劍華此時已然睡了。程玉英娘子不忍喚醒他，便親自跪下陪靈，哀哀痛哭。解廷梁撫棺大哭了一場，魏豪上前勸住，女眷們也將程氏娘子扶起來。

半晌，解廷梁道：「鈴兒睡了嗎？我看看他去。」便與魏豪、程氏，來到上房內間。程氏娘子將油燈撥了一撥，只見那個奶媽守在一旁，鈴哥蓋

著一個舊被單，睡在炕上，兩隻腳都露出來。解廷梁坐在炕邊看了看，通紅的小臉睡得很熱，鼻頭微微有一點汗。程氏娘子忙取來一塊小手巾，把汗給他擦了，又把頭扳了扳，給他放好了枕頭。她忍不住說道：「苦命的孩子呀！」鈴哥忽然眉頭一皺，把手一掄，啪的一掌打在床上，口中喃喃地發出囈語道：「你也配！我爹爹開鏢局子，你爹爹幹什麼？拾糞的，能打得過我爹爹？」好像在睡夢中，正和小同學拌嘴呢。

解廷梁暗自嘆息，侄兒這麼幼小，嫂嫂這麼年輕，將來敢說怎樣呢？可憐林大哥一生辛辛苦苦，經營了南北二京、蘇杭二州和保定府五個鏢局，贏得武林稱雄，聲聞大河南北；如今慘遭賊人殺害，撒手歸陰，拋下這孤兒寡母，什麼也完了！解廷梁默想著站起來，向程氏娘子說：「大嫂，鈴哥是林大哥唯一的根苗。往後千斤擔子都在大嫂身上，你老打起精神來，好好照應孩子要緊；也不要太管嚴了，也不要太寵了他。鏢局的事，自有我們哥幾個照顧著，大嫂不用操心。現在天不早了，天氣很熱，我看大嫂氣色不好，你老快歇著吧。我有好些個事，要請示嫂嫂，等明天再談。你老千萬把心放寬著點，你老這時可害不得病呀！」又對奶媽說：「大奶奶心裡難過，你好好服侍著。」

此時程氏娘子頭痛如劈，也不能深談。解廷梁又安慰程氏一回，起身告辭。遂與魏豪、蔡文源退出上房，一面走，一面把院內前後看了一遍。鄉間辦喪事，很少搭棚的，只在院內草草地搭了座席棚，棚中掛了幾盞白紙燈，還是陰陰慘慘的；也不知是景象悲慘，還是人心悲戚。這時是五月初，天氣悶熱，一點風也沒有，特別顯得鬱悶煩躁。

解廷梁來到廂房，與魏豪共語。這一回解廷梁一聞失事，籌了一筆巨款，倉皇起程趕來。所有林廷揚猝遇仇敵、殞命失鏢的經過，已聽報信的趟子手說明。那個赤面大漢，解廷梁也想不出是誰；那個小白龍的根底，解廷梁卻略知一二。知道這個小白龍，乃是兩湖的一個年輕獨行盜俠，一

向單人獨劍，劫富濟貧；卻是武功超絕，做事機密，罕與綠林中人物來往。故此江湖上知道他的人並不多。卻與林廷揚向無交涉，正不知因何結怨。魏豪詢問解廷梁：「可曾問過張士銳張二哥沒有？張二哥和林大哥相處最好，共事多年；可曉得林大哥的仇人，有這麼一個赤面大漢嗎？」解廷梁道：「我不知道，他也說不上來。這赤面大漢，你可聽清他是哪裡口音？」

魏豪道：「口音聽不出來，想是久闖江湖，哪裡的口音都有。如今想來，大概是北方人物，但必不是洪澤湖附近坐地的強盜。」

這師兄弟二人又談及善後之事。解廷梁道：「現在就是先忙著賠鏢。至於收市的話，我仔細盤算過了，這個辦不到。五個鏢局，哪能立刻就關門？恐怕半年也結束不了。咱們姑且往下做著看。好在那八艘鏢船都平安運到了。就賠這三船貨，盡力籌劃一下，我想我們還有這個力量。」魏豪忙道：「可是，我們很擔心，怕賊子既劫了鳳陽這路，難免不擾北京這路。現在還好，竟平安運到了。」解廷梁道：「唉，也險得很呢！」

這八號貨船，由五師弟許振青、六師弟鄭廣澍，鏢師顧立庸、姚雲朗、周志浩等，協力押護北上；因為預有戒心，一路上小心防備，幸未出錯。到第二天上，顧立庸暗自留神，竟察覺有兩隻小船在後面綴著。顧立庸關照大家，一齊當心。事有湊巧，這本是運河漕道，往來商船如梭，鎮江同行萬勝鏢局恰也押護著九隻鏢船北上；兩方鏢船會在一處，互相關照著，竟搭了幫一同北上。那兩隻小船直綴出四站路，方才折回去。眾人捏了一把汗，僥倖卻得脫過。

解廷梁和魏豪商討了半夜，方才睡下。次日早晨，草草用完早點，便偕往上房；叫金老壽在前引領，要面見程氏嫂嫂，把盤算好的辦法請示一下，這也是尊重寡居嫂嫂的意思。程氏娘子此時剛剛地給鈴哥洗完臉，正要領著他過來見見二師叔。

　　當下遂把解、魏二人讓到正房明間坐下，命鈴哥給二師叔磕頭謝孝。

　　解廷梁忙把鈴哥拽起來，拉著手問了一會兒話。鈴哥並不怯生，一字一板地答對著。解廷梁又是心痛，又是愛惜，摸著鈴哥的頭對程氏嫂嫂說道：「大嫂，你看日子過得多麼快？大前年我來的時候，鈴哥不過剛會說話，還說不很清楚呢。現在這麼高了，成了小學生了。你看他多麼精神，說話多麼機靈！大嫂你老放寬心吧，這孩子將來錯不了，你老有熬頭呢。你老年輕輕的，能把鈴哥撫養大了，教子成名，節慈兩立，誰不佩服大嫂，誰不尊敬大嫂？」程氏娘子苦笑一聲道：「二師弟，這孩子單單細細的，將來誰知道怎麼樣呢？就算熬得他大了，我這薄命的人，還不知我熬得到熬不到呢！往後的事，哪敢指望？就是眼前的歲月，叫我怎麼過法？二師弟你想，我給你大哥做了六年的夫妻，他整年在外，在家的時候連頭至尾也不到兩年，就把這個小肉蛋孩子丟給我，伸腿去了！想起來我還有什麼活頭？我熬個什麼勁呢？」

　　程氏娘子滿懷的酸苦，不覺得說出這哀怨的話來。簡直說，有點恨著死者不該死得這麼早。解廷梁聽了，默然不答。

第七章　海燕子縱火搜孤

　　林廷揚鏢頭既死，未亡人程玉英娘子慷慨陳詞，眼看著亡夫的師弟解廷梁、魏豪，一一對棺盟誓，允為復仇，忙走過來揮淚道謝。摩雲鵬魏豪道：「大嫂，我們弟兄跟大哥相處多年，推誠相愛，誓共生死，就不待大嫂囑咐，我們也得各盡天良。況且大哥待我們，又與尋常不同；他實在對我們情同手足，恩若父師。我們哥幾個，哪一個不是大師兄一手提拔起來的！我們從學藝時，就是大哥傳授的；我們出世時，又受大哥的吸引；甚至我們成家立業，也是大哥給操持的。大嫂望安，我們早已約定，各盡各心。我三師兄打發我來，便是叫我運靈護喪以後，還要替嫂嫂、侄兒照應門戶；我二師兄也是這個主意。至於將來報仇，我大哥和四哥都慘死在賊人手內，這乃是我二哥的事；連我三哥、五哥、六哥，一共四個人把命賣了，也得給大哥、四哥出這口氣。不過現時我們為難的，是還不知仇人的主謀究竟是誰？那個小白龍，也不曉得何時何地跟大哥結的仇。聽他的口氣，又好像是受別人邀出來的。不過看他們後來的舉動，一切都打著小白龍的旗號，又好像小白龍竟是發縱指使之人。這一節，我們必須容出工夫來，徹底根究一下。大嫂您就不必惦記這事，這事統統交給二哥們辦好了。」程玉英娘子點頭道：「我只拜託你們哥幾個了。事到如今，我是認了命啦。我知道萬般由命不由人，心比天高，命比紙薄。莫說是我，連你大哥全是滿腔爭強好勝的心，想在武林中轟轟烈烈留個名聲，哪想到落得這麼個下場！我早知道我沒有享福的命，做了填房，又當了寡婦，往後只有苦度日月，給你大哥留一條香煙。你大哥走鏢遇禍，本來幹這種刀尖子上的營生，就難保不受害。真是那話，怎麼活著，就得怎麼死，我也看得開。就是江湖道上尋仇拚命，也是有去有來的事。只是這最叫人難忍的，

是惡賊太也趕盡殺絕。是怎麼你大哥死了，他還不饒，又要毀屍首，又要除後代？這種仇不報，我怎麼活得下去？我更不明白的，是你大哥這些年來，沒聽說跟綠林結過大怨；這一夥仇人，是從哪裡冒出來的呢？七弟你說，你也不曉得賊人的來歷，那麼我們將來防備賊人暗算，尋找賊人報仇，這不是都沒法子下手了嗎？我想你們跟你大哥共事多年，總得知道一點影子；不像我嫁過來才六年，你大哥生前的事，我知道得很有限。你們總得仔細告訴我，你們不過怕我聽了難過；可是你們要總瞞著我，將來鈴兒大了，他要問他爹爹怎麼死的，我拿什麼話答對他呀？」

解廷梁聽罷，看了魏豪一眼道：「你沒對大嫂細說嗎？」魏豪道：「倒不是瞞著，三哥和黃大哥怕大嫂貿然聽了，精神上受不住，叫我只說了個大概。」解廷梁搖頭道：「不然。大嫂乃是女中豪傑，你還看不出來嗎？我看什麼話都得跟大嫂說透了。」程玉英道：「對呀，你可以瞞小孩子，怕他漏言，但是你們不該瞞我呀。」魏豪這才將遇仇的詳情，如實細說了一遍。林廷揚擊落下小白龍的那把劍，還有賊人夜入鏢店，遺下的那個包人頭的包袱，前已交出。此時由程氏娘子取出，給解廷梁看了。那劍柄上鑲著「戒淫忌貪」四字，又鑲著一條小白銀龍和一個篆文「方」字。那包袱卻是尋常一塊黃布和一塊油布。

又有賊人打來的鏢，鏢行的人也搶來兩隻，這鏢上並沒有什麼暗記。

程玉英娘子轉而詰問解廷梁道：「七弟跟我一樣，都說不清。二弟你總該多知道些事了。到底你大哥這些年來，闖蕩江湖，都是跟誰結過仇呢？」

解廷梁立刻雙眉緊皺道：「大嫂，我在保定一得到信的時候，我就和張士銳二哥揣想了一夜。」解廷梁轉臉來向著魏豪道：「據你們來信所說，劫鏢尋仇的，露名的是小白龍方靖。此外是一個赤面長鬚大漢，還有黃面頭陀、虯髯大漢、麻面大漢等等，我們都挨個想過了。留名的小白龍不

算，沒留名的，我們一個也沒猜出來。大嫂，我大哥少年出世的時候，我是不甚知道。但從設立鏢局起，大哥老早的就把我邀出來，一同創立安遠。從那時起，我就始終沒離開鏢局子，也沒離開過大哥。只是說到這小白龍，跟大哥一個是山南，一個是海北，簡直井水不犯河水，一點交道也沒有，更說不上結怨了。小白龍在兩湖隱名遊俠，向來不與綠林道來往，也不曾與鏢行交過陣仗；而且我大哥就沒在湖南久留過。所以我和張士銳張二爺一聽這噩耗，就斷定仇人主謀，必不是小白龍。小白龍自報姓名，也明明說出是受別人的邀請，這恐怕不是假話。魏七弟，你親眼在場，你說對不對？」

魏豪點頭道：「林大哥臨終把小白龍打落水中，以後小白龍就再沒有露面。所有以後焚舟劫鏢，全是那個赤面大漢和黃面頭陀等人幹的。二哥這番猜想，自很有理。不過以後他們一再尋蹤肆擾，卻都是打著小白龍的旗號。究竟他們誰是主謀，誰是附從，也很難斷定。」

程玉英嫂子道：「這赤面大漢、黃面頭陀又是誰呢？」魏豪皺眉道：「不知道。解二哥，你試想一想，就你所知道的，大哥跟江湖上人物有過梁子的，都有誰？這麼推測一下看，或者猜得出來。」

解廷梁道：「若說大哥近年來，事事謙和，處處謹慎，很少得罪過人。不過當年初創立鏢行時，的確跟綠林道有過不少交手……」解廷梁一面尋思，一面說道：「像賊人劫鏢，被大哥拿武學逼退，沒有傷過他們人的，這卻不算。我們姑且單算傷過人的。那頭一次，就是在直隸楊三木，雁過拔毛的線上，遇見過一夥子旱路強盜。為首的叫作急三槍奚鳳奎，被大哥一劍刺死，從此大哥才打開了北路鏢道。那大概是三十多年前的事了。那時我記得大哥剛二十六歲，正在少年氣盛之時。」

魏豪屈指計算道：「這是一椿。後來有什麼報復的事情沒有？」

解廷梁道：「這倒沒有。楊三木的那夥賊，自從奚三槍一死，他們陷

於群龍無首的境地，不久就被官兵剿辦了。」接著說道：「再後，大哥曾在川陝交界，跟一夥巨寇動過手。這卻不為護鏢，乃是路見不平。大哥因事入川，路過巴峪關，突遇見一夥山賊，剛把一票買賣做下來。那為首的強盜姓鄧，不但刀傷行商，把貨財劫下；並且仍圍住兩個鏢客不放，定要一個活的不留。林大哥看不過去，上前通名解勸。這姓鄧的盜首，竟自恃驍勇，蠻橫非常；正在過著話，他抖手一鏢；出其不意，差點把大哥打了。大哥一怒拔劍，將此賊傷了；竟把被圍的鏢客救出來，把已失的鏢貨也給奪回。」

程玉英娘子眉峰緊皺地聽著，說道：「這是兩樁了。後來呢？」

解廷梁道：「這後來可能就有了麻煩啦。我大哥那趟出門，本是跟川陝的同行，接頭聯鏢的事件。那一趟剛把西路鏢道打開，不想出了這一樁事以後，我們安遠鏢局不攬西川路上的鏢便罷，只要一承攬西路鏢，路上一準出事。隨後一打聽，果然就是那個姓鄧的川匪懷恨在心，糾合陝賊，意圖報復。那時大哥就想，好容易才把這西路鏢闖開了，如今儘自出事，焉能認栽？我大哥可就自行出馬，親押西川這一路，意思要根究根究。如果準是這姓鄧的作祟，能和解便就近托人和解了；不能和解，大哥便要再會會他。」

程玉英娘子聳然問道：「和解了沒有？」

解廷梁道：「還說和解呢！大哥押著鏢剛入川邊，頭一站宿店，便得了同行的警報；姓鄧的盜魁公然揚言：『西川道上，絕不容安遠鏢局的鏢旗入境。』彼時我們大哥歷練已多，只想著了事，不願跟綠林多結怨；哪怕撒帖請客，給姓鄧的圓場都行。無如姓鄧的聲勢咄咄，對說合人講出極不情理的話。兩下裡終歸決裂，與林大哥動起手來。我大哥怒極，展開辣手，竟把姓鄧的置於死地。這安遠鏢局的威名，從此震動了西川道。鏢旗是闖開了，名號是叫響了，買賣也多了，可是林大哥卻潛存了戒心，西路

鏢輕易不願意再應。如果一應，林大哥必定親自出馬，多方戒備。如此過了幾年，在西川路上居然沒再出什麼大亂子。又風聞姓鄧的那一撥匪徒，死了首領，鬧起家窩子來，不久就散夥了。我大哥然後才放了心。」

程玉英道：「這是哪年的事呢？你大哥還有別的仇人沒有？」解廷梁道：「等我想想……這是十四五年的事吧！自從大哥娶了前頭那位嫂嫂，這是您知道的，大哥多承您那伯父程老英雄的抬愛，遂在蘇、杭二州，辦了兩個分店。這一來在江南闖開了，我們就不常走西路了，我們改走南路鏢。南路鏢走了這些年，靠著您伯父的威名，倒很少出差錯。……哦，對了，還有一樁呢！大約七八年前，在淮安地方，又遇見一撥新上跳板的綠林，為頭的是個二十多歲的青年。這青年非常狂妄，他竟敢糾眾在官道上，白晝攔路打劫。卻是行蹤飄忽，出沒無常，好像流寇似的。他的外號更氣人，叫作火燒林。」

摩雲鵬魏豪道：「哦，這個我曉得，大哥生前對我們念叨過。」他遂向程玉英娘子說道：「提起這個青年賊人，到底也不知他是怎的一回事，他這外號好像故意跟我們大哥挑釁。我大哥正要找他，他這小子公然剪起我們的鏢來，並且報名號，指名要會會我大哥，要看看獅子林的三十六路天罡劍，究竟是怎樣的高明。我大哥不禁狂笑，曉得這個小子年紀輕，必是新上跳板，要來闖蕩的。大哥詰問他的姓名，他不肯說，當下動起手來。這小子手下得很兇猛，但他豈是大哥的對手？被大哥將他打得大敗，削去半個耳朵；憐他年輕無知，惜他志高膽豪，便放他逃走。不意此賊惱羞成怒，等到我們中途宿店，竟又有刺客來擾，被陸嗣清陸老前輩追出去，把刺客擒住，才知就是那自號稱火燒林的少年賊。陸嗣清老前輩追問他的緣故，盤詰他的姓名；這青年賊竟這麼狠辣，不吐實情，反把舌頭咬斷，然後被陸老前輩揮刃誅死。」

程玉英道：「嚇，好狠！這是幾樁了？三樁了吧？」解廷梁又想了想

道：「唔，我還記得一次，比這次事故更離奇。可是兩檔事緊接著的，不過隔著一兩年。大哥在北京分店住了半年，忽然有一個婦人，四十多歲的年紀，帶著一個十幾歲的女孩子和一個中年男子。她自稱是官宦人家，她丈夫做京官，是工部郎中，得病死了，她們要回南。先派了一個長隨，許下重聘，要邀請林大哥，親自護送她回浙江原籍。說是有許多箱籠財物，路上不太平，又有年輕的小姐，所以要雇個好鏢客，沿途護送著。那時候，林大哥本不願去。我記得大哥當時要派黃秉黃大哥去送這一趟的。誰知那個長隨說：『奉了主母之令，請別人護送不放心，一定要請安遠鏢局的總鏢頭獅子林才行；多花保金是可以的，多少銀子都使得。』林大哥依然推辭不去。到第二天，這位官太太又打發舅爺來；也不知是真舅爺，是假舅爺，一見面就把大哥頌揚了一陣，說這是仗義的事。路上很不安靜，林鏢頭不看在錢上，還要看在這位寡居太太實在可憐的分上。把大哥的心說軟了，又因蘇州鏢局也正有事，大哥這才答應了。哪裡想得到，這個官太太竟是個刺客，她安心要暗算林大哥的！」

程氏娘子詫異道：「竟有這事？」解廷梁道：「可不是，這太叫人想不到了！這幸而是大哥，換一個人，準栽在她手裡。」遂接著說道，「我還記得講定之後，那個自稱為舅爺的中年男子，就引領大哥到西城磚塔寺的一個大宅子，見了那位官太太；問明南下的日子和行李箱籠的件數。行李真不少，箱子有十幾件，人口一共是男女八個。記得好像是一位太太、一位小姐、一個老媽子，此外都是男子了。林大哥並沒理會，兩廂說好了，除了總鏢頭，另外再派一個鏢師、一個趙子手、兩個夥計，一共五個人保這八口。那位太太還說，用不了這些人，只有林鏢頭一個人給仗膽，就足夠了。出了京城，一直南下。這位官太太很大方，款待鏢客，很捨得花錢，一路上好酒好肉。就是在路上走得很急，這位太太又常鬧病。病了就在店中耽誤下了，好一點又盡催著快走。有一天，這位太太在半路上說是

犯了病了；由舅爺傳過話來，叫車夫加緊走，要趕出一站路，好到地方請醫生。這一天把車夫、鏢行都累得不輕，傍二更才趕到站，竟越過去一站路。這位太太就拿出十兩銀子來，給大家做酒錢；又拿出自帶的好酒，叫了許多菜，犒謝大家。又叫老媽子傳話告訴大家，明天不走了，要歇一天，請大夫治病，叫眾人儘管暢飲歇息。這位太太走起路來，這麼忽急忽慢的，林大哥當時很覺得奇怪，又很後悔，不該攬這買賣。不意到了三更天，大哥剛剛睡下，長隨忽然來請，說是太太有要緊事，請鏢頭商量。林大哥意很不悅，不過這位太太是四十多歲的人了，當然不會有什麼嫌疑。林大哥只得穿起長衣服來，面見這位官太太。人家是雇主，又是女人，大哥當然不能帶著兵刃，竟空著手進了屋。哪料想那個舅爺把大哥穩住，他們突然亮出兵刃來。那位有病的官太太和官小姐，連老媽子突然撩簾子出來，都是短衣衫，小打扮，手裡拿著刀。林大哥突然省悟，那個官太太一抬手，就發出一袖箭。那幾個男子，有的說是二老爺的，有的說是表少爺的，有的算是長隨的，有的算是門房的；這時候可就全從外面掩進來，全換了夜行衣，拿著短兵刃，立刻堵住屋門。那個舅爺甩長衫，亮出單刀，與那婦人前後夾攻，把大哥圍住。我大哥當時也慌了，一抖手，先把燈砸翻；甩手奪路外竄，被那婦人連打三袖箭。那婦人好生兇悍，手掄鋼刀，咬著牙只罵出一句話，「林廷揚，我叫你死！」就與眾人一齊動手。我大哥變生不測，身陷重圍，施展空手奪刀的功夫，與他們拚命，一面狂喊隨行的鏢師夥計。隨行的鏢師就是張士銳張二爺，竟光著膀子，奔出來救出大哥。這個官太太以為這一番暗算，定把大哥傷了。不意他們人雖多，勢雖眾，仍鬥不過大哥。大哥身上也受了兩處傷。可是一掙出屋來，可就展開了手腳，他們更顯著不行了。大哥認準這個假官太太是主謀，就拋開了餘眾，奪得一把刀，展開了他那三十六路天罡劍，用左手劍與這婦人苦鬥。這婦人一看情形不對，八個人圍不住大哥一人。張士銳張二哥又遞過

劍來，趁手兵刃一到手，他們更支持不住了。這個婦人竟竄房逃走；我大哥仗劍緊緊追去，一步也不捨。這個假官娘子竟鑽入樹林。但是大哥恨極了，一點也不放鬆。跟蹤追進樹林，把這婦人的手腕砍斷，活活把她捉住。把她放躺下了，大哥持劍逼住，厲聲詰問她：「跟你有何仇何恨，這樣暗算我？」

這事情非常奇突，程氏娘子早先就沒聽說過，當下竟聽呆了。解廷梁繼續說道：「大嫂，你看這個女人也真夠可以的！這女賊當時放聲大哭，只說：『姓林的，你把老娘殺了吧。老娘跟你仇深似海，有命可拚，沒話可講。』無論怎樣逼她，她是一句實話也沒有。就是問她姓什麼，她也說，『告訴你也是假的。你趁早殺了我，咱們下輩子再算帳。』大嫂，你總曉得大哥那脾氣的，他哪裡擱得住這個！他心上儘管惱恨這婦人陰謀毒辣，可又看她下如此苦心來暗算自己；一個女子，竟有這樣的決心，大哥是又恨她，又禁不住服氣她。到這時候，可就顯出大哥做事漂亮來了。大哥長嘆了一聲，叫那婦人道，『你這位大嫂，也難為你了。我林某最敬重的是貞烈女流！我雖不曉得哪一件事上和你結了怨，可是竟恨得你下這番苦心，顯見林某有不對的地方了。你這位大嫂請起，我現在補過還來得及。我就放了你，從此以後，只許你再找我姓林的報仇，不許我姓林的傷害你的性命。你可以回去，好好地養傷，或者重練好功夫，或者另轉請能人，過個三年五載，再來找林某，林某必定叫你稱心如願。林某家住山東曹州府臥牛莊，鏢局子開在保定、南北二京和蘇杭二州。你這大嫂，你就打起精神來，再接再厲，我林某一定等候你。你五年不成，十年；十年不成，二十年……』我大哥這麼說了，又設法套問她的姓名。還把舊日的仇敵急三槍奚鳳奎、飛虎鄧淵、火燒林這幾個人，都點著名挨個來問她。不想，這個女人好生強硬，她還是咬緊牙，一言不發。大哥就說放了她，她還是不走。可是她的傷非常重，已經疼得她直打顫，血流了滿地，她竟忍著一聲

也不哼。大哥看著可憐，嘆了一口氣，說了一聲後會有期，就回來了。」

程氏娘子忙問道：「到底這女人是誰？」魏豪道：「這卻始終沒有猜出來。大哥事後琢磨著，覺得此婦人跟那個綽號火燒林的少年強徒，兩個人面貌很相似，大哥很疑心她們是母子。這也只是這麼揣測著罷了，究其實還是難斷定。」

程氏娘子道：「她不是還有幾個同黨嗎？那個裝小姐、裝舅爺的呢？也都放跑了不成？就沒有盤問他們嗎？」

解廷梁道：「嗐，別提了。大哥放了這個女賊，回去一看時，那些同黨一個沒剩，全都跑了。我們鏢行的夥計，還讓他們給傷了兩個。打開他們的箱籠一看，裡面全是敗絮破被，包著碎磚石塊，可見他們是處心積慮地要暗算大哥。大哥深以為恥，覺得自己眼力太差了。回想起來，他們這一夥人冒充官眷，在北京住的那所大宅子，局面雖大，可是進出的人很少，客廳中的陳設也過於簡單，這便是個破綻。就是一路上，他們也每於無意中，露出可疑情形來。那為首的女賊談吐舉止，也過於拿捏，掩不住她粗豪的本色，實在不像官娘子。不過，這也是事後的追想罷了；在當時誰能想得到請鏢師的雇主，會是刺客呢？但是我大哥卻難過得了不得，認為是生平從沒栽過的大跟頭！只我們這幾個人曉得，他從來不願對別人講的。」

這一樁尋仇的往事，程玉英娘子聽得非常入神，心中暗想，這個女人倒了得！人家也是個女人，我程玉英也是個女人！……如此存想，那解、魏二人也看出寡嫂發怔的神氣來了。兩人說道：「大嫂，人在江湖上闖蕩，混這刀尖子營生，恩恩怨怨是免不掉的，誰也不敢說一個仇人也沒有。可是話說回來，人家會找咱們尋仇，咱們就不會找人家算帳嗎？有志者事竟成，人家還是個女流呢！現放著我們師兄弟哥幾個，還用叫大嫂煩心嗎？」

　　程玉英也不言語，只是低頭尋思，半晌才說道：「你大哥他還有什麼仇人沒有？」

　　解廷梁道：「這一時想不全……這以後大概也沒有什麼了。一來大哥也闖開了，南北綠林道也都聞名喪膽，不敢輕惹；二來大哥也老練多了，此後遇事都有擒有放，不淨講究拚命了；所以近年來很少出事。……哦，我記得八年前，或者六年前，也還出了一檔事，跟一個水路綠林交過手，鏢被他們劫去了，鏢師敗了回來，告訴大哥。大哥登門拜山，親自討鏢，跟那大舵主比畫了一陣子。因為沒有抓破臉，以後還是請客了結的。」

　　魏豪面向程氏娘子說道：「這個我很知道。那是新請的一位鏢師給惹出來的麻煩。二哥還記得不？這位鏢師是個旗人，名叫桂寶善，是北京齊五爺薦來的。功夫很不弱，又當壯年。初生犢兒不怕虎，押著一票鏢，在人家線上闖過去。他也不拜山，也不揚旗，還大聲地喊鏢趟子，有點瞧不起人，又好像成心滋點事，賣味似的。人家白洋澱的水上漂孫子騰，可就開玩笑，把鏢旗給留下了，並沒有劫下鏢貨，二哥你是記錯了，這位孫子騰當時對桂師父說：『叫你們家裡大人來，我再還你鏢旗。』桂寶善人小膽大，他公然單槍匹馬，跟人家大幫的人動手。要不是馬起雲再三地圓說，桂寶善就怕賣了命。」

　　解廷梁道：「不錯，桂寶善當時寡不敵眾，吃了虧沒臉回來，要抽刀自刎。多虧馬起雲好歹勸著，這才送到鏢，交了貨跑回來，現從蘇州把大哥找回。大哥只得老遠地奔來，備著禮物，帶領桂寶善，投帖拜山，求還鏢旗。孫子騰跟大哥嬉皮笑臉，說是林大哥，我想你了，不扣你的鏢旗，你再不肯看我來。我大哥順著坡下，也就說笑一陣子，一同入席。不意孫子騰手下的副頭目陶老四，也是個渾小子，他在宴席上，對大哥說，『林鏢頭，鏢旗一定奉還；可是你不能空手來，你得讓我們開開眼。』那意思要叫大哥露一手。後生小輩如此無禮，我大哥憤然不悅，因此激出火來。

林大哥遂站起來，一點手道，『陶四哥，咱們就來來。』那一回，眼看著就要出事。幸而有當地江湖上的朋友在場，一力說合，把事壓下去。孫子騰申斥陶老四一頓，我大哥也申斥咱們桂師父一頓。這一場風波才揭過去。」

解廷梁又道：「當時鬧騰得也夠凶的，可是雙方都留著面子；這只能算是一場糾葛，夠不上結怨。我卻記得兩三年前，還鬧過一場是非。徐州地方，旱路綠林有個叫步步擋的，一時失腳，被官兵擒拿，他的同夥也被擊潰。卻是不知怎樣鬧的，江湖上竟訛傳這步步擋犯案，乃是由咱們安遠鏢店蘇州的分店給獻的底。因為這個，招起了當地好幾處綠林的公憤來。他們曾經公推芒碭山的沖天炮左伯濤左老疙瘩給咱大哥捎信，嚴詞詰問此事的真情。口風很厲害，說是：安遠鏢店的鏢旗通行江南北，我們哥們無不推情照護，自問很盡朋友之道。不意竟有這等訛言出來，是鏢行跟綠林道過不去？還是綠林道給鏢行過不去？安遠鏢店若不痛痛快快給個切實的回話，那可就對不住了。江蘇全省不敢說，反正江北和魯南的旱路朋友，從此要聯合起來，給你們安遠鏢店攔兩個蒼蠅，叫你食不下嗉。」

解廷梁接著說：「這件事一起頭鬧得很凶。但是步步擋犯案，乃是因他攔路行劫，誤傷官眷。這本與安遠鏢局無干，乃是別人給種的毒。後來一經說明，江北綠林道也承認誤會了，事情也就完結了，這很夠不上結仇。」

程氏娘子與解、魏二人，把林廷揚的仇人反復揣測了一回，到底也不能斷定準是何人。魏豪對程氏說：「大嫂就不必顧念這個了。好在現在這小白龍方靖，乃是有名有姓的人物。天下無難事，只怕有心人。我們賠了鏢，就一心一意地去訪這小白龍。如果這小白龍被大哥打落水中，並沒淹死，我們只要訪著他，其餘的人就刨出根底來了。那個赤面長髯大漢和那黃面頭陀、虯髯漢子，一個也跑不了他。」

解廷梁道：「對！我們就沖著小白龍來。七弟，這小白龍一定沒死。你不知道此人水中的功夫很好；若不然，他的外號怎會叫小白龍呢？」魏豪恍然道：「可不是，我們就沒想到。」

隨後議論後事。解廷梁也說林廷揚的靈柩應早早安葬好；又對程氏娘子說：「現在賠鏢的事，料著鏢局的力量，還可以應付得來。我們覺著嫂嫂和劍華侄兒，獨居在這臥牛莊荒村中，沒人照應門戶，我們很不放心；何況又有仇人呢？我們的意思，要等大哥安葬之後，把大嫂和侄兒接到保定去。大哥雖然故去，這買賣還是大哥的，賺了錢依然給嫂嫂拿頭一份。熬著劍華侄兒大了，就好了。」

程氏娘子道：「你們不是商量著要收市嗎？」解廷梁道：「那不過一說。三師弟覺著大哥一死，安遠鏢局的招牌就倒了；又加上一賠鏢，怕弄不周轉，所以才有這個打算。小弟在保定，已和張士銳張二哥合計過，昨晚上我跟七弟也商量了一通夜；覺得偌大事業，關了門可惜，還是支持著看。我們把大嫂和侄兒接去，一來有個照應，二來就拿劍華侄兒當少東。全鏢局算他半股，我們大家算半股，嫂嫂往後的衣食決不用擔心。」

解廷梁說的不是假話，乃是打算過的主張。程氏娘子很是感激，卻是她不願意離開故鄉，當時也沒有說實。商量著容得解廷梁到清江浦，辦完賠鏢之事，就便把蘇杭兩個分局的賬攏一攏，回來仍到臥牛莊，再行定規一切。程氏娘子嘆道：「二弟、七弟，你哥們這番熱腸，我也不說什麼了。你們這樣顧恤舊交，憐惜孤寡，只盼鈴兒大了，補報你們吧！」

解廷梁在臥牛莊耽擱了三天，這才告辭道：「現在辦正事要緊。大哥下葬，我應送殯；如今等不及了，就叫七弟代表吧。」遂給程氏娘子留下二百兩銀子。魏豪暗問賠鏢的錢夠嗎？解廷梁道：「不夠有什麼法子，我們難道還刮擦林大哥的遺產嗎？」魏豪點頭嘆息。解廷梁又暗囑七師弟魏豪許多話，要好好盡心照料孀孤。解廷梁這才拜別程氏，率領鏢師蔡文

源、鏢行兩夥計，飛身上馬，直奔清江浦，與力劈華山黃秉、過天星金兆和見面。又到蘇州分局，提取鉅款，改起旱路，到鳳陽賠鏢。一切交涉，少不得大費周折。

那七師父摩雲鵬魏豪，自在臥牛莊料理喪事。程玉英娘子空幃獨守，撫視孤兒，為了死的活的，打起十二分的精神來支持著；叫魏豪看了，欽佩異常。林廷揚生前的朋友聞耗前來弔唁的；竟有不少。這還是鏢局中發出的訃聞，聲言在保定開弔。可是江湖上義氣朋友，依然備下重禮，親到本宅弔喪，還要采執紼送葬。多虧留下魏豪照料著，就當了知客。因為程氏娘子是續弦，林廷揚生前的好朋友，她多半不認識，有魏豪在就方便多了。

光陰迅速，出殯期已近。民間有許多牢不可破的麻煩禁忌，程氏因此勞累異常；但仍掙扎著應祭必祭，該哭即哭。天氣這麼酷熱，程氏娘子自夫櫬歸來，不到一七，人竟失了形。紫棠色胖胖的面頰，此時枯瘦得露出顴骨來；兩隻眸子本來清澈，這時也發鏽了。

這天是發引的前一日。程氏娘子叫女傭把五色綢子找出來，剪了五個綢條，拴在棺釘上。壽罐上蒙上紅布，插上紅箸，一應下葬的用物，都打點出來。一桌祭席已經備好，等到子時一過，就在棺材前辭靈上祭。程氏娘子對魏豪說道：「明天該出殯了，亡人就在家待一夜了。我把鈴兒招呼起來吧，好叫他給他父親伴靈。」魏豪道：「論禮是該伴宿的，只是鈴兒不是睡了嗎？半夜三更的，又這麼悶熱，我看不必了吧！」程氏娘子嘆了一口氣，點點頭，遂叫女傭把祭席擺好，靈前綠蠟點著，立刻焚化了許多紙錢，又點起三炷香。程氏娘子全身素服，跪倒靈前，含淚跪拜，禁不住又放聲痛哭起來。那個奶媽卻走過來說道：「大奶奶，鈴哥兒醒了，叫你老啦！我們哄不好，他只鬧喚。」程氏汗淚滿面，一聞此言，不由住了聲。奶媽道：「你老聽，這不是鈴哥兒哭著叫你老了？」程玉英跟蹌站起來，由奶媽攙扶，掀起靈幃，奔到臥室去了。這裡眾人全拜過靈，連金老壽也

磕了四個頭，這才將靈前收拾俐落，眾人坐夜守靈。程氏娘子回到臥室一看，鈴哥果然醒了，可是並沒有哭，正跟舅母說著話，要穿衣服下地，找他娘娘去。程玉英遂將鈴哥哄得躺下，告訴他：「明天還得起早，給你爹爹打幡出殯呢！」鈴哥兒迷迷糊糊的，躺下又睡了。程玉英疲勞已極，覺得頭腦涔涔的發暈。因為天氣熱，將外面孝服脫了，把冷茶喝了一氣；拿著扇子，一面給鈴哥兒扇，一面自己扇；斜倚著涼枕，緩緩地歇息。到了這時，程玉英只剩下說不出的難過，也不知是悲哀，是困憊；另有一種意氣消沉的苦悶。越是疲倦，越是翻來覆去地睡不熟。忽然無故一驚，自己就把自己嚇醒了。

夜色沉沉，燈光如豆，程玉英扇著扇子，在這五月的暑夜中，轉側不寧。有時聽見院中靈棚意想不到的響聲，就毛髮森森的一乍。程玉英嘆了一口氣道：「怎麼呢？……亡人哪，你莫非靈魂要離家了，來給我托夢嗎？怎麼我心裡這麼忐忑不安起來呢？」

程氏娘子呆呆地坐起來，對燈怔了一會兒，向床頭看了看鈴哥，見他睡得呼呼的。程氏娘子看了看窗戶，又嘆了口氣，側身重複躺下。漸漸地手中越扇越慢，要睡著了。……忽然，她倦眼一睜，恍惚看見門口有一個人探頭。程玉英驀地一驚，驚出一身冷汗，登時間睡魔盡去。急揉眼再看，這並不是夢，燈光影裡，分明是一個夜行人，穿著一身黑；一側身時，分明背後明晃晃插著一把刀。程玉英娘子猛地心一動，頓時覺得不妙。「鈴兒爹是叫仇人害的，莫非他就是仇人？……」一想到這「仇人」，程玉英急一翻身坐起來，厲聲斥道：「什麼人？幹什哩？」

但是，那個人一聲也不哼，旋風般一轉，嗖地把刀掣出來，往屋內一上步，兩眼炯炯注視床頭。程玉英失聲喊道：「哎呀，有賊，你們快來呀！」程玉英突然一竄身，信手一摸，只摸得那個涼枕，急橫身擋住床頭。賊人掄刀上前，低聲喝道：「賤人敢嚷！嚷就宰了你！林廷揚的女人、

孩子在哪裡？」這個行刺的賊，正是海燕桑七。

　　驚忙中，程玉英娘子往外一指道：「在那間屋子呢。」賊人一回頭，程玉英猛然掄涼枕照賊人便砸，賊人一側臉，涼枕直打過去；咯噔一聲響，打在格扇上。賊人把刀一揚，忽一眼瞥見了鈴哥兒，一聲冷笑，掄刀便剁。突然間，背後一聲大喊，靈前坐夜的金老壽，從瞌睡中驚醒，跟跟蹌蹌奔進來；從背後把賊人攔腰抱住，下死力一扳，狂喊道：「七師父，有刺客！」這賊人急還刀倒刺，金老壽驀地狂號，雙手一鬆，咕噔倒地。

　　就在這時候，間不容髮，程玉英娘子早往床上一撈，把鈴哥沒死沒活地拖起來，往肋下一挾。鈴哥兒驚叫，賊人大喜。仗程玉英也有幾分功夫，陡然她挾定孩子，如電光石火般一閃。賊人當門，前不能逃；踢窗外竄力恐不逮。立刻的電光石火般，程玉英往後一竄，竄到套間門口；搶進去，急急地把門扇掩住，將鈴哥丟在身後。上門閂來不及，程玉英下死勁把整個身子倚著門扇；倉皇之間，她竟退入死路。鈴哥兒被摔倒地上，哇地失聲大哭。

　　那刺客好不兇猛，虎似的一跳，來到套間門前，當的一腳，門扇被踢得一張掀。程氏娘子狠命地一擠靠，門扇又閉上，發出吱扭的聲音。

　　程玉英直著喉嚨喊救命，狂喊老七快來，嗓音岔了聲。賊人回頭瞥了一眼，把肩頭一側，揮身用力，排山倒海地照門一撞。賊人力大，程氏力弱，門扇撞開尺許長的縫子，賊人的刀尖竟紮進來。程玉英不顧性命的橫身一擋，門扇又闔上，將刀挾住。這只是兩葉木門扇，如何抵得住？不知賊人怎的一撞，呀嚓一聲響，門板碎裂了。程玉英驚號了一聲，賊人的刀已經得手。就在這時候，忽聽雷鳴似的一聲大吼：「好惡賊看鏢！」賊人的刀倏然撤回去。程玉英肩上已負劃傷，鮮血迸流。

　　這大吼的，乃是一個鏢行名叫黃仲麟、在靈棚坐夜的；倉促間手中沒兵刃，卻將靈前的蠟臺、香爐、供碗，一件件沒頭沒腦照賊砸去。一迭聲

地喊叫：「你們快出來！有刺客！有賊！」

　　程玉英娘子在內間驚慌失措，卻如母獅子一般，信手又一摸，摸著那杆大秤，急急掄秤奔出去。忽又跑回來，想起了仇人小白龍那把劍，是收在櫥內，櫥門未鎖；程玉英喘不成聲地開櫥，摸劍。劍到手，她狂喜，嗖的一聲，拔劍出鞘；掄劍又待奔出去，卻被鈴兒一把抱住腿，只叫得一句道：「娘娘！」已然嚇得說不出話來。程玉英猛然省悟，急急地抱住鈴兒。屋門已破，無可據守。程玉英抱子挺劍，藏在門後，兩眼死盯住門窗，喘息，發抖，急得要死。

　　這時節全院皆已驚動。鏢行黃仲麟砸了賊一蠟扡，自己卻被賊打了一鏢。黃仲麟卻也了得，從傷處拔下鏢，抖手照賊還打出去。賊人一閃身躲開，將刀一擺，急欲奔路，喝罵道：「擋我者死！」正要向外搶；不防七師父摩雲鵬魏豪，已從廂房如飛地奔竄過來。挺身揚刀，不顧一切，一直地搶奔上房，恰與賊人相遇。魏豪大叫一聲，躍上臺階，橫刀把門堵住。這卻是一步爭先，賊人情知出路被阻，把手忽一甩，發出一隻鏢。摩雲鵬揮刀格開，大罵：「惡賊，看你哪裡跑！」但是這賊身法好快，只看他眼光四射，忽地一撲，倏然撤回身，竟竄回裡屋。魏豪吃了一驚，道：「不好！」竟不管賊人手有暗器，不要命地追進來；連叫，「大嫂有賊進屋了！」不意這賊人忽從斜刺裡躥上床頭，由床上踢窗躥出屋外。摩雲鵬跟蹤撲進裡屋，裡屋中的寡嫂和孤侄此刻全不在，只剩下殘燈空床。屋門口血泊中，躲著一個人，是抱賊被刺的金老壽。魏豪這一驚，驚出一身冷汗；顧不得救視金老壽，失聲叫道：「嫂嫂，嫂嫂，我那侄兒呢？」程玉英在裡間應道：「七弟你嗎？我們在這裡呢，你快進來。」

　　魏豪慌忙奔入裡間，只瞥了一眼。見程玉英娘子小衣衫，敞著懷，一手提著劍，一手攬著鈴哥；鈴哥只穿的兜肚，光著屁股打顫。魏豪抹去頭上汗，低囑道：「嫂嫂別動，快吹熄了燈，千萬別出來。我去追賊。」魏豪

邁步要走，程玉英急忙攔住，語不成聲地叫道：「七兄弟你別走，這惡賊知道他們來了多少人？你可得救我們娘兒們，你、你、你走不得！」

摩雲鵬一想有理，正不知賊有多少。遂不敢向外面去，忙搬過桌椅等物，堵上了門，回身吹滅燈，叫程玉英和自己一邊一個，藏在門後，把暗器握在掌內。鈴哥小孩子，嚇得小手冰涼，一聲也不敢哼，緊偎在母親懷內。

這來行刺的海燕桑七破窗遁出，身落院內，口中一打呼哨，便挺刃奪路待走。這時前後院已亂成一片，人們紛喊有賊。從外院客屋，從內院廂房，奔出好幾個人來；有照應喪事的鏢行夥計，有遠來執紼的同行至好，也有親戚故舊，有會武的，也有不會武的；可是聞警全部持刀張拳，搶出來捉賊。林廷揚生前的朋友謝濟舟，操了一條木棒，就奔出來；恰已瞥見一人竄窗跳到庭心。謝濟舟忙大喊：「賊在這裡呢！」往前一撲。冷不防從房上憑空打來一片瓦，正打著他脖頸後肩頭上，謝濟舟幾乎被打倒。人們這才曉得賊人來的不止一個，房上還有巡風的賊。廂房中又奔出一個人，便是安遠鏢局的夥計邱良。他掄刀挺身，連躥數丈，已撲到賊人身後，喝道：「惡賊哪裡逃！」照賊人斜肩帶臂橫劈下去。這賊一閃身，讓過刀鋒，身子往下一撲，一個橫身踔子腳，把邱良踹出多遠。賊人趁勢一竄，便奔西房。那邱良早一個懶驢打滾，翻起身來。幸而刀未出手，咬咬牙，大喊著，竟又擺刀猛進，苦追賊人。這時候，上房有人連喊道：「不是賊，是刺客！眾位捉住他！乘喪行刺，好歹毒的東西。諸位別放走他！」這喊話的是安遠鏢局的趟子手黃仲麟。

但是，就在這嘩罵聲中，這賊已經飛身躥上西房；借腳一墊力，輕輕一點，翻上靈棚。口中喊道：「並肩子，撒亮子，扯活！」黃促麟、邱良，一齊吃了一驚。兩人慌忙扯喉嚨喊道：「七師父快上來呀，賊人沒安好心，要撒亮子。」院中人一聽有人放火，這一驚非同小可。謝濟舟不顧疼痛，

找了一把刀，嗖的躥上房去。又有一個林廷揚生前的朋友趕來弔喪的，名叫劉振才，見賊在西北面，便跑到東南面，爬棚杆，猱升上去。趟子手黃仲麟也跟到上房。邱良功夫不濟，就一迭聲亂喊拿賊，一面尋梯子。果然聽見靈棚上咯吱吱一陣響，跟著見西北角上席棚頂子，轟的冒起煙火。房上賊人也不知來了多少，只聽得西北和北面的房上、棚上，厲聲喊罵道：「呔，下面聽真！我們乃是湖南大俠小白龍的夥伴，專找保鏢林家來的。你們誰敢救火，先殺你們全家！」滿房上小白龍、小白龍地亂嚷，這動靜好像至少也有五六個人似的。席柵易燃，登時濃煙大起，夾著硫黃硝煙的氣味。竟有兩個賊奮然下來，掄刀搶攻靈堂，被宅中人拚命擋住，公然在院內交起手來。藏在正房、保救程氏母子的摩雲鵬魏豪，此時幾乎急煞，正不知賊人來了多少？意欲上前救火殺賊，又放心不下程玉英和鈴哥。程玉英更是驚恐萬狀，緊抱鈴哥，連叫魏豪：「咱們堵住這裡，別活活燒死了，咱們跑吧！」魏豪道：「可是堂屋裡就出不去，怕賊人在房上，要暗算咱們的。咱們不要緊，鈴哥可怎麼辦？」抬頭一看套間的窗戶，問程氏道，「窗戶外面，是死夾道，還是活夾道？」程氏道：「是活的。」

摩雲鵬魏豪有了主意，急忙躥上套間的磚炕，把窗紙撕開，向外一望；見窗外小夾道有廂房掩著，果然黑洞洞的。魏豪急急地卸下窗來，冒著險先竄出去。這套間窗外的夾道，恰通後面的場院。這時候，賊黨的四五個人和弔喪的客人，一邊放火，一邊救火，正在廝打。魏豪不顧那些個，忙跳進套間，把一把椅子丟出去，把一個被單搭在自己肩上。急叫程氏：「嫂嫂，趕快跟我逃走！」程氏張惶失措道：「往哪裡逃？仇人來了，怎麼好？」魏豪不答，只囑道：「鈴哥別哭，別說話！」急急抱起鈴哥，挽著程氏，登上炕頭。到了窗前，魏豪放下鈴兒，先竄出去一看；卻幸謝濟舟等正與賊人苦鬥，賊人全神注意放火。魏豪趁此機會，忙把椅子放好，站在椅子上。程氏已知他的用意，忙抱起鈴哥，低聲道：「鈴哥可別喊，

有賊來害咱們了。」把鈴哥隔窗遞出來。魏豪雙手接過，急急地一伏身，撕開被單做腰帶用，把鈴哥勒在自己背後。程玉英已持劍從套間越出窗外，蹬椅子下了平地。

好魏豪，身背鈴哥，右手持刀，左手就來攙程氏。程氏不用他攙，雖然腿軟，卻還能支持得住，反倒持劍保護著魏豪的後背。她低囑鈴哥別害怕，又問魏豪：「你大哥的靈柩呢？怎麼辦？」魏豪道：「顧不得了，活的要緊！」魏豪、程玉英、鈴哥急急地溜出夾道，貼牆滑出來，奔向後院。一面走，一面東瞧西看，偷開後門，跑到場院去；往草垛下一蹲。魏豪眼望前面黑乎乎的一片，向程玉英道：「那是哪裡？」程氏道：「就是咱的菜園子。」魏豪道：「走！」背定鈴兒，與程玉英逃到菜園子裡面極隱暗的地方。三個人全趴在地上，暫不敢動。

這時候宅內的靈棚，火光已然撲高，內外人聲喧成一片。林宅上下的人全驚動出來，一齊吆喝著救火拿賊。左右鄉鄰也已聞警；鄉下人最怕的是火災，立刻鳴起鑼來。

魏豪保護著鈴哥母子，潛藏了一會兒，見賊人尋不到這裡來，便放了心，悄囑程玉英：「嫂嫂千萬別動，我去救火，就著看看大哥的靈柩。」說罷，忙溜出菜園子，卻不走後院，繞到前門。剛剛到了前門，門前已經聚集了許多鄉鄰，齊喊：「保鏢的林家走水了。」大家忙著撲救。這行刺孤兒、靈棚縱火的賊人，一共來了七個。兩個在外巡風，五個潛伏著放火，行刺的就是海燕子桑七。滿想著先縱火，趁林家救火，再潛入刺殺林廷揚的妻兒。不意靈棚之下，不時有人，放火的雞冠子鄒瑞，未能得手。

海燕子桑七卻悄悄地掩入內宅，一路尋找，看見停靈之處，坐著兩個人打盹，一個是金老壽，一個是黃仲麟；兩邊臥房似有燈火。海燕子竟溜進去，出乎意外的是程玉英手上很有兩下子。一擊未中，攻門未得，金老壽捨命奪刀，只阻得一阻，便嚷起來，登時驚動了院中人。那放火的本該

先下手，反倒後下手了。

　　魏豪進院時，靈棚正在發火。謝濟舟、黃鐘麟、邱良、劉振才等人，正與五賊動手。眾人不令五賊放火，賊人也不叫謝濟舟等人救火。兩邊人在房上、房下，走馬燈似的亂打起來。林家的四鄰，守望相助，出來許多人，鳴鑼救火。林家的長工、佃戶大喊拿賊，鄉鄰們也連喊拿賊。巡風的賊人一看情形不對，急忙連打呼哨，催群賊快走。

　　群賊見火勢已起，吆喝一聲，相率跳牆逃去。末後一個人，站在房上大罵道：「你們這些東西，敗壞小白龍的大事。你們留神吧！太爺不把你們全燒了，對不住你們。太爺去了，狗頭們等著吧。」嗖地竄下來，如飛奔去。謝濟舟提刀便追。摩雲鵬魏豪恰好迎著，一同追趕。追出不多遠，連忙翻回去，且先忙著救火搶棺。

　　不想魏豪等剛走到東牆，猛然間。一條黑影從東夾道竄出來，如箭似的逃出宅外。魏豪抖手打出一鏢，賊人只一閃，竟從黑影中逃去。魏豪想不到院中還有賊人窩藏，正在吃驚；突然眼前一亮，只見東夾道一間小房冒出火光。魏豪大叫：「不好！」哪敢怠慢，與黃仲麟、謝濟舟，翻進東牆；邱良不會躥高，便繞走正門。

　　賊人似已逃淨，賊人放的火卻又燒起來，眾人七手八腳忙著救火。靈棚內的火先發，小東屋的火後起。但是山東地方的房屋，建築得很結實，多用磚石，防火最嚴；除了門窗，都不易延燒。這小東屋卻是個柴棚，轟的燒起來；謝濟舟等拚命搶救，也是無濟於事。且喜夜間無風，眾人截斷火道，只燒去這一間柴棚。那一邊靈棚乃是浮搭的，火勢是由西北往東南延燒，黃鐘麟等人從未延燒到的靈棚下手，掄刀一陣亂砍，呼啦一聲，棚杆折斷，棚席塌下來一角。從人連忙拆救；往起火處潑水，火勢雖猛，卻頓時煙消火滅。摩雲鵬魏豪等又忙著搶救靈柩，這卻費了事。鬧賊失火，人心慌亂；這口棺木，簡直越著急，人們越搭不動。好容易推倒半堵

牆，才搭到後場院空地上，可是火也救滅了。眾人揮汗說道：「不礙事了。可是棺材抬出來，難道再抬回去嗎？」許多人搖頭說：「這可沒有這個規矩。」齊問魏豪該怎麼辦。

第七章　海燕子縱火搜孤

第八章　摩雲鵬畫計遠颺

摩雲鵬魏豪眉頭一皺，心想，賊人竟尋來了！沉吟一回，問道：「現在什麼時候了？」一人答道：「四更多天了。」又一人說道：「不到，不到。四更多天就快亮了，這不是還很黑嗎？我看還不到四更。」魏豪道：「那麼，且等一等；你們幾位在這裡看著點兒。黃頭，你費心到正房看看。金老壽受了傷，你看看他怎麼樣，拿刀傷藥救救他。」

摩雲鵬魏豪囑罷，立刻撲奔菜園子，找到程玉英。那鈴哥倚在母親身旁，很是驚恐；兩隻小眼睛盡往黑影裡東瞧西看，卻又不敢看，拿手蒙著眼，從手縫裡往外偷瞧。程玉英娘子惴惴地問魏豪道：「七弟，怎麼樣了？火是不是滅了？賊人呢？」魏豪答道：「賊都趕跑了，火也救熄了。」程玉英深呼了一口氣道：「還好，這萬惡的賊！……七弟，你怎麼去了這半晌才來，沒的把我急煞！我這裡眼巴巴地望見火起來了，聽著亂喊亂叫的，只不見你回來。」說到這裡，改口道，「你大哥的靈柩呢？不礙事吧？」魏豪忙答道：「大哥的靈柩不礙事，叫我們搭救出來了，就停在後場院。」程氏這才放了心，又問：「都是燒了哪兒？」

魏豪道：「哪裡也沒燒著，多虧這些弔喪的朋友，又把四鄰也驚動了，一路吆喝，追賊救火；核算只燒毀了靈棚，小東屋那間柴棚是燒了，別處都沒有燒。頂僥倖的是柴垛，這要是叫賊點著了……」魏豪把話止住，道：「大嫂，我要跟你老商量。棺木搭出來，俗例沒有再搭回去的，這還沒什麼，不過，你老也明白，這是仇人放的火。仇人是綴下來了，還怕有後患。我們既得照顧死的，也得保護活的；二師哥又走了，我兩手捂不過天來。叫我看，大嫂，不如此刻趁早下葬，不用等杠房僧道念經了。」

程玉英聽了，呆了一呆，看一看魏豪，神色是很慌張；又看一看鈴

哥，嚇得傻了似的。程玉英很遲疑地道：「七弟，你知道我們鈴哥，要不是金老壽捨命抱住賊，這條小命就叫賊人害了。你大哥苦掙了一輩子，按說臨終時候怎麼也得風光風光。可是，現在賊人到底找尋來了；不是我膽子小，我就幾乎叫賊刺殺，肩膀上劃了這麼一下子。我倒不要緊，我們的鈴哥可是不由叫人提心吊膽。唉，埋就埋了吧！」

程玉英雖是不到三十歲的女人，卻很有決斷，又說道：「好在已經破土了，就快著下葬吧。」彎腰抱起鈴哥，只走了幾步，一陣發暈，險些晃倒。摩雲鵬魏豪慌忙道：「嫂嫂把鈴兒給我。」魏豪抱著鈴哥，程玉英跟著一齊來到後場院。

此時院內亂糟糟的，滿地都是水，餘燼猶冒殘煙，救火的人滿臉塵汗。程玉英顧不得別的，回到房中，忙給鈴哥穿上孝袍子，戴上麻冠。自己還是一身短打，也忙穿上孝服。在棺前焚了冥鈔，孝子和未亡人磕了頭，遂由一個長工抱著鈴哥，打著紙幡，程玉英張著嘴跟跟蹌蹌跟隨。魏豪、黃仲麟、邱良、謝濟舟等人，持刀保護。圍著葬地直到林宅前後，也都派人持刀把守，以防意外。大家一齊動手，把林鏢頭的遺梓搭過來；另由幾個人打著燈籠，前後照著，一齊撲奔後面的菜園子。

鄉鄰救火未散，看見這等光景，無不訝怪。靈棚失火，喪家鬧賊，他們也就猜想出來；料到保鏢林家一定是有仇人，免不了竊竊議論、探問。魏豪等只是搖頭，也沒法子隱瞞，卻也沒心腸解說。

於是舁棺下葬。這是合葬，棺木下壙，真不是外行所能辦的。這些鏢行夥計幫著林家長工，勉強把林廷揚的新柩，和他原配程金英的舊棺，一併搭到壙穴，掩上了土；卻是草率終場，太不成樣。程玉英和鈴哥都忍痛不敢縱哭，等到雙槨入壙，程玉英含淚匍匐，低聲禱告：「死去的丈夫，死去的姐姐，我只能顧活的，不能顧死的了！我這麼草草地給你們合葬，心上實在過意不去。無奈萬惡的仇人尋蹤已到，小妹差點被賊刺死。小妹

看顧鈴哥要緊，我顧不得許多了！丈夫，姐姐，你們有靈有驗，保佑我們娘兒倆逃出仇人的毒手。等到鈴哥長大成人，再好好遷葬吧。或者我這薄命人苦到頭，到命合盡的那一天，也許我能全屍歸葬。那時候咱們三口再同穴合葬，在地下咱們再相會吧！」

　　程玉英雖是低聲訴告，聽見的人無不覺得淒慘。那鈴哥打幡摔盆，依禮而行，格外叫人看著心疼。程玉英和魏豪更多懷著一份戒心，眼看四面，左右不敢離開鈴哥。等到雙棺入殯，眾人培土起墳，摩雲鵬魏豪悄悄對程氏娘子說：「大哥的墳，最好先不起墳頭──恐怕賊人盜墓毀屍。」程玉英矍然點頭，這雖似過慮，卻是賊情歹毒，不可不防他們這一著。遂吩咐眾人把土墊平了，只在入土一尺深的地方，暗埋上標記。卻在菜園子另一隅角，用浮土堆起一個假墳，把墓碣樹在假墳前面。又祕囑管園子的佃戶，若有人打聽，千萬別說實話。又叫他在新墳上，移種一些菜秧；這不過暫掩賊人的耳目。只等轉過了年，事情緩和下來，便不要緊了，照舊可以起墳立碑的。

　　下葬已竣，天色始明。那預先雇用的杠房執事和念經的和尚，直到辰牌，方才按時到場；卻是棺材早埋了。魏豪把這些人照樣地開發錢遣去。這一番舉動本來為的是守祕避仇，倒惹得臥牛莊全村的人，個個猜疑，紛紛議論。又加上失火鬧賊這件事，鄰舍們都拿來當作閒談資料。不到兩天，早鬧得闔村皆知，都說是保鏢林家被仇人找上門來了。這些話反傳到七師父魏豪耳內。魏豪不禁皺眉，心中暗暗盤算消弭浮議的辦法，卻是竟想不出法來。而且這浮議還沒等冷下來，跟著又出了一樁事故。

　　程玉英娘子掙扎著回到屋裡，緩過好半晌，想起了金老壽，多虧他捨命抱賊奪刀，母子倆才得乘隙脫逃。忙向眾人打聽金老壽現在怎樣？受的傷重不重？趟子手黃仲麟答道：「金老壽在東廂房，上過藥了。」金老壽忠心衛主，當時攔腰抱住賊人，他還想把賊人摜倒。賊人卻還刀一絜，肋下

153

被刺傷很重，登時鬆手倒地，不能轉動了；忙亂中也無人救他。直到趕走群賊，方被一同坐夜的黃仲麟想起來，忙到正房尋找；金老壽已匍匐地上，臥在血泊中了。老黃忙把他背到廂房，給他敷藥裹創。無奈金老壽年紀已高，傷口又深，血流不止，當時只是嘔吐口渴。黃仲麟情知不好，果然他喝了一杯水之後，就昏迷過去了。

程玉英娘子喘息稍定，忙領著鈴哥，過去慰問他。只見金老壽面色蒼白，呼吸微細，眼睛迷離，樣子很衰弱。程玉英說不出的感激痛惜，忙請人加緊醫治，又拿好言來安慰他。他只是昏沉不語。禍不單行，金老壽強挨磨了兩天，到底救治無效，創重身死了。程玉英傷心落淚，命人買棺，厚加盛殮。她對魏豪說：「七弟，這金老壽簡直是替我們娘倆死的，他實在是我們林家的恩人。要不是他，我是不免死在賊人刀下，我們鈴哥也難逃賊人的毒手了。金老壽這麼大年紀，赤手空拳，捨著自己的性命，跟賊硬拚。唉，總算對得住我們死鬼了！」遂叫鈴哥給金老壽磕了四個頭，就便也埋在菜園子了。

保鏢林家辦喪事，失火，鬧賊，又死一個老家人，是叫賊紮死的。雖然程玉英和魏豪極力囑咐家中人，對外不要亂說，可是人們的嘴不淨是為吃飯用的，閑是閑非總好抖摟抖摟。而且老鄰舊居，婆婆媽媽，夏夜納涼，少不得張家長李家短，胡亂講究一番。就有那多嘴婆娘，公然串門子打聽閒話。村中閑漢們一遇到林家的佃戶長工，也要攔住盤問。結果，保鏢林家在洪澤湖保鏢，遇見了仇人的話，不久就弄得全村都知道了。甚至於仇人的名字叫小白龍，他們不知怎的也都曉得了。本來力求啞密，反而越加宣揚。七師父魏豪一聽見這些個情形，心上說不出的著急、擔驚。於是來到正房，見了程氏嫂嫂；要商計商計今後的辦法。像這麼人人拿著保鏢林家當作了話靶，信口胡嚼，虛實盡露，若叫仇人訪著，那還了得！

這時候喪事已了，武林中遠道趕來執紼送殯的朋友，一個個都告辭而

去了。林宅裡只剩下七師父魏豪、趟子手黃仲麟、夥計邱良。此外便是親戚及那舅爺程繼良夫妻。按照原來的打算,二師兄解廷梁、三師兄何正平,都曾囑咐過魏豪,在大師兄林廷揚下葬之後,由魏豪酌量情形,看事做事。如果諸事就緒,寡嫂孤姪可以在家安居度日,魏豪就可以折回保定。現在,林廷揚的喪葬是料理完了,但是往後的事更加艱難起來。仇人已經跟蹤尋來,雖然已經趕跑,誰能保賊人不再來呢?魏豪暗想:自己固可以不顧生死,捨命保護寡嫂孤姪;無奈孤掌難鳴,來尋仇的賊人正不知有多少。不論自己武功怎樣,可是好漢不敵人多,明防難敵暗算。倘若賊人成群地來擾,在這荒莊四顧無援,萬一落在仇人手內,只怕落個同歸於盡。那時候自己有何顏面,再見同門諸友?又怎麼對得過死去的大師哥?

摩雲鵬魏豪設想到這後事上面,登時五內如焚,坐立不安。信步走到院中看了看,靈棚焚後,已經拆卸下來,滿院凌亂不堪,格外覺得淒慘。魏豪眉峰緊皺,背著手在院中走過來,走過去,盤算主意。三師兄已回保定,二師兄已赴清江浦。現在當機立斷,只有自己問自己,別無可以商量之地了。魏豪想,憑自己這一把刀,賊暗我明,賊眾我寡,若擔保嫂嫂娘倆必無意外,那只有遷地為良,在這裡實在住不下去了。

七師父魏豪怏怏地走進客堂,此時舅爺程繼良尚沒有回家。魏豪咳了一聲,把自己憂慮的情形,對程繼良輕描淡寫地說了。無非說此地既經仇人尋到,還怕賊人一計不成,又生二計,一次無功,二番又來。最後問道:「程大哥,你看怎辦呢?」程繼良搓手無計地苦想了一會兒,說道:「最好叫鈴哥不要出門,也不要上散學了。」但是魏豪說:「賊會黑夜到家來找的!」

程繼良沉吟良久,打算把程玉英和小鈴子,接到榆樹坡暫避一時。魏豪搖頭道:「賊人趕盡殺絕,再三再四,是要斬草除根。這一回把金老壽一條老命送了,僥倖把鈴哥保住。賊人放火不成,聽賊臨走時說的那話,

他們決不肯就此罷手。到你府上暫避，固然也是一法；可是這哪能啞密住？不久全村就知道了，賊人也就會訪出來了。萬一那時被賊人尋蹤綴過去，豈不叫你府上也受牽連？假使程老鏢頭在家，仗他老人家一世威名，諒區區蟊賊必存顧忌；偏偏老人家又遠赴山西去了。就憑我魏豪，若是有個照顧不周，一朝失計，叫賊人得手，我有何面目見程老英雄？」程繼良聽了這話，打了一個冷顫，遲疑疑地說：「那可怎好呢？我們是至親，理應禍福分享。我們姑奶奶遭這逆事，我焉能袖手？叫我繼父回來曉得了，必說我們沒有骨肉之情。我想辦得嚴密一點，賊人也未必會尋到榆樹坡的。我們榆樹坡姓程的是一大戶呢，全村十有七八都是本家，賊人也許不敢去。」

魏豪把頭微微一搖，依然皺眉深思。程舅爺看見魏豪神情非常憂愁，也惙惙起來，遂站起來說：「七師父，你候一候，我去跟家姐斟酌斟酌去。」魏豪道：「把大嫂請出來吧，這是大意不得的。」程繼良答應著，走出客堂。

安遠鏢局的趟子手黃仲麟和夥計邱良，恰從外面走進來，也向魏豪討主意道：「總鏢頭別看是下葬了，只是險象有增無減，一步緊似一步。現在臥牛莊家家戶戶，街談巷議，都知道保鏢林家出事了。賊人要來尋仇，不必費心打聽，只在樹蔭下一坐，立刻就知道林家的實況了。七師父，你老得打正經主意呀！不怕您笑話，自從鬧賊以後，我們哥倆天天夜裡懸著個心。叫我們哥倆看，這裡簡直是待不得了。」

魏豪蹙額道：「我何嘗不知道這種情形實在危險！只是現時生生扔下這份家業一走，這裡的主母如何捨得？而且要走，也得有去處。要是上保定的話，那倒是……」正說到這裡，程玉英娘子已經領著小鈴子，跟程舅爺一同進來。黃仲麟、邱良立刻站起來，要告退出去。程玉英道：「黃師父、邱師父別走，請坐吧。我正有事，想跟你們幾位商量呢！」程舅爺也

在一旁讓座。程玉英帶鈴哥坐在主位，眾人也都坐下了。

摩雲鵬魏豪看程氏娘子，這一場喪事，如走了魂似的。這麼一個青年健婦，不過二七，眼眶都塌下去；面色本來微紅，此時憔悴枯黃，籠罩了一層暗色。就是小鈴子，本是歡蹦亂跳的小孩，此時也好像發菱了；天氣雖然熱，跟著他娘不是偎著，就是靠著。或者是人一穿孝服，便自然帶出一種晦氣來，再不然，就是人的眼光隨著心情變了。程玉英怔怔地坐了一晌，方才說道：「黃師父、邱師父，這一樁事，多承你們幾位幫著七兄弟忙活，把鈴兒爹安了葬。又在這兒，晝夜提心吊膽，出這麼大力，還帶累得二位都受了傷。這一回，要不是你們幾位，就怕總鏢頭的棺材沒搭出去，我們鈴哥就沒了命啦。這是救命之恩，我也不能空口盡說感激的話了。現在只叫鈴哥給你們幾位磕兩個頭。等著這孩子長大了，再報答兩位伯伯吧。」

鈴哥卻是經程氏娘子教訓好了的，這時一說，這孩子就趴在地上，磕了幾個頭。黃仲麟、邱良慌忙站起來，把少東拉住，沒口地說：「使不得，使不得！大奶奶千萬別這麼著，更叫我們心上過不去了。我們弟兄受總鏢頭的好處多了，我們應該效力。」鈴哥的雙臂，被黃、邱二人一邊一個扯住。鈴哥扭著頭說：「娘娘，娘娘，他們不叫我磕。」魏豪也站起來說：「嫂嫂不用多禮了，這都是自己弟兄，應當應分的。既然趕上了，就得捨命衛護著。嫂嫂請坐吧，咱們還是商量正事要緊。」

程玉英娘子又斂衽拜了拜，讓黃邱二人歸座，這才提起精神來，把眼揉了揉，說道：「剛才我聽繼良兄弟說了。我這工夫心裡亂七八糟的，一點主意也沒有了。你們看，該怎麼辦才好？仇人是尋上門來了，躲可躲得開嗎？可是又往哪裡躲呢？我知道靜擎著不是事，而且還得趕緊想法子。賊人是認得門了，賊在暗處，我們在明處，簡直防不勝防。黑夜白裡，叫人整個提心吊膽。……七兄弟，不是我膽虛，這兩晚上，我簡直不敢睡，

整夜抱著一把劍，看著我們鈴兒。外面有一點小動靜，或者村子外有狗叫，我就嚇一跳，不由就扒窗戶看看。可是，七弟和你們二位不辭勞苦，給我們輪流值夜，家裡那幾個做活的也還都熱心，個個都加倍小心。無奈日子長著哩，像這樣子，我們怎麼過活？你說躲躲吧，我也知道不錯，可是我往哪裡躲呢？剛才繼良兄弟叫我帶著孩子，到榆樹坡躲幾天去；但是我伯父沒在家，他的幾個徒弟，也都跟著出門了，榆樹坡比這裡更曠。繼良兄弟又不會武，沒得把仇人引到我娘家去，那可怎麼使得？我這兩晚上，也不住地盤算，我一時想回鈴兒爹他那浙江老家去，可是他那老家，我從嫁過來，就沒去過。婆家的人，聽說叔叔、大爺都有，我卻一個也沒見過。七弟你想必也曉得，你大哥生前就跟本家不和。那麼，娘家不能去，婆家也不能回；兩眼烏黑，我可往哪裡去呢？況且這個家，雖然沒什麼，也有兩頃地、十畝園子，還有這十幾間房。我要是搬走，這個家又交給誰？我娘倆躲出去，萬一要叫賊人放一把無情火，把這家給燒毀了，將來我母子可就真個弄得無家可歸了。」說到傷情處，竟是無計可施，禁不住又嗚咽起來。接著說：「我現在左思右想，沒有法子辦。我只想到一個法子，就是請七兄弟你們幾位別回鏢局了，給我這裡看宅護院。可是這又有一節難處。七兄弟呀，這不但耽誤了你們幾位的前程，況且我年輕輕的一個寡婦，我我我……」再也忍不住，失聲痛哭道：「這是多麼不方便呀！」

　　程玉英娘子雖遭大喪，卻是方寸不亂；這一番籌計，面面都想到了。魏豪聽著，也覺得寡婦門前是非多。這程玉英嫂嫂才二十九歲，魏豪自己二十七歲，在喪葬期間，事繁人多，唁吊親友紛集，這倒沒什麼。可是日後過起日子來，自己一個年輕男子，長久留在孀居的師嫂家裡，雖說是志在全力護孤，卻是稍一不慎，便落閑言。一念及此，魏豪抓耳撓腮，覺得此事實在進退兩難，不曉得如何是好。程玉英娘子為難多時，哭著道：「你們看，這不是真難煞人嗎？你們有什麼法兒？我現時實在昏了，你們說怎

麼辦才好？」

摩雲鵬魏豪低頭沉吟良久，抬起頭來，看了看程舅爺，又看了看黃仲麟、邱良二人，嘆息道：「嫂嫂，事到如今，空難過一會兒，也沒用；處境雖然難，我們也得想法子。嫂嫂乃是女中豪傑，嫂嫂存心撫孤復仇，這嫌嫌疑疑的話，不要管它，我們只求對得過天理良心。況且這是什麼時候？賊人這麼歹毒，我們避禍要緊。至於小弟在這裡看宅護院，照顧小鈴侄兒，乃是我們同門師兄弟幾個人的公議，我決不怕閒話。只不過僅僅我們三四個人，小弟實在擔心，誠恐賊人狡計層出不窮，萬一衛護不周，稍有閃失著，那就對不起死去的大哥了。總而言之，現在避仇要緊，避嫌是顧不得了。嫂嫂和鈴哥還在家裡住，實在不妥，總得趕緊遷動才好。我們現在先盤算往哪裡躲吧！」

程玉英道：「就是避仇，現在也很為難！世路茫茫，我娘倆可往哪裡躲呀？」

魏豪道：「這麼辦！我和黃師父、邱師父留住在這裡看家，嫂嫂帶著鈴哥，可以在鄉村近處，賃幾間房……」還沒說完，自己便覺得不妥當了。魏豪眉峰一皺道：「這也不行。地方近了，賊人還是要尋到的，沒人護院還是不放心；地方遠了，可是往哪裡去呢？程舅爺，你看可以上哪裡避避去呢？」

程繼良更是沒有主意，只是皺眉嘆息。魏豪又問黃、邱二人，可有什麼別的高見？黃仲麟想了想道：「大奶奶可以帶著少東，往遠處暫避三五個月。這裡的家，就請七師父和程舅爺照看著。」

這似乎是一個法子。但往遠處避難，投親呢？程氏母子都在熱孝期間；身穿重孝，投奔親友，除非是至親，別人家是要忌諱的。程家又去不得；若到遠處去租房，另立門戶，那又談何容易？而且就避到新居去，也必須有護院的人，方保無慮。現在事情又很緊急，要是在三五天內，確定

了出走的地方，打點了出門的行囊，安排妥一切一切……這豈是倉促之間就能料理好的？現在，最要緊的，還是出走避仇的地方。可是，到底往哪裡去好呢？

摩雲鵬魏豪又反復盤算了一回，道：「嫂嫂，現在我看只有一條道好走。解二哥這趟來，曾經說過，要接嫂嫂到保定去。守著鏢局子，一來有人照應，二來這裡也用不著變賣家產；嫂嫂的用度，就可以按月從鏢局支取。這五個鏢局都是大哥一手承辦起來的。有大哥，是大哥的事業；沒大哥，也是大哥家眷的買賣。解二哥的意思，這鏢局還是接著做下去，維持是由我們大家維持，財東還是大嫂的財東。大嫂到保定，可以說財也有，人也有，比住在這個荒莊，放心多了。解二哥原打算他到清江浦，辦完了賠鏢，回頭來就接大嫂帶著侄兒上保定府去。一到保定，大嫂可以住在解二哥院內；有解二嫂同院，也很方便。就是賊人跟蹤尋仇，那裡守著鏢局子，照護也很方便。解二哥大約得六月初才回來，目下情形很緊，依我看我們用不著再等他回來了。現在嫂嫂就收拾收拾，安排安排，咱們五天裡就動身北上。這裡的傢俱都不要動，田產就請程舅爺照應著，這所房子也可以借給親友住。好在避仇的事，只要躲過一兩年，賊人連次撲空，便不再來了。那時等事情稍冷，嫂嫂願意回家，照樣可以回來。」

程玉英聽罷沉吟不語。黃仲麟、邱良齊說：「七師父這麼打算很穩當。大奶奶千萬不要猶豫，這江湖上尋仇的事，逮住就不放鬆，狠毒極了，可大意不得呀。等到禍到眼前，後悔可就遲了。」

程玉英望著這院子，六年故居，一旦捨之而去，自己一個年輕女人，現在要帶著一個小孩子，遠離鄉井，投托到亡夫的朋友家去，心中實覺不安。但魏豪極力勸駕，說是：「嫂嫂，這不是孤兒寡婦投奔親友，乃是內東到自己開的鋪子那裡去。嫂嫂要知道，按買賣道說，我們全是嫂嫂鋪中的夥計；按交情說，我們又是大哥的師弟，您是老嫂。嫂嫂不要為這個猶

豫了。」程玉英點了點頭，看著程舅爺，手摸著小鈴子的頭，嘆道：「死鬼生前勸我到保定住去，已經賃好房，他叫我住兩三年再回來。我只是捨不得這個家。這幾畝園子和地，要不是自己種著，哪能有這樣的收成？我進他們林家時，你大哥只有一頃多地和十二間房。我那死去的姐姐就整治不好。自從我進了門，我就自己經營著，才這麼五六年光景，就生發了兩頃地。七兄弟大概也知道，這南鄉五十畝地和後面這十畝園子，還有東跨院五間房，都是我給置的。這裡頭就是買園子的時候，找你大哥兩次要了五百三十兩銀子，剩下的添地蓋房，都是我自己種地掙出來的。要不然你大哥怎麼服氣我呢！你看我沖寒冒暑的，不辭勞苦，自己下地，好容易才創造出這份家當；現在叫我丟下手，跑到外鄉去，我雖然不是守財奴，究竟心上捨不得呀！要說交給繼良兄弟，我倒不是不放心，不過他年年操心，我過意不去。」

說到這裡，程繼良對魏豪說：「七師父，我這位姐姐，治家務農實在是把好手，誰也比不了。她這兩頃地比我們那頃半田，收成起來簡直強兩三倍。」程玉英道：「你本來年輕，又是個書呆子。」

這姐弟二人倒論起家常來。魏豪聽了，說道：「嫂嫂，你是有決斷的人，眼下撫孤避仇要緊，不要戀戀田產了。」程玉英面容一蹙，浩然長嘆道：「我也不過這麼說說，我是很看得開的。唉，這惡賊們，真真害得人有家難奔！七兄弟，我帶著鈴兒，上保定好嗎？還是上別處去好呢？」程繼良插言道：「姐姐和外甥去那麼遠，我們很不放心。」

魏豪道：「別處往哪裡去好呢？」程繼良道：「我想姐姐可以到我的岳父家避去。昨天我跟他妗子說了一回，她妗子說可以。她娘家離這裡有七十多里地，很僻靜，是個小村，人口不多，有眼生的人立刻就能看出來，不像臥牛莊這麼熱鬧。搬得再啞密一點，大概賊人不會尋了去。只要姐姐帶著外甥，在那裡待兩三個月；姐姐你再親筆寫一封信，催我繼父趕

緊回來。他老人家一聽愛婿被害，賊人尋仇，焉能甘休？是一定要返回來的。他老人家太極十三劍名聞南北，藤蛇棒更無敵手。他老人家一來，自然要保護親侄女、親外孫，還要給姑爺報仇。」

程玉英已給鐵掌黑鷹程嶽去信，訃告他愛婿慘死。雖說怕老人家痛心著急，可是到底不能隱瞞，這信早已發過一封了。但是程嶽遠在晉南，老人家一時怎能丟下手底的事，立刻回來？程繼良的岳父又是小戶人家，住在荒村，只有幾間土房，狹門淺戶。保鏢林家若是穿著重孝，再帶著魏豪等三四個護院的壯士，到人家寄居，豈不很扎眼？恐怕不到十天，就鬧得議論紛紛了。所以程玉英擇地避仇，最好還是投奔都會熱鬧地方，沒入人海之中，就不會惹人注目了。程繼良這番打算，不過只見得他很關切就是了，法子卻到底行不得。幾個人商量了好半天，覺得投奔哪裡也不便，只有上保定去還比較妥當。

摩雲鵬魏豪便道：「嫂嫂不用猶豫了，程老伯沒在家，嫂嫂還是上保定去的好。我看嫂嫂盡著這三四天工夫，趕緊把箱籠傢俱打點打點。該帶走的細軟，不要過多；笨重不好帶的，可以統統寄存起來，就煩舅爺運到榆樹坡暫存。這房子可以賃出去，或者借給人住。田地現時不好租了，就煩舅爺給照顧著。若是嫂嫂不打算在保定久住，容事情稍冷，隨時還可以回來。若是保定住著合適，那就索性把這裡的田產房舍都變賣了，也可以的。現在就這樣趕著安排，等到第三四天頭上，咱們就雇車輛。我和黃、邱二位，保護嫂嫂和鈴兒，起早路奔保定。」

程玉英聽了，低頭思索好久，點頭道：「論起來，我一身生死還有什麼可惜！這種命到哪裡也不甜。不過有這個孩子，就把我拴住了。為了這個孩子，我不能不躲避。唉！我們程家在這曹州府，子一輩，父一輩，住了百十多年；我們雖然沒有什麼勢力，可也沒人敢堵上門來欺負我們的。我伯父幹了一輩子鏢行生涯，也沒大栽過。如今，他的女婿、女兒，竟叫

賊人趕落得上天無路入地無門。我要是這麼一走，也真給我們黑鷹程家丟透人了！可是要等他老人家回來，又不知哪一天。萬一鈴兒有個閃失，我的罪孽可大了。七弟，你既然這麼說，我只好躲一躲吧。到了保定，我是人生地不熟，可就依靠你們哥幾個了。繼良兄弟，你說怎麼樣？事到如今，我只好這麼辦了。伯伯沒在家，我實在不好上你家住去。弄不好，倒連累了你。那豈不是由婆家嫁禍到娘家，你說是不是？」

事情已經說開，利害已經分明，程舅爺也不敢強留了。程玉英娘子快快地帶著鈴兒入內，忙著收拾一切。田產是交給舅爺照看，房子暫且留下幾間，給長工看房人居住，其餘就借給鄰人住。笨重傢俱，該封的封存，該寄放的寄放。臥牛莊的一切事，都託付了舅爺。家中長工照舊雇用著，種地看家。家中存糧都用賤價趕著糶出去。值錢之物都裝了箱，存的錢都兌換了銀兩。上下人一齊忙，直忙了三天，還沒有打點俐落。魏豪心中著急，催促程氏娘子趕快收拾，他說：「該割捨的割捨了吧！這是避禍，不是尋常的搬家。」

又緊著忙了一兩天，方才歸置得有點譜了。程玉英娘子對程舅爺說，到保定只打算躲一年半載。只要伯父黑鷹程岳回來，孤兒有人保護，她還是要攜子回來的。當時由摩雲鵬魏豪和黃仲麟、邱良，督同著長工們，裝箱籠，打行李，一共裝了十幾個皮箱，二十六七個行囊。這東西未免太多了，摩雲鵬只是皺眉。

第四天下午，魏豪面見程氏嫂嫂，問她安排得怎樣；要是明天動身，可行不行？要是可以走，現在就該去雇車輛去了。程玉英忙得暈頭轉向，揮著汗說：「行李打點好了。就是糶出去的糧食，得後天才能收回錢來。這本來賣得太急，又不是時候，連平常一半的價錢還賣不到呢。」

魏豪道：「這星星點點的，吃一點小虧就算了吧。這幾夜我們總是提心吊膽的，還是早走一天，早一天安心。」程氏娘子道：「可不是，這個我

不是捨不得，只是錢還沒有歸上來。只要把錢收回來，七弟你再兌成銀子，咱們就立刻可以動身了。這些行李，大概得雇幾輛車呢？」魏豪道：「嫂嫂和鈴兒坐一輛轎車，再不然坐馱轎舒服些。行李、箱籠也就是兩輛車，連我跟黃、邱二人，一共四輛車足夠了。」此行既是避難，行李自是越簡單越好，現銀卻預備了不少。程氏娘子把她的首飾，和她亡姐的首飾，都找出來，叫魏豪變賣了。她從此一洗鉛華，要做孀婦了；這些首飾既然用不著，都要換了錢。魏豪道：「這個不必在這裡賣，就是要賣，還是上保定賣去好。那裡金銀首飾，比這裡好出手。」於是將出門所帶的，挑了又挑，一共只打點了四隻箱、九個行囊、兩小箱首飾珍物和七百兩銀子。還有四百多兩銀子的糧價，這得後天才能收到。程玉英娘子說：「現在可以雇車了。」魏豪便要進城，黃仲麟、邱良道：「七師父何必自己受累？現在放著我們兩人，我倆雇去吧。這曹州府城內，仁和車驟店，跟咱們鏢店也交過買賣，咱就雇他的牲口車好了。」

　　到第五天上午，黃、邱二人出離臥牛莊，前往曹州府雇車。魏豪留在臥牛莊照應著，勸程氏母子把重孝脫了，可以暫穿灰孝衣，等到了保定再換。出門的人，身穿重孝未免刺眼。程玉英娘子毫無世俗之見，依言脫去重孝，換了素服，又問七師父魏豪：「這次遠離故鄉，老鄰舊居是不是要辭行？」魏豪想了想道：「賊人火焚靈棚之後，沒有即刻就來，大概回去邀人去了。看這樣子，一時不要緊。不過辭行的話，彼此見了面，不免要問搬到哪裡去；還是悄悄一走，不去辭行的好。」程舅爺也說：「等姐姐走後，我替你到各處辭行吧。」

　　幾個人又商量定了，如果有人探問，就說是回林鏢頭的浙江老家去，不要說是上保定。

第九章　橫江蟹窺門躡跡

　　這一次糶賣糧食、寄放東西，都用的是林、程二家自己的

　　牲口車輛，往來搬運。雖然不夠用，並沒有找別家借，是免得驚動人的意思。車來車往，連運了好幾趟；鄰人們曉得了，果然又來探問。有的打聽搬到哪裡去？有的就說，大娘子要是搬走，這些鍋碗瓢杓、破破爛爛不值一帶的，都別扔，給我們拿去吧，我們用得著。有的更討厭，這裡上下都忙，他們卻躥進來，口說幫忙，趁便看見什麼，就要什麼。不客氣地就自己動手，硬要硬拿，出來進去非常礙事。程氏娘子心上很討厭，又不好得罪他們。這都是老鄰舊居，大妗子、二嬸子地稱呼著，多少還許沾點親；不比大都會地方，關門過日子，誰也不理誰。魏豪卻看不下去，將臉一沉，把這些男人們都借詞趕了出去，又把老婆婆們也支走。然後將大門關上，吩咐長工看住了門，再有送行串門子的，不要放進來。

　　「保鏢林」這個家只這一搬動，情形頓然改觀。東西廂房都成了空屋子了，正房的木器也空了，只有打好的箱籠行李堆在炕上，屋裡也很凌亂。程氏一面收拾著，見了這情形，心中不勝淒慘。鈴哥自從喪後，程氏娘子再不敢放他出去玩耍，此時只叫奶媽哄著他在院裡玩。小孩子不住口地打聽：「我們這是做什麼？」說是要搬家。這孩子又問，「搬家幹什麼呢？」問了這個人，又問那個人。家中什物都翻動了，他又覺得奇怪。把自家的東西寄放到別家，小孩子更是捨不得。他問，「為什麼好好的東西，自己不要，都給了別人？」鈴哥睜著一雙眼睛，看看這人的臉，又看看那人的臉，嘴裡嘮嘮叨叨地打聽。奶媽信口地敷衍竟糊弄不住他。奶媽哄他說：「咱們要回老家了。」鈴哥就說：「回哪個老家呀？」答說：「回你的老家呀！」鈴哥更不相信道：「臥牛莊就是我的老家，紹興府是爹爹的老

家，榆樹坡是娘娘的老家，我們可是回誰的老家呢？」奶媽道：「回紹興府老家，你爹爹的老家，那才是你的老家呢。」

鈴哥聽了不悅道：「不，不回那個老家。爹爹說過，至死也不回紹興府老家了。老家的人沒有跟咱們好的，你當是我不知道嗎？」忽然又想起一事，問奶媽道，「大娘，我問問你，幹什麼把我的小車也給小福子呢？我還要呢，那是我的鏢車。」這小福子就是程舅爺的五歲兒子。程舅爺聽見了，就說：「鈴兒，你捨不得你那小搖車呀？不要心疼，我再給你拿回來。你是大孩子了，不坐搖車了。」

這一回避難，東西帶得有限，家中的男婦也是一個不帶。程舅爺不很放心，恐怕他繼父鐵掌黑鷹程岳回來時，要埋怨他；對程玉英娘子說，要自己親送姐姐到保定去。程氏娘子當然不肯。程舅爺說：「父親他老人家最疼小鈴外孫，出這麼遠的門，又是避難，我們這裡一個送行的也沒有，父親一定要怪我。要不然這麼辦吧，程玉川正要上保定，回頭我就打發他辛苦一趟，路上也好有個照應。」這程玉川就是在鏢局做事，程玉海的弟弟，是程氏的內親。他本要秋後到保定去的，現在就叫他送行，倒是極其順便的。程玉英娘子一想，這才答應了。

於是把程玉川找來。程玉川立刻打點好了，當天就住在臥牛莊，也跟著忙活搬家的事。當下一切安排就緒，靜等著車輛雇好，糧價收齊，第三日就成行。

趕到天黑的時候，雇車的人還沒有回來。程玉英娘子找到摩雲鵬魏豪，問道：「這位黃師父和邱師父一大清早就去雇車，怎麼這時候還不回來？別是他們認不得路吧？」魏豪正忙得一頭汗，拿一條手巾抹著臉，回答道：「估摸也該回來了，道本來不近。他哥倆常出門，就到生地方也不會誤事。」正說著，只見黃仲麟、邱良急匆匆地已從城裡奔回來，一進門便問：「鈴哥呢？」程舅爺忙道：「小鈴子在後院呢，車雇好了嗎？」黃、

邱二人道：「車雇好了。」只說了一句，便找七師父魏豪。魏豪也問二人：「怎麼才回來？車雇妥了沒有？」

黃、邱二人跑得滿頭是汗，小衫都溼了，向魏豪一使眼色，同到廂房。坐下來四顧無人，方才說道：「七師父，我們雇好了兩輛車，我們擅作主張，車只雇到大名府，已交了一半腳價，叫他們今夜三更把車開來。七師父，咱們趁早走吧。」魏豪駭然道：「怎麼講？你們看見什麼了？」黃、邱二人低聲說道：「賊人又尋來了！」

這一句話卻似一個平地焦雷！摩雲鵬不由一震，忙問二人。黃仲麟喘息著說道：「我們哥倆暗綴了他們一個晚半天，確是賊黨無疑。七師父，依我說，先勸大奶奶到別處躲一躲。再不然，就是今夜三更時候，咱們保著大奶奶提早走兩天。賊人連咱們出門的日期都訪出來了！」

魏豪大驚道：「賊黨有幾個人？」黃、邱二人把手指一比道：「六個，至少六個。」魏豪又問：「在哪裡看見的？」答道：「在車騾店隔壁升平棧。」

黃仲麟抹著汗，對魏豪說：「我們哥倆到了府城，就找車騾店。我們熟識的那家，他們竟說眼下不攬長趟買賣，我們只好另雇。直到西關韋馱廟街，才雇好了包趟的兩輛轎車、兩輛大車。言明腳價先交一半，到了地方再交一半。開了攬單，說明後天天一亮，車準到不誤；沿途不許支草料支飯費，也不許帶客貨，直送到保定；只是價錢還沒講妥。我們正講著，忽從外面進來四個扎眼的漢子，全是暗藏兵刃，一進騾馬店，就問：『有姓羅的客人沒有？』騾馬店的夥計答道：『沒有，我們這裡是車腳鍋夥，不住行客。』那四個人並不走，催夥計再問問。幾個人正在大聲說話，不意騾馬店裡靠南頭的一間屋子裡，有一人出來搭話道：『嘎，哥幾個才來嗎？真有個穩勁。』竟邀著四個人進入店內。那時我和邱師父在櫃房隔著竹簾，把他們看得很清楚，不期而然地覺得很蹊蹺。我們倆就跟櫃上搭訕起來。適逢湊巧，這幾個客人談話的屋子，跟這櫃房只隔一層板。不過他

們說話的聲音很低，聽不清；我們又不能做出傾聽的樣子來，還得跟櫃上談生意。就這麼著，也隱約聽見他們念出『臥牛莊』這個地名來。這一來，我們更不敢放鬆了。邱師父跟櫃上磨價錢，我就側耳傾聽，可是再聽不見什麼了。」

魏豪便道：「這卻可疑，不過這也難斷定呀！」黃仲麟接著又說出跟蹤暗綴之事。兩個人既然留了神，等著跟車驟店講好了腳價，又交了定錢。兩人出了車驟店，到別處繞了一圈，略商量幾句，重複回來，潛藏在車驟店附近小巷內，暗窺這四個客人的行藏，耐心地等候了個把時辰，果然這四個客人，又同著兩個人，從車驟店出來，進了一家客棧。在客棧內耽擱了好幾個時辰，又出來下飯館。黃仲麟、邱良這才暗綴到飯館，也找了一個飯座，坐下來吃飯。且喜這幾個人全都沒有看見黃、邱二人的面貌，竟沒有理會。黃仲麟接著說，這六個人入了飯座，酒酣耳熱，嘈嘈地說笑起來。內有一個人竟說江湖黑話，對同伴講：「相好的，人家葉子萬的底細，我可是摸準了，聽說人家後天一準開碼頭。一挪窩可就更難找了。你們來得還算巧，再晚到兩天，要叫蓮果帶著秧子扯活了。嘿，咱們可怎麼交代？幾個大活人瞪眼看著雞飛了，多麼丟人。告訴你們吧，這幾天人家整車地往外運東西，那是準溜無疑的。」（這其中，「蓮果帶著秧子扯活」是「那女人帶著孩子要跑」的意思。）

此人一說，立刻有一個年約四旬的人，向四面閃眼一望；瞥見了黃、邱二人低頭吃飯，竟注視了一眼，回頭向同伴說：「念短吧，招子也不放亮點，就信口放籠？」嚇得黃、邱二人只顧端著碗吃飯，越發不敢抬頭了。黃、邱二人又偷聽了一會兒，候到這六個人飯罷付帳走後，兩人方才捏了一把汗出來。兩人一盤算，立刻又找到另一家車驟店，另雇妥一輛轎車、一輛敞車。地名不敢直說到保定，暫且先雇到大名府，以免露出形跡。兩個人然後認準了賊人落腳的店房，慌忙跑回來送信。趟子手黃仲麟

說罷前情，魏豪面色頓變，半晌道：「黃師父、邱師父，你二位也是久走江湖的人，決不至輸了眼。我們的行期，當真叫賊人訪出來了嗎？」邱良道：「七師父，你就趕快想法吧！我們在飯館聽得逼真，一點也沒錯。我們這裡東一頭，西一頭，亂存放東西，外面早哄嚷動了，賊人哪會訪不出來？」魏豪又問：「賊黨一共來了幾個人？」黃仲麟道：「看到我們眼裡的是六個人，恐怕還不止此數，店房裡面還許有同黨。」摩雲鵬魏豪站起來，在屋裡一轉，道：「賊人既然又來到了，我們就必得趕快想法；可是雙拳難敵四手，我們逗留不走，真有些不好對付了。可是說到走，我們是不是眼下還能走得開？你們哥倆一路回來的時候，可曾看出，賊人已經安了樁沒有？」黃、邱二人道：「看那個意思，賊人是剛到。還沒有緩開手，要走還是趕緊走。」魏豪道：「那麼，這得跟大奶奶商量了。」程繼良在旁聽得目瞪口呆，聞言忙道：「我去請我姐姐去。」魏豪道：「不必！咱們一塊到正房去。」

　　魏豪煩舅爺程繼良在前引路，率領黃、邱二人一同來到正房。程氏娘子剛剛又收拾了一陣，一見黃、邱二人，便問：「二位雇好車沒有？」黃仲麟道：「雇好了。」魏豪這才將黃、邱二人在城中所見的情形，和緩著對程氏娘子說了，隨又說到打算提早走的話。程玉英一聞賊人追蹤又到，反倒把驚懼之情一掃而空，陡轉了激怒。她把手中的東西往地上一摜，咬牙道：「好哇，又尋來了！七兄弟，你們看，照這樣子，我們娘兒倆還能逃得出去嗎？賊人這麼趕盡殺絕，逃到哪裡能成？索性跟他們拚了吧，不用搬家了！」

　　魏豪忙勸道：「君子報仇，十年不晚。嫂嫂別這麼想，賊人越這麼狠毒，我們越要跟他們鬥鬥，越不叫他們稱願。我們不管怎麼著，也得把鈴兒保全住了，將來好給大哥報仇爭氣。叫他看看姓林的，就只剩下孤兒寡母，也還是不容易受人欺負，姓林的還有朋友哩！大嫂，咱們早也走，晚

也走，還是趁這機會，賊人乍來，還沒放開手，咱們早早地離開臥牛莊，叫他撈不著影兒。一到保定，就有辦法了。嫂嫂，三十六著，咱們還是走為上著！」

程玉英嘆恨道：「賊人這麼死纏，一步也不放鬆，只怕我們走不開吧？萬一白掙一回命，逃出來了，又叫賊人暗綴上了，在半路上落到他們手裡，還不如死在家裡爽快呢！況且我們人單勢孤，這逃活命避仇的事，我能累贅誰呢？」

摩雲鵬魏豪眼光霍霍地說：「大嫂放心！我魏豪不是貪生怕死之輩！大哥慘殘，我魏豪受師門的公派，身任護眷托孤的重責。賊人來，賊人不來，保護大嫂母子，都是我的事。我就拚了命，也要做到。」趙子手黃仲麟、邱良也奮然立起來道：「大奶奶，我們受總鏢頭的恩待，我們情願把這條命賣給少東！你老望安，賊人若是綴來，我們就憑這把刀，跟他招架招架。」魏豪道：「好！大嫂放心吧，現在事不宜遲，賊人既到，行期已泄，我們不要等後天走了。依小弟說，今天三更天，我們就走。」

程玉英道：「但是，車呢？」黃、邱二人道：「大奶奶放心，我們擅作主張，已經交定錢，把車雇妥了。先雇到大名府，到了大名府咱們再換著雇。一站一站往下走，賊人就沒法子再跟尋了。」

於是匆匆商定當夜逃亡之策。摩雲鵬魏豪振起全副精神，決計要跟賊人鬥一鬥。為要穩住賊人耳目，定下了聲東擊西、偷梁換柱之計。定規三更天，車到立即登程。將箱籠行李裝入車中，叫黃仲麟、邱良，押車出發，直走大道。卻是暗叫程玉英娘子帶著鈴兒，改換服裝，潛帶細軟，於二更半悄走後門，由魏豪保著，先一步行走小路，出離臥牛莊，繞周家莊，奔小辛集。先打發一個長工，騎著驢在周家莊等候。一等程氏母子趕到，就騎上驢走，再奔五里鋪，到老河套口河堤，就在河堤聚齊。雙方約定，既然分兩路走，賊人便不易琢磨。而且黃、邱二人押著一輛轎車、一

輛大車，走正路北上；隨行的還有保鏢林家的長工，勢派較大。如果賊人已然在附近安了椿，必先注意大車，就放鬆行人了。就是黃、邱二人，魏豪也預先對他們倆說好，路上如果情形吃緊，就只管棄車而逃，務必把賊人誘到歧路上才好，以便放鬆程氏母子，好乘機逃走。至於車上的東西，能保則保，千萬不要顧惜；因為賊人志在尋仇，不在打劫。

　　魏豪又囑咐程氏道：「萬一遇上賊人，不管賊人有何舉動，我們看情形來。能躲則躲，不能躲時，小弟我就單獨迎上去，嫂嫂就乘機帶領侄兒，趕緊潛藏，不要露面，徑奔預定的路線上，等著小弟好了。」程氏道：「七弟，你可不要一味死鬥，不要跟賊人拚命呀！」魏豪道：「那是自然。小弟迎過去，不過是量力而行，把賊人擋一擋。賊人若少，就趁便撂倒幾個出口氣；賊人要多，小弟一定不跟他們力敵，我總要把賊人誘到別處去。誘開了，小弟自然立刻奔回。我是保護嫂嫂和侄兒要緊。」魏豪又對黃、邱二人囑咐道：「你們二位也是如此，千萬不要逞強，免誤大事。」

　　囑咐已罷，分頭忙起來。程玉英娘子先把奶媽打發走了，又把該遣去的長工們揮淚遣去。魏豪見程舅爺是個文弱的人，留在這裡，無益有害，遂請舅爺早回榆樹坡。程繼良竟有不忍，眼見這位姐姐和外甥乘夜逃亡，前途有險，自己打算眼看他們離開臥牛莊，才覺對得過繼父。程玉英慘然落淚道：「繼良兄弟，你不要在這裡留戀了，沒有一點益處。我還怕賊人尋不著我們，遷怒到親戚身上。繼良兄弟，你還是趁早回去，趕緊給我那伯父寫信，叫他回來給你姐夫報仇吧。白留在這裡填餡，反叫我難過。」魏豪也在旁邊連連催促，程繼良這才揮淚告辭。繼良又叮嚀程玉英：「抵保定時，務必快來一封信。」那個程玉川，程玉英也想打發他回去，說是：「你小小年紀，犯不上跟我擔這風險。」程玉川年輕膽怯，經這一說，也就跟程繼良一同回去了。

　　眨眼入暮，夜暗無星，大家已打點得差不多。摩雲鵬魏豪、黃仲麟、

邱良，各自結束停當，身帶兵刃。魏豪到上房，催問程氏娘子，收拾得怎樣。程氏娘子業已收拾俐落，一身青色短裝，頭上罩青絹帕，把自己從前練武穿的一雙鐵尖窄靴，蹬在腳下。打得一個小小包袱，內有她的鞋襪、裙衫和幾樣女人用物。所有細軟銀錢過於沉重，不好多帶，只得裝箱上車；身邊攜帶的，只包著四封銀子，已經不算輕了。然後把鈴哥的隨身衣服也包了幾件，又給鈴哥脫換孝服。鈴哥溜溜失失的，緊隨在她娘身後；娘到哪裡，他就跟到哪裡。那小孩平素最好嘮叨，今日卻怪，睜著詫異的眼，不住地端詳眾人的匆遽神色，半晌才問出一句：「娘娘，咱們做麼？」

於是程玉英把鈴哥打扮起來，脫去孝衣，找來月白色的汗衫單褲，要給鈴哥穿上。魏豪道：「有深色的沒有？」程氏娘子道：「有。」遂另給鈴哥換上一身深藍色的小褲褂和一雙青鞋。鈴哥道：「娘娘，咱們換衣服做什麼？」程氏道：「乖孩子，別說話，問得娘心裡怪亂的。」

天到二鼓，摩雲鵬魏豪把應該裝車之物，都已編好號數，點給黃仲麟、邱良等。告訴黃、邱二人：「車一到，立即裝車出發。」又告訴留下看家的長工：「大車一走，你們就趕緊關門上鎖，熄燈睡覺。」

看家的長工們見鏢行這幾人神色匆遽，都害怕不敢留守。魏豪眉峰一皺，又跟程氏娘子商量，也怕賊人再度來擾，撲空就許捉著看家的人，苦刑追問，反易洩露行蹤。魏豪遂吩咐看家的人：「既然懸心，就等候大車走了，你們將門倒鎖，一齊躲避躲避。等著過了五六天以後，你們再回來。」眾長工求之不得，都答應了。

然後摩雲鵬魏豪，把一口厚背刀磨得鋒利異常，身佩鏢囊，腰繫小包，雄赳赳地到前後院一繞；旋又嗖的躥上房去，往遠處瞭望片時；然後躥將下來，撲到後院，不開後門，越牆跳出來，往外探道，由後面探到前面。五月盛暑，昏暗無光，天上繁星都隱，似濃雲密布，大有雨意。街前街後，平時都有納涼的人；此時卻因二更已過，農家早眠，人們都歸寢了；

正是靜悄悄無人，要走恰是時候。

摩雲鵬魏豪重返回來，跳牆進院，暗告程氏娘子道：「是時候了。」程玉英手領鈴哥，重來見黃仲麟、邱良二人。到二人面前，一推鈴哥道：「給兩位叔父磕頭謝謝。」程氏揮淚說道：「二位不管擔多大風險，全看在死鬼身上吧！只要我娘兒倆逃出活命，決忘不了叔叔們的好處。」黃、邱二人連忙還禮道：「大奶奶這話太遠了。別說是押車，就是上刀山，下油鍋，也應當應分。」程氏謝完黃、邱二人，又把看家的長工囑託了：「剛才七師父對我說了，我們走後，叫你們也躲一躲。緩個七天八天的，你們再回來，好好給我看家，門戶要嚴緊一點。」

一切吩咐已罷，程玉英手領鈴哥，從房內來到院中。悵望這多年的舊居，一旦訣別，不禁落淚沾襟，滿懷淒涼。「好好一家人，叫賊人害得七零八落，死走逃亡。現在眼看就要離開這所住宅，離是好離，正不知何日報得仇，避得禍，重返故園！更不知今夜攜子逃走，能不能脫離毒手，安抵保定？」程玉英一念及此，肝摧腸斷，竟扯著鈴哥的小手，噓唏悲愴，一時按不住，低低地哭出聲來。魏豪慌忙跑過來，搓手勸說道：「嫂嫂……」

程玉英娘子抬頭一看魏豪，慌忙收淚忍悲問道：「咱們這就走嗎？」魏豪道：「走！」將刀往背後一插，把程氏嫂嫂上下看一眼道，「嫂嫂這麼打扮，晚上走很好。可是白天的衣服呢？」程氏一指小包袱道：「這裡有。」魏豪道：「嫂嫂，你還沒有兵刃。」

程玉英在家練武，學得是雙刀；可是嫁過來以後，早把功夫扔下了；登時眉峰緊皺道：「我的雙刀大概在木箱子裡頭。可是箱子又存到繼良家去了，我還帶傢伙嗎？」魏豪道：「有備無患，嫂嫂又不是不會。」程玉英略一低頭，急命黃仲麟打開一個鋪蓋卷，從裡面抽出兩把劍來。這兩把劍，一把是林廷揚的遺物，一把是林廷揚的仇人小白龍的兵刃。鐵刃無

情，恩仇俱泯，如今並擺著放在一處了！但是林鏢頭的劍，尺寸較長，分量也重。程玉英把這兩柄劍拿在手內，又不由動了感情，對魏豪說：「這兩把劍遺失不得，要都帶在身邊。」當下，程玉英娘子背上小白龍那把輕些的劍，林廷揚那把重的劍叫魏豪帶著。

此時月暗星黑，陰雲低垂，熱風撲面。既是避仇逃亡，也不能挑燈夜行，只好摸著黑走。程玉英把鈴哥領過來，低囑道：「鈴哥，乖兒子，跟娘走！」寥寥幾句話，滿腹淒戚。由魏豪提包袱前行，程玉英領著鈴哥，悄悄溜到後院。後院是一片漆黑，黃仲麟、邱良等人跟在後面相送。魏豪搖手止住，只叫黃仲麟一人跟著關門。鈴哥這半晌只有瞪著兩隻水靈靈的黑眼睛，肚裡說不出得覺著古怪。才跟著走到後門，陰風狂嘯，樹葉吹得沙沙作響，跟著落下雨點來。鈴哥不由把程氏娘子一抱。程氏低聲道：「鈴哥，別這麼著，這可怎麼走啊？」鈴哥向門外張了一眼，忽然說道：「娘娘，外頭多黑呀！」程氏娘子低身偎著他的臉道：「鈴哥，聽話。跟娘走，你是害怕嗎？」鈴哥又向外看了一眼道：「我，我睏了！」

程玉英娘子不由眼中落下淚來。摩雲鵬魏豪一聽，鈴哥要打麻煩，趕緊過來，將小包袱繫在腰間，伸手把鈴哥抱起來對程氏道：「我抱著他走，嫂嫂別難過。」低聲哄著鈴哥道，「好孩子，你不是乖嗎？你睏不要緊，你靠在我肩膀上，叔叔抱著你走。」鈴哥道：「七叔，咱們是搬家嗎？」魏豪道：「是，是，別說話了。你一鬧，叫壞人聽見了，他們可要拿刀剁咱們了。」鈴哥把脖頸一縮，立刻不再言語了。這時小雨濛濛，大地陰霾，伸手對面不見掌。多虧程玉英娘子粗會一點武功，走起黑路來，還掙扎得動。院中又是熟路，摸著黑走，輾轉來到後門前。後門早已上了鎖，卻忘了帶鑰匙。程氏道：「嗐，我簡直沒頭魂了，這還得回去找鑰匙。」魏豪忙道：「不用開門了。這面短牆，嫂嫂不也可以躥過去嗎？」程氏道：「空身人還行。」魏豪道：「那麼嫂嫂可以先躥過去。」忽又說道：「我先過去看

看。」把鈴哥放在地上，飛身越過牆頭，在牆外說道：「這裡是實地。」遂又躥上牆頭，跨著牆一騎，向下伸手道：「嫂嫂把鈴哥遞給我。」

黑影裡，程玉英把鈴哥舉起來，魏豪輕輕接過道：「嫂嫂跳過來。」程玉英依言退了兩步，一下腰，嗖地縱上牆頭，手一扶牆，輕輕地躥落牆外。她把手指戳了一下，很有點疼。魏豪從高處把鈴哥遞給程氏，不想這麼一來，鈴哥很害怕，竟失聲叫了一聲。

魏豪跟著躥出牆外，伸手來接鈴哥道：「天太黑，嫂嫂把鈴哥給我抱著吧。」哪知鈴哥這時，忽然緊抱住程氏娘子的脖子，不肯撒手道：「我不。娘娘我睏啦，我跟著你。」

程玉英、魏豪都慌了，一齊低聲來哄鈴哥：「好孩子，千萬別出聲。咱們是逃難，你不怕賊人拿刀剁你嗎？你娘抱不動你，好孩子，跟叔叔走。」做好做歹地哄著鈴哥。鈴哥心中害怕，一定要程氏抱。程氏道：「我先抱他兩步吧。鈴哥到前面，你可跟你七叔，你不怕把娘累死嗎？」魏豪聽外面已有車輪聲，知道大車將到，催程氏道：「嫂嫂咱們趕緊走，別落在車後頭。」那趟子手黃仲麟跨在牆上，意欲跳過來相送。魏豪搖手止住，叫他速回。黃仲麟道：「大奶奶多保重吧。」程氏澀聲道：「你們多費心吧。」

程玉英不敢再耽誤，抱著鈴哥，從昏暗中，深一腳、淺一腳地往前搶。魏豪帶劍持刀，緊緊隨著，從小巷走過去。這小巷更黑，兩個人只是循著牆，一步一步緊走，彼此相隔三四步。將到巷口，程玉英娘子抱定鈴兒，眼望前途，躥身便要出巷。魏豪很著急，剛要伸手攔住，卻又縮回來，心想：「嫂嫂還是名武師的姪女，怎麼這麼不檢點，連一點防敵夜行的規矩全不懂？」魏豪又不好出聲阻止，一個急勁，從後面騰身一躥，由程玉英身旁直掠過去，橫身把程氏擋住。程玉英冷不防嚇得噢了一聲，道：「怎麼了？」魏豪低聲道：「噤聲。止步！」

　　這巷口外轉角處，通著村口，繞出來卻正對著保鏢林家門的西牆。魏豪向外偷窺了一眼，黑影中聽得軲轆轆的車輪響，遠遠閃著昏黃的燈光，料是黃仲麟、邱良所雇的大車來了。魏豪回身低聲告程玉英道：「嫂嫂不要這麼走路。你要留神，要看清楚了前途再走。我在前頭吧，嫂嫂隨後跟著。幸而是咱們雇的車來了，若是碰上眼生的人，就露相了。」程玉英方才省悟過來。魏豪又低囑幾句加小心的話，又叫程氏一路上行止急緩，千萬看他舉動行事。遂引著程氏娘子，貼牆匿影而行。

　　才走出不多遠，正要拐過轉角，奔橫街，出村口，忽然聽見前面近處，似有噓唇彈指之聲。摩雲鵬魏豪心中一動，急忙止步，回轉來，叫程玉英藏在一個人家門洞裡，攬著鈴哥，千萬噤聲，自己把包袱也放下。程玉英駭然要問，魏豪急忙止住，掣出刀來，躡足溜過去，貼牆側耳；再聽時，近處又沒有動靜了。只聽得籟籟的細雨聲，衝破了沉悶空氣；遠處卻聽見大車軲轆軲轆，一輛跟著一輛，由遠而近。約莫方向，恰到林家門前停住了。跟著聽見兩個把式互相問答：「是橫街第四個門嗎？」「錯不了啊！」跟著聽見敲門問戶，「勞你駕，這裡姓林嗎？雇車沒有？」

　　摩雲鵬魏豪心上這才把一塊石頭落了地：「是車來了。」往外探了探頭，便要轉身找程氏速行。

　　忽然，聽見車聲驟住，一個沙啞的嗓子失聲叫道：「嘿嘿，那邊是什麼呀？吳老根，你瞧瞧那邊像個人來了不是？」另一個腔口接聲道：「別瞎炸廟了，黑咕隆咚的大雨天，有他娘的啥人？天熱澆著涼快不成？」這問答可想而知，是兩個車把式。沙嗓子仍然固執地說：「你瞧吧，鐵是個人就結了，別是大便的吧？喂，我說，誰在那邊啦？你瞧著，我拿磚頭投一下。」

　　一個生疏冷澀的外鄉口音道：「少管閒事，找倒楣！趕你的車去吧。」沙嗓子咦了一聲，跟著咕噥道：「幸虧沒投磚頭，我說是個人不是！唔，

怎麼還不開門？沒錯呀？喂，借光二哥，姓林的住在這裡沒有？你們雇的車來了！」跟著砰砰砰，又一陣砸門。七師父魏豪驚了個毛髮皆豎。事情明擺在這裡，仇人跟著車綴來了。但望他是蹚道的，不是全夥。可是……嗜，只好盡人力，聽天命，闖著幹。大車箱籠行李，雖有黃仲麟和邱良，這豈是賊人的敵手？自己勢難兼顧了。有心回去警告黃、邱二人，先不要走，可是程氏母子還在那邊藏著哩。……魏豪咬牙切齒一狠心，只得不顧一切，急忙撤身回轉，躡足伏腰，溜回小巷，來尋程氏母子。隱隱約約又聽見黃、邱二人的開門聲。魏豪暗嘆一口氣，忽又聽見大聲地喊叫：「相好的，你們這是幹什麼？你是要找誰？」這聲音是邱良。又聽見呼喝道：「把招子放亮點，朋友少動這一套！」這是黃仲麟。

魏豪到底丟不下，又停步側耳細聽，聽見連聲的冷笑：「官街大道，爺們誰也不找，願意在這裡泡泡。」又是幾聲冷笑。跟著腳步聲起，由前邊往這裡走來；伏視人影，恰是兩條。兩條人影一左一右，溜溜晃晃，奔橫街去了。這兩個人，一個是橫江蟹米壽山，一個叫黑牤牛蔡大來，正是飛蛇鄧潮的黨羽。

魏豪暗道：「糟！」

第十章　青紗帳冒雨夜奔

摩雲鵬魏豪驚怒交加，容得兩個人影離遠，急抽身回來。

程玉英娘子潛藏在人家門洞底下，半跪半坐，摟著鈴哥，附耳低聲哄著他，怕他出聲惹麻煩。鈴哥雖然害怕，又很睏乏，竟把頭偎在娘的懷內，乖乖地一聲也不響。細雨濛濛，越下越緊，母子倆的衣服都淋溼了。陰雲濃重，天氣反顯得悶鬱。魏豪奔到面前，俯身低聲告程氏；匆遽間不遑細說，只說得兩句話：「橫街子走不得了，有人卡上來了！我們快繞奔那邊小巷吧！」

說罷，不容程玉英搭話，魏豪伸手接過鈴哥來，低囑道：「叔叔背著你，你別出聲。」蹲身把鈴哥背好，又勒上搭包，兜住了鈴哥，跟著說：「嫂嫂快跟我來。」伏腰一躥，撲到對面又一條小巷內。程玉英改提包袱，也跟蹤躥過來。這小巷曲折狹窄，只能容兩人並行。天黑不辨路徑，土路已被雨淋得半溼了。兩個人惴惴急行，磕磕絆絆，越怕有聲音，聲音偏大。程玉英、魏豪張惶四顧，又不敢慢走，又不敢急奔。一路提心吊膽，不一刻，奔來小巷盡頭處。

出這巷口，迎面是一道斜坡，坡外便是田野地了。魏豪把鈴哥交給程氏，他不敢徑出巷口，飛身躥上巷內民房；隱身脊後，先向外一探看，似乎並沒有人。又辨了辨方向，揣了揣地勢，才複躥下來，暗向程氏一指前途，要從小巷溜出去，傍著土路斜坡，奔前面莊稼地；斜抄過去，繞回後莊。再從人家田地裡，穿小徑往西繞，再往北繞，再奔周莊。

程玉英道：「那不太繞遠了？」用手一指直徑道，「這麼走，豈不省好幾里路？」魏豪搖頭不答，只向程氏一點手。程玉英只得悄悄地跟著魏豪，順斜坡走到田邊。聽得村中一陣陣夜犬狂吠之聲，兩人不禁回頭望了

望，也還沒有什麼異樣的動靜。略微放點心，走上大路。二人斜抄著走，剛走出不到半箭之地，前面便是臥牛莊一股小岔道，這條路也通著莊內。突從岔道前、村口民房上，嗖地躥下兩條黑影來，啪啪連聲擊掌。跟著從旁邊暗隅，也躥出一條人影；跟著從村口對面岔道空地上，也躥出一條人影。四個人影互相鼓掌，往一處湊攏來。分明聽見說出切語來：「並肩子，點子出窯了！」

　　危機四伏，摩雲鵬明知事壞！急急地一扯程氏，低聲說：「莊稼地！」三個字才吐出唇邊，程玉英微微一怔，早被摩雲鵬魏豪抬起一隻手，往程氏肋下一攙，跟跟蹌蹌，立刻不管道路坎坷，一頭鑽入田地內，但也立刻被那人影看見，互相招呼道：「在這兒啦！」程玉英嚇得毛髮悚然，掙開魏豪的手，嗖地把劍拔出來。魏豪發急道：「使不得！」又一拖程氏，直往高粱棵深處，鑽了進去。也不管腳下磕絆，也不管臉上被高粱葉刮劃，只是埋頭前進。那四條黑影，已有三條黑影如飛地追撲過來；那另一條黑影，反而折入莊村去送信。

　　這三條黑影直抄過來，向著高粱地叫道：「喂，相好的，你估量著你能逃出去嗎？爺們早料到了，早已給你們處處安下樁了。趁早滾出來吧，鑽高粱地還算什麼人物？」

　　三個賊人面對著高粱地叫罵，魏豪和程玉英早已連連奔竄，鑽入數丈以外。分拂著禾莖高稈，盡往裡面急走，未免碰得高粱稈葉唰啦啦作響。幸而雨勢越來越大，雨打田禾，也發出一片簌簌沙沙的聲音來，把兩個人奔逃的聲響，遮掩了不少。賊人在田外尋蹤追聲，一迭聲辱罵。程玉英和摩雲鵬魏豪面面相覷，作聲不得。程玉英尤其驚恨痛怒。在黑影中，程玉英忍不住伸手來摸索鈴哥。鈴哥這孩子伏在魏豪背上，嚇得把一雙小手，緊緊地摟住魏豪的脖頸。魏豪幾乎被他勒得喘不出氣來。程玉英扯著魏豪的衣襟，低聲說：「七弟，我們毀了，跑不開了！」魏豪怒道：「不要聽他

們那些詐語，咱們闖著看！實在躲不開，嫂嫂背著鈴哥走，我就出去跟他們拚拚，也能擋他一陣。」

兩個成年人，一個小孩子，慌不擇途，索性在高粱地裡面亂繞，三個賊人在外面醜詆毒罵，要誘得魏豪還口出聲。魏豪豈肯上當？一言不發，只顧急走。高粱稈的葉子也很鋒利，拂面如刀。魏豪手分禾稈，往前面鑽；一挽手一鬆把的時候，高粱稈就崩回來。不意偶一鬆手，崩回來的高粱稈把鈴哥的臉掃著一下。鈴哥失聲喊叫道：「娘娘，七叔紮著我的臉啦。」

這一句話，程氏娘子吃了一驚！只當是魏豪持刀開路，誤傷了鈴哥。魏豪也吃了一驚：這麼一喊，定叫賊人尋聲知蹤了！果然外面的賊聞聲向這邊兜過來，譏罵道：「果然是你們。好好好！相好的，接傢伙吧！」頓時間，一陣暗器隨著驟雨，紛紛往裡亂打過來。方向雖不很準，也很驚人，黑影中更不好防躲。魏豪顧不得許多，捂著鈴哥的嘴，急忙改變方向。程玉英也忙挨過來，要接抱鈴哥，腳下一滑，險些栽在魏豪身上。魏豪又吃了一驚，急回手扶住，低問：「嫂嫂受了傷嗎？」程玉英忙說：「沒有，你把鈴哥給我吧，他盡叫喚。」

摩雲鵬魏豪不答，獅子似的一把將程氏的右臂抓住，左手持刀，右手拖定程氏，身後背著鈴哥，搶步向前飛奔。忽然聽嗖的一聲，打來一件暗器，竟貼身不遠地掠過去。他暗道一聲不好，急急地緊走了幾步，忙將鈴哥解下來。不敢再背在身後，恐鈴哥受傷；便將鈴哥移在胸前。移好了，他一拉程氏，再往前走。

雨聲瀟瀟，電光閃閃，禾稼稈隨著人蹤亂搖，連發出唰啦啦的響聲。天色沉黑，賊人未必聽得見，看得準，魏豪等卻未免自己心驚。三個賊人在外面盯著，不時用暗器往裡瞎打。惱得魏豪恨不得奔出去，與賊人拚命，然而這又使不得；只得在田地裡亂鑽。轉眼間，三人忙走到高粱地的盡頭處；中間有一條道，道路那邊又是黑乎乎的一塊莊稼地。魏豪到此，

暗作計較，急叫程玉英止步，把鈴哥重放下來。程玉英以為魏豪累了，伸手便要接抱。魏豪急忙道：「嫂嫂別抱！」摩雲鵬魏豪重將搭包展開，往上兜了兜，仍將鈴哥背在背後。把一件暗器藏在手下，然後對程氏說：「我們要往外闖了，嫂嫂千萬留神外面，跟著走！」又低囑鈴哥道：「鈴哥，不許出聲！」

摩雲鵬魏豪走到田邊，往外探頭，覷定對面，嗖的一個箭步躥出去。程玉英把刀一順，也嗖的一聲，跟蹤躥出去。

程玉英剛剛躥出去，三個賊黨，已有一個賊人繞到這邊來截堵。此賊看見影影綽綽有人一躥，這賊暴喊一聲：「並肩子！點兒在這裡呢！」立刻揮刀追來，一迭聲地招呼同伴，「喂喂，快過來，又鑽高粱地了！」於是田地後邊，登時有人應聲跟到：「截住他，截住他！」一陣亂喊。

摩雲鵬魏豪才躥入玉黍地內，急忙回頭一看，程玉英娘子竟被賊攔住。程玉英張惶失措，竟翻身要往回退，賊人趕過去動手。程玉英複又省悟過來，掄劍狂喊道：「七兄弟，我把鈴哥交給你了！」突然竄出，她竟要與賊拚命。

魏豪越發著急，怪叫一聲撲出來，一抬手，嗖的一支袖箭射出。賊人一閃，魏豪身背著鈴哥，竟橫刀上前，掄刀便刺，口中喊：「嫂嫂快快來！」

程玉英奪路跳過來，用劍一分玉黍稈，急急地一抹躥到田裡面。她又不放心鈴哥和魏豪，持劍翻身，複又探出頭來往外看。摩雲鵬魏豪咬牙切齒，一連六七刀，賊人不能抵敵。魏豪嗖的又一袖箭打來，喝罵道：「惡賊看箭！」賊人急忙一閃，地上微濘，賊人一斜身跌倒。魏豪趁勢挺刀便往下紮。賊人霍地滾身躲開。魏豪狂吼一聲；「再看袖箭！」虛將手又一抬，賊人往下一退，魏豪回身竄入玉黍地。程玉英招呼道：「我在這裡！」魏豪奔過去，急偕程氏，往田地深處便鑽。

賊人吃了虧，越發地打呼哨，催同伴上前。那兩個賊黨已從高粱地

後，轉大路繞過來。但是一步來遲，魏豪、程氏已遠遠地逃走。三個賊人叫罵著，戀戀不捨，循著莊稼地，緊緊跟綴。口中一迭聲地打呼哨，隱隱地聽見臥牛莊內，已有呼哨聲遠遠應答。

雨勢漸大，雷聲殷殷，狂風突起，牛毛細雨一變而為驟雨，漫天陰雲，時有一條條電光橫空閃爍，氣象倍覺驚人。賊人借著閃電之光，來尋搖動的禾稈，要從禾稈的搖動處，搜索男女三個亡命客的行蹤。但是，適有天幸，風勢漸大，吹得莊稼都東搖西擺；魏豪、程氏的行蹤，只能隱約猜度，不能確實看清。

魏豪等慌不擇路，拚命奔逃；更僥倖的是一片片青紗帳，搭救了他們。於是一眨眼間，覺得賊人距已漸遠。起初賊人盡只打圈繞，現在卻相隔有十幾丈遠了。賊人竟尋錯了方向，魏豪、程氏暗暗慶倖。

可是不一時，青紗帳走盡，前面展開了一片荒原亂草。通過荒原草地，再走三五里，才是周家莊。摩雲鵬魏豪、程玉英和鈴哥，三個人通身都已溼透。程玉英更是氣喘吁吁，熱汗淫淫，緊走兩步，追問魏豪道：「怎麼樣，咱們逃開了吧？」

摩雲鵬魏豪不遑答言，搶步往外探看，黑黝黝的，尋丈以外，任什麼也看不清；只有電光閃過的刹那間，可以看見附近的景物。魏豪心想，我看不見他們，他們也自然看不見我。回頭對程玉英說：「嫂嫂還走得動不？」程玉英道：「還行。」魏豪道：「那麼我們還得緊走。你瞧這曠野難闖，我們還沒離開險地呢！」摩雲鵬這才領著程玉英娘子，鼓勇犯險，離開青紗帳，徑投奔周家莊。

程玉英覺得鈴哥叫魏豪背了很遠，竟欲接過來，又要叫鈴哥下地，領著他走。魏豪認為不可，連連說：「嫂嫂快走吧！」背定了鈴哥，東張西望，冒雨突入曠野，走得比前更快。程玉英持劍緊緊相隨。幸有一片青紗帳，高低遮掩，不一刻摸進了村子口。已到村口，遠遠聞得賊人彼此呼哨

之聲，似還圍著那青紗帳旋轉。兩人如釋重負，都籲了一口氣。趁這機會，摩雲鵬急忙將程氏母子引到村內人家門洞內，把鈴哥放下來。各人身上都可以擰出水來，鈴哥被雨澆得尤其可憐。但這小孩子一聲也不言語，半晌，才摸著程氏的手、啞聲地低叫道：「娘娘，你在哪裡啦？」程玉英摟住鈴哥，又不禁落淚。

三個人歇得一歇，程玉英把小包袱打開，拿出一件稍微乾燥的衣服來，要給鈴哥換上。不意村舍都餵養著狗，風雨中吠聲稍寂，此時忽聞人聲，竟有幾隻狗隔門縫亂叫起來。跟著引動野犬，圍上來一遞一聲地叫喚。氣得程氏發狠道：「怎麼這些畜生也欺負起我們來了！」

摩雲鵬更是著急，恐將賊人引來，遂把刀交右手，往前一縱身，低聲微叱，刀花一轉，將群狗趕開。這群狗跑著，叫得更厲害了。魏豪急遽地說：「不好！這群狗卻是麻煩！嫂嫂快領著鈴哥，往那邊小巷裡避一避，我把這群狗引開。」方才轉身，又扭頭道，「嫂嫂可別離開地方，我這就回來。」

程玉英便俯身要抱鈴哥。鈴哥忽然說：「娘娘，你領著我，我自己走。」母子二人，依照魏豪的話，進了斜對面小巷，將身藏好。狗還是對著他們狂吠。魏豪持刀亂趕，把群狗引到村南頭去；魏豪這才飛身躥上一座房舍，向村外窺看賊蹤。電光一掠，竟看見曠野上，恍惚有幾條人影。這一群野狗狂吠，當真做了賊人尋仇的線索。群賊逐吠聲，竟搶奔村南追尋過來。

摩雲鵬魏豪憤怒萬分，連躥過幾處民房，急忙地飄身躥下平地，如飛地奔尋程氏母子。來到狹巷，對程玉英說：「嫂嫂快起來，這群狗果然把賊引來了！」程玉英失聲叫了一聲，急忙從門墩上站了起來，便要抱鈴兒。魏豪如何肯？急說：「還是我來吧！」鈴哥更忍不住帶哭說道：「娘娘，我自己走吧，帶子勒得我疼。」魏豪這才曉得是抄包勒得太緊了，忙哄鈴

哥道：「好孩子，咱們兜鬆點，你不知賊人又追來了嗎？」急將鈴哥重新背好。因見賊人奔來的方向，大概是從東南兩面撲來，這小村，只有東、西、南三個路口，魏豪遂引程氏搶奔西口。

三人繞小巷廣路迂迴，走不多遠，好像周家莊，竟成了惡狗村似的，不知怎麼又引起幾隻狗的亂叫。魏豪異常焦灼，程玉英也很驚恐。正在要藏不敢藏、要躲怕躲不出去的時候，突然間聽見賊打呼哨的聲音。

雨還是籔籔地下，電光還是一道一道地打閃，雷聲在西北角沉沉地響，風勢也還不小。魏豪不知賊人來了多少，恍惚看見橫穿曠野過來的，至少也有四五個人。若自己這邊，僅也兩個大人，還可支援的了；如今帶著一個小孩，卻是萬難的了。

摩雲鵬魏豪急得二目如燈，張惶四顧，倉促間陡生一計。急忙引著程氏斜穿小巷，尋到一家沒狗的村舍，越過一道短籬，掩入人家的柴棚以內。外面的野狗既散複聚，又跟過來，對著門一聲兩聲地嚎叫。摩雲鵬忙囑程玉英，屏息潛藏；外面無論有何動靜，千萬不要出來。程氏道：「你呢？」魏豪道：「我嗎？嗐，還得把狗引開！」

摩雲鵬魏豪立刻持刀躥出，把這幾條狗都趕到一頭，然後自己撒身飛跑。果然狗子慣追逃人，立刻成群地追了過來。魏豪越發飛跑，把這三四條惡狗，直引到村南，這才飛身上房，溜了回來。

但是，摩雲鵬魏豪雖然把狗誘開了，外面的賊人，卻已尋聲趕到。摩雲鵬潛伏在一家房脊上，一道電光過處，已然望見兩三條人影，驟從南口撲入村東。摩雲鵬魏豪隨起急智，不敢再尋程玉英，順勢只一溜，溜到人家院內。剛剛藏好身形，便聽見吠聲大起，跟著一聲慘嗥，似有一隻村犬已被來人所傷。摩雲鵬側耳細聽，覺得這些賊人已入村中，動靜很大，好像有七八個人似的。

賊人這回尋仇，來得人很不少，一共有十六個人。但是分路設卡，未

免把勢力分散開了。綴著黃仲麟、邱良的，追逐魏豪、程氏的，從臥牛莊起沿路把風的，十六個人，倒分成五夥，因此魏豪、程玉英攜幼逃亡，才比較容易。當下撲進村來的，實際才只三個人，另外兩個人是在村口把著。這三個人口打呼哨，有的躥上房，有的在平地上搜尋，越引得群犬亂叫。摩雲鵬潛藏了一會兒，覺得賊人似已搜過去了。他放心不下鈴哥母子，急忙持刀溜出來，往來路上尋找程氏。剛剛來到小巷口，似有兩團黑影，正在拚鬥。魏豪吃了一驚，忙叫道：「什麼人？」黑影中一個人銳聲叫道：「七弟快來，我受傷了！」

魏豪登時一哆嗦，忙一擺手中刀，飛身撲過去，刀尖一展，照賊人猛砍。那動手的賊一見對方來了接應，虛晃一刀，抽身便走，卻吱的一聲，連打了幾個呼哨。

魏豪大驚，急橫身遮住，摟頭蓋頂，揮刀急攻。賊人橫刀一架，魏豪把刀一緊，用滾手刀，「金絲纏腕」，一翻腕子，刀尖點中敵人左肩。一咬牙使力，撲哧一下，把賊人的肩胛穿透。賊人唉喲了一聲，急翻身往牆根一躥，還想躍房遁走。程玉英一聲不響，從賊人背後掩來，雙手掄劍，直劈下去。噗的一聲，鮮血四濺，立刻把賊人砍倒在地上。賊人又一聲慘叫，滾了滾；程玉英趕過去又一劍，賊人不動了。

魏豪忙叫道：「嫂嫂，行了。鈴哥呢？」程玉英霍然道：「還在院裡呢！」魏豪道：「快著！咱們趕快躲，賊人一會兒必定來。」程玉英先行，魏豪緊隨，在另一人家門道中，尋著鈴哥，已然把鈴哥嚇壞了。莫說程氏淒慘，就是魏豪也甚心酸，小小的孩子嚇得捂著眼偎在門隅，連話都說不出來了。魏豪把鈴哥抱著，也顧不得慰哄，卻問程氏道：「嫂嫂哪裡受傷了？你藏在柴棚裡，怎麼又出來呢？」

程玉英氣喘吁吁地說：「嗐，我藏得好好的，等你總不回來。柴棚子人家有一個老頭直咳嗽，要開門出來似的，我怕叫他堵上，鬧了起來。我

只好抱起鈴哥，剛溜出來，沒等著藏好，就從那邊房上，竄出一個人影。我當是你哩，我就一打招呼，誰想這東西撲了過來，順手就給我一刀，我才曉得誤把賊招來了……」

摩雲鵬魏豪沒等聽完，暗暗叫苦。嫂嫂到底是女人，怎麼一點防身機智也沒有？忙截住她道：「嫂嫂的傷要緊不要緊？」程氏道：「還不礙事。幸而我躲得快，又連發了兩支袖箭，僅只臂上，叫這東西劃了一下子。」說時，自將衣襟撕下一條，把傷口縛住。看了看賊人，橫死在地上，一動也不動，略解心頭之恨。她又向魏豪問道：「追來的就是他一個人吧？你看前途不要緊了吧？」摩雲鵬搖頭道：「怎會是一個人？至少也三四個！他們在村口還把著兩三個人呢。進村搜來的，連這個也有三四個人。」程玉英一聽，不由一怔，立刻覺著左臂痛徹心腑，急口問道：「咱們怎麼辦呢？」摩雲鵬魏豪忙說：「賊人只把著西口、南口，咱們繞奔東口。」

立刻，魏豪抱起了鈴哥，掩護著程氏，仍從小巷繞奔村東。這時群犬狂吠，正聚在村南頭。魏豪躲著吠聲，貼著村子往外繞。低聲囑程氏：「嫂嫂千萬不要再這麼慌張了！藏好地方，千萬別動。賊人趕盡殺絕，斷不會放鬆一步的。我們闖著看，如果闖得出，我們就改道先奔到柳樹崗，再投小辛集。」程玉英跟跟蹌蹌地跟著，通身雨淋，左臂奇痛，好像有點支援不住，對魏豪說：「萬一前途再遇上阻撓，只可由我上前，跟他們拚。七弟你背著鈴哥，儘管先逃，不要兩耽誤了。只要你把我們鈴哥救出去，我們林家就算有後了。我看我們還得這麼辦！」

摩雲鵬魏豪回頭道：「嫂嫂振起精神來，不要氣餒呀！」摩雲鵬自覺剛才的話，似乎勾起程氏煩愁了，遂又悄聲地鼓舞她道：「嫂嫂你看，咱們這就出離周家莊，賊人竟沒有追來。嫂嫂曉得嗎？你把那個賊摞倒，好極了。他們來了一幫，一進村忽然短了一個人，他們一定顧不得盡追咱們！他們一定要查齊了自己的人。死人不會打招呼，他們說不定怎麼瞎摸

呢。等著把死屍尋找著了，他們又得設法子挽救，又得疑鬼疑神地自己先亂一陣子，咱們可就鬆緩開了。嫂嫂放心，險關已過，咱們可以說逃出來了。」程氏嘆道：「哪能那麼容易？」魏豪一指前面道：「你看前邊的濃影，很像是柳樹崗子。嫂嫂是不是累了，要想歇歇？咱們奔到那裡，藏一會兒歇歇再走也使得。嫂嫂你得放寬心，你我從虎口中脫逃出來，最難得的是鈴哥，他一點也沒有受傷，他也沒哭也沒鬧，這孩子真叫人心疼。」鈴哥此時正瞌睡，聽得叫他的名字，伏在魏豪的背上，喃喃地說道：「娘娘，我沒有說話。」

　　程玉英咬牙提劍而行。當此夜雨荒郊，避仇負傷，雖說略會武功，究竟女人心窄，一時氣短起來，恨不得托孤自刎，免落仇人之手。經魏豪一陣激勉，又見愛子安然無恙，遂把眼淚拭去，勉自振勵著說道：「唉！我們走一步算一步吧！只是，我這胳臂上，想是沁進雨水了，很有點疼，火燒潑辣的。」摩雲鵬道；「嫂嫂的傷一定不輕。」可是黑夜中，又不好點火看傷。他略一思索，對程氏道：「既然如此，咱們索性到前邊避一避，我倒帶著刀創藥呢。」又道：「我還有一招，賊人當真追逼不捨，到前邊咱們還是無法脫身的時候，我們索性投入小辛集，把那裡的聯莊會驚動起來，那時我們再想脫身之計。」

　　程玉英微喟道：「傷不傷的，倒沒什麼。但是我們走得這麼機密麻利，到底叫他們逐步跟綴過來。我怎麼想，也覺得脫身不易。可是為了死的、活的，我又不能不掙命。只不過太累贅七弟你了，我娘們心上怎麼下得去？鈴哥兒，你要好好地記住了今天。你七叔救咱娘們，可真不容易。要不是七叔，哪還有你的活命？你的娘也就死在仇人手裡了！你沒有見那賊剛才拿刀砍娘嗎！」

　　摩雲鵬魏豪慘然道：「嫂嫂快不要這麼說了。他小孩子家，倒沒的叫他害怕！」不想兩人這麼疾走悄說著，鈴哥這個小孩子，經這通夜的逃

亡，早已睏極了，迷迷糊糊，伏在魏豪的背上，竟睡過去了。魏豪這一回，用裌包把他兜得比較舒適。小孩不能熬夜，任上面夜雨淋漓，下面顛頓，他居然傾著個小頭，雙手攬著魏豪，睡得呼呼的。夜雨已久，兩個大人都覺得遍體溼漉漉的寒涼。程氏娘子緊走了幾步，低低叫了鈴哥一聲，又跟上去摸了一把，鈴哥的手臉冰冷，額髮溼透。程氏忙將一件小衫，給鈴哥搭在上身，聊以護雨，但已淋透。忽想起包袱裡有隔溼的油布，匆忙中忘了使用，忙叫住了魏豪，打開包袱，取出油布來，給鈴哥輕輕蒙上，可惜是蒙晚了。程玉英暗嘆：「鈴哥這孩子怕是凍著了。這萬惡的賊們！還有萬惡的天氣，竟也像仇人一樣，專跟人作對！」這時候，道上越發的泥濘了。程玉英娘子雖然健壯，卻是身在喪難之中，像這麼冒雨疾行，也是越來越支持不住了。

兩個人冒險潛行，繞出周家莊，借物隱行，迂迴奔避，不一刻又穿過了幾片青紗帳，四顧無人，方才放緩了腳步。兩人約莫著方向，往柳樹崗子奔走，不敢走大路，只一味斜穿田徑，單挑黑道僻路。約莫著走過的里數，覺得也有六七里，該著到了。可是遙望前途，一片片黑影起伏，還是無窮無盡的青紗帳；盡目力所及，迎面望不見村莊。在左邊影影綽綽，倒像個小小農村。

摩雲鵬魏豪背負鈴哥，腰繫銀包，鈴哥倒不顯得多麼壓人；這銀包不過四百兩，卻越走越沉重，覺得非常累手。程氏幾次要接孩子，魏豪全都拒絕；只將銀包交給程氏。魏豪青年英勇，依然支持得住。只是程氏娘子，腳步踉蹌，跟隨在後，隱隱聽得鼻息咻咻發喘。魏豪心中有些不忍，又覺得這一陣亂鑽，單尋黑道走，恐怕是走錯路了。又走了一程，估量時候，三更早過。魏豪回頭低語道：「嫂嫂，咱們越走越不見柳樹崗子，我看東面好像是的，再不然，也許是另一個村莊。」說著尋一個較高的地方，登上去，借閃電之光、極目眺望，隨說道：「那邊確像個村莊。賊人

卻沒有追來，也許真格把他們甩開了，他們忙著救死人哩。嫂嫂估量著怎麼樣？要是走不動，我們就投奔到東邊那座小村裡去，試著借地尋宿。」

程玉英見魏豪忽然走上高坡，正自訝怪；聽魏豪這麼一說，原是他怕自己累了。忙道：「不要緊。七弟你直背了鈴哥一夜，他倒睡著了，你一定很累了。要是不礙事，我們歇一歇。」又張目四顧道：「咱們也走出這麼遠了，咱們這可是好不容易才逃開了賊人的耳目。可是的，賊人不會再追來吧？」

魏豪心知程玉英怕再遇上賊。看這地勢，如要投奔那座小村，雖然是在東邊，卻好像又往回返似的。摩雲鵬道：「賊人追不來了，投小村可以使得。」程玉英遲疑著說：「像這麼慢慢地往前溜，我還勉強對付得了。萬一再遇上他們，七弟可估量著點，若叫我再像剛才那麼拚命狂奔，我可有點來不及了。這包裹別看不重，越走越沉。道又太滑，腳底下沒根似的。」纏足婦人雨天走急路，順著勁緊行還可以，要是摸著黑，一步一試地瞎闖，覺著一溜一栽，非常地吃力。幸而程玉英穿著鐵尖窄靴，若不然在田野膠泥地上，一步一陷，恐怕早把鞋粘掉了。兩個人都已疲勞，低聲商量著，終於打定主意，試奔東面，投荒村借宿避雨。

才走了一箭地，程玉英忽然想起一件難事，對魏豪說：「我只怕這一歇就更乏了，今晚上再走更難。若是投到村裡住一宿，這裡又距賊太近，怕他們搜過來，明早白天再動身，我怕一個不好，又碰上他們。」魏豪矍然道：「這一層我也想到了。我們投到那邊村子裡，天這麼晚，叫門投宿，就不大容易。好容易驚動人，把門叫開了，咱們就不能歇一歇又要走。咱們就說是探親遇雨，要在這裡尋宿。」程氏道：「咱們這種打扮，哪像投親的呀？」

摩雲鵬魏豪道：「那不要緊。我們一到村中，就可以先換上長衣服，把兵刃藏了。就怕小鈴子信口說出實話來，我們可以囑咐好了他。不過嫂

嫂說得很對，我們一尋宿，就留下了形跡，明早就是碰不上賊人，他們也容易履著腳印，跟尋我們了。這倒是個難事。」

程氏一聽魏豪也說出為難的話來，不由一愣。她實在深盼投村尋宿，暫緩一緩氣力，並且敷藥裹傷。當時她失聲長嘆道：「又累又不敢歇，這可怎麼好？要不然，咱就拚命往前趕吧。可是，又怕道不對！」

摩雲鵬勸慰道：「嫂嫂也不要太過慮了。咱們還是到村裡，一面借宿，一面問路。我們可以把話編好了，我是您婆家的兄弟，您是嫂嫂住娘家去。我是因為哥哥有急病，來接嫂嫂回家，半道上遇著雨了。」兩人把話打點好了，提起精神來往東走。

哪裡知道，他們果然迷了方向，自以為是往正東走，其實是往北。這遙望似是荒村的濃影，投奔過去一看，原來是一帶荒林古刹，旁邊有座墳園罷了。程玉英不由精神一陣頹懶，嘆道：「這可是走到絕地了！這裡連個人家都沒有，可往哪裡尋宿去？」摩雲鵬魏豪忙道：「嫂嫂，這裡沒有人家更好。咱們到這破廟裡避避雨，不驚動人，更省事放心。」

摩雲鵬先繞廟察看了一遍，便引程氏進廟。這裡廟門已無，神像已坍，牆倒屋漏，陰森森地怖人。尋到偏廡下，魏豪邁步進去，突然聽得撲棱一聲，飛出黑乎乎的一物，把程氏、魏豪都嚇了一跳。黑物飛走，二人驚心略定，料到不是蝙蝠，就是梟鳥。他們找了個不漏雨的地方，魏豪把鈴哥輕輕放下，就叫程氏把包袱打開，鋪在地上，暫做了坐褥。又拿一個小包袱做枕頭，輕輕地把鈴哥放躺下，這小孩子居然睡得很熟。

魏豪不禁嘆息，請程氏偎著鈴哥坐下歇息；自己退到一邊，拭汗稍息，把身上的雨水擰了一擰。當這昏夜無人之地，程玉英是青年孀婦，魏豪是青年男子，兩個人一時疲倦得要死，一時又心上局促不寧。程氏娘子暗中禱告，神明保佑，亡夫有靈，叫我們逃出虎口！她身上溼漉漉的，很不好受，外面的雷聲依然隆隆作響，荒林木葉蕭蕭鳴風，倍增了慘戚氣

象。魏豪道：「嫂嫂你在這裡歇著，千萬別離地方。我到外面探一探，近處若有人家，也可以問問路。」程氏皺眉道：「要是有人家，還是投了去，尋宿為好。不知怎的，我在這裡心上總發毛！」

魏豪點頭，持刀出去。程玉英趁魏豪不在，忙忙地把身上的雨水也擰了擰，摸索著找衣服，打算給鈴哥和自己換上。這偏廂中黴氣很重，地上積塵很厚，房頂也滴滴地漏雨。過了一會兒，還不見魏豪回轉。程玉英一隻手摸著鈴哥，一隻手握著劍，倚牆坐地，稍甦已疲的精力，心中只盼魏豪尋著人家。

摩雲鵬魏豪挺刀出去探道，這一路背著鈴哥逃亡，實在累人不輕！如今空身而出，好像去了千鈞重壓似的。在荒林內外繞了一圈，才曉得這破廟大概不是廟，也許是闊家墳地的陰宅。魏豪打算找到看墳的人，就可以尋宿探路了。他冒著雨前前後後勘了一遍。

在這夜影中，摩雲鵬魏豪忽見前面似有火光，他心中一驚，心想：「奇怪！」似這等黑夜雨中，野外怎麼會有火光？魏豪急忙撤身縮步，繞躲著仔細窺視，只見大道上火光一閃複隱，恍然聽見有人說話之聲。更攏目光，看了又看，似有兩三條人影正在移動。

摩雲鵬魏豪暗道：「不好！」慌忙一翻身，往回便跑，穿林取路，撲奔古廟。將到林邊拐角處，又回頭瞥了一眼，前面大道上火光一閃，乍明忽滅，這決無可疑了。立刻地奔入廟中，先低低叫了一聲：「嫂嫂！」程玉英從偏廂中應了一聲：「七弟嗎？」魏豪一躍躥上臺階道：「嫂嫂，快收拾起來，鈴哥醒了沒有？」

程氏道：「怎麼了？鈴哥才醒，我給他換衣裳來著，找著了人家嗎？」魏豪道：「咱們趕快走，賊人又追尋過來了！」程玉英唉喲一聲，不禁坐倒在地上。一咬牙，複又掙扎起來，把鈴哥抱住呻吟道：「真的嗎？是幾個？」魏豪搖頭道：「沒看清，嫂嫂還是把鈴哥給我。」

程氏問：「從哪裡來的？」摩雲鵬一面回答，一面俯身摸鈴哥，道：「鈴哥，我還背著你，你可別喊，別害怕。賊人打西南來的。」

摩雲鵬重新背起鈴哥，程玉英手忙腳亂地把包袱收拾起來。兩人溜出偏廂，不敢再走前門，繞走後山門，躲避著火光的來路，只往黑影深處鑽。

走出一二里地，迎面閃出一帶青紗帳。越過青紗帳，遙望前途，又有一大片濃影，遮在對面偏左邊。魏豪急走著，回顧程氏道，「嫂嫂你看，這才像是柳樹崗子呢，咱們真是走錯路了。」程氏呻吟道：「哦！」

兩人一先一後地緊走，一面走一面回頭。轉瞬間，面前又是疏疏落落的一帶樹林。摩雲鵬當先走過去，仿佛辨認出此地地勢高亢，樹木都是柳樹。魏豪道；「無疑了，前面一定是柳樹崗子，咱們迷了方向了。」程玉英道：「多走冤枉路了？」魏豪道：「可不是。」程玉英道：「到了柳樹崗子，就不要緊了吧？」魏豪道：「是的。到了那裡，也就快天亮了，嫂嫂還能走吧？」

兩個人正要繞林而過，林那邊像是柳樹崗。柳樹崗是個通大路的村莊，也有聯莊會。魏豪才走到林邊，突然聽見一聲異響。魏豪急忙縮步，低聲道：「留神！」

一語未了，林後一陣狂笑，嗖的躥出一個人影，呼哨聲大起。那撲出來的人影喝道：「並肩子，葉子萬的正點兒在這裡哪！哈哈！呔，姓魏的，你倒有兩下子，趁早把人給我留下！」躍過來唰的一刀，一縷青光，挾著一股勁風撲來。

摩雲鵬大吃了一驚，縮步不迭，飛身一閃，急向程玉英說了聲：「嫂嫂後退！」複又掄刀上前，把賊人擋住。緊跟著，林後又躥出一個賊人。程玉英回身便走。

　　魏豪把厚背刀往上一翻，運足了力氣，容得賊人一招撲空，二招又到。魏豪立刻施展「紅霞貫日」，厚背刀直兜在賊人刀鋒上，嗆啷一聲嘯響，火星四射。賊人往後一退，躥出丈餘遠去，虎口震麻，刀鋒已缺。摩雲鵬不敢跟蹤進步，忙也往後一退，來掩護程玉英娘子。黑影中，疏林內，呼哨過後，又躥出二人。前面那人叫道：「並肩子馬前！葉老二你來拾；拾不了，盯住了！小趙你趕快招呼他們拔椿撤卡子，往這裡攢！」立刻這兩個人，一個上前邀截，一個翻身便跑，口中連打呼哨。

　　摩雲鵬這一急非同小可，賊人的暗話，也不用聽，便已看出來。這分明是還有大批餘黨散布在各處。他們分出兩個人來上前動手，卻另分一個人去招呼餘黨，聚齊進攻，這法子更歹毒。看這樣子，三個人的性命，今晚難逃出此地！摩雲鵬張惶四顧，心忙意亂；程玉英娘子驚恐失色，持劍無措。摩雲鵬一穩背後的鈴哥，把牙一咬，這就要拚命了。但是還希望在大批賊人未到之前，殺退攔路二賊，沖到柳樹崗，也或者有一線生望。

　　摩雲鵬啞聲地叫了一聲：「嫂嫂跟我來！」大吼一聲，揮厚背刀，又不往後退，反而猛往前沖，早摸出一隻鏢，藏在左手。攔路的二賊，第二人掄七節鞭沖上來。魏豪猛搶先招，奔那敵人，「夜叉探海」式，斜身遞刀，照賊便紮。賊人一鞭掃空，翻身接架，七節鞭嘩啦啦一響，橫蹦上來。魏豪抽刀一躥，背後的鈴哥哼了一聲。雖然孩子小，也有幾十斤，魏豪便縱躍不得自如。但是魏豪並不慌，這一刀只是一個虛晃，左手鏢突然一甩，厲聲喝道：「著！」唰的一道寒風脫手而出。賊人在黑影中，急忙頓足，嗖地一躥。魏豪如怒獅一般，回身一轉，叫道：「嫂嫂，前面樹林！」

　　程玉英情知勢危，一抹身逃回樹林那邊。那持刀的賊叫道：「哪裡走！」一刀劈來。程玉英回手一劍，叮噹一聲響，險些利劍出手；她就不應該橫劍硬搪。

　　幸而魏豪搶上來，厲呼：「看鏢！」唰的一下，賊人一伏身，這鏢飛過

去，賊人挺刀猛進。摩雲鵬道：「嫂嫂，快發箭！」程玉英叱道：「惡賊看箭！」咯噔一聲，賊人閃了一閃，那持鞭的賊人也發出來一件暗器。雙方全都打空，程玉英已經一溜煙進了樹林。二賊湧上來，把魏豪擋住。

摩雲鵬魏豪不敢直奔，他還要掩護背後的鈴哥。只得斜身揮刀，往旁閃退，只聽七節鞭嘩啦又一響，賊人搜頭蓋頂，照魏豪打來。魏豪一伏身，反撲過來，招數一緊，用小連環，進步裹手，刷！刷！刷！連進三招，把二賊的招數沖得一散，二賊立刻閃退。未容賊人換招，摩雲鵬乘機抽身，斜身急躥，又一轉身也投向樹林中。

二賊分左右便追。那使刀的賊叫道：「我盯這一個，並肩子你盯那個蓬果！她是正點兒，別放鬆了她！」刀光一閃，這賊撲奔魏豪。七節鞭一響，另一賊也立刻緊迫程氏。魏豪就怕是這樣，心中猛想，非先打倒一個，今晚決逃不開。摩雲鵬背著鈴哥，連連旁竄，反而倒追到那持鞭的賊，口中喝道：「惡賊，我叫你追！看鏢！」鏢未發，刀卻猛身遞出去，奔賊人背上紮來。賊人早有防備，一邊追程氏，一邊留神身旁，忽聞破空之聲，急一撤身。魏豪恨不得一刀制勝，把賊人一下刺通，身勢進得太猛，竟收不住勢。這一來，賊人反而得手，刀鋒一個盤旋，竟照摩雲鵬魏豪剁去。這一刀下去，相隔極近，鈴哥、魏豪全要受刃。

忽然噌的一下，賊人哎呀一聲，身軀往左一栽。就這一栽，賊人的刀卻依然斜抹過來，魏豪掙命地一竄，剛剛地躲開。……是程玉英娘子的第二支袖箭，救了魏豪和鈴哥。

程玉英雖然奔入林中，她依然心懸著愛子，左手提利劍，右端袖箭筒，喘吁吁回頭窺看，盼著魏豪隨後而來。不想賊人倒先截過來，魏豪反阻在林邊。這工夫，鈴哥忽地叫了一聲。程玉英一咬牙，探身溜出來，抬手一箭；這一箭，竟僥倖打中賊人。賊人卻也不可侮，身雖中箭，猛往旁一竄。魏豪左手往後一托鈴哥，右手刀不放鬆，趁機來取仇人的性命。賊

人驀地「鯉魚打挺」，從雨地裡竄開，跟著一滑，又複撲倒。摩雲鵬大喜奔來，猛聽得一聲斷喝：「著！」緊跟著又聽一聲叫，「七弟快來！」黑影中，摩雲鵬急忙一閃，左肩頭熱辣辣地挨了賊人一下。賊黨的這一下，卻又救了自己同伴的性命。

摩雲鵬貪敵負傷，傷幸不重。程玉英一聲叫：「七弟，七弟！快給我鈴哥！」魏豪回手摸了摸鈴哥，鈴哥嚇得小鼠似的緊摟住魏豪，貼伏在背後不動。那受傷倒地的賊怒吼一聲，又躍起來，大罵魏豪，七節鞭嘩楞楞一抖，摟頭蓋頂打來。魏豪一個「鷂子翻身」，厚背刀力劈華山，隨身趁勢，照七節鞭反砸下來。賊人負怒而來，身手很快，腕子一挫，立刻抽招換式，往回一撤，突撒身揚鞭，反向魏豪攔腰掃來。

摩雲鵬此時雖說破出死命，要想拚倒一個賊人，才好脫身；但是背負一個小孩，任你怎麼出力，也是應付不來。他勉強招架了幾合，趁持刀的賊人未到，急攻一招，猛翻身便退。兩賊更不容緩，已看透魏豪要跑，立刻一聲呼嘯，兩人往當中一擠，又把魏豪的去路阻斷。

魏豪恨叫一聲，牙關緊咬，立刻改計，將厚背刀一擺，奔那使鞭的賊人沖來。施「進步刺紮」，刀尖將次點到賊人的身上。賊人猛然一下「退步連環」，翻雲覆雨，七節鞭嘩唥一響，旋身展臂，又向魏豪下盤掃來。魏豪急騰身一躍，這背後的鈴哥卻累贅煞人，猛使勁，剛剛竄出不多遠。那持刀的賊人狂笑道：「看你有多大本領！」唰的一刀，趁勢照上盤斬來，摩雲鵬回身招架。七節鞭在背後嘩啦一響，魏豪急急地風旋電掣，抽身往旁一躍，這才閃開了七節鞭。那賊人的鋼刀卻又「葉底偷桃」，唰的自下往上遞到。摩雲鵬渾身浴汗，揮刀避開。心中想，我命休矣！但是，程玉英娘子隱身樹後，眼睜睜看見魏豪被圍，早裝上第三支袖箭。比了又比，認了又認，一聲不響，覷定了一個間隙，嗖的一聲，撒放出來。然後才喝道：「看箭！」二賊應聲往旁一閃。程玉英叫道：「七弟快來！」摩雲鵬趁

此機會，一陣風逃入林中，投入黑影裡，深深地喘了一口氣。

兩賊哪裡肯捨？揮刀撲過來，雖不敢窮追入林，卻繞林而轉，把來路去路看住，口中不住地吱吱連響，聲聲慘厲。程玉英娘子和魏豪會到一起，隱匿林中。程氏急遽地說：「鈴哥怎麼了？怎麼半晌沒叫喚？」禁不住伸手來摸。

魏豪道：「嫂嫂快走，他好好的哩。」鈴哥摸著母親的手，叫了聲：「娘！」程氏這才放了心。

一帶疏林，魏豪與程氏鑽入林之深處，喘息著來回盤繞，覓路欲逃。這二賊卻非常狡猾，竟貼地往內窺看。兩個人剛剛逃到一頭，賊人竟會聞聲尋去。賊人不敢冒險入林，卻將暗器照著林中亂打。看這樣子，二人既不能突林逃出去，而且賊人連聲打呼哨，遙聞遠處已有應聲，又不能與賊持久。

摩雲鵬隱身在一棵大樹後，不由把心長嘆，心想：「這麼區區兩個賊人，自己背上一個小孩，不齎打去了五百年的道行，竟鬥不過他？少時之間，大撥的賊人一到，長幼三人必死無疑的了。」摩雲鵬萬不得已，滴一粒英雄淚，低聲囑程玉英嫂嫂：「我們只好硬闖了！趁這工夫，賊人沒有全到，或許可以闖得出。嫂嫂呀，萬一到了不得已的時候，嫂嫂你……」說至此，切齒道：「嫂嫂你可要橫劍自刎，不，不，不要落在仇人手中！嫂嫂你明白！」說罷，霍然站起來。

程玉英也明白，慘叫道：「七弟，你放心！我程家女兒，一定對得住你大哥獅子林一世的英名！我自有我的道理。七弟，你快走你的吧。你若能把我們鈴哥搭救出去……嗜，簡直是妄想，你帶不走他的！你把他留給我，我們母子死在一塊吧！」

第十一章　亡命客款關求救

　　程玉英是個有決斷的女人，一咬牙，伸手便來接小孩，提起寶劍。摩雲鵬如何下得去？把手一格，猛然厲聲說：「嫂嫂別錯會意！咱們就是死何必這麼死？咱們先闖，拚給他們看！他們現在就這兩個人，大撥的人還沒來。走！」摩雲鵬把鈴哥托了一托，厚背刀一揮，準備奪路。

　　窺定了奪路的路線，這一帶疏林西邊的一面，距著青紗帳不遠。相了相，青紗帳前有幾行大樹，青紗帳後黑影甚濃，又似距村不遠。摩雲鵬魏豪挾著必死的心，來尋生路；引程玉英穿林窺隙，仔細端詳外面的形勢。他先隱在樹後看，又蹲在地上看；路線看清，又偷看外面人的動靜。兩個賊人起初是繞林狂罵，此時卻罵聲、腳步聲頓住，暗器也不往林裡打了。魏豪揉了揉眼，看這四面黑乎乎的，並不見二賊的蹤影。摩雲鵬不敢冒失，忙又繞到東面，窺隙外覷，也不見二賊。這一來，魏豪又膽怯起來。賊人的詭計一變，竟不知兩個東西隱藏在何處，暗地偷窺著自己了。

　　魏豪自恨忙中大意，不由搔頭躊躇。起初奔入林中，是賊明我暗；現在要奪路出林，卻是賊暗我明了。但是，事情已緊急萬分，遠遠地已聽見散漫的呼哨聲，看光景，賊人的接應不久就要尋來。滿盼望林外潛伏的二賊也應聲打起呼哨來，自己立刻聽出二人藏身之處，便好躲避著往外闖；偏偏這二賊一聲也不響，這舉動更是可惡。

　　魏豪在這一髮千鈞的時候，哪敢耽誤？在林中東探一頭，西窺一頭。無可奈何，被那遠處的呼哨，聲聲催逼著，只得又引著程氏，溜到西面林邊。西面林邊依然悄靜，青紗帳前，那疏疏落落的幾行大樹，被雨打得簌簌發響。魏豪算計著奪路出林，應該一口氣奔到大樹下，再徑竄入青紗帳裡，然後再一步一步地往前闖。他盤算好了，把手中刀一揮，又探囊取出

兩隻鏢，低低地叫了聲：「嫂嫂跟我走！」猛然間兩個人一先一後，從林中奔突出來。

摩雲鵬照舊在前，程玉英照舊跟蹤在後。摩雲鵬才說得個「走」字，一縱身便往外竄。陡然覺得離身旁不遠處，一棵老柳樹上，樹葉唰啦一聲微響，一條黑影如飛燕掠空，竄落在平地上，身法輕靈，竟沒有什麼大響聲。跟著又一挺身，把路攔住。程玉英吃了一驚，不知不覺縮住身形，不敢往外竄了。摩雲鵬卻已竄出林外丈餘遠，也是吃了一驚，回頭一看，程玉英竟沒有跟上來，大為著急，失聲叫道：「嫂嫂還不快來！」抖手一鏢，照來人打去。來人哈哈大笑，急忙一竄，一撮口唇，打了一個呼哨。從樹林那一面，應聲奔過來一條人影。嘩啦一聲，亮出七節鞭來。果然還是那兩個賊人，卻分兩路，把魏豪、程氏的來路去路都截住了。

這二賊也是行家，見魏豪等奔入林中，一任破口惡罵，竟不答聲。二賊料定魏豪未必敢跟他耗到天明，抓住機會還是要逃跑的。持刀的賊詭計多端，猜想魏豪不跑便罷，要跑只有兩條道，一路是往回跑，一路必是奔西面，再鑽高粱地。因此二賊亂罵瞎打了一陣，立刻由持刀的賊出主意，自己在青紗帳前埋伏下，卻叫同伴持七節鞭，埋伏在來路上。果然把魏豪等又截住了，閃過了魏豪的暗器。持刀的賊狂笑一聲，叫道：「喂，朋友，你大概姓魏吧？魏朋友，你今夜鑽入爺們擺下的天羅地網了，再想脫身，那是做夢！識趣的趁早把林家母子獻出來，爺們念在江湖上的道義，原諒你各為其主，我們一定放你逃生。你再要東藏西躲，給姓林的老婆、孩子當奴才，妄想逃出爺們的手心。嘻嘻，朋友，你也估量著點！你也看看什麼時候了？你再聽聽動靜！」又一撮口唇，呼哨連響，與那遠處連續吹來的呼哨聲，遙為應答，果然賊人的接應打四面兜來，越來越近了。賊人的話並非是虛聲恫嚇。摩雲鵬魏豪聽了，越發驚懼，恨怒非常。程玉英娘子尤其驚慌，不由失聲叫道：「七弟，你顧不了我們了，你逃命去吧！」

摩雲鵬魏豪腰背一挺，破口大罵：「無心的惡賊，以多為勝，欺負人家孤兒寡母，你還有臉在江湖上叫？太爺不錯姓魏，太爺就是獅子林的師弟摩雲鵬魏豪七太爺！狗賊，太爺做的是救孤兒，拯烈婦，仗義全交。你們這群狗黨幹的是什麼？趕盡殺絕，不過欺負的是小孩子、堂客！你們但凡有點人心，就該放我們過去。我姓魏的把人家孤兒、寡母安頓好了，一定回來跟你算帳。你小子可有種，你敢做人事嗎？」兩個賊人狂笑不答，得意聲裡，刀鞭重舉，早又猛撲過來。摩雲鵬張目四顧，揮刀迎敵，大叫：「嫂嫂快闖過來。」

　　程玉英娘子於絕望中，掉下幾滴感激的淚來。猛一想，還不拚命，等待何時？將四百兩的銀包投棄地上，把腰帶一緊，又將腳下窄靴蹬一蹬，揚一揚手中的利劍，立刻叫道：「七弟，我來了！萬惡的賊，我娘倆跟你們有何冤何仇？我程玉英今天就死給你們，也落個全貞全節！狗強盜，我伯父鐵掌黑鷹少不得找你狗賊算帳！」突然飛身躍出來，奔到魏豪那邊，依舊是刀劍並舉，和二賊拚命死鬥。

　　摩雲鵬估量敵情，知那使刀的賊武功矯健，是個勁敵；那使七節鞭的本領卻不濟。但在昏夜密雨中，他那七節鞭卻不大好招架，怕程氏嫂嫂抵敵不了。摩雲鵬只可搶先一步，揮刀先敵住持鞭的賊人，叫程玉英娘子對付那個使刀的賊人。二賊似已定下狡謀，程玉英是個正對頭，二賊卻刀鞭齊上，專攻魏豪一人。而且不攻正面，單掩擊魏豪背後背負著的小孩。魏豪立刻識破賊人的詭計，雙腳攢勁，不容敵到，先飛躍到仇敵面前。持鞭的賊才一抖兵刃，持刀的賊已然當先攔住了魏豪。魏豪狠一狠，將厚背刀一擺，照賊人心窩就刺。賊人忙揮刀招架。程玉英娘子緊緊跟在後面，揮劍衛護著愛子鈴兒，雙眸看定持鞭的賊，不容他夾攻一個人。登時雙方捉對廝殺起來。魏豪雖是拚命死鬥，卻又無心戀戰，始終眼光注視著青紗帳，要伺隙逃亡。一面打，一面不住地警告：「嫂嫂留神！」是叫程氏留神

機會。程玉英連聲應道：「曉得！」兩個人相喻於無言，但仇敵也不用聽，早已懂得。這兩賊一邊動手，一邊一迭聲地打呼哨，招呼接應之賊，橫身擋住了二人。

摩雲鵬刀法兇狠，巴不得殺死一個賊，便可乘機逃走。那持刀的賊招數狡猾，一味遊鬥，要跟摩雲鵬耗時候，等接應賊人趕來合圍。摩雲鵬也早識得敵意，嗖地一連三刀，刀刀險毒。這賊人如風擺荷葉，左閃右閃，連躲開三刀，驟然大怒，倏地一翻手腕，刀鋒斜照魏豪的下盤掃來。未等魏豪招架，忽似旋風一轉，轉而又撲奔魏豪背後，背後背著鈴哥。程玉英叫了一聲：「好惡賊！」狠狠地一劍，照賊人削去，賊人擊刀自衛。黑夜中，七節鞭嘩啦一響，拋開程氏，轉向魏豪對面砸來。賊人的刀也趁勢夾攻，照魏豪後心便紮。七師父魏豪一招走空，早攢勁躥出一丈以外，立定腳跟回頭看。

持刀的賊卻又順手一刀，照程玉英劃去，七節鞭也趁空一收，嘩啦一下，也向程玉英悠打過來。當的一聲震響。程玉英失聲唉喲了一聲，閃刀架鞭，霍地一竄。摩雲鵬大驚，不要命地奔沖過來，厲聲喝道：「看刀！」刀鋒一閃，直向揚鞭的賊人紮下去。賊人回手掣鞭，魏豪挺身欺敵，用「大鵬展翅」，嗖的一刀，向敵手右肋斜削過去。這一刀厲害，賊人躲得稍遲，刀尖下掃，卻劃著右胯，賊人忍痛往旁一縱。魏豪忽覺腦後生風，他急忙縮頸藏頭，回身一刀，就勁腳下一蹬，也要往外竄出去。味溜的一下，雨地泥滑，背人身重，不由己地跟蹌斜栽出去。賊人大喜，躍過來叫道：「也給你一下！」都只為背後累贅，魏豪十分本領減去了一半。摩雲鵬一挺身反手刀一架，很不得力，噹啷一聲嘯響，自己的厚背刀竟被磕飛。賊人又複一刀，魏豪拚死命地往外又一竄，被賊人刀鋒一帶，登時臂血流離。

摩雲鵬狂吼一聲，把左手一揚，喊道：「打！」一縷寒星射出，不管打

著打不著，自己趁勢連連縱躍，逃出戰鬥場。只叫得一聲，「嫂嫂快來！」鋼刀已失，唰的一下，把林廷揚那口遺劍挈出，右手只一揮，左手掌也一張，分拂禾稈，沒命地突入青紗帳裡。賊人揚聲大笑道：「姓魏的，看你跑到哪裡去？姓魏的真夠朋友，再給太爺招呼招呼，鑽高粱地的不是好野貓！」又叫罵道，「你就放開兔子腿也不行，白掙命！你小子鑽到哪裡，太爺也要把你掏出來。趁早把林家那個小兔蛋獻出來！」立刻禾稈亂搖，跟著唰啦啦一陣亂響，青紗帳裡跟蹤闖進兩條人影。摩雲鵬雖然狂奔，卻不敢以背向敵，怕傷了鈴兒。他一味側身往裡鑽，一霎時已鑽入十數丈。猛回頭，又不見程氏嫂嫂跟蹤逃來，卻聽得賊人醜罵，真個是被迫得走投無路，被罵得怒火中燒。摩雲鵬咬牙切齒，想生平未受此辱，男子漢死就是死，眼見得不易逃脫，略緩了一口氣，不由得複乂翻身，意欲拚命。只聽後面禾稈唰啦唰啦的，地上泥水撲嚓撲嚓的，黑影中，一個人磕磕絆絆奔逃過來，這自然是程氏嫂嫂。後面賊人緊追不捨，竟也追進青紗帳來。追來的賊人卻只一個，想必是那一個賊已經受了傷。摩雲鵬籲一聲，掄劍堵截。用劍一分禾稈，奮身一躍，也不管地上是泥是水，撲味往下一落，卻呼啦一聲，整個身子滑倒。鈴兒連摔帶嚇，失聲狂號，連叫：「娘娘，娘娘！」小孩子有了事，就知喊娘。程玉英捨命狂奔，險些被賊截住。幸而到底闖進來，卻叫賊人緊緊地綴上。一入青紗帳，兩眼黑乎乎，不曉得魏豪背著鈴兒鑽到哪邊去，心中正在惶急，忽聞鈴兒狂喊，嚇了一跳，立刻尋聲鑽尋過來。摩雲鵬已騰身竄來應援，滑倒躍起，相隔切近，已聞得程氏喘息。摩雲鵬把嫂嫂讓過來，賊人跟蹤追到。摩雲鵬手疾眼快，一聲不響，從斜刺裡，陡然探身挺劍，往前一刺。只承望一下出其不意，可以奏功脫險；哪想此賊真是勁敵，追得狂，卻閃得更快，只恍惚見禾稈一搖，便留了神。魏豪的劍紮來，賊人陡然撤身，往旁一滑，只聽稀裡嘩啦，禾稈排山倒海地倒了一片，賊人已然橫躲到一邊。跟著撲味一聲響，

賊人似乎也已滑倒。摩雲鵬魏豪大喜，尚想揮劍上前，尋仇下手。不防賊人早把手一招，狂叫道：「好東西，看傢伙！」摩雲鵬急閃不迭，熱辣辣的肩頭上又挨了一下。後面禾稈唰啦唰啦又響起來，分明追進來第二個人。就在這時候，呼哨聲又一迭地吹起來。

摩雲鵬、程玉英兩個人登時不顧一切，抹頭又跑。兩個人力氣已盡，只得最後掙扎，溜得一步算一步，跟跟蹌蹌又奔出去數丈，抓著禾稼，止步喘息。聽後面禾稈撥動聲，泥水迸濺聲，居然隔得遠些了。兩個人曉得一陣瞎鑽，或者已經逃出賊人的眼底。摩雲鵬暗暗地觸了程氏一下，程玉英暗暗地摸了鈴哥一把。只等得稍微緩過一口氣來，兩人這才輕輕地、悄悄地挪動。他們不敢亂撞，順著地壟，扶著禾稈，一步步往外試探著溜。溜出不遠，再傾耳聽四面的動靜。忽聞後面沒響聲了，前面又唰唰啦啦地響，地面上也聽見爛泥吧嚓的聲音。兩個人嚇得不敢動，索性蹲下來屏息細聽。

聽了半晌，在雨聲聒耳中，聽不出什麼動靜來。這更令人可怕，準知道賊人埋伏所在倒好防備；如今一點動靜沒有，正是說不定賊人是在身旁，還是在前面。程玉英娘子此時心膽俱裂，有求死不得的苦處。摩雲鵬魏豪更是滿腔焦急，鈴兒小孩子贅手，程氏女人家贅腳，自己就有出眾的本領，當此疲難之局，也要束手待斃。可是人生但有三分氣在，又焉肯束手待斃？

魏豪躊躇著，忽然霹靂一聲，天上響起一個焦雷，倏地數十道電光橫空亂閃，照得曠野霎時間通明。魏豪也不禁一震，程氏娘子嚇得一哆嗦，鈴兒更大大吃了一驚，登時逃難的三個人倒有兩個失聲，喊了一聲。只魏豪還鎮得住，沒有出聲，卻更加著慌。他急急地站起來。向程氏潛打招呼，舊地方勢不可留，就該作速再往外逃。跟著又是一陣殷殷隆隆的雷聲，又是一條條電光。電光過處，看見前面林木掩映，似乎有村舍，似乎

就是柳樹崗。摩雲鵬立刻從青紗帳竄出來，要橫越小徑，就往村崗上搶。

不想魏豪才從青紗帳竄出來，側面小徑上一聲暴喊，突然撲出好幾條人影。魏豪心驚，卻並不慌，這本是意料中的事。急忙翻身退回，再回頭向程氏急叫：「不好，賊都來了！」叔嫂二人不敢徑搶村崗，竟退入青紗帳，踏著爛泥，往斜刺裡逃。田中土軟，又濘又滑，而且步步陷腳。魏豪道：「不好！還得尋田中小道走。」但是時不暇待，賊人奔尋聲，呼哨聲，聲聲驚人。既已望見魏、程二人的蹤影，立刻合攏來，往一個地方追尋過來。前前後後足有五六個人。不用說，賊人的接應已然來到了。

程玉英這一宵逃亡，越走越慢，只仗著深夜豪雨，尋丈外都辨不清身形。賊人雖多，也很小心，叔嫂二人借此才得稍緩了一步。摩雲鵬尋路，東闖一頭，西奔一頭，聽見動靜便退轉，遇見阻礙又回身。他似熱鍋螞蟻，盤旋了幾遭，賊人的呼哨只是打圈跟著轉。魏豪急得兩眼怒睜，只是沒辦法脫險。他唉了一聲，覺得這樣逃法，累也累死了，逃卻逃不出去。這時候雷聲雨勢越發驚人，震得人耳欲聾，澆得人身上滴水。魏豪猛然切齒道：「還是得闖！」

摩雲鵬到底不弱，說一聲走，首先竄出青紗帳，一溜煙地搶上村崗。程玉英奮力跟過來，可是回頭一看，在她背後，竟有一個賊人從旁邊躥出，看看也要搶上來。摩雲鵬急中生智，往村前緊竄了兩步，倏地一換步擰身，斜往旁一縱，急又往下塌身，潛伏在路側。劍鋒插在地上，一伸手，掏出兩個飛蝗石子，趕緊覷準了賊人的來路。程氏塌著身子，努力奔逃過來，張眼四顧，找尋魏豪和鈴兒。魏豪一聲也不響，容得程氏竄上土崗來；眨眼間頭一個賊人箭似的追逼已到，刀尖一挺，再一竄，便要紮程玉英。程玉英一回身揮劍，賊人略閃一閃；魏豪慢慢地探出身來。果然是「明槍易躲，暗箭難防」。摩雲鵬一抖手，賊人猝然哼的一聲，咕嚕一滑，倒栽下崗去。

　　魏豪急忙又將身形一伏。只見程玉英回頭怔了一怔，複又翻身往村內奔去。再看賊人，後面又跑過來兩個。一見自己的人翻下崗來，一齊停步，搶問那個受傷倒地的同伴：「怎麼樣？是滑倒了，還是受傷了？」那受傷的賊人不待攙，懶驢打滾爬起來；怒罵道：「姓魏的，我不宰了你，誓不為人！並肩子，快上！我叫這小子打了一暗器。他在黑影裡悶著呢。快上，快上，先把這小子拾下來，好報仇！快著啊，怎麼還怔著！」一迭聲地催促，又連聲打起呼哨來。賊人那兩個同伴卻不盡聽他的話，攏著眼光先往土崗上看。土崗當前，不敢直闖，兩個人倏然分開，往兩邊一撤，打算從兩面抄上去。氣得受傷的賊罵不絕口，嫌兩賊膽小。呼哨聲中，青紗帳外，應聲尋跡，又竄出兩條人影。跟著從小徑上，撲嚓撲嚓的又跑來一個人。

　　賊人陸續地互相招呼著，撲奔高崗來。摩雲鵬據住高崗，這第二個石子便不敢再發，眼見得賊人正在尋找，暗器又是打了一個少一個。摩雲鵬忙轉身軀，往後一溜，撤回來，又往左一竄，直竄出一丈來遠，已覺著不易。然後伏身縱步，循著程氏嫂嫂的逃路，跟追下去。摩雲鵬身法本來很快，雖然疲極，趕出去沒多遠，已望前面黑影，知道是嫂嫂。他不敢出聲招呼，只微微地吹唇作響。程玉英回頭看了看，依然沿著村道直跑，越跑越慢，二目亂尋。魏豪努力追上去，前後距離還有一兩丈，立刻奮身一躍，到了程氏娘子的身後。程玉英娘子一聲不響，猛翻身，唰的就是一劍。幸虧魏豪早有戒心，急忙一閃身，撤步低叫：「嫂嫂，是我！」程玉英止步收劍，喘息著說：「嚇，七弟是你！你怎麼倒落在後頭了？」魏豪答道：「我藏在土崗後，略緩一緩追兵，給了他們一石子。」程玉英道：「哦，我說怎麼找不著你！七弟，你說進了村就不要緊，進了村他們還追，怎麼好？」回頭看了看，忙說：「你說聯莊會，聯莊會哪裡有？快找他們吧！你聽聽那裡直吹哨，他們又趕來了，咱快跑吧！」不等魏豪搭話，程玉英

拔腿便想跑。但是口說跑，心想跑，她實已不能跑。放眼一看，看見了村舍，又急急地說：「咱們先藏一藏吧！」

前面不遠，就有一座大莊院，似是鄉下富家的大宅子。這一回程氏娘子不知從哪裡掙出來一股氣力，雖則喘不成聲，卻向魏豪一點手，隨即抹轉身，奔那大莊院跑去。莊院高牆大門，門扇緊閉。程氏娘子撲到大門旁，兩腳用力，一伏身，往牆頭上便扒。竟未躥過去，咕噔一聲摔下來，急忙一偏臉，把手中劍拋開，幸而斜摔了一下，沒有搶破臉，只弄了一身泥水。程玉英一翻身跳起來，摸著了劍，急插在背後；如垂死掙命似的，急退出數步，一疊腰，一墊步，嗖的複又一躥，兩隻手扒住了牆頭。但是壁滑牆溼，抓了兩把泥，複又滑下來。費了很大氣力，到底沒有躥過牆，跳進院，程玉英絕望地呻吟了一聲。

摩雲鵬慘籲一聲，已曉得程氏要投入人家院內，避禍求救，連忙過來幫忙。哪知程玉英忽又變計，跑到那莊院大門前，用力把門一推。門扇掩著，內加雙閂，下加門檻，紋絲推不動。程玉英猛伸雙手，下死力，啪啪地一陣亂砸。用著破裂、尖澀、驚慌的嗓音，高叫：「救命啦！強盜殺人啦！……」手拍著還嫌不響，竟回手掣劍，將劍柄倒提起，當當的一陣狂敲。這卻把摩雲鵬驚呆了，急壞了。這自然是呼救，可也等於喊賊。荒村雨夜，女人狂喊，聽起來果然驚人。但只是雨聲瀟瀟，風聲瑟瑟，夾雜著這呼救之聲，人未必驚得動，狗卻驚得狂吠起來。就在這莊院門內，嗚的一聲，撲出來幾條狗，竟隔著門縫，在裡面亂竄亂嚎。

摩雲鵬情知非策，攔阻不及，也只得將錯就錯，急忙用眼一尋，另擇得一處大莊院，提起刀柄，用勁猛砸，厲聲呼救。卻只在一家門前連喊數聲，急敲數下，便霍地竄開，另換一家門口，再敲再叫。他以為如此，可將全村驚動了。又想著鄉下人最怕火警，放起一把火來，可將村民全嚇起來；可是雨夜中，又無法發火。

　　摩雲鵬捶門乞救，連移了四家門口。程玉英娘子竟像失了神似的，還在原來地方死敲不動。魏豪無奈，忙又竄回來，喊了一聲：「嫂嫂！」叫她不要盡在一處拍叫，還是一面呼救，一面找尋藏身之所。程玉英省悟過來，但她想，這一家牆高峻宇，必是大戶，反催魏豪跳進牆去求救。她卻不承想，夜雨犬嗥，女子慘叫，就是把村民驚醒，豈敢貿然開門？就跳到院內，人家也要疑鬼疑賊。況且山東多盜，村戶家家多有防盜的警備，門關嚴扃，牆築望臺。這時節，路南第五大門，已有大膽的居民驚動起來，在暗中潛登更道，向外窺望，並已派出人，悄越鄰牆，到鄉團報警去了。

　　當下，摩雲鵬只催程氏嫂嫂疾走勿停，不要耽擱，速覓妥處。兩人剛剛走出兩三箭地，到一小巷口，正要投進去，忽見對面黑影中，似有人影一閃。摩雲鵬急忙縮步。程玉英驚道：「糟！」悔之不迭，兩個人翻身往後退，這如何來得及？只聽吱的一聲呼哨，巷內竄出四條人影。前三條人影如猛虎似的直撲過來，後面兩條人影卻從斜刺裡奔繞過去，似欲堵退路，又似出去勾兵。但這一回被賊追入村中，程玉英出聲呼救，倒也收效；賊人竟有所顧忌，揮兵刃圍上來，一聲不響，只微微吹哨。

　　摩雲鵬、程玉英一夜奔逃，到此實已力盡。摩雲鵬畢竟英挺，雙眸怒張，回身迎敵，急催程氏快跑。賊人低喝道：「哪裡跑！」倏然圍攻，已到身邊。

　　摩雲鵬頓足痛恨，把手中劍掂得一掂，料想逃不脫，竟要橫劍自刎。但這又如何甘心？況也來不及了！賊人分三路進搏，頭一個賊人把刀鋒一展，劈面砍來。摩雲鵬不知不覺，一挫身閃避；右手劍一翻，又不知不覺，照賊人削去。三寸氣在，依然與賊人拚鬥起來。

　　摩雲鵬一把劍力敵三寇，三寇是一把劍，一柄刀，一隻鞭，把魏豪走馬燈似的裹在街心。賊人冷笑熱罵，魏豪苦鬥死戰。背上的鈴哥較才背時，顯得越發沉重，越發運轉不靈，跳閃不迭。三賊連笑揮刃，誚道：「姓

魏的，認輸吧！看你蹦到哪裡去！」魏豪不住手地且戰且走，如風旋磨轉，連鬥了二十幾個照面。小孩子在背上，格外地險惡吃力。喘息越粗，苦戰越吃力；不自覺地叫道：「嫂嫂還不快走！」也沒有想到催她往哪裡走。但程玉英娘子這時候，竟已逃進一個小巷。

又鬥了數合，一個閃躲不及，摩雲鵬右肩頭上，被對面賊人掃了一劍。摩雲鵬負痛一躍，右邊賊人趁隙遞過來一刀。魏豪奮力招架，又拔身一閃，忽然背上的鈴哥也失聲慘號了一聲，跟著叫起娘來。魏豪情知命盡今日，心神一亂，倏然間又被賊人的鞭掃著了一下，跟跟蹌蹌險些栽倒。

三個賊人三叉形把摩雲鵬魏豪圍住。摩雲鵬困獸猶鬥，雖然力盡，累年苦學來的本領識見，不因臨險而忘卻，反因瀕危而拚命，把生平功夫都施展出來。忽然夜戰八方式，把敵人一沖。敵人略閃，摩雲鵬抓個機會，竄到那大莊院牆隅角前面。兩牆相對，交成人字形，摩雲鵬托地躍過去，貼牆倚背，負隅障身，保住了後三路。

賊人還以為他要跑，忽地追過來。哪知魏豪雙目一瞪，厲聲喝道：「狗賊，老子跟你們拚了！」把亡故師兄林廷揚的那把劍，上下揮霍，使得呼呼風動，敵住了前左右三面敵人的兵刃。

這時候，摩雲鵬生望全無，自分必死；但有一分力，就爭一口氣。又苦鬥十數合，志在拚命，可是已經力不從心。忽然聽程玉英娘子遠遠狂喊了一聲，略一分神，險些被敵人削斷手指。百忙中，黑影裡，偷向兩邊一望，恍然見程氏嫂嫂喊著狂奔過來，卻在她身後緊緊綴著十多條人影。這程氏嫂嫂怎麼不往小巷裡藏，反倒往這裡跑，豈不是送死？摩雲鵬咬牙切齒，發恨道：「想不到今日全完……」終夜奔命，逃生無路，喊救無靈，終不免於同歸於盡！最不甘心的是落在仇人手裡，死還受辱！摩雲鵬登時一頹懶，胸中沸騰騰的熱血撞上來，眼冒金星，耳輪轟鳴，似聞得一片鑼聲。跟著一聲狂喊，又似身邊響了一片焦雷，也不知來了多少賊，黑影亂

竄，竟都攻到了自己面前。

摩雲鵬已然失神了，慌忙中揮劍亂砍，忽上忽下，遮前擋後，這才是人於望斷力絕時，發出來的掙命狂力。原打算的主意，見危授命，橫劍自刎，決不落到賊人之手，此時已然慮不到，而且也來不及。就只顧得一把劍照前面、左面、右面，狂掃亂刺，口中噴沫，一邊死鬥，一邊狂呼。

猛然間，周圍譁然一陣大噪，前面人影亂晃，耳畔聽頭頂上越發嗡嗡作響。魏豪此刻越發耳鳴眼花。只聽一人喝道：「呔！休要動手！」魏豪吁吁地狂喘，依舊不住手地掄劍亂砍。苦戰累乏，只剩了眼面前，掃、剁、挑、紮，這幾招。忽然，大腿上被撓鉤搭住，他還想掙開，努力地往旁一蹥，氣力早不行了。急忙變招收刀，掄劍把鉤竿一挑，卻又沒挑開，黑影中又來了一杆撓鉤。魏豪一掙，撓鉤一拖，地上溼漉漉的滑，驀然一扯而倒。敵人哄然齊喊了一聲道：「捉住了！活的！」

但是摩雲鵬狂吼了一聲，背著鈴兒，霍地起來，凝眸只一掃；黑壓壓十多個，二十多個，敵人全上來了。摩雲鵬又一聲怒吼，手中劍急急地一擺，往前一沖，驟又往旁一退；利劍倏然橫過來，猛往頸下一勒。果然來不及，前面、後面、左面、右面，許許多多人把他圍住，胳臂上、手背上，重重地挨了一下。同時從後面襲來兩三個人，把自己抱住。摩雲鵬拚命一掙奪，登時丫丫杈杈地又伸過來許多手。摩雲鵬的劍竟被人奪住。耳邊聽人笑罵：「抹脖子，算什麼光棍！」同時，背後的鈴哥也慘叫起來，直著小嗓子狂叫：「救命！」

可憐的七歲幼兒，也不免慘死！摩雲鵬如亂箭穿心，情知落到仇人手內，摩雲鵬鋼牙一挫，如帶箭虎，如折角牛，破死命把渾身筋力一攢，一聲怪叫，突然掙脫出來，又破死命地拳打，腳蹴。只聽哎喲一聲，似乎踢傷了一個仇敵。魏豪這時刻，只恨兩拳力薄，兩腳勁小，現在是打一個，便宜一個；打一下，便宜一下。臨死也不叫賊人稱心。仇人若是一怒，給

自己一刀，自己倒換來一個痛快。於是，惡狠狠地一撲，卻又被人家攔腰抱住，跟著兩腳也被人拘住，跟著兩臂也被人拿住。摩雲鵬掀天撼地的一陣狂叫亂掙，只是這一回再掙不出來了。只聽周圍亂哄哄的七手八腳，把自己亂推亂搡，又七言八語地亂罵道：「這小子真玩命！先把他撂躺下！」摩雲鵬知道完了，一陣急怒，精神越發迷惘。耳畔又聽見一個女子的腔口道：「諸位行好吧，他是累昏了！……七兄弟，七兄弟，你怎麼不認人了？」這卻是程玉英嫂嫂的口吻，同時也已聽見小鈴子哇哇的放聲大哭著叫娘。摩雲鵬手足不能動，已然被人撂倒捆上，他強自支持著，把眼睜了睜。但是眼前直冒金花，任什麼也看不見。當下，長嘆一聲，昏厥過去了。

第十一章　亡命客款關求救

第十二章　聯莊會傳檄禦賊

　　摩雲鵬魏豪通夜避仇，數番苦鬥，到底被許多人擒住；他急怒交加，只長嘆一聲，登時昏厥過去。隔過好久，突覺得鼻孔鑽入一股子辛辣嗆人的煙氣，不由大嚏了一聲，兩隻手抬起來，一陣胡抒，把口鼻護住。耳邊聽得一個生疏的山東口音說道：「行了，緩醒過來了。」魏豪迷離中，猛將眼一睜，眼面頓然另換了一種境界。麗日當窗，身在屋中，自己是躺在一副門板上；只覺頭腦昏昏沉沉，眼皮撩不開。耳畔又聽一個人大聲叫道：「喂喂，起來，怎麼還裝死？」口吻強橫。摩雲鵬又睜開眼詳看，這是三間大房，卻四壁甚空，桌椅甚舊；倒高高矮矮，老老少少，聚了許多人，自己一個也不認識他們。他們個個都拿眼珠子正盯著自己。還有一個短衫男子，端著一隻水碗；一個中年男子在手裡拈著一個草紙卷，紙卷還在冒著煙。定醒片刻，摩雲鵬慢慢地明白過來了。這才覺得渾身酸軟，筋骨酸疼，一點氣力也沒有了。回憶雨夜逃亡之事，恍如一場噩夢。現在置身處既不像盜窟，那必是幸脫仇人之手，這大概是村戶人家了。但不知林嫂嫂和鈴哥的生死吉凶如何？魏豪記憶恢復，立刻掙扎著一翻身坐起來，揉了揉眼說：「這是哪裡？是哪位恩人，把我們救出惡賊之手？」抬眼尋看，程玉英和鈴哥俱不在眼前，不禁又惶急起來。看了看這屋子裡的人，多是年輕力壯的男子，都穿著短打，有的手裡還拿著木棒、皮鞭。在迎門一張舊八仙桌旁，坐著兩個人，一個紅臉，四十多歲，穿夏布小衫，手搖摺扇；另一個是個瘦老頭，手拿著煙袋，正自一口一口地噴吐。

　　摩雲鵬眼珠一轉，便已了然。這兩個人氣派不同，很像是個鄉紳；又看這三間房子大而且曠，不像住家，那麼自己昨夜被捉，竟是落在鄉團聯莊會手裡了。揣度著不錯，便要下地拜謝，詢問程氏母子的下落。沒想到

他剛剛坐起，便過來兩個人，把他按住。另有一個人，便拿出一根繩子，要把魏豪捆上。魏豪究竟年輕，昨夜雖然失力昏過去了，此時卻還有勁，把手一格，忙道：「你們別這樣。我是走道遇見匪人了，我們不是歹人啊！你不見我們還帶著家眷嗎？」

正在紛唊支拒，那個赤紅臉的紳士已然轉過頭來，突然發話道：「你們不用捆他，等我們先審一審，看他也跑不到哪裡去。」又向那瘦老人道：「這個人身上帶著銀子，還有劍，還有鏢。」瘦老人道：「是的，二爺說得不錯，總得細審一下。我說何老三，七金子，你們倆把他押過來。」

立刻過來兩個壯丁，一邊一個，把魏豪押了過來，緊緊地抓住了魏豪的手腕。魏豪沉住了氣，更不支拒，直挺挺地一站，向兩個紳士點一點頭。這兩個紳士就大模大樣詢問起來。摩雲鵬叩問程氏嫂嫂和侄兒鈴哥，紳士並不搭理，只板著面孔，究問魏豪的來蹤去影，姓什麼，叫什麼，幹什麼行業？為什麼黑夜手持兇器，攜帶婦孺，闖入村莊？又挨家敲門怪叫，是什麼意思？那一個婦道和那個小孩子，自稱是你的妻子、孩子，這話可對？你們究竟是要做什麼？那許多人追你們，又是為什麼？你們是怎麼一回事？

問的這些話，摩雲鵬細細聽了，不由愕然，想了一想，暗道，莫非程氏嫂嫂對他們自稱是我的妻子？……這，豈有此理！魏豪到底在江湖上歷練有年，只略一盤算，連忙說道：「那不是，那不是。那位婦道乃是我的嫂嫂，那小孩是我的侄兒。我們是臥牛莊林家，我是接嫂嫂來的，不幸遇上了仇人。」

摩雲鵬半虛半實地把自己的行藏，說了一遍。那兩個鄉紳模樣的人互相示意，臉上緩和多了。摩雲鵬現在說的話，和剛才他們盤詰程玉英娘子，哄問鈴哥兒話，恰好大致不差。他們都疑魏豪持劍夜行，多半是拐帶婦孺的匪人。但男女三個人說的話既然無異，他們便釋然了。跟著又問，

怎樣遇見的惡人？魏豪有問必答，自稱是保鏢為業：「師兄去世，奉命接送師嫂、師侄回家，不想遇見我們從前保鏢結下的仇人，是一夥綠林大盜，結夥邀劫我們。仗著我們事先得著資訊，把細軟行囊全先運走，我們乘夜取路避仇，倒運竟在半路上遇上他們了。在下的師兄，就是臥牛莊保鏢林家，諸位想必也有個耳聞。」如此這般，細說了一遍。這兩個紳士便把原來的猜疑一掃而空了。但是那四十多歲的紳士依然沉著臉，很是惱怒，似乎非要把摩雲鵬重辦不可。摩雲鵬自是不明白，昨夜拒仇拚命，他竟把人家聯莊會的壯丁，連傷了三四個。

這地方正是小辛集聯莊會的公所。當摩雲鵬被賊圍攻時，程玉英娘子竟得逃出，奔入另一條狹巷中，但已渾身無力，寸步難挨了。強自支持著，往巷內黑影中一竄，竟撲地滑倒。又強支著，剛剛扶牆爬起來，還未及覓地暫避，猛聽前面有人語踐踏聲，緊跟著那邊巷口，一道黃光如車輪般一掃，影影綽綽閃出來好幾個人。程玉英哎呀一聲，驟然躍起來要跑。忽又想再逃不出仇人的毒手，慌忙貼牆，把劍橫在頸下。卻不料孔明燈黃光又一掃，這幾個人影徘徊不進。有一人突然發了話，分明聽得山東的鄉音道：「賊人在哪裡？」分明這腔口不是仇人，是本村的人。緊跟著燈光對自己來來回回照射過來。又一個人大喝道：「什麼人敢來探莊！」

程玉英猛然省悟，這別是聯莊會吧？她正在驚懼、猜疑，那幾個人竟齊聲威嚇著，也是不敢過來。程玉英仍把劍橫在頸下，倚著牆根喘息，貿然叫道：「我們是逃難的，遇見土匪了！我兄弟那不是叫匪人圍上了？」黑影中聽得咦的一聲道：「真是個婦道，你是誰？」人影中燈光閃動，似有人往這邊走來，且走且吆喝道：「不許動。站住了！」但是，程玉英氣力早懈，就要她動，也須緩過氣來，才能動轉了。

俄頃之間，鑼聲忽起。對面腳步踐踏聲中，挑出一對燈籠來。跟著這對燈籠往程氏這邊，一晃一照，一晃一照，幾個人影走了不多遠，忽然躊

踏不前，似正挑燈往這邊端詳。果然照了又照，似已看清巷口牆根，確像是個女子，倚牆發喘。跟著這才有一個少年人呵斥著，似要奔上前來。忽然，又聽見一個濁重的聲音喝止道：「嗐！你別冒失，你不瞧那婦道手裡還拿著什麼哩，留神看給你一下！……喂，我說你這女子，你別動，我們得驗看驗看。」只聽又一人道：「你們看住了她，我去稟報副會頭去。」履聲囊囊，一個人撤回去了，五六個人撲過來了。

程玉英娘子已看出對面燈籠「守望相助」四個紅字，登時如絕地重生，把顆心一放，不由渾身酥軟，癱在地上了。喘息著向來人說道：「鄉親們快救人吧，我兄弟叫好幾個賊圍上了，還有我的孩子呢！」

這夥聯莊會本是鄉下力笨漢子，沒有什麼本領，專恃人多為勝。但這裡的副會頭辛佑安和他的三兄弟辛佑平、大侄兒辛宏明，卻不含糊，手底下頗有兩手武功。五更風雨，乍聞得人呼犬吠，旋聽得會丁報到面前，知有匪警，立即鳴鑼。片刻間，聚來三四十人，紛紛尋聲搜索起來。有幾個登高瞭望，在牆頭要道上，恰好瞥見群賊攢攻魏豪。又有幾人抄小巷搜尋，恰遇見程玉英。辛佑安率眾人挑燈提槍，先趕到程玉英面前，查看盤詰。程玉英掙扎起來，訴說前情。辛家弟兄本曉得獅子林的威名，立催會眾上前拿賊。人多勢眾，氣勢洶洶。程玉英居然支撐著，挺劍當先，引領聯莊會眾撲奔鎮口。正是天下事難以逆料，程玉英倒救了摩雲鵬。

這出剿的三十多個會眾分做兩路，多一半拿長花槍，少一半提單刀、木棒。辛佑安恃勇當先，率領十數人，直撲向魏豪被圍之處。辛佑平和辛宏明卻引十餘人，繞道斜抄賊人的退路，以收夾擊之效。督隊急進，相隔已近，一抬頭，突見兩個賊人躥房越脊，迎面奔來——這正是追搜程玉英的二賊涼半截和紀花臉。邪不侵正，賊人膽虛，這二賊突然間瞥見聯莊會的紅燈，又聽見鑼聲喤喤，人聲雜遝，兩個人哼了一聲，抽身便往回走。辛佑安斷喝一聲：「好賊子，往哪裡跑？」抬手打出一石子，率眾急追

過去。一霎時，小辛集內外鑼聲四起，鄰近各村莊先後聞警，燈籠火把，東一處，西一處，冒雨沖出來。守望相助，齊聲鼓噪，倍顯得聲勢驚人。窮追尋仇的賊黨，不由得倒吸了一口涼氣。

那包圍摩雲鵬的賊人，還想把仇人撂倒再走，但這如何來得及？海燕桑七、降龍木胡金良揮兵刃，兀自急攻。他的同伴卻已看著不妙，雞冠子鄒瑞嗖地躥上臨街的矮房，往四面望了望。這一望，登時看見這村鎮和鄰村三三五五的火光，在雨中閃爍，齊奔這邊撲來。若緩走一步，就怕走不脫；而且估摸時候，早已五更，只是陰雨天暗，顯得昏沉罷了。那矮房對面高大的莊院，並已有據住更道，往自己這裡亂投石塊。雞冠子鄒瑞急跳下房來，一聲呼嘯，催同伴作速退出村外。

這時聯莊會辛佑安已率眾趕到，辛佑平也從後繞過來。有幾個大膽的壯丁，年輕快腿，也不等火把，也不等梆鑼，竟挺花槍，緊隨辛佑安和辛佑平，分兩路抄來。兩廂一擠，賊人海燕桑七、降龍木胡金良大吼了一聲，急招呼同伴烏老鴉葉亮功、涼半截梁文魁、九頭鳥趙德朋等往外沖。胡金良就是身探清江浦鏢局，自稱名叫胡建章的那人，他的真名叫降龍木胡金良，善使齊眉棍，此時卻使的是刀。桑七揮刃開路，胡金良橫刀斷後，招呼同黨撤退，向辛佑安喝問：「什麼人敢攢太爺的事？」聯莊會眾一陣亂罵，沒人正經搭話，卻已刀槍齊上。胡金良厲聲怒罵：「太爺乃是來報仇的，你們倚仗人多，竟敢胡攢，早晚太爺把你們洗了！」胡金良放下這話，這才翻身退出村外。聯莊會呼噪著追出鎮外，又搜尋了一程，便結隊而回。辛佑安把程玉英母子領到自己家中，由他妻子款待著，更衣敷藥，煮粥治食。只有摩雲鵬魏豪苦戰失神，把聯莊會救他來的人，誤認作賊黨，竟被他連傷了三四個。聯莊會眾譁然大怒。辛佑安叔侄急忙過來，一齊動手，把魏豪擒住。程玉英哭著呼喚，摩雲鵬昏厥過去，半晌沒有甦醒。辛佑安存了一番顧忌，不願舁到自己家，遂吩咐會丁，用木板把魏豪

抬到鄉公所，留下三弟辛佑平設法熏救。辛佑安便回轉家來，向程玉英打聽遇盜的事情。

摩雲鵬獨留在鄉公所，直到雨住天晴，太陽升起很高，方才微籲一聲，緩醒過來。正會頭夏二爺，和鎮中素常出頭的人物，都到公所來詢問。因惱著魏豪誤傷會眾，盤問起來，聲色俱厲。摩雲鵬渾身傷痕，又看不見程氏母子，問他們，他們又不好生回答他，偏偏辛佑平也回去了。摩雲鵬應對之間，辭色漸不平靜，雙方越說越擰。有的人就要照聯莊會平常治盜的法子，把魏豪捆起來，活埋了。正在翻臉相鬧，忽聽院外一個響喉嚨叫道：「那個逃難的救活了沒有？」

摩雲鵬抬頭一看，此人年約三十六七歲，長眉毛，大眼睛，身材魁梧，神情粗豪，另帶一種豪爽之氣，並不像鄉下人。此人身穿山東繭綢短衫，敞著衣襟，捏著一把九根柴大扇子，呼扇呼扇地扇著，大又步走進來。身後跟著一個十八九歲的少年，面貌微黑，也很透精神。會首夏二爺就是上首坐的那個紳士，忙欠身站起來說：「辛二爺才來。」這進來的人便是聯莊會副頭辛佑安，那少年便是他的侄兒辛宏明。

辛佑安一到場，立刻把誤會全解了。公所裡聯莊會的壯丁此時只剩下十幾個。辛佑安張眼四顧，問道：「他們呢，都散了嗎？」夏會首道：「正是，我想沒什麼事了。這時候田裡正忙，不過是幾個過路尋仇的小賊，趕跑也就完了。想著也沒什麼後患，所以我就打發他們回去了。」辛佑安道：「哦！」說了幾句閒話，遂向夏二爺道，「夏二哥，你不曉得這位？這位魏朋友說來還不是外人，就是咱們鄰村臥牛莊保鏢林、林廷揚鏢頭的七師弟。二哥，原來咱們昨夜救的那位婦道，就是林鏢頭的娘子。林鏢頭那樣英雄，你可知道竟死了，還是叫一夥水賊暗算的。」

夏二爺道：「我剛才也聽說了。不過這個人說話口音很特別。辛二弟你說這事怎麼辦？我們後街四房裡的老五，大胯上叫這人紮了一刀，傷很

深。我們怎能夠模模糊糊地就把他放了？況且二弟街上的人，我也聽說有受傷的。」辛佑安賠笑道：「別提了，一動上手，真刀真槍，哪能不帶傷？說真了，這可真是一場誤會。二哥的本家受傷了。還有我們八房上的辛老台，也叫這位魏朋友打了一拳，把眼眶子都打青了。我們大侄子，也挨了一腿。這裡頂重的還是張拴叔，那可是被賊人傷的，恐怕要落殘廢。……我說魏朋友，我們盡喊著別動手，別動手，你怎麼還打？賊早跑了，你老哥背著個小孩子，掄著把劍，一個勁地亂喊亂砍，連林大娘子招呼你，你都聽不見。拿鉤槍把你搭住了，還被你掙脫。要不是我冒著險，從背後把你抱住，你真個的就要抹脖子。」辛佑安說著哈哈地大笑了，把大拇指一挑道，「魏朋友，你真夠味！剛才我聽見林大嫂說到你了，你們倒是真義氣，可算得是生死之交，存亡不渝！」

　　摩雲鵬是外場朋友，人家對他客氣，他倒越發惶恐起來。回憶前情，若不是人家聯莊會出來，把賊人驚走，自己準得死在群賊手裡。當時自己力竭失神，目昏耳鳴，只顧一味亂砍亂打，哪曉得傷了人家的人？不由滿臉慚愧，這才問明了公所在座的各位姓名，咬牙忍痛，向眾人一一周旋拜謝。誤傷致歉，相救承情，說了許多感激不盡的話。又說出：「誤傷的各位，在下行囊中還有幾兩銀子，可以拿出來給各位調治調治。就請二位會頭費心，給看著掂配一下，我實在太對不住了。」正會頭夏二爺一見這情形，也不好再說什麼，只好作罷，把面子都送給辛佑安。辛佑安見摩雲鵬言動如常，雖然臉上氣色難看，料想已無妨礙，這才把摩雲鵬也邀到自己家來。摩雲鵬的兵刃包裹，也都由辛佑安叔侄代拿著。摩雲鵬一步一瘸地跟著走，來到辛宅，讓到客廳內。辛佑安吩咐長工打臉水，看茶，備飯。這一番逃難，摩雲鵬肩頭受了賊人一暗器，腿上受了聯莊會一鉤鐮槍，頭上也好像叫什麼東西砸了一下。他受的傷不算重，只是背著個小孩子，掙了一夜命，又是且戰且逃。若不是他體質素強，換個人怕不當場吐血？程

玉英娘子臂受刀傷，鈴哥林劍華後臀上被劃傷了一條口子，頭臉上也有浮傷。雖然都不甚要緊，只是一路顛頓驚恐，又被大雨淋澆，七歲的小孩子有多大抗力？此時鼻塞面紅，周身滾燙。程玉英娘子守著孩子，在生人家裡，不敢哭泣，吞聲流淚，拉著鈴哥的手，捫頭撫胸，寸心欲碎。多虧辛佑安、辛佑平和大哥辛佑良弟兄三人，輕財好義，患難中倒成了程氏母子的一路福星。

辛二娘子把程玉英讓到內宅寢室，更衣尋藥，恤難詢情，頗盡地主之誼。又見鈴哥小孩子神氣不好，叫程玉英娘子給他脫去溼衣，敷上刀創藥，拿被單蓋了，放躺在炕上，對程氏說：「這位大嫂不要著急。人誰沒有一步難呢？你歇著你的，別過意。這小孩子他是嚇著了，叫雨水激著了，睡一覺，吃點藥，燒就退了，大嫂別害怕。」又給煮粥，又給找藥，把牛黃鎮驚丸和紅靈丹取出，也不管對症不對症，鄉下人以為是藥就治病，催著程氏娘子給鈴哥服下去。粥熬好了，辛二娘子又催程氏母子吃粥。鈴哥吃不下去，倒喝了許多水，忽地叫了一聲娘：「娘，怎麼我的外祖父還不來？娘娘，這些賊還欺負咱們來不？」小孩子禁不得大險，更不待他娘慰答他，小眼睛一閉，又迷糊過去了。倒引得程氏娘子滿懷悽楚，吞聲下噎。

辛二娘子勸程玉英躺下歇歇。辛大娘子、三娘子當作稀罕事，也來打聽逃難遇仇的情形，聽了都很嘆息。又問：「那個昏過去的男子是誰？你們這是打算投奔哪裡去？」又打聽程氏怎樣用劍發箭，跟賊人對敵的情形。程玉英娘子急裝緊褲，背劍袖箭，武功雖然弱，在尋常婦女眼中，究不免詫為奇人。辛三娘子又說：「林大嫂不要客氣，儘管躺著說話兒，別價起來。你老不知道，咱們才隔著二十多里地，鄉里鄉親的，都不是外人。保鏢林家誰不知道？我娘家的表妹就嫁在榆樹坡程五爺家，是二兒媳婦。你們老人家鐵掌黑鷹程老英雄，一隻手掌劈斷一棵小柳樹，那是我親

眼看見過的。」程玉英答道：「那是家伯父。」三娘子道：「哦，不是你的老人家呀！你是他老的什麼人？」二娘子笑道：「三嬸子好糊塗，自然是侄女兒呀！」三娘子拍掌道：「喲，我懵住了。」竟說長道短，談起閒話來。後來還是辛大娘子見程氏疲怠的樣兒，這才把兩個妯娌邀出去，替程氏放下門簾，任由程氏娘子在東間內室躺著歇息。

　　程玉英娘子是個健婦，但這時候頭腦上如壓著重鉛，渾身竟如散了板一樣，腳底下尤其酸痛，只是忍住不呻吟罷了。她和鈴哥、魏豪渾身都滾成泥團，連頭髮裡都是泥水了。這時母子全換了乾燥的衣服，把傷處也包紮停當。居停主婦已出，再也支援不住，身子一倒，不禁低低咳了一聲，落下幾滴眼淚，偎著鈴哥躺下了。悄悄捫著鈴哥的額頭、手心、胸口，覺得這孩子的小手竟一時一時地瘛動。程氏娘子不由擔心害怕，這孩子是嚇病了。萬一有個好歹，那可怎麼好？想到此，萬分痛恨仇敵，心想伯父鐵掌黑鷹若在家中，何致如此？可是不幸中的大幸，還有這一個仗義急難的七師弟魏豪。若沒有他，娘兒倆到今日，還不知是死是活哩！可是七師弟他竟失神亂砍，瞪著眼連人都認不得了。等到把他按住，他竟閉過氣去，面黃息微，呼之不醒，生生地累壞了。他還微有鼻息，公所中的人說不要緊。萬一他真個累死了，那麼，自己一個孤孀，鈴兒一個孤兒，大仇當前，未必甘休。若依然窮追不捨，現在困在這小辛集，前進，後退，事在兩難。還有押行李車的黃、邱二位……

　　程氏娘子萬慮縈心，思索到極苦處，又不禁把鈴兒一摟，把牙咬得連響，思量著，容得這家主婦辛二娘子再進來時，便須央告她煩人到公所，看看七師弟魏豪，到底救轉沒有？她在東內間思慮己事，簾外卻聽見居停主人辛家三個妯娌，隔著堂屋，正議論自己的事。是怎麼公所裡的人惱著魏豪，還有人不很答應，要拿來當匪人辦他。程玉英聽到這一節，不禁惶急。但又一想，聽這口氣，魏豪當然是沒死，便又心頭為之一寬。

　　到了傍午，辛佑安把摩雲鵬邀到家來，更衣進膳，兩個人很客氣地談起來。辛佑安便打聽賊人的來路，怎麼結的仇。摩雲鵬見辛莊主性情豪爽，脾氣相投，遂不隱瞞，索性將實話說了。辛佑安聞言嘆息。摩雲鵬又向辛佑安詢問自己昏過去以後，賊人怎樣被逐，聯莊會可曾捉住賊黨沒有？辛佑安笑道：「我們這聯莊會，不過人多勢眾，湊到一塊起哄。說真格的，如何是賊人的對手？我們聯莊會前前後後出來五六十口子，賊人看光景也不過十一二個，簡直是麻稈打狼──兩頭害怕。我們全仗著嚷得凶，好像惹不得；又加上天快亮了，才把這十幾個賊趕跑。你老兄還問我們捉住幾個？實不相瞞，一個賊也沒捉住，倒叫賊人傷了一個。」說著大笑起來，跟著又將逐賊的情形說了一遍，把賊人臨走時放下了怨言的話，也告訴了魏豪。魏豪聽了，怦然一動。對辛莊主具說仇人歹毒，窮追不捨，他雖然負傷疲極，仍不敢多有耽擱。於是說了些感激的話，向辛佑安拜謝，請他把程氏嫂嫂和鈴兒招呼出來，商量著即刻趕路避仇。

　　辛佑安不知賊人的厲害，說道：「魏仁兄你忙什麼？仇人雖然惡毒，你住在我們這裡，決無妨害。我看仁兄傷勞過重，你走不得吧？」魏豪執意要走，辛佑安自不強留，遂進入內宅告訴娘子，把程玉英請了出來，陪到前院，與魏豪相見。

　　叔嫂見面，才隔半日，卻生死呼吸，恍如隔世，不由都掉下淚來。互問了傷勢，魏豪便問起鈴兒：「他沒嚇著？可受了傷？」程氏娘子嘆道：「苦命的孩子倒很皮實，一點也沒哭鬧，剛才睡著了。」魏豪道：「到底他受了傷沒有？」程氏忍淚道：「屁股蛋上劃了一道子，僥倖還不深。頭臉上也有點浮傷，我給他敷上了藥。小孩子疼得只吸涼氣，說出來的話更紮人。他扯著我的手，把小臉蛋偎著，盡只問他外祖父，和打聽七叔你，連他爹爹一個字也沒提。問我仇人還來不來，對我說咱們別走了，看路上再碰見仇人。唉，真是的，要有他外祖父在這裡，我們何致受這大罪？」摩雲鵬默然。

程氏又道：「我摸他的頭，滾熱的，身上也很燒。剛才多虧這裡二娘子給找出藥來，我給他吃了。現在他睡了，喘氣粗點，也許不要緊。」程玉英一邊說，一邊滾下淚來。因在生人家中，只好強自吞聲。複向魏豪問計，究竟應該怎樣？摩雲鵬魏豪略一遲疑，仍對程氏說：「嫂嫂，你看鈴兒到底怎麼樣吧？如果能走，我想還是趕緊走，不能在這裡多耽誤。嫂嫂忘了，老河堤還有黃仲麟、邱良兩個人，押著行李等著咱們呢！唉！也不曉得他們兩個人怎樣了？」

　　程氏低呻了一聲，把兩手緊握著，半晌道：「走！我抱他去。這孩子一夜沒睡，連澆帶嚇，發冷發燒的。要是這就走，還得雇車。要是步下走，那我可是……」摩雲鵬魏豪攢眉良久道：「嫂嫂，你把鈴兒抱出來，我先看看他。」程氏拭淚道：「我就抱他去。」

　　辛佑安見這叔嫂二人商量行計，進退為難。起初本覺自己不便在場，早應退出；可是他又憋不住，到底留住未走。此時就插言對魏豪說：「魏仁兄，你我武林一脈，一見如故。若叫我替你們打算，避仇之事，自然不便在路上停留。但現在你們三個人，人人負傷，說句不忌諱的話，你們恐怕要害病。大人或者還支持得了，小孩子可不行。你看這工夫，天倒晴了，路上卻滑得很，你們怎麼走法？魏仁兄，你們不要不安，你儘管在我舍下歇兩天。等著天晴路乾，雇好了車再走，也不為遲。你們可以坐轎車。魏仁兄你說對不對？坐轎車又省力，把車簾一放，誰也看不見。你們三位可以雇兩輛轎車，這個我可以替你們想法子，準給你們雇著。」

　　魏豪慨然對辛佑安說道：「辛莊主，承你陌路仗義，濟困扶危，我敢不披心露膽？這一番，我們原提防著賊人尋仇不捨，才把行李箱籠等物，遣派鏢局趟子手，裝車押運，走大路先奔老河堤。另由小弟保護我們大師嫂和小師侄，乘夜潛出，單走小道，躲避仇人的耳目。誰想仇人布置周密，我們沒有躲過去，到底叫他們綴上了。我們那兩位押運行李的，一位

姓黃，一位姓邱。辛莊主你想，仇人能把他倆放得過嗎？我們實怕仇人仍不死心，明明曉得我們落到此地，難保不再尋來。我們落到這個樣子，說起趕路，簡直是咬著牙走。承蒙莊主款留，我們感激不盡，還顧得假客氣不成？我們也曾打算再騷擾你一兩天。無如再三盤算，實在不敢逗留，總以速走為妙。賊人既被莊主逐去，一定回去勾人。趁這機會，我們一走完事。一來叫他摸不著影，二來也給莊主省去許多麻煩。這是兩全其美的事。莊主的盛誼隆情，我們只有心領。若是脫過大難，我們再圖補報。……嫂嫂，我說我們還是趕緊走。」程玉英娘子在旁點點頭，慘然道：「可不是，還得趕緊走……不過鈴兒怕要病倒，真得雇車！」

辛佑安已聽明魏豪左右為難之故，不由激起了豪氣，立起來，走到魏豪面前一站，奮然說道：「我就不信賊人這麼難惹！魏仁兄放心，我們這聯莊會雖然盡是一些莊稼人，力笨漢，可是全號召起來，一共四個莊子，足可湊一百六七十人。難道一二百號人庇護兩個大人、一個小孩還辦不了嗎？賊人就算兇橫，好漢敵不住人多。還有小弟和舍弟和舍侄，自信手底下還對付得三招兩式。賊人不尋來便罷，當真找尋來，怕叫他也得不了便宜去。真格的就沒王法了，他還敢燒莊子不成？魏仁兄，咱們雖然素不相識，可是鐵掌黑鷹程老英雄，乃是我們本地的前輩英雄，林大嫂是他老人家的侄女兒。獅子林鏢頭英名在外，我們都是本鄉本土，老鄰舊居。我們不知道了便罷，既然知道了，小弟我就要管一管這樁閒事。你們就放心住下，瞧著我的吧。我就不信十幾個臭賊，敢在我們曹州府堵上家門口子來欺負人，把我們山東人都看扁了！」

程玉英道：「只是這夥子仇人，人數實在太多，他們這就有十幾個。他們吃了虧，叫莊主趕跑了，他們一準要再勾更多的人來。」辛佑安更加生氣道：「他們能夠有多少人來？嘿嘿，我辛老二就是不受欺負，不怕人多勢眾！我辛老二定要跟他們鬥鬥，我這就鳴鑼聚眾，把聯莊會全招了

來！給他一個晝夜梭巡，裡外戒備，看賊人有什麼壞招，敢對我小辛集施展！」說著，在當地走了半圈，雙眼一瞪，把額角一叩道：「我還有一招！喂，老計，老計！」

一個年輕長工走了進來聽命。辛佑安吩咐道：「老計，你快騎上馬，到柳樹崗子、殺馬營，把老師父跟錢大爺都請過來。要快，請他們立刻就來，今天務必到。」頓了一頓道：「你對老師父，不提旁的事，就提咱們這裡昨兒個鬧賊了，請老師父把他那兩位少的一塊邀來。千萬，千萬。到錢大爺那裡，也是這樣說法。老師父要是有個疑疑思思的，不肯來，你就找二爺，叫二爺慫恿他老。」長工老計領諾，轉身要走，辛佑安卻又叫住，道：「你對老師父和錢大爺講，不是小蟊賊，是成幫的匪人，一共來了二十多個，要跟咱們聯莊會作對。你再告訴他們，匪人昨夜來攪鬧了一通夜，直到五更天亮才走的。臨走還放下惡言，要邀同伴再來，要放火燒咱們。你聽明白了嗎？要說得厲厲害害的。」

辛佑安一時動了氣憤，要替獅子林的妻兒、師弟，跟賊人比量比量。辛佑安只覺得摩雲鵬過慮太甚，他卻萬想不到獅子林的這個對頭，必欲把林家的遺族一網打盡，一個活口不留，方才甘心罷手。若問他為什麼這樣的歹毒，說起來就連他的同黨，也覺得這麼尋仇做得太過。但是人各有心，他做得太過，自有他太過的緣由。

當下，辛佑安堅留摩雲鵬寬住兩天，藉以養創息力。摩雲鵬深知仇人的厲害，尚在遊移。程玉英娘子卻支援不住，又覺得鈴兒這麼可憐，只顧心急趕路，小孩子萬一有個好歹，滿懷希望豈不盡付東流？又想到半路上，再有個走不俐落，還不如在小辛集。有辛莊主這麼一個居停主人做護符，呼救還易些。怔了半晌，抬起頭來，看看魏豪道：「七弟怎麼樣呢？」

摩雲鵬雙眉緊皺，籌思良久，方才拿準了主意。就請辛佑安代雇兩輛轎車，行期暫且不定。現在還不曉得黃仲麟、邱良兩人的吉凶如何，打算

自己改變服裝，先到老河堤，尋尋他們。如果兩人竟得脫出仇人之手，安抵老河堤，便可依照原計，定明後天半夜，由小辛集起程北上。萬一黃、邱二人竟遭毒手，未得闖出，那只可另做一番打算。

商計已定，程玉英母子暫留在辛莊主家。魏豪忙裝作鄉下人趕集的，借了一頭小驢，溜出小辛集，往老河堤訪下去。不意找到老河堤，在約定地點，前前後後找遍問遍，竟沒有黃、邱二人，也沒有那樣的重載大車。路旁小攤，附近店房，都是同聲一詞。摩雲鵬心下打鼓，情知不妙，又沿路加細訪下去。到了周莊北邊一座小村子上，竟聽得鄉民三三兩兩，哄傳起前途出了路劫慘案！

摩雲鵬吃了一驚，這事乍聞一震，轉想這是在意料之中的。摩雲鵬忙逢人設詞探問。就在今天清晨，有看青的鄉下佃夫，在雨停後，扛著農具下地，忽聽見鄰田莊稼地內發出慘嘶聲音。鄉下人伸頭探腦，仗著膽子過去一看，只見莊稼地踏倒了一大片，有一匹牲口，拖著一輛空車，倒在地上悲號。山東地方素來多盜，這戶下人一望，早已了然，忙跑回去告訴了鄉長、地保。立刻引來許多人，吆喝著闖進去查看。到近前時，才看出這是一匹老馬，馬腿被什麼兵刃砍斷了一條。車上車下揚著空箱子、空包袱，散拋著東一件、西一堆的衣衫行李，都被雨淋得溼透了。這當然是匪警。又往四面一尋，距離空車不遠，就發現了一具無頭死屍。又在半箭地外，找見另外的一輛空車，駕車的牲口卻沒有了。地邊土路上泥濘已極，留下許多腳印、蹄痕和血跡，遠遠地還拋著一把刀。

這件事在周莊已然轟動傳開了。摩雲鵬一路踩訪，訪明抽身。離開鄉人，面對曠野，禁不住潸然淚下，咳！賊人歹毒，人數又多，這個無頭死屍，看起來不是黃仲麟，就是邱良了。摩雲鵬心中戟指痛恨道，萬惡的賊子，你們害他們做什麼呢！這死者到底是誰呢？黃、邱二人功夫都很平常，不是賊人的敵人；可是黃仲麟那把刀還有兩下，這死者，多一半是邱

良了！但是黃仲麟又逃到哪裡去了？這樣看來，他們必是從臥牛莊硬闖出來，走到這裡被圍失著的，他們倆可是把主意打錯了！既然被仇人尋上門，他們倆就該不走才對。是怎麼不度勢，不量力，還打算開車硬往前闖？唉，我本來再三告訴你們，萬一事到緊急時，盡可丟下東西一跑，千萬不要跟他們拚命。這兩個人不用說，一味護車，竟以身殉了！林大哥待他們好，他們這樣生死不渝交情，我若任聽他們屍體暴露，於心何忍？可是我這時候竟去認屍領埋，又萬無此理。我是跟著打人命官司，還是救活的去呢！

想到這裡，魏豪越發忍不住，幾乎要放聲一喊了。他又想，這死的一定是邱良無疑，他空有膽氣，手底下太沒有根。不錯，一準是他。可是，黃仲麟呢？難道他臨難縮手，先溜走了不成？

摩雲鵬這麼猜想，他哪裡曉得，這大好頭顱被人砍去的，竟不是邱良，乃是黃仲麟，那趟子手邱良，非但沒有逃，也是拚著命與賊支撐，到後來身負重傷，竟活活地被賊擄了去，要用極殘酷的刑法，從他口中逼出林氏母子的下落來！

摩雲鵬魏豪思索良久，不能任置不理，便跨上驢，撲奔肇事地點。也裝作沒事人，繞屍場前後偷看了一遍。這時那具無頭的死屍，早用蘆席蓋住，已然有人看守，不容閒雜人等近前。但是空車上遺留下劫餘的行囊物件，只一瞥便已認明，果然是林家之物。地保和鄉長為著保存物證，報官請驗，都將這些東西聚攏到一處，就放在空車上。黃仲麟使用的那把刀，也儼然放在車廂中。魏豪聽那看熱鬧的人紛紛議論。有的人說，昨夜不到二更天，在風雨聲中，聽見人狂喊，夾雜著車馬奔騰聲音。看起來，這劫道的頂少也有二三十口子。（閒談的人大抵形容過分，究竟他說的話可靠不可靠，也還是疑問。）摩雲鵬牽著驢，傍著屍體呆看。愣了一會兒，就一忍心，一甩手，牽驢出場，跨上驢，頭也不回，徑返小辛集。時已到未

末申初。魏豪火速地與程玉英嫂嫂，商量逃亡之計。現在行李細軟，已被仇人傾囊劫去，押車的人已經殉難，訪聞仇人來得很多，料想不出明晚必然有人來窺探。不出後天，必然要找上小辛集來。魏豪道：「為今之計，更無別法，我們只有火速離開山東，越快越好。頭一步，要趕快離開小辛集。孩子有病也說不得了，咱們只好改裝坐轎車逃走。」程玉英聽了，張大眼睛，登時面目改色。魏豪又向莊主辛佑安下拜，懇求道：「辛莊主，我也不說客氣話了！我們如今窮途末路，生死難保，莊主得搭救我們。……」辛佑安憤然道：「魏仁兄放心，你交給我，我已經請人去了，不一會兒就到。我就不信，賊人竟這麼膽大妄為，我倒要鬥鬥他。你只管在我這裡住，你看我剝不了他的皮！」

摩雲鵬搖頭慘笑道：「唉，我們還是趕緊走的對。你看賊人步步逼緊，我們逃到哪裡，他們一定綴到哪裡。我們分兩股道逃走，他們就分兩撥人堵截。我們跟他有仇，我們押行李的人跟他沒仇，他們竟也下這樣毒手！賊人至死不饒，你看他還割首級，多麼歹毒。我們要只是兩個大人，還容易潛逃，偏偏有這個小侄子，歲數又太小，未免累贅。辛莊主，不是我過慮，我們必須設法悄悄一溜，叫他們踩不著我們的腳印才行。我們原打算撲奔保定，看這光景，我們也不敢定準了。我們逃到哪裡是哪裡，必須把賊人甩開，才算逃脫了。我們只求辛莊主兩件事，頭一件求你給我們雇兩輛轎車，現在就用。」

辛佑安道：「不是後天夜晚走嗎？」魏豪搖頭道：「時候不好預定了，這就全看機會怎樣。等你費心給雇好車，我就到外面查看查看，只要賊人蹚道的還沒有來，我們打算立刻就走。第二件，還求莊主費心關照聯莊會各位，替我們隱瞞一點。」

辛佑安還想挽留，魏豪卻心驚肉跳，揣度賊情，怕他們立刻勾人尋來，恨不得立刻拔腿就走。當下催促程氏嫂嫂，把鈴兒喚醒領出來。拉著

手，摸了摸額角，燒已大退，還有一點餘熱，小手卻微覺發抖。心知鈴兒病象依然未去，但也顧不得了，再三向辛佑安告辭要走。辛莊主方才答應，派人雇了車來，直開進莊院。

程玉英、魏豪都在外院客屋裡，打點動身。辛佑安道：「且慢，你們就走，這工夫天色還早。你們的仇人要真是窮追不捨，還怕他們在鎮裡鎮外，埋伏下眼線，暗等著你們。你且候一候，我打發人到外面看一看，有眼生的人沒有？沒有眼生的人，你們吃了晚飯，等天黑了再走，豈不保重一些？你們頭一站到底打算先奔哪裡？你們總得告訴車夫，才好按程趕路啊！」摩雲鵬只顧一味地守祕，到這時候，還沒把地名說出來。辛佑安未免心中不大高興，暗想怎麼連我也瞞起來？我是救你們的，還能走漏消息，害你們不成？摩雲鵬無奈，這才惶恐說道：「這是在下疏忽了！我們打算不直奔大名府，想繞著道走，叫賊人跟尋不著。頭一站打算從小辛集，先奔崔旺營。」

辛佑安道：「那就是了，你得告訴趕車的。」當下叫來兩個長工，吩咐二人到集裡集外尋一尋看，「只要有眼生的人，或打聽昨夜匪警的，探聽聯莊會的，你們就趕緊認準了他，回來告知我。」這小辛集本是鄉村間一個小市鎮，並不是通驛要道，除了運糧車，輕易不走商旅的。並且戶口也不多，當真有外路人在此流連，本地人一望便知。兩個長工領命出去了。辛佑安看著魏豪收拾完畢，也就溜溜達達從家裡走出來，到鎮內查看去了。

摩雲鵬魏豪和程玉英母子，早已裝扮停當，程玉英扮成男子，頭戴草帽。兩人原穿的衣服全都雨漬泥汙，此時一律換上了鄉下毛藍布的男舊衣裳，打扮得土頭土腦，就在外院客廳靜等著時候。鈴兒還是睏，程氏把他放在土炕上，小孩子迷迷糊糊地又要睡著。

辛佑安的侄兒辛宏明在旁看著，和魏豪閒談，魏豪勉強答對著。所換

的衣服，全是辛家所贈。又特叫做飯的蒸了些乾糧，帶了些鄉下鹹菜，裝了一布袋，預備送給避難的人在路上吃。辛佑安一家在待承上很熱腸，魏豪連聲稱謝。辛宏明道：「魏鏢頭你就不用客氣。剛才家叔告訴我們，你老這次犯險拚命，全是為了故去的朋友。像你老這樣仗義全交，保救孤兒寡母，我家父和二家叔都佩服得了不得。家叔說，若不是你老有要事在身，真想留下你老，給我們當教師，護院子。實對你說吧，我們爺幾個都喜好練練，可惜沒有機會。剛才我二叔打發人去請的老師父，姓陶叫陶成澤，外號叫醉尉遲，就是他老人家有工夫時，教給我們練一練。只是他老好喝，不常教我們。還有老師父兩位少的，一位叫陶繼堯，一位叫陶繼唐，算是我的師叔。我們沒事就跟他二位練，他們二位應名還是我們這聯莊會的教頭哩。本來我們這裡不很消停，東窪裡有一夥子孟賊，偷雞摸狗，常常來騷擾。他們倒稀鬆，可是有時候勾結鄰縣的土匪，不斷生事，這才鬧得我們四個村子成立起聯莊會來。」

辛少莊主年才十七八歲，不管人家心上有事沒事，只顧扯開了閒談。忽然那派出去的兩個長工，有一個走進來道：「二當家的呢？」辛宏明問：「什麼事，可看見眼生的人沒有？」長工答道：「沒有。不知道秦二怎樣，我是什麼也沒有碰見。」

辛宏明放了心，又問：「那麼你忙什麼呢？」長工道：「老師父爺三個全來了。」辛宏明欣然站起來道：「魏鏢頭，我們老師父來了，我給你引見引見。他們爺三個在哪裡呢？」長工道：「在西院呢！」說著，只聽窗外道：「避難的在哪裡呢？」辛宏明對魏豪道：「你聽，老師父尋來了。」忙應聲出去。跟著履聲橐橐，魏豪抬頭迎看，由少莊主陪進來一位蒼顏赤鼻的老人，和兩個黑面皮、大眼睛的壯年漢子。三個人都是暑天的短打扮，搖著大扇子，走進屋來。這個赤鼻老人便是老師父陶成澤，年有五十多歲，精神很矍鑠。那兩個黑面漢子，就是陶繼堯、陶繼唐昆仲；繼堯年約三十

以內，繼唐不過二十一二。二人體格雄壯，一望而知是山東人。陶成澤抬鬚發話道：「宏明，到底是什麼事？昨夜真鬧賊了嗎？我們那裡沒聽見呀？剛才我來的時候，你們聯莊會又出隊了，怎麼連鎮口也下了卡子？想必是鬧得不輕，難道說窪裡倪老茄子又齜牙了？」又道，「聽說你們還救了兩個逃難的，這位可就是？」

這個老頭子嗓門很高，說話就和吵架一樣，還沒落座，就挺胸腆肚地嚷起來了。辛宏明忙見過了禮，又替魏豪引見道：「老師父，避難的就是這位魏鏢頭，是咱們武林同道。人家可真不含糊，就兩個人，竟和十幾個賊招呼起來了，人家是仗義救友。」立刻互問了姓名，敘座開談。這陶老師父興致很旺，不過上了年紀，有些氣粗，好像發喘似的。坐下來，對魏豪說道：「哦，原來是你老哥遇上劫道的了。不要緊，有我們辛二爺辦的聯莊會，十個八個的蟊賊敢來參刺，活埋不了他！」又向辛宏明道：「你二叔哪裡去了？不過十幾個蟊賊罷了，又找我做啥？你們還整治不了他，就短我老頭子不成？」辛宏明道：「老師父，您哪裡知道，這夥賊不是東窪那一幫，這是外路來的綠林，專找尋這位魏鏢頭報仇的。你老可知道臥牛莊保鏢林家？」陶成澤道：「唔，怎麼不知道？那是咱們縣裡的人物，跟我還是朋友哩。頭些年，我在保定還跟他共桌喝過酒，他也是很好的酒量。怎麼，他也來了嗎？」辛宏明道：「您認識林鏢頭，那更好了。你老猜這位魏鏢頭是誰？他就是林鏢頭的師弟。告訴您，這位大娘就是林鏢頭的夫人。」

說話時，男裝的程玉英本偎著鈴兒，在炕邊上側坐著，此時聞言，忙欠身施禮道：「老大爺，你老也認識先夫嗎？」陶成澤回頭看了一眼，微微一怔，忙也欠身答禮道：「哦，原來是林大嫂。這可不是外人。怎麼著，林大哥……這兩年保鏢的買賣可還好。」程玉英淒然道：「先夫他過去了！」陶成澤大驚道：「怎麼，過去了？多咱過去的？他才不過四十五六歲嘛？」

魏豪道：「陶老英雄也認識我師兄，這可真是故舊何處不相逢。不瞞你老說，我林大哥是四月二十三遭了賊人的暗算故去的。仇人至死不饒，又來找尋我林大哥的家眷。我們避仇，這才逃到辛莊主這裡。昨晚要不是虧了辛莊主救我們，我們都得死在惡賊手裡了！」

陶成澤聞言大怒。他的兩個兒子陶繼堯、陶繼唐也無不且駭且憤，齊聲詢問究竟。摩雲鵬魏豪一心惦記著出去，對陶氏父子又不得不敷衍著，只可將前情略述了一遍。

陶成澤這老人起初驚怒，大罵賊人無理：「人死不結怨，怎麼還找尋人家的家眷？」後來又備聞賊人截江焚舟、盜棺毀屍、鬧喪刺孤，太已絕情，這老人卻駭然深思起來。面向兒子和辛宏明道：「這可就古怪了。賊人這麼狠毒，必有緣故。魏老兄，你們打算這就走嗎？」魏豪道：「是的，車都雇好了。不過辛莊主怕賊人在鎮上潛藏著底線，特意派人巡視去了。如果鎮裡鎮外，沒有眼生的人，在下打算傍黑的時候，改裝坐轎車一走，速離此地。賊人就是勾兵尋來，我們一走，也就完了。要不然，還怕他們在鎮上滋事搗亂。」

陶成澤聽了，沉吟起來，半晌道：「你們打算傍黑的時候，坐轎車走？」魏豪道：「是的。」陶成澤站起來道：「那麼走，只怕走不掉吧！賊人不是傻子，你能走，他們就能綴啊！」

摩雲鵬還沒有搭言，程玉英娘子著急道：「那可怎麼好？老師父還不知道哩，他們把我們押行李車的趟子手都給害了！我們走又走不開，留又留不得，我們非死在他們手裡不可了。老師父，你老人家年高有德，你老費心給我們出個主意。不怕你老見笑，我一個寡婦家，怕什麼？死就死，活就活！只可憐先夫一輩子爭名好勝，臨了死在仇人手裡，只留下這一條根，就是這孩子。你老看，他才七歲，又是我前屋姐姐留下的，沒爹沒娘。我們費勁拔力的，總得保住他一條小命。就是我七師弟捨生忘死，

也是為給他師哥留一條後！老師父你老瞧，我們到底怎麼著才好？……」
程玉英泣下數行，向陶成澤下拜問計。摩雲鵬卻臉上帶出很難堪的神氣
來了。

　　陶成澤謙遜道：「林大嫂別難過，有的是法子，咱們大家想。」正說
著，只聽竹簾一響，莊主辛佑安已經從外面進來了。

第十二章　聯莊會傳檄禦賊

第十三章　老拳師仗義助逃

程玉英母子，賴摩雲鵬魏豪救助，千辛萬苦，逃出賊手。

打算當晚由小辛集坐轎車，改裝逃亡。不想老拳師陶成澤聽了，竟搖頭道：「你們這樣走，怕走不掉吧。」程玉英不禁著急道：「賊人當真在外面埋伏著，我們可怎麼辦呢？」忙向陶成澤下拜問計，務求他代設一謀，把孤兒鈴哥救出虎口，給林家保一線香煙，將來也好報仇。說著掉下淚來。

陶成澤安慰程氏道：「大嫂不必難過，人都有一步緩急，有法子咱們大家想。林鏢頭一世英雄，和我們也是舊交，我們一定不能袖手旁觀。咱們還能叫賊人欺負到家門口來不成！」一眼看見摩雲鵬魏豪面含愧色，站起來走到魏豪身旁，說道，「魏老弟，咱們商量商量。」

老拳師先把魏豪所定時出走之計問明，沉思良久，認為夜間改裝出走，實為險著。群賊都是行家，這瞞不住他們。管保從今早起，小辛集哪怕走出來一個閒人，放出一輛空車，賊人也必要盯上兩眼。所以今天走，時候是不對的，至少要多隔過幾天。要走最好是白晝公然登程。林大嫂改扮男裝，倒是不錯，可是小孩子怎麼樣呢？若在冬秋天，把他裝在空箱子裡，留個氣眼，一點也憋不著；無奈現在又是五月，天正熱。陶成澤反復琢磨，皺眉說道：「大人好辦，這七歲的孩子，不比吃乳的小孩，揣又揣不住，藏又藏不嚴，實在累贅。」半晌，把桌子一拍道：「這實在難，這非得先把賊調開不可！」

魏豪、程氏齊問道：「怎能把賊調開呢？」陶成澤擺手道：「你們別忙，等我想想。」沉吟了一會兒，抬頭問道，「可是的，林大嫂會趕車不？」程氏道：「不會。」魏豪道：「我會。」陶成澤爽然道：「會趕車，裝車把式也

好。」又沉默良久，忽然大笑起來，道：「有了。我只愁小孩子沒法辦，一味苦想隱藏小孩子的法子，所以才越想越想不通，其實這才叫鑽牛犄角呢。現在我有一個法子，簡直可以明明白白抱著小孩走。」

程氏、魏豪俱各驚喜道：「老師父有什麼妙策？」陶成澤不答，自言自語道：「這必得用誘敵之計。是的，先把賊人誘走，然後你們抓空一溜。」眼望二子道：「你大姐現在家呢！你姐夫武藝差點，但也可對付。」抬起頭對魏豪、程氏道：「你們聽我說，我的主意是要用誘敵之計。我想著先派兩三撥人，扮作林大嫂、魏老弟的模樣，乘夜坐轎車一走。賊人一定要追。容得賊人離開，然後林大嫂、魏老弟竟可安然離開小辛集，再奔跑馬營。在跑馬營再安置下接應的人，這樣一步步往前倒。」程氏大喜道：「那可好極了。」魏豪道：「但是，那誘敵之人卻冒著很大的兇險，我們往哪裡找去呢？」

陶成澤道：「自然我有法子找人去呀！」遂低著喉嚨，把自己的打算，仔仔細細告訴了魏豪、程氏。又說，「如已闖出了第一步難關，便可另換裝扮，再闖第二步。第二步難關闖過去，便可徑上前途了。沿途仍派人暗中護送，如此萬無一失。」老拳師陶成澤拍胸脯，自告奮勇，卻是越說喉嚨越響，吵得院中都聽見了。忽然外面一陣腳步聲音，陶成澤戛然住聲，側耳道：「你們聽，進來人了？」摩雲鵬一欠身，只聽竹簾一響，莊主辛佑安已然探頭進來。陶成澤道：「唔，辛二爺回來了。」方才放了心。

辛佑安到了屋內，向眾人都打了招呼。隨即對陶氏父子說道：「老師父，你們才來？」手指魏豪道，「他們這樁事，老師父聽說了吧？」陶成澤道：「聽說了，剛聽說完，我們這不是正商量著哩。你幹什麼去了？你瞧，竟有人欺負到咱們家門口上來了。老弟，你辦得對極。這位魏老弟和林大嫂，都不是外人，咱們不能不管。我剛才給他們打好一個主意。你瞧，我說……」

辛佑安道：「是的，是的，我是到聯莊會公所去了一趟，又在鎮上轉了一圈。」忽地站起來，道：「我先到裡邊去。魏仁兄你坐著，老師父請你這邊來，我有一句話對你老說。」陶成澤道：「什麼話，這裡說，裡頭說不一樣嗎？」辛佑安眉峰微皺，旋又笑道：「是一件別的事，不相干的。老師父，你老前頭走。大哥，二哥，你也來。」辛佑安把陶氏父子強邀到內宅去了，叫侄兒辛宏明陪著魏豪。摩雲鵬魏豪是久闖江湖的人，雖然年輕些，到底懂得眉眼高低的，不由心中打起鼓來，暗想：「還是早走的好，不要叫人嫌惡。」只得與辛宏明閒談著，一時打聽打聽路程，一時又問陶氏父子的為人。才曉得陶成澤少時，外號叫猛張飛。如今老了，有了閱歷，可是性格依然粗魯。至於武功，據辛宏明說，是很有兩下子的，耍大竿子，最有拿手，並且擅用弩弓。近年貪酒過度，兩眼昏花，手也顫抖，弩弓的功夫也差多了。

過了很久的工夫，魏豪急得頭上冒汗，還不見主人出來。鈴兒呻吟了一聲，醒了過來，想是哪裡疼痛，竟把頭藏在母親手裡，低低地抽噎起來。程玉英摸他的頭仍然發熱。程氏心中悲憐，不敢啼哭，極力遏制著心情，哄慰鈴兒。鈴兒道：「咱們多早晚回家呀？我要找外祖父去，那些壞人還來不來？」摩雲鵬在旁聽著，坐立彷徨不安，湊過去低哄鈴兒。程氏娘子暗暗地著急，孩子好好的，不哭不鬧，還可以在人家避難；孩子哭鬧，可就背如負芒了。

又挨過一刻，外面腳步響，辛佑安、辛佑平弟兄，陶成澤、陶繼唐、陶繼堯父子，五個人才從莊院外面走了進來。魏豪迎過去，說道：「莊主出去了？」辛佑安含笑道：「是的，我們爺幾個剛才到鎮上，轉了一圈。」停了一停道：「我說魏鏢頭，你瞧我們這小辛集，前後街口，凡是出入的地方，我們聯莊會全都拉開撥子了。別看小地方，人不多，看外表也很虎勢的。你要願意看，我們陪著你出去看看。」

　　魏豪沒有瞧熱鬧的心情，可是看了看眾人的神色，似是有事，忙說：「莊主，剛才在下跟我們林大嫂商量好了，我們打算就此告辭。」辛佑安搖頭道：「咦，這是怎麼說！咱們不是都講好了？我們老師父出的招很高，剛才他都跟我說了。這招實在不錯，你別猶疑。今天你無論如何也不能走，明天也不行。爽快說吧，你得看情形，至早也得過了後天。」魏豪還在推辭。陶成澤這老頭子瞪著眼發話道：「魏老弟，你這個人怎麼不爽快？辛二爺不叫你走，自然有不叫你走的道理。來吧，咱們出去遛遛去，你也瞧一瞧我們辛二爺布置的陣勢。」立刻催魏豪一起出去。

　　才出了屋，早有辛家的長工，拿來一件長衫、一頂草帽。辛佑安催魏豪穿上，又掏出一副墨鏡，叫魏豪戴上。摩雲鵬魏豪至此恍然大悟，忙問道：「哎呀，辛莊主、陶老師父，我謝謝你們諸位！諸位待承我們這番盛情，我至死也不忘。可是，諸位別瞞我，外面可有什麼不對的情形嗎？是不是我們的仇人，已經尋到鎮上來了？他們綴下來幾個人？可是叫聯莊會捉住了？」

　　辛佑安一笑，正要開言，陶成澤早把大拇指一挑，道：「光棍眼裡塞不下沙子去。魏老弟你真有的！剛才辛二爺遇見兩個眼生的人，已經派聯莊會的人，把這兩東西給看住了。我們不願冒冒失失地告訴你，怕林大嫂婦道人家擔心，所以才把你調出來。你明白了，更好。走吧，咱就看看去。這兩個東西子，你認他一認。不是仇人，就放開他；當真是仇人，就把這東西扣起來，活埋了他。魏老哥，你安心擎好吧。……」

　　摩雲鵬吃了一驚。果然不出所料，仇人趕盡殺絕，竟又綴到小辛集了。這一夥賊人把魏豪、程氏追入小辛集，竟將聯莊會驚動出來。那降龍木胡金良、海燕子桑七，兩個人藝高膽大；那橫江蟹米壽山氣粗膽豪，不殺死程氏母子，都不肯罷手。那烏老鴉葉亮功、九頭鳥趙德朋和涼半截梁文魁、紀花臉紀長勝四個人，卻賊人膽虛，首先退出小辛集。胡金良只得

招呼同伴，一齊後退。雞冠子鄒瑞也跟著退下來。卻留下烏老鴉葉亮功、涼半截梁文魁，伏在集外小樹林內。眼見聯莊會眾三五十人，打著燈籠，喧嚷著撲出來，圍繞集鎮搜了一遍，收隊而回。梁、葉二人立刻摸出來，不時要往路口查看，又挨過一會兒，天色大明，兩個人見集內已無動靜，便作為過路人遇雨投店，徑投進小辛集，要暗暗地踩訪魏豪和程氏母子的落腳地點。

兩個人心想，一男，一女，一個小孩，被趕了一夜，此時一定落在小辛集，避雨歇乏，很不難根究的，也絕不會溜走的。並且小辛集這地方，就只一家店房，猜想魏豪等當然要落店，民家不會招留他們的。涼半截梁文魁、烏老鴉葉亮功兩個人，十拿九穩地去投店。誰想店中只寥寥幾個客人，並無婦人孺子。而且涼半截、烏老鴉渾身也都像泥蛋似的，冒冒失失投入店房，形跡上很是扎眼。店中人正在講論鬧賊之事，見了兩人，不覺得人人側目，竊竊私議起來。

兩個人究竟是江湖上的積賊，很能沉得住氣。眾人的眼神，儘管只往他倆身上轉，兩個人卻依然不動聲色，叫吃叫喝，大說大笑；胡謅昨夜冒雨趕路，迷途錯宿的話。跟著坐在店房大土炕上，說涼著了，骨頭痛；買紅糖，尋生薑，要在店裡歇兩晚上。隨後放倒頭就睡。扯起濁重的鼾聲來，卻微閉著眼縫，偷聽旁人的閒話。住店的人事不干己，信口放言。聯莊會昨夜拿賊，辛莊主救下一個娘們、一個孩子和一個保鏢的這些話，無意中流露出來，竟被二賊聽得。二賊大喜，果不出所料，獅子林的妻子果然落在此地。本來嘛，追趕了一通夜，她一個女流，她難道會飛！實底已經不費吹灰之力，一舉撈著。涼半截、烏老鴉就該適可而止，趕快回去報信。偏偏二賊自恃老行家，別人看不透他。兩人裝睡片刻，又跑到店外，向人探聽莊主的住宅。恰巧問到聯莊會丁跟前，這一來沒容他細問，聯莊會的人反而把臉一板，嚴詞盤詰起他們來。把二賊暗暗地看住，聯莊會丁

分出一個人來，忙找副會頭辛佑安去送信告密。辛佑安恰巧溜達過來，急忙找到二人面前，從旁邊暗暗打量二人。二人的兵刃已經藏起，可是神情打扮總顯著匪氣。辛佑安突然開言，厲聲盤問二人是做什麼的，從哪裡來，往哪裡去？小辛集不是通驛要路，做什麼要在這裡打旋？兩眼盯住了二人，一句緊似一句地跟問。涼半截昂然不懼，信口胡謅地編了一套話。辛佑安聽了，越加動疑。略一沉吟，說道：「去吧！」卻悄囑會丁，暗把二人摽住，留神他打聽什麼，窺伺什麼？兩個東西走到哪裡，就跟綴到哪裡，千萬別讓他滿處亂竄，也別叫他溜了。囑罷，辛佑安急赴聯莊會公所，吩咐集眾出隊，沿全鎮路口，多加上幾道卡子，禁止生人出進。

兩個賊人立刻被五個人綴上，漫散開，或前或後地盯住他倆。烏老鴉把他那又黑又瘦的臉一沉，把尖嘴一撇，瞪眼道：「我說老鄉，我們一個走道的，又沒犯法，你們這是幹什麼？」會丁吮喝道：「幹什麼？什麼也不幹！告訴你，夥計，眼珠子睜亮著點，你瞧我們是幹什麼的？」說話時，小辛集前前後後，都已散布下許多壯丁，花槍長竿把住街口，單刀、短棒往來梭巡。風勢越來越緊，這工夫簡直戒嚴了。

涼半截、烏老鴉看出情形不對，急忙折回莊房，算還店賬，提起小包袱，就要出鎮。可惜晚了，才轉了一個彎，撲奔鎮口，帶出要離開的樣子，登時趕過來兩個人，迎面又截上來四五個人，把短棒一攔，喝道：「站住！」涼半截暗吃一驚，看了看烏老鴉，一翻眼珠道：「做麼？」迎面那個會丁道：「你是幹什麼的？」答道：「走道的。」那會丁道：「知道你走道，往哪去？」烏老鴉把手一指道：「那邊去。」會丁道：「那邊堵死了，過不去！」烏老鴉道：「咦，怎麼啦？」還要說話，會丁瞪眼道：「回去，少廢話！」涼半截裝傻道：「這裡幹什麼？好好的道，又不叫走啦？」聯莊會的人一向恃眾發威，也不講緣故，揚著木棒，硬逼涼半截、烏老鴉退回，反正只一句話：「這裡不叫走，會頭這麼吩咐的。」烏老鴉還要爭執，涼半截

似笑不笑地嘻嘻了兩聲道：「這可怪，大白天價，不叫走了？這裡不讓走哇，咱繞兩步，走那邊，那邊可叫走吧？」

兩人行走了回去。涼半截假作提鞋，向後瞥了一眼，見後面十幾對眼睛盯著自己。而且另有四五個人，照樣慢慢蹍著，綴在自己背後。涼半截捏了一把汗，心想：「怪了，沒有露出行蹤來呀？」搶行數步，追上烏老鴉。兩個人並肩而行，悄聲私語：「盯上咱們了。看這意思，怕要挑簾。」烏老鴉道：「怕那個，還有完？他們這是昨夜的餘波。」兩個人低聲商量，不回店房，佯作不理會，徑又撲奔另一條街口。卻是當真不對勁了，這條街口未容兩個人近前，便有六七個人走攏來，橫身把路一擋。涼半截急回頭看，背後跟綴他倆的那五個人，內中有一個向對面正打手勢。

涼半截梁文魁怔了一怔，裝作不解，拔步直往前闖。把守街口的會丁立刻喝道：「站住！」上來兩個人，一人拄花槍，一人拖單刀，怒目橫眉，詰問二人，「你們是幹什麼的？」兩人照前說了。對面的人又道：「這裡不許走，你們回去！」涼半截左右顧盼道：「咦，幹啥不讓走喂？」拖刀的壯丁哼了一聲道：「你不瞧，這裡戒嚴了？會頭有命，不準生人外客出入。老鄉，瞧你也是常在外的，別裝糊塗，趁早回店歇一會兒去。」烏老鴉道：「怎的戒嚴了？俺們來的時候還沒有呢，這是幹啥呀？」拖刀的說道：「幹啥，拿賊，搜奸細。」那拄花槍的也道：「哪裡那些廢話，回去！這裡不許人走。」

涼半截和烏老鴉這才焦灼起來，嘴頭上嘟嘟嚷嚷，說著納悶抱怨的話，只得返回來，心中卻暗打主意。約退回一兩箭地，烏老鴉低聲道：「梁二哥，他們別是要扣下咱們吧？」這已是不言而喻。涼半截低答道：「情形很不對，八成拿咱們當奸細了。」烏老鴉道：「怎麼辦？咱們就給他硬往外闖！」涼半道：「使不得，你我落了單了。」烏老鴉回頭看了看道：「這幾個力笨漢，還怕他攔得住咱們不成？」涼半截道：「不對，這些個鄉下漢

子狗仗人勢，咱們本不怕他，可是咱們外面沒來接應，我怕闖得出，卻是跑不開。犯不上叫他們成百的人，把咱們趕一個跑，弄不好倒落在他們手裡。好在他們還沒真動手，不過裝模作樣下了卡手，叫咱們不能回去報信罷了。咱們先挨著，挨到天黑？咱們的人來了，那時候咱們給他一點臉色看看。」烏老鴉道：「萬一挨不到天黑，他們先來動咱們呢？」涼半截道：「那就說不得。到那時候，咱們就動手，硬往外闖。」烏老鴉道：「對。」

　　兩人仍不回店房，故意在街上信步流連。綴著他倆的人一點也不放鬆，也不檢點形跡，公然亦步亦趨地跟在後面。涼半截、烏老鴉並肩走著，看見一個鮮果攤，便過來買梨。那跟著的人也湊過來問梨。烏老鴉一拍涼半截道：「別買梨了，咱們喝茶去。」兩個人徑奔茶館。綴他的人也就跟進了茶館，在鄰座坐下，也泡了一壺茶。烏老鴉心中冒火，不由罵道：「屈死鬼，娘的要找倒楣！」那綴著的人一點也不怕事，也罵道：「賊奸細，瞎了你的狗眼，上這裡裝孫子來了！活埋不了你！」烏老鴉大怒，便一挺身，要過去動武。涼半截連忙使眼色了踩腳趾，把烏老鴉強按住。索性給了茶錢，兩人一賭氣，重又返回店房。那綴著的人就一直跟到店房。

　　這兩個人二番回轉，店中人越發地留了神。內中一人說道：「客人不走了，又回來了？你老瞧熱鬧吧，這裡的聯莊會，四個村子壯丁全聚齊了，回頭就挨門按戶搜拿奸細。我們這裡昨晚上鬧賊了，會頭說，賊人一定要派探子來。」又一個人就說：「上年聯莊會跟窪裡的那夥子賊黨交了仗，活捉住六七個，先是吊打，灌尿；隨後問出口供來，也不送官，也不報案，就由會裡公議，把六七個狗賊全活埋了。賊子們嚇得再不敢小覷我們這裡了。」涼半截唯唯諾諾地聽著，臉上並沒有掛神；烏老鴉卻被罵得起火，又不好自認為賊，憑白來挺身撿罵。二賊暗使眼色，不跟他們閒談了。側身倒在大炕上，說道：「走不了，睡覺吧！」把眼闔上了。

　　過了一刻，店中忽然進來幾個人。店家招呼道：「聯莊會查店的來

了。」涼半截偷眼一看，一個中年男子紳士模樣，率領六七個人，一哄而入。進了店房，向旁人瞥了一眼，並未盤問，竟一直找到涼半截、烏老鴉這邊來，把兩人喚醒，盤問了一會兒。眾人中一個赤鼻子老人，對兩人說起江湖唇典來。涼半截裝作不懂，只承認是負苦的，路過此地。

亂了一陣，查店的人走去。涼半截自覺答對得並無破綻。誰想過了一會兒，又進來一夥查店的，為首那人便是辛佑安。這一夥人不但盤詰，而且把涼半截、烏老鴉兩人隨身帶的小包袱，也都打開搜檢。包袱內犯礙之物，早經涼半截梁文魁預先防到，藏到樹林中了。查店的搜檢一遍，內中並沒有綠林道常用的鏈子、抓、火折、火筒、百寶鑰匙等物，卻另有一把單刀、一根短棒。搜完，厲聲詰問二人：「帶這兇器，卻是怎的？」兩人很鎮定地答說：「出門在外的，哪能不帶防身傢伙？」

這夥查店的壯丁十來個人圍住了涼半截、烏老鴉，七言八語地盤問。涼半截極力支吾著，猛然抬頭，看見店窗撕破處，露出半個人臉，一隻炯炯的眼光正注視自己和烏老鴉。兩廂裡眼光對觸，那窗外人臉即縮了回去，並沒看準是誰。涼半截心中詫異：「這偷看的人不像小孩，莫非就是那個姓魏的？」心中一動，想要出去看看。

那查店的卻攔住涼半截，說是：「沒有盤問明白，不許溜走。」公然像犯了罪似的，叫人家看上了。涼半截雙眉一皺，看了看烏老鴉，又看了看查店的眾人，徐徐說道：「你們問吧，到底問完了沒有？」

查店的人並不搭理這話，留下幾個人看住涼半截二人，分出三個人出去，在外面隱隱聽得低言悄議。也就是一杯茶時，三個人又進來，吩咐涼半截道：「我們這裡正鬧賊，你們兩個來得太巧了。我們也不能難為你們，這麼辦，你們得把兵刃留下。」

涼半截和烏老鴉面面相覷，看著那把刀，說道：「這是怎麼說的，俺們犯了什麼罪啦？」查店的人說道：「留下兵刃，就放你們走，我們決不能

刁難人。」涼半截愣了愣道：「俺們那把刀可是六七串錢買的哩。」查店的人說道：「那不要緊，我們賠你。我們只要你們兩個把兇器交出來，空手放你們走。」涼半截向烏老鴉示意，烏老鴉臉色很難看，就要翻臉。涼半截忙沉住氣道：「你們得給我七串錢！……」查店的道：「那個自然。我們不是土匪，不會硬劫留人家的東西。」一個人就點數錢票。

當下，聯莊會決計要扣留兩人的兵刃。兩人支吾著，不肯撒手，情形越來越緊。聯莊會十來個人無形中已將兩人提防住，七言八語威嚇著，聲勢咄咄逼人。涼半截、烏老鴉心中作念，兩個人久闖江湖，並不是傻子。口中搭訕著說：「這是怎麼講？我們出門在外的人帶一把傢伙，仗膽子防身，誰知道犯了這裡的規矩了。給你們就給你們，別找彆扭。我說喂，老三，咱們有六七串錢，不會再買一把嗎？對不對？」

烏老鴉當即說道：「不行，不行，那把刀是俺祖傳的……」一語未了，涼半截梁文魁湊了湊，早已湊到炕邊。嘴裡說：「給他們吧，七串文，少一個不賣。」卻猛然一探身，右手一抄，早將那把刀、那根短棒抄取在手，佯做一遞，道：「給你！」刀光一閃，直劈下去。切身處那個聯莊會丁怪吼一聲，往旁一躥，罵道：「好賊！」涼半截又一翻身，抬腿一腳，踢倒一個人，厲聲大喝：「並肩子，走！二太爺不陪了，相好的！」刀閃人喧，出其不意，涼半截當先奪門外竄。百忙中，將短棒遞給烏老鴉，烏老鴉信手打倒一個會丁。

聯莊會眾十來個人，內有辛佑安和陶氏父子，四個人卻只有辛佑安帶著刀。老英雄陶成澤大吼一聲道：「好賊，還敢使詐語！」空手奪刀橫撲過來。不防其他會丁倉促遇變，一陣亂竄，反而妨礙了自己人。兩個賊一個掄刀，一個舞棒，趁機沖出店房，店房內登時一陣大亂。

第十四章　二賊徒踩盤落網

涼半截梁文魁在前，烏老鴉葉亮功在後，兩個人拚命地往外闖。查店的聯莊會丁齊聲喊拿奸細。店院中恰有兩個會丁，見店房撲出那兩個人來，將花槍一抖，當胸便絮。涼半截梁文魁在旁一錯身，順手奪住了杆槍，右手刀一揮，猛將另一杆槍往外磕，就勢一轉刀鋒，喝道：「看刀！」唰的劃下去，這個壯丁應聲一栽，斜肩帶背挨了一下，手中槍已被涼半截硬奪過來。那一個壯丁大驚，急待閃逃，卻又失措，被烏老鴉從夥伴身邊竄出來，揮短棒一敲，正打在手腕上。哎呀了一聲，撒手磨頭便跑，且跑且喊：「好賊，殺了人啦，截住他！」店院中還有兩三個閒人，也嚇得亂鑽。內中一個穿長衫戴草帽的，掩面逃到屋後。

梁、葉二賊放心大膽地沖到院心，急急張眼四顧，尋求逃路。那店院街門竟已闔上，門道中竟有四五個鄉下漢子挺著紅纓槍，堵著門大喊。這些聯莊會丁只有笨力氣，沒有真本領。涼半截是個猾賊，百忙中且先回頭一看，只見店房以內，從門窗上已飛躥出四個人，便是陶氏父子和辛佑安莊主。這四個人都不好惹。涼半截眼光只一繞，登時打定主意，便不去奪門，唯恐有勁敵當門，便要落個前後夾攻。涼半截遂將右手刀尖千指東牆，左手奪來的花槍卻猛一掄，喝道：「並肩子接著！」嗖地直投過去，被烏老鴉操取在手。涼半截破口大喊道：「擋我者死！」一頓足，往門前一撲，卻又急抽身搶奔東牆。他那同伴烏老鴉，振開啞喉嚨連喊，握槍在手，也一指東牆。兩個賊立刻腳下攢力，齊奔牆頭，這便要越牆逃出。

查店的辛佑安和陶氏父子，一見二賊情急生變，奪刀搶路。四個人勃然大怒，急呼眾人追趕。不意所帶的壯丁和店家倉促失措，反而擠作一團，擋住了道。老英雄陶成澤到底見機甚快，竟不走房門，踢開窗戶，頭

一個竄出屋來，身軀落地時，恰巧正當賊人逃路。這赤鼻老人倉促沒取得兵刃，就將嘴唇一咬，雙手一抬，怒罵道：「好小子，你敢在老太爺眼前參刺！」伏身一竄，空手橫遮在二賊前面，把東牆擋住。梁、葉二賊一個掄刀，一個掄槍撲過來，大喝道：「閃開！」老英雄哈哈一笑，猛把手一揚，嘩啦微響了兩聲，一對手團的鐵球，照二賊打去。涼半截一挫身，烏老鴉一斜閃，當的一響，鐵球落地。涼半截躲開了，烏老鴉卻被打得哇哇怪叫。仗他皮糙肉厚，摸了摸大胯，急將槍纓一顫，照準陶成澤，直點前胸。涼半截短刀一揮，也同時劈到。被陶成澤騰身閃開，展開長拳，照涼半截便打。烏老鴉槍尖一顫，金雞點頭，複照陶老英雄後心刺來。陶成澤收招讓式，乘隙又遞出一拳。二賊的刀槍齊下毒手，把這兩手握空拳的赤鼻老人裹住。

這時，陶繼唐恰巧趕到，一見大驚，忙迫間抄起院中一條板凳，大吼著撲過去。二賊一聲呼嘯，倏然分開來。涼半截仗單刀，仍鬥陶老英雄的空拳，烏老鴉的花槍就直攻陶少英雄的板凳。二賊有得力的兵刃，二陶沒有兵刃，情見勢絀，有兵刃的卻只為奪路拚命，沒有心情戀戰。陶老英雄老眼不花，早看出賊人的心意，是且戰且轉，不住腳地變換腳步，分明要繞奔南面，冷不防還是要跳牆。陶老英雄大吼一聲，叫道：「老大快給我拿刀來，你們快奔南面！你們快來，這兩個東西可要跳牆跑！」

聲喊時，聯莊會辛佑安先將店房中受傷倒地的一個會丁扶起來，立即拔刀，如飛地闖到店院。閃目一看，又急急地撲奔店門。店門已閉，而未加閂。辛佑安急吩咐會丁將門閂住，這才霍地轉身索敵。那陶繼堯操得一把刀，卻才穿窗追出。辛、陶兩個人大吼一聲，催動會丁，各亮兵刃，從兩側剿擊賊人。

涼半截、烏老鴉二賊一面狠鬥，一面張惶四顧，防備著被人包圍，打算乘機逃走。不防辛佑安掄刀當先撲到，讓過陶老英雄，嗖的一刀，照賊

砍來。烏老鴉回身一掃，唪嚓一聲響，辛佑安的刀沉力猛，烏老鴉的槍桿竟被削折，不由失聲叫道：「並肩子風緊！」這時候，陶繼堯如飛趕到，把陶繼唐替下來。會丁大集，眼看要將二賊圍住。陡然間，涼半截狂笑道：「二太爺真要失陪了！相好的長著點眼珠子，趁早把三個狗男女交出。今兒晚上多留點神！」一言才罷，涼半截倏然揮刀往前一攻，驟往旁一躥，忽又一旋身，夜戰八方式，將敵人衝開，低叫道：「扯活！」嗖嗖嗖，一連幾個箭步，果然又搶奔店牆。烏老鴉也緊跟著要跑。老英雄陶成澤喝道：「歇下吧！」趕上前，啪的一腿，將烏老鴉葉亮功踢倒在地。烏老鴉就地一挺身，才要站起，陶繼唐早舉起板凳來，哼的一下，又把烏老鴉砸倒。父子二人急忙上前按住，解腰帶便捆。

　　涼半截已經跑開，回頭一看，吃了一驚。同伴被擒，焉能不救？急忙一揚手，喝一聲：「著！」一隻暗器奔陶氏父子打來。陶繼唐急閃不迭，肩胛後挨了一下；一鬆手，險被烏老鴉掙脫。陶成澤閃開暗器，慌忙一回身，抬腿一跺，又把烏老鴉踩住，不住口喊道：「你們快來，賊要跑！」說賊要跑時，涼半截連發暗器，已然躍上牆頭，順牆頭躍上房頂。辛佑安急喊道：「不好，你們快搬梯子，上房截住他。」

　　涼半截站在房上，往外一瞥，複又回頭，戀戀不欲走。伸手揭瓦，還想救援同伴。烏老鴉頭臉搶地，已被陶氏父子按住。這烏老鴉果然是悍賊，身雖被擒，口中大聲叫道：「並肩子馬前扯活，昏天窯廟碰盤吧，不要管我了！」涼半截尚在遊移，辛佑安將手中刀一掄，也要登牆上房追趕，卻被涼半截抖手打下瓦片來，不得近前。賊人竟在上面叫罵：「趕早放了我們的人，兩罷甘休！」正在恣口喊叫，陶氏父子已將烏老鴉捆牢，丟在地上，急忙撲過來。登時之間，陶成澤、陶繼堯、陶繼唐、辛佑安各持兵刃，分兩面登高趕來。聯莊會的壯丁也聚來十幾個。有的搬梯子，有的開門繞出店外，從後面堵截，有的一味搖枒吶喊，卻都忘了覓弓箭，遠攻賊人。

　　賊人涼半截已看出形勢不利，人單勢孤，再不敢戀戰，這才連打下數瓦片，由房頂躥到牆上，便要尋路往北逃走。陶成澤大叫道：「誰往北面截去呀？」人全聚在東南兩面，西面、北面竟一個人也沒有。氣得陶成澤怒聲喊叫，又罵兒子陶繼堯、陶繼唐，不該傻跟在自己屁股後頭。陶繼堯、陶繼唐被罵猛醒，哥倆急忙跳下牆來，搶奔北面。可是賊人已經到北牆頭，眼看要翻牆跳到鄰舍院內。陶成澤拍胸道：「你們是死蒼蠅，攢一團做什麼！」

　　眼看賊人乘隙要逃走，忽然間，從店房西面一排房後盡頭處，飛躥出個人來。長袍草帽，縱躍如飛，似一支箭一般橫截過來，正好把涼半截的前路截住。涼半截再想抽身改道，已不能夠。後面辛佑安和陶繼堯也已如飛追到。辛佑安急閃眼注視，只見這個穿長袍的人，正是喬裝的七師父摩雲鵬魏豪。

　　摩雲鵬魏豪，身穿長袍草帽，戴墨鏡，搖翎扇，隨辛莊主窺店察賊，本不敢露面；只探窗一望，便藏在隱處。但一見賊人要逃走，一時情急，這才把草帽推在背後，袍襟掖在兩旁，眼鏡一摘，翎扇已丟，慌忙地躥了出來，人剛已挨近，便抬手發出一件暗器。口喝道：「看鏢！」賊人剛剛從牆上一翻，躥過平地。冷不防這一下，賊人涼半截一閃一晃，把這鏢躲開。後面辛佑安大喝一聲，飛身一躍，「力劈華山」，摟頭蓋頂，剁來一刀。涼半截急忙翻身，掄刀招架。摩雲鵬魏豪疾如狂飆地奔來。涼半截暗叫不好，一個敗勢，收刀要跑。摩雲鵬哪肯容情？迫近將單刀一晃，一個垜子腳，把涼半截踢倒墜地。涼半截卻也了得，鯉魚打挺，霍地躥起來。陶老師父又已趕到，手腕一轉，掄刀背將涼半截打中。涼半截一聲狂吼，疼暈過去，如倒了半堵牆，咕咚栽到地面。摩雲鵬咬牙切齒，鋼刀一舉，照賊人脖頸猛砍，便要摘取仇人的首級。辛莊主急叫：「使不得！」想攔阻已經來不及，忙將刀腕底翻雲一架，叮噹一聲響，這個涼半截方才免做魏

豪的刀下之鬼。

摩雲鵬的刀將要落下，被這一攔，急忙掣刀閃身。辛莊主道：「魏老哥，我們還要留活口。」摩雲鵬微黑的面龐不禁泛紅，自己太冒失了。連聲諾諾道：「我是怕他跑了！把他的腿砸折，他就跑不了啦。」大家一笑而罷。摩雲鵬很覺不得勁，搭訕著說：「我謝謝諸位！辛莊主，這兩個賊怎麼處置？」辛佑安道：「且捆到公所。」眼望老師父陶成澤道：「咱們從長計議。」

聯莊會丁把二賊撮弄到一處，此時二賊已經緩醒過來。烏老鴉眼望涼半截道：「並肩子，你太想不開了。叫你扯活，你偏應戰。」涼半截微微冷笑道：「相好的，咱們哥倆有緣，生一處，死一地，怕什麼，別含糊了！」聯莊會丁照二賊身上連踢幾下，罵道：「臭賊，還窮嚼！」陶繼唐搶過一根木棒，把涼半截狠狠地敲打了幾下，罵道：「該死的臭賊，射我一袖箭，回頭我叫你好受！」涼半截罵道：「你是什麼人物！有本領咱們一刀一槍比劃比劃，我才佩服你。我如今被擒，我是甘心一死。你是人物，別折騰我。你再給我罪受，我可要對不起，胡罵你了！」陶繼堯過來道：「別跟他胡對答。喂，你們拿塊沾布來，給這東西堵上嘴，看你還罵不罵？」

陶氏二弟兄正在收拾二賊，辛佑安慌忙攔住道：「二哥別這麼著，咱們不能挫辱不能招架的人。我說道上朋友，你不要罵街，我們也不難為你，咱們是公事公辦。」涼半截半仰面朝天地被縛著，眼珠向辛佑安翻了翻道：「莊頭，我謝謝你，殺剮留存，隨你的便。你是人物，你可囑咐他們別作踐我。」辛佑安道：「朋友，那一定，我們決不作踐你。該怎麼著，就怎麼著。可有一節，回頭我們問你，你們要說實話。」烏老鴉、涼半截一齊答聲道：「莊頭，你們只要拿我們當江湖待承，我們準夠朋友。」辛佑安一挑大指道：「好！就是這麼著。」吩咐眾人，把這兩人先抬回店房。辛佑安和二賊過話，陶成澤老師父捋著鬍鬚聽著，哈哈大笑，向兩個兒子點

手道：「老大，老二，你學著點。你們兩個渾小子，比辛二爺差遠了！我說魏朋友，對不對？」魏豪點點頭說道：「該是這樣。不過咱們得仔細盤問盤問他，再洗洗他住的屋子。」辛佑安回頭答道：「那個自然。」

眾人一齊進入店房屋內。這時候小辛集前前後後哄嚷動了，男男女女聚來許多人，齊說姚家店拿住匪人啦。便有的人硬往店裡擠，要瞧瞧熱鬧。辛佑安眉頭一皺，此時店門才開，忙吩咐把店門再關上，把閒人驅開。店裡的掌櫃緊綴在陶老師父身後，嘀嘀咕咕地敷衍說話，意思之間，自己店裡住了匪人，怕會頭不答應，求老師父給疏通疏通。陶成澤擺手說：「不相干，沒你的事。你是本鄉本土，誰還猜疑你有別的不成？」

把閒人轟開以後，辛佑安、陶氏父子，叫店東當場把二賊的小包袱再打開，兩人身上也加細搜檢了。兩人睡覺的床頭席底也都搜了，一點犯禁的東西也沒有。然後把二賊架在土炕上，仍舊捆著，由辛佑安發言，開始盤問二賊的來歷。涼半截梁文魁神色自若，一點也不帶害怕的意思；烏老鴉葉亮功卻緊閉二目，低頭無言。摩雲鵬魏豪戴上了墨鏡，坐在旁邊，仔細打量二賊。這涼半截一臉粉刺，豎目橫眉，三十多歲，顯露著一股子猛悍之氣。那烏老鴉葉亮功面皮烏黑，連眼珠都是黑多白少，生得個啞喉嚨，所以才有這烏老鴉的外號。

辛佑安向二賊問了許多話，烏老鴉還是一聲不哼，只由涼半截搭話。這涼半截狡猾至極，問了半晌，一句實話也沒有說。卻是口頭上儘管誇辛佑安拿他當江湖道看待，他一定有什麼說什麼，決不隱瞞。口說不隱瞞，卻是他只承認是過路的綠林道，現在打算到曹州府作案去。誤打誤撞，落到這裡了。跟著說：「現在我們不幸露相被擒，你們諸位若肯放過我們一步，我們哥倆在道上很有些朋友，也小小的有點名頭，將來我們自有一份人心。我敢招呼我們的同道，從此以後讓開小辛集這一趟道，決不妄動你們的一草一木。你們諸位一定要辦我們，那也是我哥們活該認栽，死而無

怨。」說罷也閉上了眼，神色上很帶著江湖氣派。盤問他在小辛集，到底打的什麼主意，是否曾在臥牛莊保鏢林家尋仇？涼半截矢口不認。據他說，一向在山西混，只偷不搶，專幹黑道，連這保鏢林的名字都沒聽見過。訊到昨夜的匪警，他兩人更推得乾乾淨淨。他自稱從來沒有做過明火路劫的案子，這一回還是頭一趟到山東道上拾買賣。

辛佑安越問越覺著支離，忙問他二人到底是上山東幹什麼來的，涼半截把雙眼睜開，又說出一套話來，這話更加離奇。他說，一向在山西作案，山西拿得緊，才輾轉溜到直隸。上月因訪聞曹州府大戶綢緞顧家第十七房，新近在天津衛得了幾件寶貝，叫作什麼碧玉瓜、烏金蛤蟆，還有一架用女人頭髮織的軟煙幔，在北京城潛伏的蟊賊已經哄傳動了。就有一兩同道特為此寶一直綴下來，想乘機竊取到手。不想這來的同道本領還差，一時失慎，盜寶不成，反被綢緞顧家護院的擒獲送官。這一來不但沒有鎮住群賊，反倒掀動了一幫黑道朋友，各要顯一顯身手，闖一闖。涼半截自稱他和烏老鴉搭伴，投到曹州府來，也是打算盜寶逞能，並借此發一筆大財。因為北京城有一位黃帶子，爭買此寶，未能得手。目下懸賞千金，求買此物。哪怕是偷來的，搶來的，黃帶子全不管，也不問。只要有人弄來，他便儲銀以待。涼半截又說，他是為這個來的。不想一到曹州府，無意中得罪了當地的同道，險些出了意外。故此他又連夜逃出曹州府，邀請烏老鴉來給他幫忙，哪知道又在小辛集蹓上嫌疑之地。

涼半截、烏老鴉提述前情，只承認自己是竊賊，非劫盜；是為盜寶，非為尋仇。說得來蹤去影，有眉有眼，很像有這回事似的。而且曹州府顧家得了異寶，又是山東地方刻下正在哄傳的事。辛佑安猶如聽了一件奇聞似的，不覺面現狐疑之色，眼望著陶成澤、摩雲鵬魏豪道：「你們聽見這話嗎？」魏豪微微搖頭。陶成澤察言觀色，心中也有點疑惑起來。手掌攢力，照涼半截一拍：「相好的，你們一個說，一個哼，咱們是光棍不瞞光

棍。我們這裡是聯莊會，只求守望相助，保衛自家的田產，向來不多管閒事。你只要不礙著我們，我們也犯不上跟你們為仇。可有一節，你要放亮了眼珠子，別拿我們當傻瓜。相好的，你得實說。你們盡揀好聽的講，你可忘了你們倆烏雞眼似的，儘自在我們小辛集溜達，要說一點想頭沒有，你蒙小孩子吧！」狠狠地拍了涼半截幾掌。涼半截一陣奇疼，強忍著說道：「老莊主，你收拾我，我可沒有還手之力，隨你的便。我們可是實話實說，把來意都抖摟出來了，難道你還逼我捏供不成嗎？」陶繼唐，又來敲打烏老鴉。烏老鴉葉亮功只把長脖頸一縮，挺住了勁，也不呼疼，也不告饒，嘰著尖嘴，啞聲嘟囔道：「我們倒楣就是了，碧玉瓜連影也沒望見，卻在這裡吃仙人掌。你們打吧，我們賣上了！告訴你們是過路的，你們不信，我有啥法子！」

兩個賊人咬定牙根，不吐實情。這也是辛佑安這些人一時疏忽，竟在店房訊起供來，卻忘了把二賊調離開。若個別拷問，砍的不如旋的圓，總可以分別詐出兩歧的話來。兩個賊面抵面的，用不著串供，早就彼此心照不宣了。空問了半晌，什麼也沒有打聽出來。辛佑安對魏豪暗道：「這兩個人的模樣，你一點也不認得？」

摩雲鵬認不得二賊，二賊自然也認不得魏豪。可是細辨二賊的口音，分明不是晉冀人，說的話不南不北，不留神處總多少帶點川音。這與那橫江劫鏢、夜襲焚舟的賊黨，很有相類的地方。魏豪想了想，忙站起來，來到辛莊主身邊，附耳低言。

老師父陶成澤道：「你們說什麼？」魏豪湊過來，又對陶成澤，也低低說了幾句話。陶成澤道：「這話對！」立刻吩咐聯莊會壯丁，搭來兩塊門板，用條手巾，把二賊頭臉耳目蒙住，手腳也捆牢，一徑出店，搭到聯莊會公所。

一到公所，登時把二賊分隔在兩個房間，撥壯丁看守住。摩雲鵬向辛

佑安、陶成澤說道：「這兩個賊一定是我們的仇人派來的。多謝眾位把他們擒住，仇人的眼線暫時隔斷，在下要乘這機會立刻走開，叫他們摸不著蹤影。」

辛、陶二人沉吟道：「這還得斟酌。可以先派人到鎮外蹚一下，看看賊人還有眼線沒有，才能定規。」魏豪道：「是的。」又道：「我們林師兄與賊結怨，至今不曉得仇人的主名是誰；只知內中有個叫小白龍的，也說不上因何結仇。在下打算求諸位費心，把二賊分別提上來，好好地拷問一下，將來我們也好趨避防備。」

辛佑安道：「那個自然，我們總得盤問盤問。」因想這兩個賊以涼半截為最狡猾，遂吩咐莊丁，先把烏老鴉提上來；摘去蒙面之物，解開捆腿的繩子，把烏老鴉依然倒剪二臂，押到公所上房。

第十四章　二賊徒踩盤落網

第十五章　鄉公所訊賊誘供

　　烏老鴉略為定醒了一下，張眼四顧，只是低頭不語。辛佑安、陶成澤想著種種話頭，來誘取實供，這烏老鴉葉亮功咬定前言，不肯改口。反復盤問，他只承認是過路的綠林，也不想在小辛集作案，也不是找誰尋仇。臉上居然帶出冷傲的神氣，已把生死置之度外。

　　摩雲鵬魏豪看著很生氣，拿刀背敲打賊人的脛骨，大聲說：「咱們也不必活埋了他，也不用把他送官；依我說，只把這東西的兩條狗腿剁下來，省得他下次再做賊。」烏老鴉聽著，臉色一變；旋即鎮定下來，仍然緊咬著牙，一字真情不吐。老師父陶成澤又用他那一套江湖話，向烏老鴉軟誘。這烏老鴉濁氣沖上來，軟硬一概不吃。百般套問，只問出他的姓名，自稱名叫烏老鴉葉亮功，夥伴是涼半截梁文魁。再問時，還是那套話，要到曹州府，偷碧玉瓜。

　　摩雲鵬恨極，便要當真把烏老鴉的腿砸斷。辛莊主連忙攔住，他心中另有一番打算。賊黨來得不知有多少，既敢和獅子林尋仇，聲勢當然不小。一個村鎮良民，有田有產，犯不上跟綠林道結下惡隙。把賊人捉住送官，他們並不記恨，因為這乃是常情；可是私用毒刑拷打他們，毀害他們，他們做賊的是要銜恨的，遂勸住魏豪，徐徐說道：「魏仁兄，不要著急，咱們慢慢地問。」不留神，叫出一個「魏」字來。只見烏老鴉忽然把眼睛睜開，惡狠狠瞪了魏豪一眼，哼了一聲。同時摩雲鵬魏豪也哼了一聲，說道：「相好的，我認得你，你小子是小白龍的狗黨！」烏老鴉把眼又一翻，尖嘴一動，黑臉一沉，雙睛閃閃地吐出火焰似的，滿臉露出兇惡之相。

　　這個情形，辛佑安和陶氏父子全看出來了。魏豪本已改裝，但是二賊

被擒之後，他忘了戴墨鏡。這個被擒的賊竟和魏豪四目相對，露出要互噬的神氣。陶成澤老師父哈哈大笑，道：「相好的，你這才招了！你嘴頭沒說實話，你的臉神可是畫了供了！」辛佑安也大聲笑著說：「好！把他押下去，再把那個什麼涼半截押上來。」壯丁依言，把烏老鴉帶下去。

陶成澤說道：「魏老哥，你的話猜對了。」辛佑安道：「這本來毫無可疑，他們一定是林鏢師的仇人。就是這個黑小子嘴太硬，至死不招。可是，魏仁兄你真認得他麼？」魏豪搖頭道：「認不清，劫鏢時賊人太多，又在黃昏時候。」陶成澤道：「一定不認得，你沒看麼，他一聽你叫出魏仁兄來，他才一翻眼，可見他們誰也不認得誰。咱們再詐詐那個涼半截吧。」

說話時，涼半截被提上來。這回由陶成澤盤問，仍用巧言誘供，問他混進小辛集，到底受誰支使？他們的瓢把子是什麼萬兒？在哪裡安窯？到小辛集究竟為什麼事？警告涼半截：「痛痛快快招了吧，你不要自誤。你不招，你的夥伴可招了。你們跟小白龍是一夥，你們是跟臥牛莊的林鏢頭有梁子，對不對？你別覺著我們一點不知道，我們也是武林中人。告訴你，光棍遇光棍，有什麼說什麼。我們這裡是聯莊會，不是官面。我們只知道守望相助，衛護鄉里，管不著你們尋仇的那筆閑賬。只要你們不來擾害我們，我們才犯不上給你們過不去哩。你說出真情實話，當真跟我們小辛集無干，回頭我就可以稟明會頭，把你哥兩個放了。」老師父又一指魏豪、辛佑安，道：「這兩位就是我們聯莊會的教練，我們這裡人最好習武，人人都會玩兩手。可是我們只曉得看莊稼，防偷盜，素來是『人不犯我，我不犯人』。剛才你們那個夥計倒很敞亮，知道我們不願多事，他都把實話告訴我們了。你姓梁，他姓葉，對不對？你們這是跟他們臥牛莊有個過節，對不對？臥牛莊有個姓林的，他是托線的保鏢，大概跟你們瓢把子有梁子。你們是冤有頭債有主，只要你實話，說的話跟你們那個夥伴句句相符，那就是你眼睛亮，沒有蒙我們，我們自然也犯不上跟你過不去。話不

說不明，相好的你可估量著點。」

辛佑安聽老師父這麼說，微含笑意，覺得這麼問很不壞。再看涼半截，臉上也像很感動，低下頭來，沉吟良久，好像很為難似的。半晌，方才長嘆一聲，說道：「老爺子，你老最聖明，我們的事真瞞不過你老。你老肯拿我們當江湖道看待，我們很領情。我若再說假話，那可真不識抬舉了。掏心窩子說，我們情實是過路的綠林，毫不與你們小辛集相干。」講到這裡，辭涉吞吐，忽然面現毅然之色，大聲道：「說，說了罷，頂到頭不過把我們宰了，還有什麼？告訴你老，我們真不是平常的小偷路劫，我們在南方綠林道上，也是有名有姓的。我們的瓢把子，就是江湖上聞名的小白龍方舵主，我們兩人就是他老的踩盤子的小夥計。」

辛佑安、陶氏父子、魏豪同聲說道：「哦，小白龍？」涼半截眼光一繞道：「不錯，是小白龍。他是我們二百多人的老大哥。」魏豪道：「什麼，二百多人？」陶成澤也故作驚訝道：「我們久聞得小白龍方靖方舵主，不是泛泛之輩，他乃是三江五湖，大名鼎鼎的飛行盜俠，怎麼他遷了碼頭，要到北方來不成？你們兩人全是他的弟兄麼？」辛佑安也道：「你們倆都是小白龍的部下？我聽說小白龍乃是單人獨騎、闖蕩江湖的獨行大俠，一向是孤行無伴的，怎麼又有踩盤子的來？」涼半截似笑不笑地說道：「江湖上的傳言不能全信。我們方舵主早年倒是匹馬單槍闖曹營，從來沒有夥伴；現在可是手底下足有快三百號的部下，不過局外人不曉得罷了。」魏豪大瞪眼，厲聲問道：「又是三百人了？我問你，小白龍他現時在哪裡安樁？你們的老窠又在哪裡？」賊人道：「他嘛，離著這裡遠得很哩。他現時是……咳，諸位，這不是我不說，單我自己賣底，太不地道；若叫我們舵主曉得了，他一定不肯輕饒我。這，我實在不好說。」魏豪冷笑道：「你可要找倒楣，你不怕王法，你怕你那瓢把子！你那同伴起初也不肯說，等著割了一隻耳朵，又全說了。你可好好地想想，別落後悔。」

涼半截看了魏豪一眼，暗暗切齒，臉上不露相，仍是緩緩地供道：「別價，別價。這可是沒法子的事，我也顧不得了。我們的舵主現在曹州府城，我們真是沖著臥牛莊那個姓林的來的。」辛佑安道：「小白龍可是跟臥牛莊的林鏢頭有仇？」魏豪道：「是他個人和林鏢頭有仇，還是別人跟林鏢頭有仇，特地邀你們舵主來報復的呢？」

這個涼半截梁文魁眼珠一轉，心中暗暗盤算該怎麼回答，眾人卻一迭連聲催他快供。涼半截道：「自然是方舵主跟姓林的有仇了。」摩雲鵬魏豪道：「胡說！他兩個人，一個在河北，一個在湖南，誰也不認識誰，誰也礙不著誰，他們怎麼會有仇呢？」涼半截道：「這個，我一個踩盤子的小夥計，實在說不清楚。可是我聽我們夥伴念叨過，我們方舵主有一次獨遊北方，曾經吃過林某一個啞巴虧。說起話來，總恨姓林的。到底怎麼吃的虧，他嫌說出來丟臉，從來沒有仔細告訴過人。還有方舵主的岳丈人，聽說也栽在姓林的手裡，後來喪了性命。所以他的大舅子特煩他來找場報仇。」

摩雲鵬魏豪不由瞪目猜思起來，這卻是想不到的事。急追問道：「小白龍的岳丈叫什麼？」涼半截道：「他叫什麼呀……我也說不上來。」魏豪大怒，抓過一根木棒，揚起來就打。涼半截往後微閃道：「你別打人，咱們可好說好問。他的岳丈聽說叫滾、滾、滾地雷胡金堂。」魏豪道：「唔，胡金堂？」

魏豪一句頂一句窮究下去，他想，林師兄慘死，素來沒聽說跟小白龍結過怨；莫非小白龍真是替別人報仇來的？可是這個胡金堂又是何人？賊人在洪澤湖結夥尋仇，分明有一個赤面長髯大漢，很像是主謀，莫非他就姓胡？還有那天在清江捕鏢局，假裝弔喪，夜來盜棺的人，也自稱姓胡。這二胡是否一人？還是一家？還有那個黃面頭陀，那個麻面大漢，究竟是何等人物？這必須從賊人口中究出實底來，將來也好設法指名復仇。這麼盤算著，在公所雖是辛、陶諸人一齊審訊賊情，到了這工夫，魏豪可就再

忍不住，也顧不得客氣了，竟搶先追問起來。當下也就鋒芒畢露，賊人用冷眼偷端詳他，他也端詳賊人。

起初賊人的供詞，摩雲鵬還不敢相信；但涼半截雖似有點掩飾，卻說得有眉有眼，真像是被逼無奈，方才吐露出來。內中又隱藏一椿祕聞，揣情度理，好似真有其事。涼半截說，小白龍當年藝成遊俠，正在年少，專做獨腳生意；林廷揚林鏢頭那時也沒有入鏢行。有一年，小白龍遇見一椿買賣，直綴了五六天，好不容易才在江南水路上，抓著了一個機會，便要下手。不防獅子林狹路相逢，路見不平，給打起岔來。黑夜劫江，小白龍被林鏢頭打了一鏢，吃了個暗虧，抽身而退。這件事小白龍深記在心，卻輕易不肯告訴人；直到這次大舉復仇，他才對部下幾個機密頭目，略說了說。可是表面上，還是算替他岳父報仇。他的岳父胡金堂卻素常在北方混，曾經糾眾劫鏢，被姓林的重傷，當場瞎了一隻眼，不久因傷殞命。他的兒子便找到小白龍，求他協力復仇，才有洪澤湖這一場事。

涼半截如此這般，說了一遍，跟著說：「我的實話全說了。我們倆是踩盤子的小夥計，是奉命來打聽林鏢頭的根底的。我們是奉命差遣，概不由己。我都招了，殺剮存留，隨你們諸位的便。你們看在江湖道上的義氣，不願跟我們綠林結怨呢，你們就把我們倆放了。我們小白龍方舵主最講究江湖結納，他必然有一番人心；你們要是秉公辦理，把我們捆送官府，我們的腦瓜子等著哩，我們也不能含糊了。你們問夠了，該怎麼著，就怎麼著吧。」

涼半截說罷，現出了視死如歸的神色，把眼睛一閉，不再言語了。摩雲鵬魏豪心上卻非常疑惑，把涼半截敲了一下，仍問道：「喂，你們在洪澤湖劫鏢的時候，你一定也在場了？那個鬥劍的青年是小白龍麼？」涼半截睜開眼，一雙眸子直注著魏豪，說道：「小白龍不錯，是使劍；我可沒有劫湖，我也不會水性，那天我沒有在場。」

魏豪道：「你扯謊！小白龍不是很年輕麼？你怎麼說他早年跟林鏢頭結的仇？」涼半截張口結舌說不上來，眾人齊聲催問。涼半截怔了怔道：「我不是說，我是小夥計嗎？我是聽他們這樣說的。我一個踩盤子的，哪裡知道底細！不過你說小白龍年輕，這可不對；他已經四十二歲了，他長得少相。」

魏豪道：「四十二歲，怎會那麼少相？你這東西還是胡說！」涼半截道：「我句句都是實言，你可見過我們方舵主麼？」魏豪不答，含怒斥道：「你倒詢問起我來。你少要支吾，我問你，洪澤湖劫鏢的都是誰？有一個赤面大漢，好像是主謀，他叫什麼？還有一個頭陀，一個麻子，很兇猛的，又是什麼人？」

涼半截拿眼看著魏豪，魏豪也拿眼盯著涼半截。涼半截梁文魁道：「索性都告訴你們吧，其實這滿與你們小辛集無干。那個紅臉的就姓胡，叫胡少雷，是小白龍的大舅子。那個頭陀，我不認識他，他是我們方舵主邀來助拳的朋友，我們只曉得他叫金羅漢。那個麻子外號叫什麼紀花臉，姓紀，叫紀長勝。」

魏豪仍究問賊人的黨羽、巢穴和現時安樁的地方。涼半截不再支吾了，眼珠一翻一翻的，有問必答，把話都說了出來。他說，他們的頭領實在是為著報私仇來的，他們這些人不過是受著小白龍的情懇利誘。他已承認剛才所說訪大戶盜寶的話，乃是謊言。他們這夥人從前潛藏在洪澤湖一帶；他們是水旱兩幫，合成一夥，共推小白龍方靖為首。因為小白龍水陸兩面的功夫都很強，他們的夥伴一共二百來人。可是專為找尋獅子林報仇，來到曹州府的，不過一半人，八九十名罷了。昨夜搜尋林鏢頭妻兒的，果然就是他們的同黨。他又說，林鏢頭已死，本該罷手；只是小白龍不聽人勸，一定要斬草除根，趕盡殺絕。因此，他們的副舵主還很不樂意。就是涼半截自己，也說這事情做得太過分了。他們來的這八九十人，

已經分路散布在臥牛莊、周莊、小辛集、柳樹崗、榆樹坡附近。

　　涼半截把尋仇的事，有問必答，完全吐露出來。就像畏刑怕打，迫不得已，才供出底細；卻是話裡話外，暗含著說，你們小辛集不過小小的一個村鎮罷了，我們又礙不著你們的事。冤有頭，債有主，你們彈丸之地，就算有聯莊會，你們犯得著跟三百多水旱綠林大盜結怨嗎？不過涼半截實在是個老油子，話中雖然隱含著威嚇的意思，口氣仍然裝著受刑無奈的樣子，他的口供聽著並不刺耳。

　　果然莊主辛佑安聽完了涼半截的話，嘴裡沒說，心上躊躇起來。陶成澤老師父卻似信不信的，容得把涼半截押下去，便問摩雲鵬魏豪：「魏老弟，這個賊說得有譜嗎？你們大師兄林鏢頭可是這樣跟小白龍結的仇嗎？」魏豪心上也正犯著掂奪，忙回答道：「老師父，賊人的話實在出我意想之外。我師兄跟小白龍怎麼結的仇，我們連點影子也摸不著。也許我師兄當時少年氣盛，無意中買怨綠林，連他自己也不曾理會。那個叫什麼滾地雷的，我倒仿佛聽誰說過，是死在我大師兄手內。這個姓梁的賊說的話倒有點貼題，可也不盡相符。」

　　陶成澤呼了一口氣道：「那麼這東西說，他們的黨羽一共有二百多人，這話對麼？」摩雲鵬魏豪回想月前在洪澤湖遇事的情景，賊大駕船攔江，劫舟縱火，驅使著十幾號船，聲勢果然浩大。此時卻不便實告，搖頭回答道：「他們的老巢，百十號人是少不了的，也不見得那麼多。昨夜追趕我們的卻人數有限，算來未必過十人。我看這個賊伶牙俐齒。招的話有虛有實。你老沒聽他還有點嚇唬人的勁麼？」陶成澤笑道：「有那麼點意思。休管他，我看咱們還該把那個姓葉的提上來，把他兩個人的話對一對，這就訊出真假來了。」

　　辛佑安道：「我也這麼想，該證一證。」遂吩咐莊丁，把烏老鴉葉亮功又提上來。陶成澤老師父拈著鬍鬚，換出滿臉的和氣來，說道：「朋友，

我知道你很不含糊。你在江湖上混，足夠光棍的。從你嘴裡一點也露不出洩底賣友的話來，你真行！」說著，把大拇指一挑，眼看眾人說，「好一條漢子，你別瞧，我們都很佩服你哩。」辛佑安附和道：「可不是，這位跟那個姓梁的可不一樣。」

陶成澤道：「人比人，氣死人。」命莊丁把烏老鴉的捆繩鬆動了一下，笑吟吟地說，「喂，你請坐下來說話。相好的，咱們這裡，一來不是衙門，二來我們又不當差，又不吃糧，我們傻了，也犯不上為不相干的事，跟你們綠林中的朋友結怨。我們乃是聯莊會，我們只想問明你二人的來意罷了。我說，你們二位絕不是要盜什麼碧玉瓜吧？你們是為獅子林來的，對不對？」

烏老鴉葉亮功屹然沉默，卻一聞此言，不由身子一動。辛、陶二人和摩雲鵬全看出來了。陶成澤哈哈大笑道：「朋友，你帶相了！實對你講吧，你們那個夥伴把實話都說出來了。這可不算他膽小，乃是他眼睛亮，看透我們是幹什麼了。你也不是眼力不真，你是太義氣了。你們那位夥伴告訴我們，你們的頭兒是小白龍，跟林廷揚鏢頭有梁子，你們是往臥牛莊去的。你們是要找一個女人、一個小孩，是不是？你們人很不少？」

陶成澤就用涼半截的話，半真半假地來探烏老鴉的口氣。烏老鴉性格粗魯，像這樣誘供的法子，他在江湖上混了多年，豈能一點不懂？可是到底上了陶成澤的當，順口答音地招供，不覺證實了涼半截的話。他們一共來了三十多人，潛藏在曹州府城廟驥馬店內；這是涼半截沒有說出來的，他卻不留神吐露出來。只是他也說獅子林的仇人是小白龍，兩人的話正是相符。摩雲鵬魏豪這才相信為實了。魏豪哪曉得，正中了那個真對頭赤面長髯大漢「嫁禍」的陰謀！獅子林的真正仇人，實在是那赤面長髯大漢。小白龍方靖，可以說是受愚。赤面長髯大漢與林廷揚有殺兄、辱嫂、殲侄、滅嗣的深仇。他的名字就叫飛蛇鄧潮。

第十六章　降龍木尋仇見逐

　　飛蛇鄧潮煞費苦心，布置復仇，劫鏢焚舟，著著得手；可是盜棺毀屍，空葬送一個同黨；焚靈棚，刺孤兒，又沒有成功。飛蛇鄧潮這才大發雷霆，離開了潛伏之地，率領三四十個同黨，分為數批，喬裝改扮，第二番撲到曹州府城廂，與黨羽約定在城廂一家騾馬店和一家客棧內聚齊。頭一撥留在曹州府安樁的是七個人，在飛蛇未到之先，不時往臥牛莊窺探。獅子林家所有人來人往，他們已然窺探了一個大概。旋即探明獅子林家意欲逃走，並已猜出由摩雲鵬魏豪護送，要奔到直隸保定府安遠鏢局。

　　踩盤子夥計忙給飛蛇送信。飛蛇鄧潮冷笑數聲，心中一轉，立刻派同黨十二個人，前往探莊邀劫。會合安樁的人，由降龍木胡金良、海燕桑七等率領。以下有九頭鳥趙德朋、黑牤牛蔡大來、紀花臉紀長勝——就是那麻面大漢，涼半截、烏老鴉等人，共有十六個人，就在臥牛莊前後，暗布下卡子。飛蛇鄧潮自己卻另率領十六個人，趕過去，在老河口埋伏下，扼住了林家逃亡的要路。飛蛇鄧潮打定主意，叫胡金良等打頭陣，他自己做後援。

　　胡金良等在臥牛莊內外，窺伺了一個多更次，沒有動靜。天色越來越黑，忽到二更時分，竟聽見莊前車道上，咯噔咯噔，車輪碾地之聲，是由城廂方向開往臥牛莊的，這就是趙子手黃仲麟、邱良兩人雇來的兩輛轎車。同時天昏降下雨來，眾賊人料到這般時候，忽有車來，一定是保鏢林的逃亡之車。群賊互相打招呼，卻在村外留下了三五個人巡風，其餘都從暗中聚攏過來。

　　趙子手黃仲麟、邱良，當所雇的車來到時，竟堵著門發現賊蹤。依理說應該變計，但兩個人急急地商量了一會兒，覺得這個運行李的車，最要

緊的用意，本在淆亂賊人的眼目，好容魏豪引著程氏母子逃走。兩個劊子手把脖頸一拍，發怒道：「裝車！不管他，咱們還是走！」把行李好好歹歹往車上裝，雖然暗影中已瞥見有人窺視，他二人公然不懼，也不告訴車把式。卻故意地耗時候，等到裝完，又等了一會，說一聲：「走！」兩個人把兵刃亮出來，形態自若，傍車而行。兩個人卻稍稍落後，離開車有半箭地；潛藏在暗隅的胡金良、海燕桑七，立刻暗打呼哨，把人聚來七八個，預先跑到車前，撲出莊外。兩人打算著，容著車開出莊外，到一個前不著村、後不著店的曠野，再動手劫它。不想走出幾里地，忽得同黨馳報，獅子林的妻兒已由姓魏的保護著，從別路逃走了，涼半截和烏老鴉已經跟蹤往西南追了下去。胡金良、海燕桑七聞言一愣，急忙分派黑牸牛蔡大來等，暗綴著轎車。胡金良和海燕桑七卻急忙抽身，翻回臥牛莊來，也往西南追趕下去。

這一來，十幾個賊人竟散了幫。有一夥是追車，有一夥還在莊外巡風，又有一夥發現魏豪和程氏母子落荒逃走，直追下去。胡金良這幾個人，卻弄得兩邊都沒有夠著。又趕上暴雨狂風，在昏夜曠郊之外，東一處西一處的莊稼地，覓夥伴，搜仇人，兩皆不易。海燕桑七、降龍木胡金良等振吭狂呼，連打呼哨，召喚同伴，望風捕影地急趕下去。但摩雲鵬為防躲仇人，一味穿田禾亂走，連他自己也迷了方向。追逐的人分頭堵截，盲目亂竄。等到賊黨聚合，魏豪已逃入小辛集去了。

那一邊，黑牸牛等綴著轎車，直走出十來里地，還沒得下手。埋伏在老河口的飛蛇鄧潮，越等越無動靜，已過三更，也忍耐不住了，忙派踩盤子的小夥計，迎上前來討信。踩盤子小夥計于濤直順著大路，往臥牛莊走。

這邊黃仲麟、邱良二人，驅車迂迴而行，專擇有人煙的地方走，一力躲避著荒郊。大雨中，黑影裡，黃、邱二人確已覺察：前面背後都有人綴

著。將近周莊，黑忙牛與踩盤子夥計相遇，暗打招呼，說是點子綴溜了。踩盤子夥計慌忙折回，給飛蛇鄧潮送信。鄧潮一聽綴來的是空車，竟被仇人落荒逃走了。若不是胡金良、桑七布置周密，又要落一場空。鄧潮咬牙切齒道：「姓魏的竟弄金蟬脫殼的把戲！我們不要在這裡傻老婆等漢子了。來，哥們，先把這車料理了，捉住他們，究問獅子林妻子的下落。」飛蛇鄧潮率眾出離老河口，往前迎上來。

遙見大河堤南面，大雨中，隱隱一道黃光。電光雷聲中，僅僅聽得大車濺泥之聲。群盜呼嘯一聲，往前撲去。於是，擇要路口，一帶叢林暗影中，亮開撥子，分頭藏好，把火亮預備在手下。

不大工夫，兩輛轎車撲噔噔噔地濺泥路，奔大堤而來，越來越近，漸漸辨出車形。相距切近，踏盤子夥計于濤一撮口唇，吱吱地連響了兩聲呼哨。潛伏在堤下、林中的匪黨，立刻各展兵刃，一聲斷喝，把車前的道路橫截住。同時車後的道路也閃出人影來，把退路也給剪斷。幾個匪黨把預備的孔明燈，就雨地裡拉開燈門。

迎面而來的兩輛轎車，立刻勒住。跟在車後的黃、邱二人，互相招呼了一聲，把兵刃亮出來。料想這時魏七師父已率程氏母子走開了，兩人便將刀一抱，方要答話，飛蛇鄧潮早用金背刀一指，喝道：「呔，對面的安遠鏢局走狗，太爺小白龍在此等候多時。姓魏的在場，快把林廷揚的老婆孩子交出來！」邱良未容賊人說完話，一揚手，先下手為強，打出一件暗器來。

飛蛇鄧潮一縱身閃過，一陣狂笑道：「鏢行走狗，不知死活！」他部下十幾個人，早已吩咐，紛紛闖出來。當先一道黑影，掄刀照邱良便砍，另有一個賊便奔向黃仲麟。黃、邱二人連敵人的面貌都未看清，趕緊掄刀接架。

這過來動手的賊，一個叫花面狼黃啟泰，一個叫開花炮馬鴻賓，全是

江湖積盜，手底下又黑又狠。才一照面，花面狼黃啟泰，竟展開十二手連環鎖骨刀，把黃仲麟裹住。那開花炮馬鴻賓也用的是刀，施展的是抹眉刀法，武功雖稍差，可是邱良仍非他的敵手。黃、邱二人冒冒失失地遇上了勁敵，再想依原計，棄車而遁，已然沒法子抽身。

那盜魁吩咐同黨上前，另外只留下三個賊幫助黃、馬二賊。其餘的人一齊掄兵刃，撲向兩輛轎車。此時兩個車把式，已然照江湖上的規矩，插鞭子蹲在道旁。飛蛇鄧潮督同群盜，把轎車上的行李箱籠，全打下車來，車中果然空空無人，飛蛇鄧潮急閃眼一看，黃、邱二人尚在與賊苦鬥，一面打，一面退，似欲逃走。飛蛇鄧潮大喊道：「鏢行走狗，太爺小白龍和林廷揚有十幾年的交情，你只要把林廷揚的家小交出來，我就饒你狗命。」黃仲麟呼呼喘著，大聲回答：「狗賊，有本領你自己找去。獅子林的家眷，不錯有能人保著走了，你想從太爺嘴裡問出底細來，你妄想！太爺能賣命，不能輸口！」

飛蛇鄧潮恨極，把金背刀一掄，霍地躥過去。黃仲麟還想拚命招架，卻早被花面狼盯住，花面狼用了手「金絲纏腕」，擺肘獻刀，這一下把黃仲麟五個手指險些削掉。可是已有兩指劃傷，虎口也破，噹啷一聲，鋼刀墜地。黃仲麟究竟是個硬漢子，一聲也沒哼，斜身一躥，彎腰把綁腿上的匕首，用左手抽下來，方要忍痛奪路逃走。飛蛇鄧潮已然迎面截住，唰的斜劈來一刀。黃仲麟躲閃不及，後面花面狼又趕下來，飛起一腿，兜定黃仲麟的後腰，踢個正著。黃仲麟竟被踢出一丈外，啪嚓一聲，跌在泥路上。飛蛇鄧潮急喊：「留活口！」暗影中早躥出一個強盜，就勢一刀，把剛剛躥起的黃仲麟重複摔倒在地。那強盜上前來捉。不意黃仲麟的匕首還在掌中，翻手一下把賊人刺傷。賊人怪吼一聲，道：「好東西，紮死我了！」這賊人惡狠狠就手又複一刀，哧的一聲，黃仲麟登時殞命，這賊人也坐倒在泥路上。

趟子手邱良早知情形不好，大吼一聲，揮刀奪路。群賊撲上來，一齊動手。邱良越發不支，張目四望，雨驟天昏。邱良拚命亂砍，沖出一條路來，拔腿往黑影中便跑。飛蛇鄧潮怒叫：「捉住了他！」邱良已然跑出一段路，卻被群賊舉起孔明燈，尋聲照射，緊緊地追逐過來。雙拳不敵四手，邱良二番被圍，群賊揮刃攢攻。不大工夫，邱良中了一暗器，竟被群賊打去兵刃，活活擒住。可是邱良已經身受重傷，滿口流血。

飛蛇鄧潮把車上的細軟都搶掠了，捆著邱良，先尋找一個落腳潛身之處。在附近遍覓古刹廢宇，一時竟尋不到。飛蛇鄧潮濃眉一皺，打定一個主意。命餘黨押住邱良，藏在林中；身率九頭鳥趙德朋、黑牤牛蔡大來、開花炮馬鴻賓、花面狼黃啟泰，往荒村僻道，跑了過來。摸出不多遠，在樹林荒崗處，發現孤零零兩排草房、正房三間、耳房兩間。深夜大雨中，屋內沒有燈光，也不聞人聲。鄧潮四顧左右，果然是前沒有鄰家、後不挨道路的一所孤舍，只有矮矮的院，院內盆兒罐兒很多。鄧潮暗打招呼，九頭鳥、開花炮立刻上前，一個開窗，一個撥門，直襲入屋內。

屋內只有三十多歲的一對夫婦，和十幾歲的一個小孩，小孩另占一間房。九頭鳥晃火折照看，火折已被雨淋，不能點著。開花炮跳出去，把一盞孔明燈討來，重複入內。急舉燈一照，才曉得這裡是個瓦窯，怪不得院中盆兒、罐兒很多。正當夏天，那土炕上的兩口兒赤身露體，仰面拉叉地躺著，鼾睡正濃。地下又是盆兒、罐兒，騷氣烘烘，汗臭濁氣鑽鼻。

開花炮唾了一口，回身出來。九頭鳥持刀東尋西看，一個不留神，左腳竟陷下去。低頭一看，地下原來裝置著旋盆的一具旋磨，坑似的擺在屋地，直矮下兩尺多。那另一間屋睡著的孩子，光著油黑的身體，好像是學徒。九頭鳥低聲說道：「留神！」一語未了，開花炮也一腳蹬空。屋中的女人竟先驚醒了，忽見孔明燈的黃光一閃，嚇得她一時愣住，不敢喊，也不敢動，只側耳朵聽，瞪著眼看。

　　開花炮、九頭鳥看明屋主人毫不足慮。二人出外，便把口唇一撮，吱地響了一聲，飛蛇鄧潮始率眾撲進來。屋中那個女人把她男人一抱，忽然尖聲地喊叫起來：「有賊！」重重地把她男人掐了幾把。那男人迷迷糊糊地爬起來，也跟著喊：「有賊，有賊！」

　　飛蛇鄧潮等幾個人都躥進來，開亮了四盞孔明燈，把三間草房照得纖毫畢露。赤膊的男人，赤身的女人，嚇得跪坐在土炕上亂抖，半晌才說：「你們老爺們要啥？」九頭鳥抽出鋼刀來，說道：「把他料理了吧？」一對夫妻叩頭求饒性命。飛蛇鄧潮將頭微搖道：「用不著！」卻叫捆住他，把嘴堵上。

　　群賊立刻依言動手，把盆窯的外掌櫃、內掌櫃，赤身露體，雙雙地倒捆起來。那另一間屋中的小徒弟，睡眼還沒有睜開，也被抓起來捆上。每人嘴裡塞了一個麻核桃，另用繩子勒住，免得被他吐掉。遂將這男女三人抬豬似的抬到屋隅，用東西擋起來，把頭臉也都蒙住。這三間草房做了賊人臨時的窟穴，開花炮和花面狼然後把邱良也押進來。

　　飛蛇鄧潮等身上的衣服俱都淋溼，卻也顧不得收拾，只略略擰了擰水。鄧潮便命黑牸牛蔡大來、花面狼黃啟泰，用酷刑拷打邱良，向他究問獅子林的妻小，和獅子林師門中的人物，以及至親摯友。問完，把邱良也照樣倒捆起來，堵嘴蒙面。由九頭鳥把他提起來，放在耳房那兩間房內，藏在一堆瓦盆後面。省得邱良聽得他們的話，看見他們的動靜。

　　然後，飛蛇鄧潮趕緊分派人，三人一撥，兩人一夥，冒雨再搜尋下去。鄧潮既已曉得獅子林的妻室竟是鐵掌黑鷹的女兒，又被獅子林的師弟姓魏的保護著逃走，回想起早年的情事，深知做事斷不可容留餘地；否則一步放緩，便留下禍根。當下與眾人商議道：「咱們還得追！我和姓林的仇恨，不是一條命抵一條命的事！眾位哥們，大雨的天實在討厭，可是沒法子。這個獅子林的女人跑了，獅子林的兒子又沒有落到咱們手裡。沒別

的，諸位還得幫小弟一點忙！」向眾人做了個羅圈揖道，「咱們還得連夜趕下去！一步放寬，後悔無及！」

黑牤牛應聲道：「那是自然，斬草除根，這個含糊不得！」開花炮道：「咱們男子漢，還怕一兩個雨點不成？」花面狼一拍頭頂道：「五黃六月大熱天，有雨澆澆，更涼快。我說的是不是老蔡？」黑牤牛蔡大來道：「對極了，哪個不追，是小舅子兒！」黑牤牛是河南巨賊，從前吃過安遠鏢局的虧，他這次也算是尋仇的主謀人之一。他們這樣一說，內中就有嫌麻煩的，也不便說話了。

鄧潮又囑咐道：「諸位仁兄，可別忘了一節要緊的，萬一咱們遇上了該答話，報名號的時候，千萬可想著……」沒等他說出來，黑牤牛、九頭鳥首先答應道：「那是一定，咱們都算是小白龍方靖師父邀出來的。小白龍師父跟姓林的有仇，咱們是給朋友幫忙。」說著，又哄然笑起來。

開花炮就說：「小白龍真有個傲勁兒！」九頭鳥插嘴道：「你瞧人家那派頭！也該都給他攔上。」這時有人哼了一聲。開花炮接著說道：「好在人家不怕這個。咱們一定這麼說，可別改嘴。」黑牤牛道：「那是自然。」

群賊立刻出動。九頭鳥又道：「這裡怎麼辦？」用手一指屋舍。飛蛇鄧潮仰面略一尋思，道：「這裡倒很穩。」又對那個受傷的夥計，叫作草上飛陳二達子說道：「你叫那個姓黃的小子紮了一下，怎麼樣，重不重？我看你可以在這裡歇一晚上。」陳二達子道：「就我一個人嗎？」飛蛇鄧潮不悅道：「你看你這份膽量，我怎會叫你一個人在這裡？」遂即發令，留下四個人，就在這瓦窯臨時安樁，作為聚眾傳信的落腳地方。命留下的四個人，務照規矩分撥放哨，千萬不要大意，並留下暗號。然後其餘這些人一齊出來，冒雨疾行，先奔臥牛莊，再奔西南。

這班人全是橫行江湖的積賊，殺人越貨，視作尋常。此時受了首領重托，都想乘機露一手。沿著莊稼地畔小徑，一路斜抄著走。約走了三五里

地，臥牛莊已在前面。忽聽隔禾田，發出慘厲的一聲呼哨。飛蛇鄧潮急命止步，傾耳細聽，呼哨聲又起。鄧潮忙一撮口唇，吱地響了一聲，同伴眾人也一齊打起呼哨。果然呼哨聲才罷，從田地橫穿過兩個人來。一個是雙頭蛇丁六，一個是苗長鴻。兩個人青綢短裝，全被泥水濺滿，連臉上都有泥點。

雙頭蛇丁六上氣不接下氣地說：「舵主在這裡，好極了，你老往哪裡去？」鄧潮說了來意。雙頭蛇丁六忙道：「你老不用上臥牛莊去了。由這邊走，穿過這片高粱地，快趕奔小辛集那個莊子去吧。」苗長鴻也道：「咱們的人東一處西一處，全追散了，三個正點全躥進小辛集去了。海燕子桑七爺，降龍木胡二爺，走岔了道，不知道摸到哪裡去了。現在三個正點，倒叫烏老鴉、涼半截、橫江蟹他們哥五個給追上。那個姓魏的很棘手，倒把李老么摔倒了。姓魏的跟那個女人，好長的氣脈，居然掙扎脫了。小辛集那裡怕是有他們的接應。咱們的人來了不少，可惜盯上的人不多，怕要吃虧。」

飛蛇鄧潮一聞此言，雙目如炬，道：「怎麼？胡金良、桑七也走散了？」雙頭蛇丁六忙道：「我們哥倆始終沒有看見他們二位。」鄧潮吸了一口涼氣道：「莫非桑老七、胡老二也跟小白龍一樣，半路上要看我的哈哈笑？這真是可憐，來了三十多個人，有本領的人一個也沒綴上仇人！」沒有接應，也不能得手，飛蛇鄧潮懊惱異常，把金背刀一挺，切齒道：「還是這個靠得住。」立刻催丁六、苗長鴻引路，橫穿田地，冒雨直搶奔小辛集。

飛蛇鄧潮，他的心比他的腿還急，正是用出了全身氣力，像一陣風似的往前飛奔。他率領的人被他落後一半，一面跑，一面回頭催促。無奈泥中飛跑，夜間尋路，一個不留神，就有滑倒的。開花炮且跑且叫道：「鄧二哥，悠著點勁，你只顧盡力，跑到地方，沒有勁了，怎好跟仇人搭

話？」鄧潮明知此言有理，但是不肯放鬆，還是如飛地往前跑。曲折走出一大段路，雙頭蛇丁六用手一指前面道：「舵主，請看，那邊有一片黑乎乎的高崗，那就是柳樹崗，繞過柳樹崗就是小辛集。你老只要一到柳樹崗，就可以望得見小辛集。咱們的人這時大概跟姓魏的接應，動起手來了。剛才聽見他們敲鑼來著。」

飛蛇鄧潮道：「哦！這小子還有接應？」更不敢再延，一下腰，施展開輕身術，踏著這泥濘的雨路，健步如飛地趕上前去。一口氣跑出數里地，將到柳樹崗子，忽聞柳樹崗子村莊內，鑼聲大作。群賊詫然道：「這裡什麼事？莫非我們的人在這裡了？」雙頭蛇丁六且跑且說：「不是不是，咱們的人還在前面呢！」

於是群盜雖知柳樹崗子昏夜鳴鑼，必然有事，他們居然不介意，大寬轉繞著走，仍然斜奔小辛集。也就是剛剛拐過去，突然迎頭躥過來幾條黑影，黑影後面，閃爍著一星一點的火光；當中有一帶疏林阻隔著，昏夜中看不清，卻聽得分明。在簌簌雨聲中，顯然有人聲吶喊。那幾條黑影竟穿林撲出來。飛蛇鄧潮哼了一聲，急忙一探囊，抽出一支鋼鏢，然後一捏口唇，還未等打出呼哨，後面緊緊跟隨他的苗長鴻，早已吱的一聲，先打起招呼來。

那前面的黑影，果然是自己人。這一聲呼哨才罷，人影應聲止步，也打過招呼來。兩邊的人立刻湊至一處，來的人正是橫江蟹等。雙方稍一過話，拔步便跑，風馳電掣般奔入疏林中。

穿過疏林，便已望見小辛集，燈籠火把，擁出許多人來，並且一迭聲地呼喊。飛蛇鄧潮往外一張，忽然退回林中，拉著橫江蟹問道：「這是怎麼啦？你們把村子裡的人全驚動起來了？」橫江蟹吁吁喘息道：「別提了，三個正點已經全進了小辛集。小辛集出來一大幫聯莊會。」飛蛇鄧潮怒道：「聯莊會，怎麼著，礙著聯莊會什麼事？」

但是鄧潮沒等人答言，他早已猜出來，道：「不用說，姓林的女人是這裡人，本鄉本土，她把聯莊會的人勾出來了。」卻頓足道：「你就是勾出全營來，我也要宰了你！那桑七爺、胡二爺又哪裡去了？」涼半截答道：「他們哥倆剛到，已經闖進小辛集了。」鄧潮忙問：「你們跟他們動上手了？」橫江蟹道：「可不是，我們是叫他們追出來的。他們人多勢眾，咱們人弄得七零八落，眼看著姓魏的那小子，背著那個孩子，跟著那個女人，一頭躥進小辛集去了。我們緊跟著往裡追，挨了他一暗器。」

正說著，又有三條人影奔來。頭一個是海燕桑七，第二個便是胡金良，第三個是九頭鳥趙德朋。鄧潮噓唇成聲，把三人喚入林中，忙問情形。海燕桑七說：「糟糕！這裡聯莊會出來攪亂！我們已經把姓魏的圍住了，眼看要得手；他娘的，聯莊會敲起鑼來。我們不管那一套，一定要把姓魏的撂倒；誰想聯莊會的小子們，從房上直往下飛磚頭。二哥，真對不住，竟把點子追溜了。」胡金良道：「好在點子還在小辛集，沒跑開呢。」橫江蟹道：「舵主怎麼樣？天可是不早了，已經雞叫快天亮了。」

鄧潮眼望前面火光，恨恨不已道：「娘拉個蛋，攻！咱們攻莊子！」把刀一揮，率眾又撲出林外。可是搶出來，遙望前面，人影綽綽；查點自己這邊，三十多個黨羽在四面埋伏，一陣亂奔，弄得眼前才有十四個人。其餘的人竟不知瞎摸到哪裡去了。

飛蛇鄧潮是個智饒於勇的人，雖然恨怒，卻不肯負氣亂來。回頭問海燕桑七道：「七哥，他們聯莊會有多少人？可有行家子沒有？」降龍木胡金良答道：「人可不少，也有兩個會家子。」飛蛇鄧潮不肯放手，向同黨一打招呼，十四個人分兩撥，一撥奔東，一撥奔西，慢慢地溜出來，蛇行鹿伏，一步一停，借物障身，往小辛集踩探過來。

這聯莊會梆鑼連敲，起初追出來的不過三四十人，後來越聚越多。不但小辛集，連鄉村守望相助，也都聞警紛紛響應出來。這些人互相傳說

道：「窪裡的那幫土匪又蠢動了！」

　　飛蛇鄧潮鑽入高粱地，從禾隙往外凝神窺望。小辛集這座村鎮，居然號召出來百十多號壯丁，赤膊的，披短衫的，花槍、單刀、木棒、長竿，亂哄哄地將出入的道路把住。燈籠火把，閃閃爍爍，從鎮口往兩旁拉出來。臨街的平頂房儼如堡壘，臨時做了瞭望臺，居高臨下，也閃著火光。原來房上面也敲著梆鑼。竟有一簇一簇的聯莊會，花槍上挑著燈，分別向沿鎮外面一帶吵嚷著搜尋出來。孔明燈一道一道的黃光也往鎮外照射。

　　飛蛇鄧潮料敵而進，未敢冒昧。遠遠地繞走，從南面繞到北面，又從北面繞回來，仍到林邊。看清這情勢，不禁搔頭。仇人竟喚動聯莊會，橫來保護他們。這要是上前與他們對盤，定要免不了一番惡鬥。飛蛇鄧潮一回頭，海燕桑七緊緊跟在後。其餘同黨也都漸漸挨過來，個個被雨淋得水雞似的，個個托著下巴，面露疲累之容，還有兩三人受了傷。再窺鎮前，遙聞聯莊會喧罵之聲。鄧潮心中猶豫，正在欲進不可、欲退不甘之時，忽然聽見轟地大響了一聲，好像是土炮，又像是大抬槍。這一聲炮，卻是沖東面發出去的。方向雖然不對，卻又把眾賊嚇了一驚。九頭鳥失聲道：「呀，他們還有鳥槍哩！」

　　飛蛇鄧潮吸了一口涼氣，降龍木胡金良、海燕桑七都湊上來，黑影朦朧中，互相握手示意。十四個人中，倒有一多半人不以攻莊為然。大雨已住，天色將明，本來已非尋仇之時了。這應該聚集黨羽，作速離開險地，找一棲身之所，待天明再作第二步計較。但是，別個人乃是被邀請來相助尋仇，不好說出打倒退的話。海燕桑七和黑牤牛蔡大來也是此番尋仇的主謀，首先開言道：「鄧二哥，你看什麼時候了？」飛蛇鄧潮點點頭。海燕桑七又說了一句道：「天可真不早了！唵？」

　　飛蛇鄧潮無可奈何地罵道：「娘拉個蛋，這個村子叫什麼名？他們聯莊會的會頭是誰？」胡金良道：「前面是小辛集。二哥你瞧那邊，叫柳樹崗

子。聯莊會的會頭可不知道是誰，也不知這聯莊會共有多少壯丁。」九頭鳥趙德朋打了一個呵欠道：「這可要天亮了，真他娘的，有個地方先睡一覺才好。要讓我瞧，姓魏的那個小子，和林廷揚的女人反正也跑不了，他們躥進小辛集，遲早總有個出來。」紀花臉紀長勝不好對鄧潮說話，卻向橫江蟹說：「米大哥，你瞧我，真他娘的成了個嬌小姐了，我這工夫竟發冷，像叫雨激著了似的。」

這時候聯莊會出鎮搜索的人，越搜越近，竟奔飛蛇鄧潮原先隱身的樹林去了。鄧潮等此時卻是蹲在莊稼地裡密語。九頭鳥趙德朋道：「我看看他們去。」站起來要走。紀花臉紀長勝一把將他扯住道：「且慢，咱們先問問舵主，擠到那裡，咱是動手不動手？」海燕桑七道：「別動手！你瞧，這要不是陰天，早天亮了。你要慢著點，別叫他們看出來。喂，我跟你出去吧。」

海燕桑七和九頭鳥一同站起來，溜出莊稼地，暗暗溜過去。鄧潮也站起來，從莊稼地中往外探頭。

不大工夫，海燕桑七和九頭鳥回來，報道：「這一夥出莊搜尋的人，一共二十四個人。聽他們說話，他們這裡的會頭叫什麼夏二爺、辛二爺。姓魏的和林廷揚的老婆、孩子，大概和這聯莊會沒有干連。聽他們念道，還要審問那男的，這一定指的是姓魏的。」鄧潮注意聽著道：「焉見得不是咱們的人，叫他們捉去了？」桑七道：「咱們這邊沒有人失腳啊！」

（未完見下冊）

第一章　小白龍鬥劍劫鏢

第二章　過天星赴援拒寇

第四章　不速客挾詐弔喪

第五章　林鏢頭遺櫬北歸

第六章　未亡人靈前設誓

第七章　海燕子縱火搜孤

第八章　摩雲鵬畫計遠颺

第十章　青紗帳冒雨夜奔

第十一章　亡命客款關求救

第十二章　聯莊會傳檄禦賊

第十四章　二賊徒踩盤落網

第十六章　降龍木尋仇見逐

聯鏢記——仇家劫鏢夜襲，舊友赴援助逃

作　　者：白羽
發 行 人：黃振庭
出 版 者：崧燁文化事業有限公司
發 行 者：崧燁文化事業有限公司
E-mail：sonbookservice@gmail.com
粉 絲 頁：https://www.facebook.com/
　　　　　sonbookss/
網　　址：https://sonbook.net/
地　　址：台北市中正區重慶南路一段六十一號八
　　　　　樓 815 室
Rm. 815, 8F., No.61, Sec. 1, Chongqing S. Rd.,
Zhongzheng Dist., Taipei City 100, Taiwan
電　　話：(02)2370-3310
傳　　真：(02)2388-1990
印　　刷：京峯數位服務有限公司
律師顧問：廣華律師事務所 張珮琦律師

定　　價：370 元
發行日期：2024 年 01 月第一版
◎本書以 POD 印製
Design Assets from Freepik.com

國家圖書館出版品預行編目資料

聯鏢記——仇家劫鏢夜襲，舊友
赴援助逃 / 白羽 著 . -- 第一版 . --
臺北市：崧燁文化事業有限公司，
2024.01
面；　公分
POD 版
ISBN 978-626-357-903-3(平裝)
857.9　　112021571

電子書購買

臉書

爽讀 APP